HEYNE

Fantasy

Herausgegeben von Friedel Wahren

Von Guy Gavriel Kay erschienen
im WILHELM HEYNE VERLAG:

in der Reihe
Hardcover Belletristik:

Die Löwen von Al-Rassan · 43/37

in der
Heyne Allgemeinen Reihe:

Ein Lied für Arbonne · 01/9951

in der Reihe
Heyne Science Fiction & Fantasy:

Tigana: Der Fluch · 06/5291
Tigana: Der Hofnarr · 06/5292

Die Reise nach Sarantium

1. *Das Komplott* · 06/9141
2. *Das Mosaik* · 06/9142
3. *Der Neunte Wagenlenker* · 06/9165
4. *Herr aller Herrscher* · 06/9166 (in Vorb.)

GUY GAVRIEL KAY

Der Neunte WAGENLENKER

Die Reise nach Sarantium

DRITTER ROMAN

Deutsche Erstausgabe

WILHELM HEYNE VERLAG
MÜNCHEN

HEYNE SCIENCE FICTION & FANTASY
06/9165

Titel der Originalausgabe
LORD OF EMPERORS
THE SARANTINE MOSAIC
BOOK II
1. TEIL

Übersetzung aus dem kanadischen Englisch
von Irene Holicki
Das Umschlagbild malte Donato

Umwelthinweis:
Dieses Buch wurde auf chlor- und
säurefreiem Papier gedruckt.

Deutsche Erstausgabe 3/2002
Redaktion: Friedel Wahren

Erstausgabe bei VIKING, Penguin Books Canada Ltd., Toronto

Printed in Germany 2002
http://www.heyne.de
Umschlaggestaltung: Nele Schütz Design, München
Technische Betreuung: M. Spinola
Satz: Schaber Satz- und Datentechnik, Wels
Druck und Bindung: Nørhaven Paperback A/S, Dänemark

ISBN 3-453-19627-9

INHALT

N
W
O
S
KA
SAURADIA
Inicische
Stämme
BATIARA
Varena
Mylasia
Rhodias
Baiana
Megari

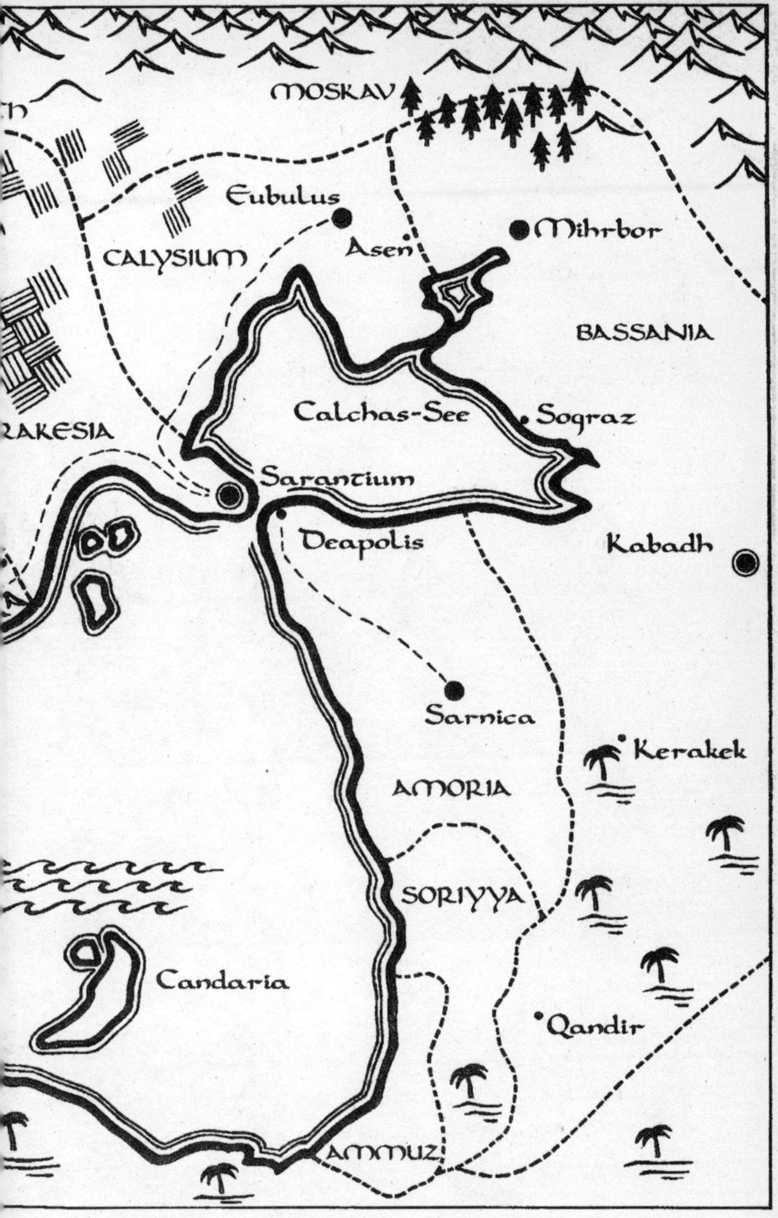
MOSKAV
Eubulus
Asen
Mihrbor
CALYSIUM
BASSANIA
Calchas-See
Sograz
Sarantium
Deapolis
Kabadh
Sarnica
Kerakek
AMORIA
SORIYYA
Candaria
Qandir
AMMUZ

DANKSAGUNG

Belebt und zum Teil auch getragen wird das *Sarantinische Mosaik* durch das Spannungsfeld zwischen Mauern und Wildnis, das typisch ist für die spätklassische Welt. Den Zugang zu dieser Dialektik (und ihrer Entwicklung) eröffnete mir Simon Schamas maßgebliche Darstellung *Landscape and Memory.* Dasselbe Werk machte mich auch mit dem litauischen Bison und der damit verbundenen Symbolik bekannt und förderte damit die Entstehung meines *Zubir.*

Die allgemeinen und spezielleren Studien, die in *Die Reise nach Sarantium* zitiert wurden, bilden auch die Grundlage für diesen zweiten Teil. Der Einfluss von Yeats bleibt gleichfalls und nicht nur für das Motto dominierend.

Für diesen Teil des Zyklus sei meiner Bibliographie Guido Majnos großartiges *The Helping Hand: Man and Wound in the Ancient World* hinzugefügt. Im Hinblick auf Persien und seine Kultur erwiesen sich Bücher von Richard N. Frye und Prudence Oliver Harper als ungemein nützlich. Bei Tischsitten und Etikette halfen mir Wilkins' und Hills Text und Kommentar über Archistratus, zusammen mit Werken von Andrew Dalby und Maguelonne Toussaint-Samat. Verschiedene Einstellungen zum Übernatürlichen werden in Werken von Gager, Kieckhefer und Flint ausgelotet, außerdem in einer Sammlung von Aufsätzen, die Henry Maguire für das Forschungsinstitut Dumbarton Oaks in Washington, D.C. herausgab. Dumbarton Oaks stellte mir auch Übersetzungen von Abhandlungen über das byzantinische Militär und von Vorträgen auf verschiedenen Symposien sowie etliche sinnträchtige Artefakte aus seiner Sammlung zur Verfügung.

In meinem persönlichen Umfeld habe ich John Jarrold, John Douglas und Scott Sellers zu danken, die mit ihrem Wissen, ihrer Freundschaft und ihrem Engagement sehr geholfen haben. Meine Lektorin Catherine Marjoribanks hatte ein stets aufmerksames und verständnisvolles Auge auf alle Bände dieses Werks. Jennifer Barclay von Westwood Creative Artists war mir mit wachem Verstand und unentbehrlicher Ironie bei den zunehmend komplexeren fremdsprachlichen Verhandlungen behilflich. Rex Kay lieferte wie immer schon im Frühstadium treffende Anmerkungen, besonders (aber nicht nur) zu medizinischen Fragen.

Danken möchte ich an dieser Stelle auch Leonard und Alice Cohen, die mich seit nunmehr fünfzehn Jahren ermutigen und meine Arbeit mit unermüdlicher Anteilnahme begleiten. Noch länger dient mir Andy Patton schon als niemals versiegender Quell von Ratschlägen und Ideen. In diesem Fall waren besonders unsere Gespräche über Ravenna und das Licht hilfreich, aber auch seine Hinweise auf die verschiedenen Türen (und Fallen), die man als Schriftsteller bei der Auseinandersetzung mit den bildenden Künsten zu überwinden hat.

Zwei weitere Personen stehen nach wie vor im Zentrum meiner Welt und folglich auch meines Werks. Die üblichen Verdächtigen, könnte man sagen, aber ich möchte mit solchen Schnoddrigkeiten nicht über die Tiefe meiner Gefühle hinwegtäuschen. Also schließe ich einfach mit einem Dank an Sybil und Laura, meine Mutter und meine Frau.

Teil III

Der Reise nach Sarantium

DER NEUNTE WAGENLENKER

*Turning and turning in a widening gyre …**

* Aus: William Butler Yeats: *The Second Coming*; Dt. etwa: *Und dreht und dreht sich in wachsendem Kreise … – Anm. d. Übers.*

KAPITEL I

Als die ersten kalten Winterstürme einsetzten, verließ Shirvan der Große, König der Könige von Bassania, Bruder der Sonne und der beiden Monde, das Schwert Peruns und die Geißel des Schwarzen Azal, seine ummauerte Stadt Kabadh und reiste mit einem großen Teil seines Hofstaats in den Südwesten. Er hatte die Absicht, sich vom Zustand der Befestigungsanlagen in diesem Teil seines Herrschaftsgebietes zu überzeugen, am Heiligen Feuer der Priesterkaste sein Opfer darzubringen und in der Wüste auf Löwenjagd zu gehen. Doch gleich am ersten Morgen der ersten Jagd wurde er dicht unterhalb des Schlüsselbeins von einem Pfeil getroffen.

Der Pfeil saß tief, und dort in der Wüste wagte niemand, ihn herauszuziehen. Man schaffte den König der Könige auf einer Trage in die nahe gelegene Festung Kerakek. Es stand zu befürchten, dass er sterben würde.

Jagdunfälle waren keine Seltenheit. Am Hof der Bassaniden gab es genügend Bogenschützen, denen es zwar nicht an Begeisterung, aber an Zielsicherheit mangelte. Dank dieser Tatsache war auch die Gefahr verkappter Mordanschläge hoch. Shirvan wäre nicht der erste König gewesen, der im Getümmel eines königlichen Jagdausflugs ermordet wurde.

Shirvans Wesir Mazendar ordnete an, die drei ältesten

Söhne des Herrschers, die mit in den Süden gereist waren, zur Sicherheit unter Beobachtung zu stellen. Eine schonende Umschreibung. In Wirklichkeit wurden sie in Kerakek interniert und streng bewacht. Außerdem schickte der Wesir Reiter mit dem Befehl nach Kabadh zurück, auch die jeweiligen Mütter im Palast zu verhaften. In diesem Winter vollendete Shirvan der Große das siebenundzwanzigste Jahr seiner Herrschaft über Bassania. Der Blick seiner Adleraugen war klar, sein geflochtener Bart tiefschwarz, vom Grau des Alters keine Spur. Da musste man schon darauf gefasst sein, dass erwachsene Söhne ungeduldig wurden und königliche Gemahlinnen Mordpläne schmiedeten.

Gewöhnliche Menschen freuten sich an ihren Kindern und suchten Stütze und Geborgenheit in ihren Familien. Doch der König der Könige war kein gewöhnlicher Mensch. Die Last der Göttlichkeit und der Herrschaft über ein großes Reich ruhte auf seinen Schultern – und Azal der Widersacher war stets nahe und ruhte nie.

In Kerakek angekommen, legte man den Großkönig auf sein Bett und rief die drei königlichen Leibärzte, die mit dem Hof nach Süden gereist waren, in das Gemach. Einer nach dem anderen untersuchte die Wunde und den Pfeil, betastete die Haut im Umkreis der Verletzung und versuchte den eingedrungenen Schaft zu bewegen. Angesichts des Befunds erbleichten sie. Für die Löwenjagd verwendete man die stärksten Pfeile überhaupt. Wollte man die Federn abbrechen und den Schaft durch die Brust nach hinten hinausstoßen, so wäre es zu ausgedehnten inneren Verletzungen gekommen, die mit Sicherheit zum Tode führten. Und zurückziehen ließ sich der Pfeil nicht, dafür war er zu tief eingedrungen, und die eiserne Spitze war hinten zu breit. Wer immer diesen Pfeil zu entfernen versuchte, musste des Königs Fleisch zerreißen, sein Blut vergießen, sein Leben zerstören.

Hätte man den Leibärzten einen gewöhnlichen Menschen mit dieser Verletzung gebracht, sie hätten sich einer wie der andere mit der traditionellen Ablehnungsformel *Nicht messen will ich mich mit diesem Feinde* aus der Affäre gezogen. Wer die Behandlung verweigerte, konnte für den Tod des Patienten nicht verantwortlich gemacht werden.

Das kam natürlich nicht in Frage, wenn der Kranke der König selbst war.

Beim Bruder der Sonne und der beiden Monde konnten die Heiler nicht umhin, den Fall anzunehmen, sich dem Vorgefundenen zu stellen und alles zu tun, um die Verletzung oder Krankheit zu heilen. Hatte ein Heiler die Behandlung eines Patienten übernommen und dieser starb, dann ziemte es sich, dass der Heiler dafür geradestand. Handelte es sich um einen gewöhnlichen Menschen, so hatte er eine Geldbuße an die Familie des Verstorbenen entrichten.

Im Falle des Großkönigs mussten die Leibärzte allerdings damit rechnen, mit dem Toten auf den Scheiterhaufen geworfen und bei lebendigem Leib verbrannt zu werden.

Dessen war sich jeder bewusst, dem die gut dotierte und mit hohem Ansehen verbundene Stellung eines Heilers bei Hofe angeboten wurde. Wäre der König in der Wüste gestorben, seine Leibärzte – die drei in diesem Raum und die in Kabadh zurückgebliebenen – hätten als Angehörige der Priesterkaste Anspruch auf einen Ehrenplatz bei den Beisetzungsriten vor dem Heiligen Feuer gehabt. Jetzt galt das nicht mehr.

Die Heiler traten ans Fenster und hielten im Flüsterton ein Konsilium ab. Alle hatten sie – vor langer Zeit – von ihren eigenen Lehrern gelernt, wie wichtig es war, in Gegenwart des Patienten unerschütterliche Gelassenheit zu wahren. Doch unter den gegebenen Umständen waren sie zu dieser Haltung nur mit Einschränkungen fähig. Wenn das eigene Leben im Strom der Ereignisse feststeckt wie ein blutiger Pfeil, fällt es schwer, sich gefasst und mit würdigem Ernst zu betragen.

Sodann trat nach Rangordnung ein Heiler nach dem anderen ein zweites Mal zu dem Mann auf dem Bett. Einer nach dem anderen fiel auf die Knie, erhob sich, berührte abermals den schwarzen Pfeil, das Handgelenk des Königs und seine Stirn und schaute ihm in die weit geöffneten, zürnenden Augen. Und schließlich sprach einer nach dem anderen mit zitternder Stimme den vorgeschriebenen Satz: »Messen will ich mich mit diesem Feinde.«

Als der dritte Leibarzt die Erklärung abgegeben hatte und unsicher zurücktrat, wurde es still im Schein der Lampen und des flackernden Feuers, obwohl zehn Menschen im Raum versammelt waren. Draußen war Wind aufgekommen.

Und in die Stille hinein sprach Shirvan höchstselbst mit seiner tiefen Stimme, leise aber deutlich, gebieterisch wie ein Gott. Der König der Könige sagte: »Sie sind hilflos. Es steht ihnen ins Gesicht geschrieben. Ihr Mund ist vor Angst so trocken wie der Sand, und ihre Gedanken wirbeln durcheinander wie der Sand im Wind. Sie haben keine Ahnung, was sie tun sollen. Führt sie alle drei hinweg und tötet sie. Sie sind des Lebens nicht wert. Ich befehle Euch: Sucht unseren Sohn Damnazes und lasst ihn anpflocken draußen in der Wüste, den wilden Tieren zum Fraße. Seine Mutter überlasst den Palastsklaven in Kabadh, sie mögen ihre Wollust an ihr kühlen. Dies befehle ich Euch. Geht sodann zu unserem Sohn Murash und lasst ihn zu uns bringen.« Shirvan hielt inne, um Atem zu holen, die Schwäche, den Schmerz zurückzudrängen, die er als erniedrigend empfand. »Des Weiteren soll ein Priester mit einem Stück glühender Kohle von der Heiligen Flamme zu uns kommen. Es scheint, als müssten wir in Kerakek sterben. Was immer geschieht, es ist Peruns göttlicher Wille. Anahita harrt unser aller. So steht es geschrieben, und so wird es aufgeschrieben. Nun tut, wie ich Euch geheißen, Mazendar.«

»Ihr wollt gar keinen Heiler, Erlauchter?«, fragte der kleine, dickliche Wesir mit ruhiger Stimme und trockenen Augen.

»In Kerakek?«, fragte der König der Könige. Es klang empört und verbittert. »Hier in der Wüste? Bedenkt, wo wir sind.« Als er sprach, quoll um den Pfeil herum Blut aus der Wunde. Der Schaft war mit einer schwarzen Masse bestrichen und schwarz gefiedert. Das dunkle Blut befleckte den königlichen Bart.

Der Wesir nickte. Mehrere Männer führten die drei zum Tode verurteilten Ärzte aus dem Raum. Sie protestierten nicht und leisteten keinen Widerstand. Die Sonne hatte an diesem Wintertag in Bassania in der entlegenen Festungsstadt nahe der Wüste ihren höchsten Punkt bereits überschritten und sank dem Horizont entgegen. Die Zeit blieb nicht stehen: Schon seit langem stand geschrieben, was geschehen musste.

Manchmal überrascht ein Mann sich selbst, indem er unverhofft den Mut zu einer Tat findet, die sein Leben und den Lauf der Zeiten verändert. Der Mann, der nun vor dem Bett des Königs auf die Knie sank und mit der Stirn den Teppich berührte, war der Festungskommandant von Kerakek. Weisheit, Höflichkeit, Selbsterhaltung, sie alle forderten an diesem Tag, dass er in Gegenwart der glatten, gefährlichen Höflinge schweige. Später hätte er nicht mehr sagen können, was ihn zum Sprechen bewog. Bei der Erinnerung zitterte er wie im Fieber und suchte sie, sogar an Abstinenztagen, im Wein zu ertränken.

»Mein König«, stammelte er jetzt und der Schein des Feuers spielte über sein Gesicht, »im Dorf unter der Festung lebt ein weitgereister Heiler. Vielleicht sollten wir ihn rufen?«

Der Blick des Großkönigs weilte bereits in einer anderen Welt, jenseits der Grenzen und der unbedeutenden Sorgen des irdischen Lebens, bei Perun und der Göttin. »Wozu *noch* einen Menschen töten?«, fragte er.

Von Shirvan hieß es – man konnte es auf Pergament und in Steintäfelchen geritzt lesen –, nie habe auf Kabadhs Thron ein so barmherziger, milder, vom Geist der Göttin Anahita durchdrungener Herrscher gesessen und das Zepter und die Blüte gehalten wie er. Doch die Göttin Anahita wurde auch ›die Schnitterin‹ genannt, denn sie bestimmte, wann das Leben eines Menschen endete.

Der Wesir murmelte leise: »Warum nicht? Was kann es schaden, Gebieter? Darf ich nach ihm schicken?«

Der König der Könige lag still, dann tat er mit einer knappen, gleichgültigen Geste seine Zustimmung kund. Sein Zorn war verraucht. Der Blick seiner halb geschlossenen Augen wanderte zum Feuer und verharrte dort. Auf ein Zeichen des Wesirs verließ ein Mann den Raum.

Die Zeit verging. In der Wüste jenseits der Festung und des Dorfes unterhalb davon wurde der Nordwind stärker. Er fegte über den Sand, wirbelte ihn auf und verwehte ihn, trug Dünen ab und häufte neue auf. Ungejagt flüchteten die Löwen in ihre Höhlen zwischen den Felsen und warteten auf die Nacht.

Am Spätnachmittag ging gegenüber der untergehenden Sonne Anahitas blauer Mond auf. In der Festung Kerakek machten sich Männer im trockenen Wind auf den Weg, um drei Heiler und einen Königssohn zu töten, einen anderen Königssohn herbeizurufen, Botschaften nach Kabadh zu tragen und einen Priester mit Heiligem Feuer in den Raum des Königs der Könige zu bringen.

Und um einen anderen Mann an das Krankenlager zu holen.

Rustem von Kerakek, Sohn des Zorah, hockte mit untergeschlagenen Beinen auf dem ispahanischen Webteppich, auf dem er seine Vorlesungen zu halten pflegte, und las. Nur hin und wieder warf er einen Blick auf die vier Studenten, die fleißig einen seiner kostbaren Texte kopierten. Zurzeit war Merovius' Traktat über den grauen Star an der Reihe; jeder Student schrieb eine andere Seite ab. Die Seiten wurden Tag für Tag ausgetauscht, bis jeder eine vollständige Kopie der Abhandlung in Händen hielt. Nach Rustems Überzeugung war der westliche Ansatz des alten Trakesiers bei der Behandlung der meisten – wenn auch nicht aller – Augenleiden vorzuziehen.

Durch das Fenster, das auf die staubige Straße hinausging, drang ein schwacher Luftzug in den Raum. Noch war er sanft, nicht unangenehm, aber Rustem spürte, dass sich ein Sturm zusammenbraute. Wenn der Wind aus der Wüste kam, trug er den Sand in das Dorf Kerakek unterhalb der Festung. Man war gewöhnt, ihn überall zu spüren, zwischen den Zähnen, wenn man aß, in den Kleidern, im Bett, an den intimsten Stellen.

Hinter den Studenten führte ein Torbogen in den Wohnbereich des Hauses. Von dort hörte Rustem ein leichtes Rascheln; ein Schatten fiel auf den Boden. Shaski hatte wie üblich hinter dem Perlenvorhang Posten bezogen und wartete darauf, dass der interessantere Teil des Nachmittagsunterrichts anfing. Rustems Sohn besaß für seine sieben Jahre ungewöhnlich viel Ausdauer und Willensstärke. Seit knapp einem Jahr holte er tagtäglich einen kleinen Teppich aus seinem Schlafzimmer und legte ihn im Flur vor dem Unterrichtsraum aus. Wenn man ihn gewähren ließ, saß er dort mit untergeschlagenen Beinen den ganzen Nachmittag lang und hörte zu, wie sein Vater hinter dem Vorhang dozierte. Wurde er von seinen Müttern oder den Hausdienern weggeholt, dann entwischte er ihnen, sobald er konnte, und schlich sich wieder in den Flur zurück.

Rustems zwei Frauen hielten es nicht für angebracht, ein kleines Kind mit eingehenden Beschreibungen blutiger Wunden und Körperflüssigkeiten zu konfrontieren, aber den Heiler belustigte die Wissbegier des Jungen, und so hatte er mit dessen Müttern vereinbart, dass Shaski hinter dem Vorhang sitzen dürfe, wenn er sein eigenes Lernpensum und seine häuslichen Pflichten erledigt hatte. Auch die Studenten freuten sich über den Kleinen, der unsichtbar im Flur dem Unterricht beiwohnte, ein- oder zweimal hatten sie ihn sogar aufgefordert, auf eine Frage seines Vaters zu antworten.

Selbst einem so vernünftigen, eher verschlossenen Mann wie Rustem ging das Herz auf, wenn ein Siebenjähriger wie vorgeschrieben verkündete: »Messen will ich mich mit diesem Feinde«. Und dann seinen Behandlungsvorschlag für eine schmerzhaft entzündete Zehe oder einen Husten mit blutigem Auswurf erläuterte. Wobei es bemerkenswert war, dachte Rustem und strich sich den gepflegten Spitzbart, dass Shaskis Antworten oft genug korrekt ausfallen. Einmal hatte er den Jungen sogar eine Frage beantworten lassen, um einen Studenten zu beschämen, der nach durchzechter Nacht unvorbereitet zum Unterricht erschienen war. Das hatte er allerdings schon am gleichen Abend bereut. Junge Männer durften hin und wieder eine Schenke aufsuchen, das war ihr gutes Recht. Auf diese Weise machten sie ihre Erfahrungen mit dem Leben und den Zerstreuungen des gemeinen Volkes und alterten nicht so rasch. Ein Heiler musste die Menschen und ihre Schwächen kennen und durfte nicht allzu hart urteilen, wenn jemand einmal über die Stränge schlug. Nur Perun und Anahita hatten über die Menschen zu richten.

Als er seinen Bart unter den Fingern spürte, fiel ihm wieder ein, dass er ihn nachfärben musste. Erst letzte Nacht hatte er daran gedacht. Ob er wohl immer noch so hellbraun war, dass er etwas Grau darunter mischen musste? Als er vor vier Jahren von Ispahani und den Ajbar-Inseln in seine Heimatstadt zurückgekehrt war, um sich dort niederzulassen und eine Heilerpraxis sowie eine Schule zu eröffnen, hatte er es für notwendig erachtet, sich äußerlich älter und damit glaubwürdiger zu machen. Die ispahanischen Heiler-Priester im Osten benützten Gehstöcke, ohne sie zu brauchen, nahmen absichtlich an Gewicht zu, gewöhnten sich eine bedächtige Sprechweise an, die jedem Wort eine besondere Bedeutung beimaß, oder richteten betont den Blick nach innen, nur um sich mit einer Aura von Würde und Erfolg zu umgeben.

Es grenzte natürlich an Vermessenheit, mit siebenundzwanzig Jahren, in einem Alter also, in dem andere oft erst mit ihren Studien begannen, als Lehrer der Medizin aufzutreten. Tatsächlich hatte er in jenem ersten Jahr zwei Schüler gehabt, die älter waren als er selbst. Ob sie das wohl geahnt hatten?

Aber sprachen von einer gewissen Stufe an Praxis und Lehre nicht für sich? Hier in Kerakek, am Rand der südlichen Wüste, genoss Rustem längst die Achtung, ja die Verehrung der Dorfbewohner. Schon oft hatte man ihn – sehr zum Ärger einer Reihe von Militärärzten – auch in die Festung gerufen, um verletzte oder kranke Soldaten zu behandeln. Und Studenten, die ihm zuerst schrieben und dann von weit her kamen, um bei ihm zu lernen – sogar einige sarantinische Jad-Verehrer von jenseits der amorianischen Grenze waren darunter –, würden wohl kaum wieder kehrtmachen, nur weil sie feststellen mussten, dass Rustem von Kerakek kein weiser alter Mann war, sondern ein junger Ehemann und Vater, der aber die Gabe der Heilkunst besaß und belesener und weiter gereist war als viele andere Ärzte.

Vielleicht aber doch. Studenten oder potenzielle Studenten waren manchmal unberechenbar und mit inzwischen zwei Frauen und Kindern war Rustem auf die Einkünfte aus seiner Lehrtätigkeit angewesen – besonders, da sich beide Frauen ein weiteres Kind wünschten und das Haus ohnehin schon zu klein war. Nur wenige Bewohner von Kerakek konnten ihren Arzt angemessen bezahlen, außerdem gab es noch einen weiteren Heiler in der Stadt, mit dem Rustem die ohnehin mageren Einkünfte teilen musste, obwohl er seine Verachtung für ihn kaum verhehlen konnte. Alles in allem war es vielleicht doch ratsam, die offenbar erfolgreiche Maske beizubehalten. Wenn das Grau im Bart auch nur einen oder zwei zusätzliche Studenten oder Offiziere aus der Burg zu ihm führte (wo das Geld lockerer saß), dann hätte sich das Färbemittel schon bezahlt gemacht.

Wieder sah Rustem aus dem Fenster. Über seinem kleinen Kräutergarten war der Himmel dunkler geworden. Wenn wirklich ein Sturm kam, alles verfinsterte und die Studenten ablenkte, würde es schwierig werden, die Nachmittagssprechstunde abzuhalten. Er räusperte sich. Die vier Studenten kannten das Zeichen, legten ihr Schreibzeug nieder und hoben die Köpfe. Rustem nickte. Der Student, der am nächsten zur Haustür saß, stand auf, öffnete sie und ließ den ersten der Patienten eintreten, die auf dem überdachten Portikus warteten.

Rustem empfing die Patienten lieber am Morgen und hielt nach der Mittagsruhe seine Vorlesung, aber jene Dorfbewohner, die kaum etwas bezahlen konnten, erklärten sich oft bereit, sich im Rahmen des nachmittäglichen Unterrichts von Rustem und seinen Studenten gemeinsam untersuchen zu lassen. Viele fühlten sich geschmeichelt, wenn ihnen so viel Aufmerksamkeit zuteil wurde, manche schämten sich auch, aber ganz Kerakek wusste, dass man auf diese Weise in die Sprechstunde des jungen Heilers kam, der die Mysterien des Ostens studiert und viele Geheimnisse aus dieser unbekannten Welt mitgebracht hatte.

Bei der Frau, die jetzt eintrat und zögernd an der Wand stehen blieb, wo Rustem seine Kräuter zum Trocknen aufhängte und wo die Regale für die Tiegel und Linnensäckchen mit den Arzneien angebracht waren, war die Linse des rechten Auges getrübt. Rustem wusste das bereits, er hatte sie schon einmal untersucht und diese Diagnose gestellt. Er bereitete seine Fälle stets sehr gewissenhaft vor, um seinen Studenten, wann immer es die Leiden der Dorfbewohner zuließen, neben den aus den abgeschriebenen und auswendig gelernten Abhandlungen gewonnenen Erkenntnissen auch die Möglichkeit zu eigener Beobachtung und praktischer Erfahrung zu geben. Denn was nützte es, wie er gern bemerkte, wenn man zwar wusste, was al-Hizari über Amputationen zu sagen hatte, aber nicht mit einer Säge umgehen konnte.

Er selbst hatte seinen Lehrer im Osten sechs Wochen lang auf einem missglückten Feldzug Ispahanis gegen die Aufständischen im Nordosten begleitet. Dabei hatte er gelernt, die Säge zu gebrauchen.

In jenem Sommer hatte er so viele Todesfälle, so viel Schmutz und so viel Schmerz und Verzweiflung gesehen, dass er beschloss, zu seiner Frau und seinem kleinen Sohn zurückzukehren, den er vor der Reise in den Osten kaum gesehen hatte. Nach seiner Ankunft hatte er das Haus und den Garten am Rand des Dorfes erworben und sich danach eine zweite Frau und ein kleines Mädchen zugelegt. Der kleine Junge, den er damals zurückgelassen hatte, war inzwischen sieben Jahre alt, saß auf einer Matte vor der Tür der Praxisräume und lauschte den Vorlesungen seines Vaters.

Und Rustem der Heiler träumte in dunklen Nächten noch immer von jenem Schlachtfeld im Osten. Dann sah er sich im Schein von qualmenden, im Wind flackernden Fackeln schreienden Männern Arme und Beine abnehmen, während über dem Gemetzel die Sonne unterging. Er sah das Blut schwarz aufspritzen, die heißen Fontänen ergossen sich über seine Kleidung, über Gesicht, Haare, Brust und Arme … bis er selbst zum bluttriefenden Ungeheuer wurde, mit glitschigen Händen, die kaum die Instrumente halten konnten, um zu sägen, zu schneiden und zu kauterisieren. Und der Strom der Verwundeten riss nicht ab, immer neue Opfer kamen, auch als längst die Nacht hereingebrochen war.

Es gab Schlimmeres als eine Dorfpraxis in Bassania, hatte er am nächsten Morgen entschieden, und darin war er seither nicht wankend geworden, auch wenn bisweilen der Ehrgeiz in ihm erwachte und ihn wie eine Kurtisane aus Kabadh mit der Aussicht auf Abenteuer zu betören suchte. Seit Rustem erwachsen war, hatte er sich fast immer älter gemacht, als er tatsächlich war. Aber er war nicht alt. Noch nicht. Wenn ihn solche Gedanken im Morgengrauen überfielen, hatte er sich immer wieder gefragt, wie er sich wohl verhielte, wenn jemals das Glück, das Abenteuer an seine Tür klopften.

Im Rückblick wusste er nicht mehr, ob an jenem Tag überhaupt angeklopft worden war. Alles war so rasend schnell gegangen, dass er das Klopfen womöglich überhört hatte. Ihm kam es jedoch so vor, als sei die Haustür ohne jede Vorwarnung aufgerissen worden, dann kamen Soldaten mit schweren Stiefeln hereingetrampelt und brachten die große weite Welt mit. Das Chaos drohte den stillen Raum zu sprengen.

Rustem kannte einen der Soldaten, den Anführer: er war schon lange in Kerakek stationiert. Jetzt war sein Gesicht verzerrt, die Augen weit aufgerissen wie im Fieber. Seine Stimme klang so rau wie die Säge eines Holzfällers. »Ihr müsst kommen!«, sagte er. »Auf der Stelle! In die Festung!«

»Ein Unfall?«, fragte Rustem, ohne von seinem Teppich aufzustehen. Seine Stimme blieb ruhig. Er ging auf den herrischen Tonfall des Soldaten nicht ein, sondern bemühte sich vielmehr, mit seiner eigenen Gelassenheit die Wogen zu glätten. Jeder Heiler lernte dies in seiner Ausbildung, und er wollte es auch seinen Studenten demonstrieren. Patienten waren oft in heller Aufregung; der Arzt durfte sich davon nicht anstecken lassen. Ihm war nicht entgangen, dass der Soldat bei seinen ersten Worten nach Osten geschaut hatte. Kein gutes, aber auch kein schlechtes Omen. Der Mann gehörte natürlich der Kriegerkaste an, ob das gut oder schlecht war, hing von der Kaste des Patienten ab. Der Wind kam von Norden: Das war nicht gut, aber vor dem Fenster waren keine Vögel zu sehen oder zu hören, und das glich alles wieder aus.

»Jawohl, ein Unfall!«, schrie der Soldat. Er war ganz außer sich. »Kommt! Der König der Könige ist verletzt! Ein Pfeil!«

Rustems Gelassenheit ergriff die Flucht wie ein Trupp zwangsverpflichteter Soldaten vor der sarantinischen Kavallerie. Einer seiner Studenten keuchte erschrocken auf. Die Frau mit dem kranken Auge fiel zu Boden und blieb wie ein jammerndes Häufchen Elend liegen. Rustem bemühte sich, seine aufgescheuchten Gedanken zusammenzuhalten, und stand rasch auf. Vier Männer waren eingetreten. Eine Unglückszahl. Mit der Frau waren es fünf. Durfte man sie mitzählen, um das Omen zu verbessern?

Während er noch die Vorzeichen gegeneinander aufrechnete, trat er an den großen Tisch neben der Tür und griff nach seiner Leinentasche. Hastig warf er verschiedene Kräuter und Salbentiegel hinein und nahm den Lederkasten mit den chirurgischen Instrumenten an sich. Gewöhnlich hätte er einen Studenten oder einen Diener mit der Tasche vorausgeschickt, um die Leute in der Festung zu beruhigen und um nicht vor aller Augen wie gehetzt durch das Dorf rennen zu müssen, aber dies war kein alltäglicher Fall. *Der König der Könige ist verletzt!*

Rustem merkte, dass ihm das Herz bis zum Hals schlug, und bemühte sich, seine Atmung zu beruhigen. Ihm war schwindlig, alles drehte sich. Genauer gesagt, er hatte Angst. Aus verschiedenen Gründen. Aber das durfte er nicht zeigen. Bewusst langsam griff er nach seinem Gehstock, hielt inne und setzte sich eine Mütze auf. Dann erst wandte er sich an den Soldaten, richtete den Blick nach Norden und sagte: »Ich bin bereit. Wir können gehen.«

Die vier Männer stürmten vor ihm durch die Tür. Rustem hielt noch einmal inne. Er wollte halbwegs geordnete Verhältnisse zurücklassen. Bharai, sein bester Student, sah ihn an.

»Ihr könnt mit den chirurgischen Instrumenten an Pflanzen und danach mit den Sonden an Holzstücken üben«, sagte Rustem. »Beurteilt euch gegenseitig. Schickt die Patienten nach Hause. Schließt die Fensterläden, wenn der Wind stärker wird. Ihr dürft auch das Feuer schüren und die Öllampen anzünden, um genügend Licht zu haben.«

»Meister«, sagte Bharai und verneigte sich.

Rustem trat durch die Tür ins Freie.

Im Garten blieb er stehen, drehte sich abermals nach Norden, stellte die Füße dicht nebeneinander und pflückte drei Bambusschösslinge. Vielleicht brauchte er sie als Sonden. Die Soldaten warteten ungeduldig auf der Straße. Sie waren aufgeregt, verängstigt. Knisternde Spannung lag in der Luft. Rustem richtete sich auf, murmelte ein Gebete an Perun und die Göttin und schickte sich an, den Soldaten zu folgen. Dabei bemerkte er Katyun und Jarita an der vorderen Tür. Angst stand in ihren Gesichtern: Jaritas Augen waren riesig, das sah er selbst aus dieser Entfernung. Sie starrte ihn schweigend an und lehnte sich, den Säugling in den Armen, Halt suchend an Katyun. Einer der Soldaten hatte den Frauen offensichtlich verraten, was geschehen war.

Er nickte den beiden aufmunternd zu. Katyun nickte gefasst zurück und legte Jarita den Arm um die Schultern. Sie würden schon zurechtkommen. Vorausgesetzt, er kehrte zurück.

Darauf bedacht, den rechten Fuß zuerst aufzusetzen, trat er durch die kleine Pforte auf die Straße und hob den Kopf, um nach den Vögeln zu sehen. Kein einziger ließ sich blicken: Alle hatten sie Schutz gesucht vor dem Wind. Also auch kein Omen. Er wünschte, man hätte nicht ausgerechnet vier Soldaten geschickt. Warum hatte niemand darauf geachtet? Jetzt war daran freilich nicht mehr viel zu ändern. Sobald er die Festung erreicht hätte, würde er Weihrauch verbrennen, um die Götter gnädig zu stimmen. Rustem fasste seinen Stab fester und bemühte sich, möglichst ungerührt zu erscheinen. Vermutlich gelang es ihm nicht. Der König der Könige. Ein Pfeil.

Erschrocken blieb er auf der staubigen Straße stehen.

Und genau in diesem Moment – während er noch seine Unachtsamkeit verwünschte und sich anschickte, in seine Praxisräume zurückzukehren, auch wenn das ein schlechtes Omen war – hörte er hinter sich ein Stimmchen.

»Papa!«

Rustem drehte sich um. Da stand sein Sohn und hielt etwas in beiden Händen. Dem Heiler blieb das Herz stehen, jedenfalls fühlte es sich so an. Die Kehle war ihm wie zugeschnürt, er konnte kaum schlucken. Er zwang sich, tief durchzuatmen, während er wie erstarrt an der Pforte stand.

»Ja, Shaski«, sagte er leise und sah den kleinen Jungen im Garten an. Eine tiefe Ruhe kam über ihn. Auf dem Portikus drängten sich seine Studenten und die Patienten, auf der Straße warteten die Soldaten, in der anderen Tür standen die Frauen. Alle beobachteten ihn. Der Wind wehte.

»Der Mann sagte ... er sagte etwas von einem Pfeil, Papa.«

Und dann streckte Shaski die Ärmchen aus und reichte seinem Vater das Instrument, das er ihm hinterher getragen hatte.

»Ganz richtig«, nickte Rustem ernst. »Das sagte er. Und du meinst, ich sollte das mitnehmen?«

Shaski nickte. Ganz aufrecht stand er da, die dunkelbraunen Augen sahen Rustem mit priesterlichem Ernst an. *Sieben Jahre ist er alt*, dachte der Heiler. *Anahita beschütze ihn.*

Er trat durch die Pforte in den Garten zurück, beugte sich nieder und nahm dem Jungen das schmale Instrument in der ledernen Hülle ab. Er hatte es von Ispahani mitgebracht, ein Abschiedsgeschenk seines dortigen Lehrers.

Der Soldat hatte tatsächlich von einem Pfeil gesprochen. Rustem spürte plötzlich und ganz unerwartet den Drang, die Hand auf das Köpfchen seines Sohnes, auf die dunkelbraunen Locken zu legen und seine Wärme zu spüren. Das lag natürlich daran, dass dies vielleicht ein Abschied für immer war. Es war nicht sicher, ob er von der Festung zurückkehren würde. Man konnte die Behandlung des Königs der Könige nicht ablehnen, alles hing davon ab, wo der Pfeil saß …

Shaski sah ihn so eindringlich an, als verfüge er über ein übernatürliches Wissen um diese Gefahr. Das war natürlich Unsinn, aber immerhin hatte ihn der Junge soeben davor bewahrt, die Praxis noch einmal betreten oder jemand anderen zurückschicken zu müssen. Nachdem er das Haus bereits verlassen und die Bambusschößlinge gepflückt hatte, wäre das ein schlimmes Vorzeichen gewesen.

Rustem versagte die Stimme. Endlich riss er sich von Shaski los und sah zu seinen Frauen hinüber. Auch zu ihnen konnte er nichts mehr sagen, dafür blieb keine Zeit. Nun war die Welt doch noch in sein Haus gekommen. Was geschehen musste, stand schon seit langem geschrieben.

Rustem drehte sich um, durchschritt rasch die Pforte und stieg mit den Soldaten im heulenden Nordwind die steile Straße hinauf. Er schaute nicht zurück, denn auch das wäre ein schlechtes Omen gewesen, aber er wusste, dass Shaski – allein jetzt, aufrecht wie ein Speer, klein wie ein Schilfrohr am Flussufer – noch immer im Garten stand und ihm nachsah.

Vinaszh, Sohn des Vinaszh, Kommandant der im Süden des Reiches gelegenen Festung Kerakek, war noch weiter südlich in einer kleinen Palmenoase östlich von Qandir geboren worden, einer spärlich bewachsenen, von Quellen gespeisten grünen Insel inmitten der Wüste, die natürlich als Markt diente. Man tauschte Waren und Dienstleistungen mit den grimmigen, dunkelhäutigen Wüstensöhnen, die auf ihren Kamelen ankamen und hinterher wieder in die Wüste hinausritten, immer kleiner wurden und schließlich am flimmernden Horizont verschwammen.

Als Händlersohn sammelte Vinaszh seine Erfahrungen mit den Nomadenstämmen, nicht nur in Friedenszeiten, wenn man mit ihnen Geschäfte machte, sondern auch dann, wenn der Großkönig seine Heerscharen südwärts schickte, um wieder einmal vergeblich zu versuchen, sich Zugang zum Meer im Westen der Wüste zu verschaffen. Dieses Unterfangen wurde immer wieder aufs Neue vereitelt, von der Wüste selbst ebenso sehr wie von den wilden Stämmen, die über sie hinzogen. Weder der Sand noch seine Bewohner gedachten sich unterjochen zu lassen.

Dank dieser Kindheit im Süden war Vinaszh – er war kein Händler geworden, sondern hatte die Armee vorgezogen – natürlich wie geschaffen dafür, eine der Wüstenfestungen zu befehligen. Dass man ihn tatsächlich zum Kommandanten von Kerakek ernannte, als er den entsprechenden Rang erreicht hatte, anstatt ihm etwa eine Garnison in einem Fischerhafen im Norden zu unterstellen, wo man sich mit den in Pelze gehüllten Händlern und Räubern von Moskav herumzuschlagen hatte, war als ungewöhnlich sinnvolle Entscheidung seitens der Beamten in Kabadh zu werten. Manchmal kam das Militär trotz allem zu vernünftigen Ergebnissen. Vinaszh kannte die Wüste und hatte den nötigen Respekt vor ihr und ihren Bewohnern. Er konnte sich in verschiedenen Nomaden-Dialekten verständlich machen, verfügte über einige Kenntnisse der Kindath-Sprache und störte sich nicht daran, wenn ihm der Sand ins Bett, in die Kleidung oder in die Hautfalten kroch.

Dennoch, die Herkunft dieses Soldaten, des Sohnes des Händlers Vinaszh, erklärte nicht, wie er die Verwegenheit aufbrachte, unter Bassanias höchsten Würdenträgern unaufgefordert die Stimme zu erheben und ihnen den Rat zu erteilen, einen Kleinstadtheiler, der nicht einmal der Priesterkaste angehörte, ans Sterbelager des Königs der Könige rufen.

Der Kommandant setzte mit diesen Worten unter anderem auch sein eigenes Leben aufs Spiel. Falls hinterher jemand der Ansicht sein sollte, die Behandlung des Provinzheilers habe den Tod des Königs beschleunigt oder gar herbeigeführt, dann war er ein toter Mann – obwohl Shirvan der Große das Gesicht bereits zum Feuer gedreht hatte und in den Flammen nach dem Donnerer Perun oder der schwarzen Göttin zu suchen schien.

Der Pfeil saß sehr tief. Das Blut sickerte immer noch langsam aus der Wunde und netzte die Bettlaken und die Linnenbündel, die man um den Schaft gepackt hatte. An sich war es ein Wunder, dass der König immer noch atmete, immer noch unter den Menschen weilte und mit starrem Blick das Spiel der Flammen beobachtete. Draußen wurde der Wüstenwind immer stärker. Der Himmel hatte sich verdunkelt.

Shirvan hatte offenbar nicht vor, seinen Höflingen letzte Ratschläge zu erteilen oder feierlich einen Erben zu benennen. Nur mit einer Geste hatte er kundgetan, auf wen seine Wahl gefallen war. Murash, sein dritter

Sohn, kniete neben dem Bett. Er hatte sich heiße Asche von der Feuerstelle auf Kopf und Schultern gestreut und wiegte sich in inbrünstigem Gebet hin und her. Von den anderen Söhnen des Königs war keiner zugegen. Das beschwörende Auf und Ab von Murashs Stimme war neben den mühsamen Atemzügen des Großkönigs der einzige menschliche Laut im Raum.

Als sich endlich schwere Schritte durch den Korridor näherten, waren sie in dieser Stille trotz des heulenden Windes deutlich zu hören. Vinaszh atmete auf, schloss kurz die Augen und schickte ein Stoßgebet an Perun und den üblichen Fluch an Azal den Ewigen Widersacher. Dann öffnete sich die Tür, und er drehte sich um. Da stand der Mann, der ihn kuriert hatte, als er sich im vergangenen Herbst bei einem Erkundungsritt zu den sarantinischen Grenzstädten und Festungen einen peinlichen Ausschlag zugezogen hatte.

Der Arzt trat, gefolgt von Vinaszhs sichtlich zu Tode verängstigtem Gardehauptmann, einige Schritte in den Raum. Dann hielt er inne, sah sich auf seinen Stab gestützt um und wandte sich schließlich der Gestalt auf dem Bett zu. Er hatte keinen Diener bei sich (er musste in großer Eile aufgebrochen sein, der Hauptmann hatte von Vinaszh sehr eindeutige Anweisungen erhalten), sondern trug seine Tasche selbst. Nun streckte er, ohne sich umzusehen, die Hand mit dem Leinensack, dem Gehstock und einem Instrument in einer Lederhülle aus. Vinaszhs Hauptmann beeilte sich, ihm alles abzunehmen. Der Arzt – sein Name war Rustem – war ein verschlossener, sauertöpfischer Mensch. Vinaszh fand ihn nicht sehr sympathisch, aber er hatte in Ispahani studiert, er brachte seine Patienten offenbar nicht um, und er *hatte* den Ausschlag geheilt.

Der Heiler strich sich mit einer Hand über den ergrauenden Bart, dann kniete er nieder und huldigte dem König. Ein Mann mit unerwartet geschliffenen Umgangsformen. Auf ein Wort des Wesirs erhob er sich. Der König hatte den Blick nicht vom Feuer gewandt; der junge Prinz hatte seine Gebete nicht unterbrochen. Der Arzt verneigte sich vor dem Wesir, dann drehte er sich mit Bedacht zur Seite – genau nach Westen, wie Vinaszh feststellte – und sagte entschieden: »Messen will ich mich mit diesem Feinde.«

Er war noch nicht einmal an das Bett getreten – von einer Untersuchung des Patienten ganz zu schweigen –, aber er hatte eigentlich keine Wahl. Er musste tun, was er tun konnte. *Wozu* noch *einen Menschen töten?*, hatte der König gefragt. Und genau das hatte Vinaszh höchstwahrscheinlich getan, als er den Heiler empfahl.

Der Arzt drehte sich um und sah ihn an. »Wenn der Kommandant der Garnison bleiben und mir assistieren könnte, wäre ich ihm dankbar. Vielleicht brauche ich einen erfahrenen Soldaten. Doch alle die anderen edlen Herren möchte ich hiermit höflich bitten, den Raum zu verlassen.«

»Ich weiche nicht von der Seite meines Vaters«, erklärte der Prinz erregt, ohne sich von den Knien zu erheben.

Dieser Mann wurde aller Voraussicht nach der nächste König der Könige, das Schwert Peruns, sobald der Mann auf dem Bett zu atmen aufhörte.

»Ich habe Verständnis für Euren Wunsch, erhabener Prinz«, sagte der Arzt ruhig. »Aber wenn Euch das Wohl Eures geliebten Vaters am Herzen liegt und Ihr ihm helfen wollt, wovon ich ausgehe, dann erweist mir die Ehre und wartet draußen. Kein Chirurg kann seine Arbeit in einer Menschenmenge tun.«

»Von einer ... Menschenmenge kann nicht die Rede sein.« Der Wesir Mazendar kräuselte verächtlich die Lippen. »Prinz Murash und ich werden bleiben. Ihr gehört natürlich so wenig wie der Kommandant der Priesterkaste an. Folglich ist unsere Anwesenheit erforderlich. Alle anderen werden gehen, wie Ihr es verlangt.«

Der Heiler schüttelte den Kopf. »Nein, Euer Gnaden. Ihr könnt mich töten, wenn Ihr wollt. Aber man hat mich gelehrt, dass die Anwesenheit von Angehörigen und engen Freunden von Schaden ist, wenn ein Arzt einen Kranken behandelt, und ich glaube daran. Ich weiß, dass ein königlicher Leibarzt der Priesterkaste angehören muss. Aber ich habe diese Stellung nicht inne … ich behandle den Großkönig nur in diesem besonderen Fall und auf seinen besonderen Wunsch. Wenn ich mich mit dieser Krankheit messen soll, muss ich das nach den Grundsätzen meiner Ausbildung tun. Anders kann ich dem König der Könige nicht dienen, und in diesem Fall würde mir mein eigenes Leben zur Last.«

Der Bursche ist ein verknöcherter, vorzeitig ergrauter Tugendbold, dachte Vinaszh, aber er hat Mut. Prinz Murash blickte auf. Seine schwarzen Augen sprühten Funken. Doch bevor der Prinz zu Wort kam, ließ sich vom Bett eine schwache, aber eisige Stimme vernehmen. »Ihr hört doch, was der Heiler sagt. Man hat ihn geholt, weil er sein Handwerk versteht. Was also soll das Gezänk? Hinaus mit euch. Alle miteinander.«

Es wurde still.

»Natürlich, Huldvoller«, dienerte Mazendar der Wesir. Der Prinz stand zögernd auf und schnappte stumm nach Luft. Der König starrte immer noch unverwandt in die Flammen. Vinaszh kam es vor, als dringe seine Stimme bereits aus dem Jenseits in das Reich der Lebenden. Er würde sterben, der Arzt würde sterben, und sehr wahrscheinlich würde auch Vinaszh selbst sterben. Er war ein Narr, ein heilloser Narr, und das Ende seiner Tage war nahe.

Aufgeregt drängten die Männer in den Korridor hinaus. Dort hatte man inzwischen brennende Fackeln in die Wandhalter gesteckt. Draußen pfiff der Wind, es klang einsam, nicht von dieser Welt. Vinaszh sah, wie sein Gardehauptmann die Sachen des Arztes abstellte, bevor er rasch den Raum verließ. Der junge Prinz blieb dicht vor dem schlanken Heiler stehen, der reglos wartete, bis alle gegangen waren. Murash hob beide Hände und murmelte leise, in tiefem Groll: »Rettet ihn, oder diese Finger bringen Euch den Tod. Ich schwöre es bei Peruns Donner.«

Der Heiler nickte nur stumm und sah ungerührt zu, wie der überreizte Prinz vor seinen Augen mehrmals die Fäuste ballte und sie plötzlich in einer Geste des Erdrosselns gegeneinander drehte. Murash zögerte noch einen Augenblick länger, warf einen Blick auf seinen Vater – vielleicht den letzten, dachte Vinaszh, der sich mit einem Mal schmerzlich an das Totenlager seines eigenen Vaters im Süden erinnert fühlte – und wandte sich schließlich zur Tür. Alles wich vor ihm zurück. Draußen im Korridor stimmte er abermals seine Gebete an.

Mazendar ging als Letzter. Neben dem Bett blieb er stehen, sah, zum ersten Mal unsicher geworden, Vinaszh und den Heiler an und fragte dann leise: »Habt Ihr noch Anweisungen für mich, mein teurer Gebieter?«

»Ich gab sie bereits«, sagte der Mann auf dem Bett ruhig. »Ihr habt gesehen, wer hier war. Seid ihm ein treuer Diener, wenn er Euch lässt. Lässt er Euch nicht, dann seien der Donnerer und die Göttin Eurer Seele gnädig.«

Der Wesir schluckte. »Das wünsche ich auch Euch, erhabener Gebieter, falls wir uns nicht wiedersehen.«

Der König antwortete nicht. Mazendar ging. Jemand schloss die Tür von außen.

Nun schritt der Heiler unverzüglich zur Tat. Er öffnete seine Leinentasche, holte ein Säckchen heraus, trat ans Feuer und warf den Inhalt hinein.

Die Flammen färbten sich blau, und plötzlich roch es nach wilden Blumen wie im Osten, wenn der Frühling ausgebrochen war. Vinaszh stutzte. Der Kranke auf dem Bett regte sich.

»Ispahani?«, fragte der König der Könige.

Der Heiler sah ihn überrascht an. »Ja, Huldvoller. Ich hätte nicht gedacht, dass Ihr …«

»Ich hatte einmal einen Heiler von den Ajbar-Inseln. Ein sehr fähiger Mann. Leider umwarb er eine Frau, von der er besser die Finger gelassen hätte. Ich erinnere mich, dass er diesen Duft verwendete.«

Rustem näherte sich dem Bett des Königs. »Ich habe gelernt, dass sich die Atmosphäre eines Raumes auf die Behandlung auswirken kann. Auch Düfte üben ihren Einfluss aus.«

»Aber nicht auf Pfeile«, sagte der König. Vinaszh sah jedoch, dass er seine Stellung leicht verändert hatte, um den Heiler ansehen zu können.

»Das vielleicht nicht«, räumte der Arzt gleichmütig ein. Er trat ans Bett und beugte sich zum ersten Mal über den Patienten, um den Pfeil und die Wunde zu untersuchen. Vinaszh sah, wie er innehielt. Ein seltsamer Ausdruck glitt über das bärtige Gesicht. Er ließ die Hände sinken.

Dann wandte er sich an Vinaszh. »Kommandant, ich brauche Handschuhe. Besorgt mir die besten Lederhandschuhe der ganzen Festung. So schnell Ihr könnt.«

Vinaszh stellte keine Fragen. Wenn der König starb, war das wahrscheinlich auch sein Tod. Er ging hinaus, schloss die Tür hinter sich und eilte, vorbei an den Wartenden, durch den Korridor und die Treppe hinab, um seine eigenen Reithandschuhe zu holen.

Als Rustem eintrat, hatte ihn die Angst so fest im Griff gehabt, dass er seine letzten Kräfte zusammennehmen musste, um sich nichts anmerken zu lassen. Fast hätte er seine Instrumente fallen lassen, aber der Gardehauptmann hatte sie ihm zum Glück rasch abgenommen, bevor jemand bemerkte, wie ihm die Hände zitterten. Die feierliche Kniebeuge hatte ihm Gelegenheit gegeben, sich im Geist mit einer Beschwörungsformel zu beruhigen.

Als er sich wieder erhob, hatte er schroffer als nötig verlangt, dass die Höflinge – darunter ein Wesir und ein Prinz! – den Raum verließen. Aber er erteilte immer knappe, unmissverständliche Anweisungen, um sich mit einer Autorität zu umgeben, die über seine Jugend hinwegtäuschte, und gerade jetzt bestand kein Anlass, mit seinen Gewohnheiten zu brechen. Wenn er sterben musste, spielte es kaum noch eine Rolle, was man von ihm hielt. Den Kommandanten bat er zu bleiben. Ein Soldat würde sich von Blut und Schreien nicht aus der Fassung bringen lassen, und er brauchte vielleicht jemanden, um den Kranken festzuhalten.

Der Kranke. Der König der Könige. Das Schwert Peruns. Der Bruder der Sonne und der beiden Monde.

Rustem verbot sich solche Gedanken. Der Mann war ein Patient. Ein verletzter Mensch. Nur darauf kam es an. Die Höflinge verließen den Raum. Der Prinz – Rustem wusste nicht, welcher der Königssöhne es war – blieb vor ihm stehen und unterstrich mit fahrigen Gesten die Todesdrohung, die Rustem begleitete, seit er seinen Garten verlassen hatte.

Auch das durfte keine Rolle spielen. Alles würde so geschehen, wie es geschrieben stand.

Er hatte das Ajbar-Pulver ins Feuer gestreut, um die Harmonie des Raumes zu verstärken und eine heilungsfördernde Atmosphäre zu erzeugen, dann war er ans Bett getreten, um sich den Pfeil und die Wunde anzusehen.

Und dabei hatte er das *Kaaba* gerochen.

Zunächst war er wie benommen gewesen, doch das Entsetzen hatte eine erste schlummernde Erkenntnis geweckt. Als eine zweite folgte, hatte er es mit der Angst zu tun bekommen und den Kommandanten um Handschuhe geschickt. Die brauchte er jetzt.

Diesen Pfeilschaft zu berühren, wäre sonst sein Tod gewesen.

Sobald Rustem mit dem König der Könige allein im Raum war, konstatierte er, dass er jetzt nicht mehr mit den Ängsten eines einfachen Untertanen kämpfte, sondern mit den Sorgen eines Heilers. Wie sollte er zum Ausdruck bringen, was ihm auf der Seele lag?

Kalt ruhten die schwarzen Augen des Königs auf Rustems Gesicht. Zorn schwelte darin. »Der Pfeil ist mit einem Gift bestrichen«, sagte Shirvan.

Rustem nickte. »Ja, Gebieter, mit *Kaaba*. Dem Saft der *Fijana*-Pflanze.« Er holte tief Atem, dann fragte er: »Haben Eure eigenen Heiler den Schaft angefasst?«

Der König nickte kaum merklich mit dem Kopf. Der Zorn in seinem Blick war nicht schwächer geworden. Er hatte offensichtlich starke Schmerzen, aber das merkte man ihm nicht an. »Alle drei. Sehr komisch. Ich ließ sie wegen ihrer Unfähigkeit hinrichten, aber sie hätten ohnehin nicht mehr lange zu leben gehabt, nicht wahr? Keiner von ihnen hat das Gift bemerkt.«

»Es kommt hier selten vor«, sagte Rustem. Er bemühte sich, seine Gedanken zu ordnen.

»So selten nun auch wieder nicht. Ich nehme es seit fünfundzwanzig Jahren in kleinen Dosen zu mir«, sagte der König. »*Kaaba* und andere giftige Substanzen. Anahita ruft uns, wann immer sie will, aber der Mensch kann dennoch Vorsorge treffen, um sein Leben zu schützen, und ein König muss es sogar tun.«

Rustem schluckte. Jetzt hatte er die Erklärung, warum sein Patient noch am Leben war. Seit fünfundzwanzig Jahren? Vor seinem geistigen Auge entstand ein Bild: Ein junger König nahm – sicher noch zaghaft – die erste winzige Dosis des tödlichen Pulvers ein. Die Folge musste eine schwere Übelkeit gewesen sein … später wiederholte er den Versuch einmal, zweimal, dann regelmäßig in immer größeren Mengen … Er schüttelte den Kopf.

»Der König hat viel auf sich genommen für sein Volk«, sagte er. Er musste an die königlichen Leibärzte denken.

Kaaba verschloss die Kehle, bevor es das Herz erreichte. Man strangulierte sich selbst, ein qualvoller Tod. Er hatte es im Osten miterlebt. Dort war es eine Form der Hinrichtung. *Komisch,* hatte der König gesagt.

Noch ein Gedanke ging ihm durch den Kopf. Doch den drängte er so weit wie möglich in den Hintergrund.

»Es ändert nichts«, sagte der König. Seine Stimme klang etwa so, wie Rustem sie sich vorgestellt hatte: kalt, leidenschaftslos, ernst. »Es ist ein Löwenpfeil. Was nützt es, vor Gift geschützt zu sein, wenn sich der Pfeil nicht entfernen lässt?«

Es klopfte. Die Tür öffnete sich, und Vinaszh der Garnisonskommandant trat ein. Er keuchte, als sei er gelaufen. In den Händen hielt er ein Paar Reithandschuhe aus dunkelbraunem Leder. Rustem sah, dass sie zu dick, zu steif waren, aber er hatte keine andere Wahl. Er zog sie an. Dann schnürte er die Hülle mit dem langen, dünnen Metallinstrument auf, das ihm sein Sohn in den Garten nachgetragen hatte. *Er sagte etwas von einem Pfeil, Papa.*

»Manchmal lassen sich auch solche Pfeile entfernen«, sagte Rustem. Er wollte jetzt nicht an Shaski denken. Er wandte sich nach Westen und schloss die Augen zum Gebet. Im Geist listete er alle Vorzeichen des heutigen Nachmittags auf, die guten wie die schlechten, und zählte die Tage seit der letzten Mondfinsternis. Nach Abschluss der Berechnungen legte er sich die Talismane und Schutzmaßnahmen zurecht, die sich daraus ergaben. Er empfahl ein empfindungsdämpfendes Kraut gegen die Schmerzen des bevorstehenden Eingriffs, aber der König lehnte ab. Nun rief Rustem den Garnisonskommandanten ans Bett und erklärte ihm, wie er den Patienten ruhig zu halten habe. Er sagte nicht ›den König‹. Hier lag ein Kranker. Rustem war Arzt und der Kommandant sein Assistent. Es galt, einen Pfeil zu entfernen, falls das möglich war. Rustem kämpfte gegen Azal den Widersacher, der die beiden Monde und die

Sonne verdunkeln und jedem Leben ein Ende setzen konnte.

Wie sich zeigte, wurde weder der Kommandant noch das Kraut benötigt. Zuerst brach Rustem den geschwärzten Pfeilschaft möglichst dicht an der Eintrittsstelle ab, dann erweiterte er die Wunde mit verschiedenen Sonden und einem Messer. Die Prozedur war so schmerzhaft, dass manche Menschen sie nicht einmal ertrugen, wenn man ihnen ein Betäubungsmittel verabreicht hatte. Sie schrieen, schlugen um sich oder verloren das Bewusstsein. Shirvan von Bassania lag mit offenen Augen da und bewegte sich kein einziges Mal. Nur sein Atem wurde flacher und schneller, Schweißperlen traten ihm auf die Stirn, und er biss die Zähne so fest zusammen, dass unter dem geflochtenen Bart die Kiefermuskeln hervortraten. Als Rustem die Öffnung für groß genug hielt, ölte er den langen, schmalen Enyati-Löffel, führte ihn ein und schob ihn auf die Pfeilspitze zu.

Mit den dicken, bereits blutdurchtränkten Handschuhen war es schwer, präzise zu arbeiten, aber er hatte jetzt eine Vorstellung, wie der Pfeil lag, und wusste, in welchem Winkel er Enyatis Instrument zu führen hatte. Die flache Pfanne glitt am Schaft entlang durch das Fleisch – der König hielt jetzt den Atem an, lag aber immer noch völlig reglos. Rustem drehte das Instrument ein wenig, spürte, wie der Löffel auf Widerstand stieß und sich um den breitesten Teil der Pfeilspitze legte, und schob ihn vorsichtig weiter. Dies war der kritische Moment. Er wagte selbst nicht mehr zu atmen. Ein kurzes Gebet an die Göttin in Gestalt der Heilerin, dann drehte er den Löffel noch einmal und zog ihn vorsichtig um ein Winziges zurück.

Der König keuchte auf und hob wie zum Protest den Arm, aber Rustem hatte den leichten Ruck gespürt. Die Pfeilspitze lag sicher in der Pfanne. Er hatte es auf Anhieb geschafft. Er kannte einen Mann, einen Lehrer im fernen Osten, der jetzt auf seine ernste, nüchterne Art sehr zufrieden gewesen wäre. Nun hatte nur noch die glatte, geölte Außenwand des Löffels Kontakt mit dem verletzten Fleisch, die Pfeilspitze mit ihren Widerhaken befand sich im Innern und konnte keinen Schaden mehr anrichten.

Rustem blinzelte und wollte sich mit der Rückseite seines blutigen Handschuhs den Schweiß von der Stirn wischen, doch zum Glück fiel ihm – im letzten Moment – noch ein, dass dies sein Tod wäre. Sein Herz klopfte zum Zerspringen.

»Wir sind beinahe am Ziel, gleich ist es vorbei«, murmelte er. »Seid Ihr bereit, mein teurer Gebieter?« Der Wesir hatte diese Anrede gebraucht. Auch Rustem meinte sie in diesem Moment ernst, als er auf den Mann niederschaute, der stumm mit unerträglichen Qualen rang. Überrascht beobachtete er, wie Vinaszh der Kommandant etwas näher ans Kopfende des Bettes trat, sich zur Seite beugte und dem König so sanft die Hand auf die Stirn legte, als wolle er ihn nicht halten, sondern liebkosen.

»Wie könnte man für so etwas je bereit sein?«, ächzte Shirvan der Große, und Rustem entdeckte – verwundert – einen Hauch von zynischer Belustigung in seiner Stimme. Er drehte die Füße nach Westen, sprach das auf dem Löffel eingravierte Ispahani-Wort, umfasste das Instrument mit beiden Händen und zog es mit einem Ruck aus dem sterblichen Fleisch des Königs der Könige.

»Ich muss also noch nicht sterben?«

Sie waren allein im Raum. Die Zeit war nicht stehen geblieben. Draußen war es vollends dunkel geworden. Der Wind wehte noch immer. Auf Anweisung des Königs war Vinaszh zu den Wartenden hinausgegangen und hatte ihnen mitgeteilt, die Behandlung werde fortgesetzt, und Shirvan sei noch am Leben. Nur das, nicht mehr. Weder der Soldat noch Rustem hatten den Befehl hinterfragt.

Unstillbare Blutungen waren wie immer die erste Gefahr. Rustem hatte Verbandmull und einen sauberen Schwamm in die erweiterte Wundöffnung gedrückt. Die Wunde ließ er offen. Eine Wunde zu früh zu schließen, war einer der gängigsten ärztlichen Kunstfehler. Viele Patienten starben daran. Wenn alles gut ginge, würde er die Wundränder später mit seinen feinsten Nadeln zusammenstecken, aber nicht zu fest, damit das Sekret abfließen konnte. Doch das hatte noch Zeit. Im Moment befestigte er die Kompresse nur mit sauberem Linnen, das er vorschriftsmäßig im Dreieck unter der Achselhöhle hindurch, über den Oberkörper und weiter nach oben um beide Halsseiten herum führte. Der Verband endete am höchsten Punkt, der Knoten zeigte, wie es sich gehörte, nach unten zum Herzen hin. Jetzt brauchte er frisches Bettzeug und frische Wäsche für den König und saubere Handschuhe und heißes Wasser für sich selbst. Die blutigen Handschuhe des Kommandanten warf er ins Feuer. Niemand durfte damit in Berührung kommen.

Der König hatte seine Frage mit schwacher, aber klarer Stimme gestellt. Ein gutes Zeichen. Diesmal hatte er ein Beruhigungsmittel aus Rustems Tasche angenommen. Der Blick der schwarzen Augen war fest und ruhig, die Pupillen waren nicht übermäßig geweitet. Rustem war vorsichtig optimistisch. Die zweite Gefahr war jetzt wie immer in solchen Fällen der grüne Eiter, wobei Pfeilwunden im Allgemeinen besser verheilten als Schwerthiebe. Später würde er die Kompresse abnehmen und die Wunde spülen, um dann noch vor dem Morgengrauen Auflage und Verband zu erneuern: Diese Variante hatte er selbst entwickelt. Die meisten Heiler wechselten den ersten Verband erst nach zwei bis drei Tagen.

»Ich denke schon, mein König. Der Pfeil wurde entfernt, und so Perun will und ich dafür sorge, dass sich keine fauligen Absonderungen bilden, wird die Wunde heilen.« Er zögerte. »Gegen das Gift in der Wunde habt Ihr Euren eigenen … Schutz.«

»Darüber möchte ich mit Euch sprechen.«

Rustem schluckte hart. »Gebieter?«

»Ihr habt das Gift der *Fijana*-Pflanze am Geruch erkannt? Obwohl Ihr Eure eigenen Duftkräuter verbrannt hattet?«

Diese Frage hatte Rustem gefürchtet. Er war – wie die meisten Ärzte – ein guter Schauspieler, aber hier stand er vor seinem König, dem sterblichen Bruder der Sonne und der beiden Monde.

»Ich begegne ihm nicht zum ersten Mal«, sagte er. »Ich habe in Ispahani studiert, Gebieter, und dort wächst die Pflanze.«

»Wo sie wächst, weiß ich selbst«, gab der König der Könige zurück. »Was habt Ihr mir sonst zu sagen, Heiler?«

Es gab kein Entrinnen. Rustem holte tief Atem.

»Ich hatte es auch hier im Raum gerochen, Erlauchter. Bevor ich die Duftkräuter ins Feuer warf.«

Schweigen trat ein.

»Das dachte ich mir.« Shirvan der Große sah kalt zu ihm auf. »Wo?« Ein Wort nur, aber es hatte die Wucht eines Schmiedehammers.

Wieder schluckte Rustem. Das Wissen um die eigene Sterblichkeit erzeugte einen bitteren Geschmack in seinem Mund. Aber was blieb ihm jetzt noch übrig? »An den Händen des Prinzen, erhabener König«, sagte er. »Als er mir befahl, Euer Leben zu retten, wenn ich das meine behalten wolle.«

Shirvan von Bassania schloss kurz die Augen. Als er sie wieder aufschlug, schwelte trotz der Betäubungsdroge der Zorn in ihren schwarzen Tiefen. »Das … betrübt mich«, sagte der König der Könige leise. Aber Rustem hörte keine Trauer in seiner Stimme. Plötzlich kam ihm der Verdacht, der König könnte das *Kaaba* an der Pfeilspitze und dem Schaft womöglich selbst gerochen haben. Er nahm das Gift seit fünfundzwanzig Jahren zu sich. Wenn er es erkannt hatte, dann hatte er tatenlos zugesehen, wie drei Heiler damit in Berührung kamen, und hätte auch Rustem nicht daran gehindert. Eine Prüfung? Obwohl er am Rand des Grabes stand? Was für ein Mensch …? Rustem überlief ein Schauer.

»Es scheint«, sagte der Große Shirvan, »als habe sich noch jemand gegen Gift geschützt, indem er Abwehrkräfte aufbaute. Sehr klug. Das muss ich sagen.« Er schwieg lange, dann seufzte er: »Murash. Er hätte tatsächlich einen guten König abgegeben.«

Er wandte sich ab und sah aus dem Fenster, obwohl es dunkel war und es nichts zu sehen gab. Nur der Wind heulte über der Wüste. »Es sieht so aus«, sagte der König, »als hätte ich den falschen Sohn samt seiner Mutter töten lassen.« Wieder wurde es still, doch diesmal dauerte das Schweigen nicht so lange. »Das betrübt mich«, wiederholte der König.

»Lassen sich diese Befehle nicht widerrufen, Erlauchter?«, fragte Rustem zögernd.

»Natürlich nicht«, sagte der König der Könige.

Später fand Rustem die ruhige Entschiedenheit, mit der er diese Worte sprach, fast noch beängstigender als alles andere an diesem Tag.

»Ruft den Wesir«, sagte Shirvan von Bassania und schaute in die Nacht hinaus. »Und meinen Sohn.«

In diesem Moment wünschte sich Rustem der Heiler, Sohn des Zorah, sehnsüchtig zurück in sein Häuschen mit den geschlossenen Fensterläden, die Wind und Finsternis draußen hielten, zurück zu Katyun und Jarita und den zwei friedlich schlafenden Kindern. Nur allzu gern hätte er jetzt dort am Feuer gesessen, einen Becher Würzwein neben sich, als hätte die Welt niemals an seine Tür geklopft.

Stattdessen verneigte er sich vor dem Mann auf dem Bett und wandte sich zum Gehen.

»Heiler«, sagte der König der Könige.

Rustem drehte sich um. Er war völlig ratlos und hatte Angst.

»Ich bin noch immer Euer Patient. Die Verantwortung für mein Wohl verbleibt in Euren Händen. Handelt entsprechend.« Die Stimme duldete keinen Widerspruch, der kalte Zorn hatte sich nicht gelegt.

Es bedurfte keines besonderen Scharfsinns, um zu verstehen, was damit gemeint war.

Heute Nachmittag, als der Wind in der Wüste aufkam, hatte er noch in seinem bescheidenen Behandlungsraum auf seinem Teppich gehockt und sich bemüht, seinen vier Studenten beizubringen, nach der Methode des gelehrten Merovius von Trakesia den grauen Star zu stechen.

Er öffnete die Tür. Im Fackelschein warteten ein Dutzend müder Höflinge. Diener oder Soldaten hatten Bänke in den Korridor gebracht; dort saßen einige der Männer gegen die Steinmauer gelehnt. Manche waren eingeschlafen. Andere standen auf, als sie ihn sahen. Rustem nickte Mazendar dem Wesir und dann dem jungen Prinzen zu. Der stand etwas abseits von den anderen, das Gesicht zu einem dunklen, schmalen Fensterschlitz zugewandt, und betete.

Vinaszh, der Garnisonskommandant – der Einzige hier, den Rustem kannte –, zog fragend die Augenbrauen hoch und trat einen Schritt vor. Rustem schüttelte den Kopf, doch dann besann er sich. *Die Verantwortung bleibt in Euren Händen,* hatte der König der Könige gesagt. *Handelt entsprechend.*

Rustem trat beiseite, um den Wesir und den Prinzen eintreten zu lassen. Dann winkte er auch den Kommandanten in den Raum. Er sagte kein Wort, nur ihre Blicke trafen sich, als der andere an ihm vorbeiging. Rustem folgte ihm und schloss die Tür.

»*Vater!*«, rief der Prinz.

»Was geschehen muss, steht seit langem geschrieben«, murmelte Shirvan von Bassania sachlich. Er saß, von Kissen gestützt, die nackte Brust mit Linnenverbänden umwickelt, aufrecht in seinem Bett. »Die Gnade Peruns und der Göttin haben die Machenschaften des Schwarzen Azal wieder einmal vereitelt. Der Heiler konnte den Pfeil entfernen.«

Sichtlich gerührt fuhr sich der Wesir mit der Hand über das Gesicht, dann kniete er nieder und berührte mit der Stirn den Boden. Prinz Murash hatte seinen Vater mit großen Augen angesehen und wandte sich nun an Rustem. »Perun sei gepriesen!«, rief er, trat mit ausgestreckten Armen auf den Heiler zu und nahm dessen Hände in die seinen. »Man wird Euch reich belohnen!«, rief der Prinz.

Nur mit äußerster Selbstbeherrschung und dank eines geradezu verzweifelten Glaubens an sein eigenes Wissen vermied Rustem, dass er heftig zurückzuckte. Sein Herz schlug wie rasend. »Perun sei gepriesen!«, wiederholte Prinz Murash, wandte sich wieder dem Bett zu und kniete wie der Wesir davor nieder.

»Für alle Zeit«, pflichtete ihm der König leise bei. »Mein Sohn, der Mörderpfeil liegt dort auf der Truhe unter dem Fenster. Er war mit Gift bestrichen. Mit *Kaaba*. Wirf ihn für mich ins Feuer.«

Rustem stockte der Atem. Er sah zu Vinaszh hinüber, wieder begegneten sich ihre Blicke, dann wandte sich der Heiler abermals dem Prinzen zu.

Murash erhob sich. »Mit Freuden, mein Vater und König. Aber Gift?«, fragte er dann. »Wie kann das sein?« Er trat zum Fenster und griff nach einem Stück Linnen, das neben Rustems Instrumenten lag.

»Nimm ihn in die Hände, Sohn«, befahl Shirvan von Bassania, der König der Könige, das Schwert Peruns. »Fass ihn noch einmal mit deinen bloßen Händen an.«

Ganz langsam wandte sich der Prinz dem Bett zu. Der Wesir hatte sich ebenfalls erhoben und beobachtete ihn scharf.

»Ich verstehe nicht. Du glaubst, ich hätte diesen Pfeil schon einmal in Händen gehabt?«, fragte Prinz Murash.

»Sein Geruch haftet noch an ihnen, mein Sohn«, sagte Shirvan streng. Rustem trat vorsichtig einen Schritt auf den König zu. Der Prinz – er wirkte lediglich verblüfft – drehte sich um und betrachtete erst seine Hände und dann Rustem. »Aber dann hätte ich ja auch den Arzt vergiftet«, sagte er.

Shirvan drehte den Kopf und sah Rustem an. Schwarz hing der Bart über den hellen Linnenverbänden, schwarz und kalt blickten die Augen. *Handelt entsprechend,* hatte er gesagt. Rustem räusperte sich. »Ihr habt es versucht«, sagte er. Sein Herz raste noch immer. »Wenn Ihr den Pfeil berührtet, um damit auf den König zu schießen, dann ist Euch das *Kaaba* seither durch die Haut gedrungen und befindet sich jetzt in Euch. Eure Berührung ist keine Gefahr, Prinz Murash. Nicht mehr.«

Er glaubte daran. Man hatte es ihn so *gelehrt*. Doch er hatte nie mit angesehen, wie diese Lehre überprüft wurde. Ein leichter Schwindel überfiel ihn, der Raum schien zu schwanken wie eine Kinderwiege.

Die Augen des Prinzen wurden schwarz, so schwarz wie die seines Vaters. Murash griff an seinen Gürtel, riss ein Messer heraus, wandte sich dem Bett zu.

Der Wesir schrie auf. Rustem tat ein paar stolpernde Schritte – er war unbewaffnet.

Vinaszh, Kommandant der Garnison von Kerakek, schleuderte von der Tür her seinen eigenen Dolch und tötete damit den Prinzen Murash, den dritten der neun Söhne Shirvans des Großen.

Die Klinge fuhr dem Prinzen in die Kehle, das Messer entglitt seinen leblosen Fingern, er sank langsam über dem Bett zusammen und kam mit dem Gesicht neben den Knien seines Vaters zu liegen. Sein Blut ergoss sich über die weißen Laken.

Shirvan regte sich nicht. Die anderen waren wie erstarrt.

Nach langer Zeit löste der König den Blick von seinem toten Sohn, sah zuerst Vinaszh und dann Rustem an und nickte.

»Heiler, wie war doch noch der Name Eures Vaters …?« Eine kühle, unbeteiligte Frage.

Rustem stutzte. »Zorah, Erlauchter.«

»Ein Name aus der Kriegerkaste.«

»Ja, Gebieter. Er war Soldat.«

»Ihr habt einen anderen Beruf gewählt?«

Ein unglaublicher Dialog. Rustem war wie vor den Kopf geschlagen, es war unheimlich. Über dem Mann, der so mit ihm sprach, lag ein Toter – sein Sohn. »Ich kämpfe gegen Krankheiten und Verletzungen, Gebieter.« Die Standardantwort.

Wieder nickte der König nachdenklich, als habe er erfahren, was er wissen wollte. »Natürlich ist Euch bekannt, dass Ihr der Priesterkaste angehören müsst, um königlicher Leibarzt zu werden.«

Natürlich. Nun klopfte die Welt doch noch an seine Tür.

Rustem senkte den Kopf und schwieg.

»Man wird dies beim nächsten Aufnahmeritual vor der Heiligen Flamme in Ordnung bringen.«

Rustem schluckte hart. Zum wievielten Mal schon in dieser Nacht? Dann räusperte er sich. »Eine meiner Frauen ist bürgerlicher Herkunft, Erhabener.«

»Man wird sie großzügig abfinden. Ist ein Kind vorhanden?«

»Ja, Gebieter. Ein Mädchen.«

Der König zuckte die Achseln. »Man wird einen geeigneten Gatten für sie finden. Mazendar, Ihr kümmert Euch darum.«

Jarita. Das bedeutete *Teich in der Wüste.* Schwarze Augen, schwarzes Haar, so leichte Schritte, dass sie kaum die Luft bewegte, wenn sie einen Raum betrat oder verließ. Die leichteste Hand der Welt. Und Inissa, die Kleine, die sie Issa nannten. Rustem schloss die Augen.

»Eure zweite Frau entstammt der Kriegerkaste?«

Rustem nickte. »Jawohl, Gebieter. Desgleichen mein Sohn.«

»Sie können bei der Zeremonie mit Euch erhoben werden. Und Ihr zieht nach Kabadh. Solltet Ihr dort eine zweite Frau wünschen, so wird dafür gesorgt werden.«

Wieder schloss Rustem die Augen.

Die Welt hämmerte gegen seine Tür, sie ließ sich nicht abweisen, drängte sich ein wie der Wind.

»Das Ritual findet natürlich erst zum Mittsommer statt. Aber ich möchte Eure Dienste schon vorher in Anspruch nehmen. Ihr scheint mir ein fähiger Mann zu sein. Von dieser Sorte gibt es nie genug. Ihr führt meine Behandlung hier zu Ende, Heiler. Dann unternehmt Ihr über den Winter in meinem Auftrag eine Reise. Ihr habt scharfe Augen. Könnt Eurem König auch schon dienen, bevor Ihr in eine höhere Kaste aufrückt. Ihr werdet aufbrechen, sobald ich nach Eurem Ermessen so weit wiederhergestellt bin, dass ich nach Kabadh zurückkehren kann.«

Nun öffnete Rustem die Augen. Blickte langsam auf. »Wohin soll die Reise gehen, Erlauchter?«

»Nach Sarantium!«, sagte Shirvan von Bassania.

Als der König der Könige eingeschlafen war, kehrte Rustem kurz nach Hause zurück, um die blutigen Kleider zu wechseln und seinen Vorrat an Kräutern und Arzneien aufzufüllen. Die Nacht war kalt und windig. Der Wesir gab ihm einige Soldaten als Eskorte mit. Er war ein wichtiger Mann geworden. Eigentlich nicht überraschend, wenn man davon absah, dass jetzt alles überraschend war.

Seine beiden Frauen waren wach, obwohl es sehr spät war. Sie hatten im vorderen Raum die Öllampen angezündet: Das war Verschwendung. In einer gewöhnlichen Nacht hätte er Katyun deshalb zur Rede gestellt. Er trat ein. Bei seinem Anblick standen beide rasch auf. Jaritas Augen füllten sich mit Tränen.

»Perun sei gelobt«, sagte Katyun. Rustem schaute von einer zur anderen.

»Papa«, sagte ein verschlafenes Stimmchen.

Rustem sah zum Feuer hinüber. Auf dem kleinen Teppich davor lag eine kleine Gestalt in zerdrückten Kleidern. Jetzt erhob sich Shaski und rieb sich die Augen. Er hatte mit seinen Müttern hier gewartet und war dabei eingeschlafen.

»Papa«, sagte er noch einmal zögernd. Katyun trat zu ihm und legte ihm den Arm um die schmalen Schultern. Sie fürchtete wohl, Rustem könnte den Jungen tadeln, weil er so spät noch wach war.

Rustem spürte, wie ihm die Kehle eng wurde. Nicht vom *Kaaba*. Es war etwas anderes. Er sagte bedächtig: »Es ist alles gut, Shaski. Ich bin wieder zu Hause.«

»Was ist mit dem Pfeil?«, fragte sein Sohn. »Sie sprachen doch von einem Pfeil.«

Rustem fiel das Sprechen ungewöhnlich schwer. Jarita weinte.

»Der Pfeil ist entfernt. Ich habe den Enyati-Löffel benützt, den du mir gebracht hattest. Das war sehr gut, Shaski.«

Der Junge lächelte verschämt und drückte schläfrig den Kopf gegen die Hüfte seiner Mutter. Katyuns Hand strich ihm zart wie das Mondlicht über das Haar. Ihre Augen suchten Rustems Blick. Zu viele Fragen standen darin.

Zu ungeheuerlich waren die Antworten.

»Geh jetzt schlafen, Shaski. Ich muss mit deinen Müttern sprechen, dann kehre ich zu meinem Patienten zurück. Wir sehen uns morgen. Es ist alles gut.«

Alles war gut und auch wieder nicht. In die Priesterkaste aufzusteigen, war atemberaubend, ein Wunder. Bassanias Kastenwesen war unverrückbar wie die Berge; nur der Wunsch des Königs der Könige konnte es in Bewegung bringen. Als Leibarzt an den Hof berufen zu werden, bedeutete Reichtum, eine gesicherte Existenz, Zugang zu Bibliotheken und Gelehrten. Er brauchte sich den Kopf nicht mehr wegen eines größeren Hauses für seine Familie oder wegen der Kosten für das Lampenöl zu zerbrechen. Shaskis Zukunftsaussichten hatten sich mit einem Schlag in ungeahnter Weise verbessert.

Aber wie brachte man seiner Frau bei, dass man sie auf Befehl des Königs der Könige verstoßen und einem anderen Mann geben musste? Und die Kleine? Issa, die schlafend in ihrer Wiege lag? Auch sie würde er verlieren.

»Es ist alles gut«, wiederholte Rustem, wie um sich selbst zu überzeugen.

Die Tür hatte sich geöffnet, und auf der Schwelle hatte die Welt gestanden. Gut und Böse gingen Hand in Hand und waren nicht zu trennen. Perun und Azal blieben Gegenspieler. Die beiden Götter waren gemeinsam in die Zeit eingetreten; der eine konnte ohne den anderen nicht existieren. So lehrten es die Priester in jedem bassanidischen Tempel vor der Heiligen Flamme.

Die Frauen brachten das Kind gemeinsam in sein Zimmer. Shaski trat zwischen ihnen durch die Tür und hielt jede an der Hand. Er beanspruchte sie alle beide. Sie verwöhnen ihn zu sehr, dachte Rustem. Aber damit wollte er sich in dieser Nacht nicht beschäftigen.

Er stand allein in seinem eigenen Häuschen im Schein der Öllampen und des Feuers und dachte nach über das Schicksal und über die Zufälle, die das Leben eines Menschen formten. Und er dachte an Sarantium.

KAPITEL II

Pardos war mit seinen Händen immer unzufrieden gewesen. Sie waren breit und gedrungen, und die Finger waren zu kurz. Kurzum, sie sahen nicht aus wie die Hände eines Mosaiklegers, obwohl sie wie bei allen seinen Kollegen mit Schnitten und Kratzern übersät waren.

Er hatte auf der langen Wanderung durch Wind und Regen viel Zeit gehabt, darüber und über andere Dinge nachzudenken, während der Herbst unaufhaltsam in den Winter überging. Martinians Hände, Crispins Hände oder die Hände von Pardos' bestem Freund Couvry – *die* hatten die richtige Form. Lang und kräftig, beweglich und zupackend zugleich. Pardos hatte eher die Hände eines Bauernburschen, eines Landarbeiters oder eines Handwerkers, bei dem es weniger auf Geschicklichkeit ankam. Manchmal bedrückte ihn das.

Trotzdem hatte er es geschafft, Mosaizist zu werden. Nach Abschluss seiner Lehrzeit bei zwei berühmten Meistern dieses Handwerks hatte man ihn feierlich in die Gilde von Varena aufgenommen. Die Papiere steckten in seiner Tasche, zu Hause stand sein Name in der Handwerksrolle. Also kam es im Grunde doch nicht auf das Aussehen an. Seine kurzen, dicken Finger waren gelenkig genug, um den Anforderungen gerecht zu werden. Was zählte, waren Auge und Verstand, hatte Crispin immer wieder gesagt, bevor er fortging; die Hände lernten schon zu tun, was man ihnen befahl.

Er hatte wohl Recht gehabt. Pardos' Hände wurden den Anforderungen hier tatsächlich gerecht, auch wenn er im Traum nicht daran gedacht hätte, dass er seinen ersten Auftrag als ausgelernter Mosaikleger mitten in der bitterkalten sauradischen Wildnis würde ausführen müssen.

Er hätte allerdings auch nie gedacht, dass er einmal so weit von zu Hause fortgehen würde – noch dazu allein. Es war nie seine Art gewesen, von Abenteuern in fernen Ländern zu träumen. Er war ein gottesfürchtiger junger Mann, vorsichtig, etwas ängstlich und ganz bestimmt nicht impulsiv.

Dennoch hatte er Varena verlassen – seine Heimat, den einzigen Ort in Jads Schöpfung, den er wirklich kannte. Fast unmittelbar nach den Morden im Heiligtum hatte er der Stadt den Rücken gekehrt, eine Entscheidung, die für seine Verhältnisse mehr als impulsiv war.

Aber es war kein Übermut gewesen, eher das Gefühl, gar nicht anders zu können. Warum wollten die anderen das denn nicht begreifen? Wenn seine Freunde, der alte Martinian und seine herzensgute Frau, ihn mit besorgten Fragen bestürmten, hatte er nur immer wiederholt, an einem Ort, wo solche Dinge geschähen, könne er nicht bleiben. Wenn sie ihm dann, teils zynisch, teils wehmütig erklärten, solche Dinge geschähen überall, hatte Pardos schlicht zurückgegeben, er habe sie aber nicht überall erlebt, sondern nur in dem Heiligtum vor Varenas Mauern, das man zur letzten Ruhestätte für König Hildrics Gebeine umgebaut hatte.

Dabei hatte er den Tag, da das Heiligtum eingeweiht werden sollte, zunächst für den schönsten seines Lebens gehalten. Er hatte mit den anderen ehemaligen Lehrlingen und frischgebackenen Gildeangehörigen, mit Martinian und seiner Frau und mit Crispins weißhaariger

Mutter bei der Zeremonie einen Ehrenplatz erhalten. Alle Großen des Antae-Reiches und viele berühmte Rhodianer, darunter etliche Abgesandte des Obersten Patriarchen, waren über Rhodias' schlammige Straßen nach Varena gekommen. Königin Gisel hatte, tief verschleiert und in weißen Trauergewändern, so nahe bei Pardos gesessen, dass er fast mit ihr hätte sprechen können.

Allerdings war es nicht die Königin selbst gewesen, sondern nur eine Hofdame, die sich für sie ausgab. Die Frau und mit ihr der hünenhafte stumme Beschützer der Königin hatten im Heiligtum ihr Leben gelassen. Sie waren mit einem Schwert getötet worden, obwohl Schwerter an diesem heiligen Ort nichts zu suchen hatten. Anschließend war der Mörder – Agila, der Oberste Stallmeister – seinerseits vor dem Altar erschossen worden, von Bogenschützen, die über ihm auf der Galerie postiert waren. Als die Pfeile noch mehr Männer fällten, waren die Leute schreiend auf die Türen zugerannt und hatten sich gegenseitig niedergetrampelt. Das Blut der Opfer hatte die Sonnenscheibe unter den Mosaiken besudelt, die Crispin, Martinian und Pardos, Radulph und Couvry und die anderen mit ihrer Hände Arbeit zu Ehren des Gottes geschaffen hatten.

Jads Wohnstatt, ein Haus des Gebetes, war durch einen schändlichen, frevelhaften Ausbruch von Gewalt entweiht worden. Pardos fühlte sich beschmutzt, er schämte sich – schließlich war auch er einer von den Antae, vom gleichen Blut, ja, sogar vom gleichen Stamm wie der Frevler, der mit seinem verbotenen Schwert aufgestanden war und die junge Königin mit bösen, schändlichen Worten beleidigt hatte, nur um dann am gleichen Ort zu Grunde zu gehen wie seine Opfer.

Pardos hatte das Heiligtum durch die Doppeltüren verlassen und war in den Vorhof getreten, als – auf Befehl des aalglatten Kämmerers Eudric Goldhaar – die Zeremonie fortgesetzt wurde. Draußen war er, vorbei an den Öfen, wo er den ganzen Sommer und Herbst über den Kalk für das Mosaikbett gebrannt hatte, durch die Pforte gegangen und auf der Straße zur Stadt zurückgekehrt. Noch bevor er die Mauern erreichte, stand sein Entschluss fest: Er würde Varena verlassen. Fast gleichzeitig war ihm auch klar geworden, wie weit er zu reisen gedachte, obwohl er noch nie in seinem Leben von zu Hause fort gewesen war und der Winter vor der Tür stand.

Später hatten die anderen versucht, ihn umzustimmen, aber Pardos war ein eigensinniger junger Mann, der sich nicht so leicht abbringen ließ, wenn er sich mit Herz und Verstand ein Ziel gesetzt hatte. Er brauchte Abstand von den Geschehnissen im Heiligtum – von den Verbrechen, die sein Stamm, Menschen von seinem Blut, begangen hatten. Unter seinen Kollegen und Freunden befand sich kein einziger Anta, alle waren rhodianischer Herkunft. Vielleicht spürten sie deshalb die Schmach nicht so tief wie er.

Die Straßen nach Osten mochten im Winter Gefahren bergen, aber für Pardos konnten sie nicht schlimmer sein als jene, die einem Volk drohten, das von seiner Königin verlassen war und in dessen Gotteshäusern Schwerter gezückt wurden.

Er wollte Crispin wiedersehen und mit ihm arbeiten, weitab von den Stammesfehden, die nun bald ausbrechen würden – wieder. Einmal hatten die Antae diesen dunklen Weg bereits beschritten. Diesmal wollte Pardos eine andere Richtung einschlagen.

Seit jener einzigen Botschaft aus einem Militärlager in Sauradia hatte man von Martinians jüngerem und temperamentvollerem Partner nichts mehr gehört. Der Brief war nicht einmal an Martinian und seine Leute adressiert gewesen, sondern an einen Alchimisten, mit dem Martinian befreundet war. Dieser Mann – ein gewisser Zoticus – hatte ihnen mitgeteilt, dass Crispin zumindest bis dahin seine Reise gut überstanden habe. Warum er dem alten Mann geschrieben hatte anstatt seinem eigenen Partner oder seiner Mutter, war nicht bekannt – Pardos jedenfalls wusste es nicht.

Seither gab es keine Nachricht mehr, obwohl Crispin inzwischen in Sarantium eingetroffen sein musste – falls er überhaupt so weit gekommen war. Pardos, inzwischen fest zur Abreise entschlossen, nahm sich seinen früheren Lehrer zum Vorbild und erklärte, ihm in die Kaiserstadt folgen zu wollen.

Als Martinian und seine Frau einsahen, dass der junge Mann von seinem Vorhaben nicht abzubringen war, machten sie sich mit wahrem Feuereifer daran, ihn angemessen auf die Reise vorzubereiten. Bedauerlicherweise war Martinians Alchimistenfreund, der offenbar mit den Straßen nach Osten wohl vertraut gewesen war, kurz vorher – und sehr plötzlich – abgereist, aber dafür holte der Mosaikmeister Ratschläge und Empfehlungen von verschiedenen ehemaligen Kunden ein, die erfahrene Händler waren. Da Pardos stolz von sich behaupten konnte, des Lesens kundig zu sein, versah man ihn mit Listen von Herbergen, die er aufsuchen beziehungsweise meiden sollte. Die Auswahl war natürlich begrenzt, denn er war nicht reich genug, um die Wirte in den Gasthöfen der Kaiserlichen Poststationen zu bestechen, aber es war doch gut zu wissen, in welchen Schenken und Kneipen man als Reisender mehr als gewöhnlich in Gefahr war, zum Opfer von Räubern und Mördern zu werden.

Eines Morgens suchte Pardos, nachdem er in der alten Kapelle unweit des Zimmers, das er mit Couvry und Radulph bewohnte, den Lobpreis der aufgehenden Sonne gebetet hatte, ziemlich verlegen einen Chiromanten auf.

Der Mann übte sein Gewerbe in einem Haus in der Nähe des Palastviertel aus. Etliche der am Heiligtum beschäftigten Lehrlinge und Gesellen hatten ihn bereits konsultiert, um sich beim Glücksspiel oder in Liebesdingen beraten zu lassen, dennoch war Pardos die Sache nicht geheuer.

Chiromantie war natürlich Ketzerei und damit verboten, aber hier in Batiara unter den Antae übten die Jad-Priester in solchen Dingen mehr Zurückhaltung, denn die Eroberer hielten nach wie vor an einigen Bereichen ihres alten Glaubens fest. Das Haus war ganz offen mit einem Schild gekennzeichnet, auf dem ein Pentagramm zu sehen war. Als Pardos die Tür öffnete, läutete eine Glocke, aber niemand ließ sich blicken. Er betrat einen düsteren kleinen Raum mit einer wackeligen Ladentheke. Nachdem er eine Weile gewartet hatte, klopfte er auf die Theke. Daraufhin kam der Seher hinter einem Perlenvorhang hervor und führte ihn wortlos in ein Hinterzimmer ohne Fenster, das mit einem kleinen Kohlebecken beheizt und mit Kerzen beleuchtet war. Dort wartete er, immer noch schweigend, bis Pardos drei Kupfermünzen auf den Tisch gelegt und seine Frage gestellt hatte.

Dann deutete er auf eine Bank. Pardos setzte sich vorsichtig; die Bank war sehr alt.

Der Mann war spindeldürr und schwarz gekleidet. An seiner linken Hand fehlte der kleine Finger. Er nahm Pardos' kurze, breite Hand in die seine, beugte sich darüber und studierte im Schein der Kerzen und des rauchenden Kohlebeckens lange Zeit die Innenfläche. Dabei hustete er immer wieder. Pardos reagierte auf die eingehende Untersuchung mit einer seltsamen Mischung aus Angst, Zorn und Selbstverachtung. Endlich bedeutete ihm der Mann – er hatte immer noch kein Wort gesprochen –, eine Hand voll ausgetrockneter Hühnerknochen auf den fettigen Tisch fallen zu lassen. Nachdem er diese Knochen abermals lange Zeit betrachtet hatte, erklärte er schließlich keuchend mit hoher Fistelstimme, Pardos werde die Reise nach Osten lebend überstehen, und er werde an der Straße erwartet.

Die letzte Aussage war so unsinnig, dass Pardos noch einmal nachfragte. Doch der Chiromant schüttelte nur hustend den Kopf und hielt sich ein fleckiges Tuch an den Mund. Als sich der Husten endlich legte, behauptete er, weitere Einzelheiten nur schwer erkennen zu können. Pardos verstand, dass das eine Nachforderung war, aber er war nicht bereit, noch mehr zu bezahlen, und trat in den Morgensonnenschein hinaus. Er fragte sich, ob der Mann tatsächlich so arm war, wie er sich gab, oder ob seine schäbige Kleidung und die ärmlichen Räume nur Tarnung waren, um nicht aufzufallen. Sicherlich brauchte in Varena kein Chiromant zu verhungern. Der Husten und das Keuchen hatten echt geklungen, aber krank werden konnten die Reichen fast ebenso leicht wie die Armen.

Pardos war der Besuch bei dem Seher nach wie vor peinlich, außerdem wusste er genau, was der Geistliche, der die Gottesdienste in seiner Kapelle abhielt, davon hielte, dennoch ließ er es sich nicht nehmen, seinem Freund Couvry von dem Erlebnis zu berichten. »Wenn ich nun doch ums Leben komme«, sagte er, »dann gehst du hin und verlangst die drei Münzen zurück, ja?« Und Couvry versprach es, ohne seine üblichen Witze zu machen.

Den letzten Abend vor der Abreise verbrachten Couvry und Radulph mit Pardos in ihrer Stammkneipe beim Wein. Auch Radulph wollte Varena bald verlassen, aber er ging nur ins weiter südlich unweit von Rhodias gelegene Baiana, wo seine Familie lebte und er damit rechnen konnte, genügend Aufträge zur Ausgestaltung von Wohnhäusern und Sommersitzen am Meer zu erhalten. Ein Bürgerkrieg oder ein Einmarsch von Osten würden die Aussichten natürlich schmälern, aber darüber wollten sie an ihrem letzten gemeinsamen Abend nicht sprechen. Im Laufe des feuchtfröhlichen Abschieds beteuerten sowohl Radulph als auch Couvry sehnsüchtig, sie würden Pardos am liebsten begleiten. Seit sie sich mit seinem jähem Entschluss abgefunden hatten, erschien ihnen die Reise wie ein großes Abenteuer.

Pardos sah das ganz anders, aber das behielt er für sich, um seine Freunde nicht zu enttäuschen. Irgendwann öffnete Couvry ein mitgebrachtes Paket, und die beiden überreichten ihm ein Paar nagelneuer Wanderstiefel. Pardos war tief gerührt. Radulph erklärte, sie hätten eines Nachts, während er schlief, die Umrisse seiner Sandalen nachgezeichnet, um die richtige Größe zu bekommen.

Auf Anweisung von Eudric Goldhaar, dem ehemaligen Kämmerer, der sich nach der Flucht der Königin selbst zum Regenten ausgerufen hatte, mussten die Schenken schon früh schließen. Nach der Proklamation waren Unruhen ausgebrochen. In den letzten Tagen war eine Reihe von Menschen bei Straßenkämpfen ums Leben gekommen. Nun galt für alle Trinklokale eine feste Sperrstunde. Die Gemüter waren erhitzt, und die Erregung würde noch steigen.

Unter anderem sorgte die Tatsache, dass offenbar niemand wusste, wo sich die Königin aufhielt, bei den derzeitigen Bewohnern des Palastes für einiges Unbehagen.

Pardos hoffte nur, dass es ihr gut gehe, wo immer sie auch sein mochte, und dass sie irgendwann zurückkommen werde. Weibliche Herrscher waren bei den Antae nicht sehr beliebt, aber Pardos hielt Hildrics Tochter für eine weitaus bessere Königin als alle anderen, die für das Amt in Frage kamen.

Am nächsten Morgen verließ er unmittelbar nach dem Lobpreis bei Sonnenaufgang seine Heimatstadt und nahm die Straße nach Osten in Richtung Sauradia.

Letzten Endes waren es die Hunde, die ihm am meisten zu schaffen machten. Größere Reisegruppen mieden sie gewöhnlich, aber zwei- oder dreimal war Pardos am frühen Morgen und am Abend allein unterwegs, und einmal erreichte er keinen Gasthof mehr und musste eine besonders schlimme Nacht im Freien verbringen. Bei diesen Gelegenheiten wurde er von wilden Hunden angegriffen. Er setzte sich mit seinem Stab zur Wehr, doch obwohl er mit einer Wucht zuschlug, die ihn selbst überraschte, und dabei lästerlich fluchte, wurde er mehrfach gebissen. Zum Glück war wohl keines der Tiere krank gewesen, sonst hätte er inzwischen im Sterben gelegen oder wäre bereits tot gewesen, und Couvry hätte zu dem Wahrsager gehen und sein Geld zurückverlangen müssen.

Die Herbergen waren meist schmutzig und kalt und das Essen ein undefinierbarer Fraß, aber auch Pardos' Zimmer in Varena war kein Palast gewesen, und die kleinen Plagegeister, die mit ihm den Strohsack teilten, waren ihm keineswegs fremd. In den Schankstuben saßen an regnerischen Abenden genügend zwielichtige Gestalten, die zu viel billigen Wein tranken, aber offenbar sah man dem stillen jungen Mann schon von weitem an, dass er nichts besaß, was sich zu stehlen lohnte, und ließ ihn mehr oder weniger in Ruhe. Seine neuen Stiefel hatte er vorsichtshalber mit Schmutz eingerieben, damit sie älter aussahen.

Er liebte diese Stiefel. Die Kälte und die langen Fußmärsche machten ihm nichts aus. Der Aldwood, der große schwarze Wald im Norden, zog ihn wie magisch an. Mit dem Licht veränderten sich auch die Farben am Waldesrand. Er vertrieb sich die Zeit damit, verschiedene Schattierungen von Dunkelgrün, Grau, Schlammbraun und Schwarz zu unterscheiden und zu beschreiben. Womöglich hausten in diesen Wäldern einst meine Großväter und deren Vorfahren, dachte er. Vielleicht fand er sie deshalb so reizvoll. Die Antae waren wie die Inicier, die Vrachae und andere kriegerische Stämme lange in Sauradia heimisch gewesen, bevor sie ihre große

Wanderung nach Südwesten antraten und in Batiara eindrangen, wo ein Weltreich vor dem Zerfall stand. Vielleicht weckten die Bäume entlang der Kaiserlichen Straße einen Urinstinkt, der ihm im Blut lag. Der Chiromant hatte nur gesagt, er werde an der Straße erwartet, aber er hatte nicht gesagt, *wovon* oder *von wem*.

Er suchte Anschluss an andere Reisende, wie Martinian es ihm geraten hatte, aber nach ein paar Tagen machte er sich weiter keine Sorgen mehr, wenn sich niemand fand. Er sprach stets getreulich den Lobpreis der aufgehenden Sonne und die Sonnenuntergangslitanei, und wenn er das in einer Kapelle tun konnte, blieb er oft zurück und ließ seine weniger frommen Begleiter weiterziehen.

Ein glatt rasierter Weinhändler aus Megarium bot Pardos an, gegen Bezahlung das Bett mit ihm zu teilen – sogar in einem Kaiserlichen Gasthof –, und als die Gruppe unterwegs in die Dunkelheit geriet, griff er dem jungen Mann zwischen die Beine und ließ erst von ihm ab, als der ihm mit seinem Stab von hinten in die Kniekehlen schlug. Der Mann stieß einen Schmerzensschrei aus, und Pardos fürchtete schon, seine Freunde könnten Ärger machen, aber sie wussten offenbar, was sie von ihrem Kollegen zu halten hatten, und mischten sich nicht ein. Einer ging sogar so weit, sich zu entschuldigen. Als der Kaiserliche Gasthof auftauchte – groß und einladend mit Fackeln beleuchtet –, kehrte die Gruppe dort ein, und Pardos ging allein weiter. Dies war die Nacht, in der er schließlich in klirrender Kälte im Schein des weißen Mondes an der Südseite einer Steinmauer kauerte und sich mit einem Rudel Wildhunde herumschlug. Die Mauer hätte die Hunde abhalten müssen, aber sie war an zu vielen Stellen eingebrochen. Pardos wusste, was das bedeutete. Auch hier hatte die Pest in den letzten Jahren gewütet. Wenn so viele Menschen starben, gab es nicht mehr genügend Hände, um alle anfallenden Arbeiten zu erledigen.

Diese eine Nacht war schlimm, er fror erbärmlich, wagte nicht einzuschlafen und fürchtete tatsächlich, nach einem so kurzen und völlig unbedeutenden Leben hier in Sauradia sterben zu müssen. Was wollte er überhaupt in dieser Wildnis, fern von allem, was er kannte? Er konnte nicht einmal Feuer machen, und so suchte er verzweifelt im Dunkeln nach den drahtigen, geifernden Schemen, die ihn getötet hätten, wenn er sie nahe genug an sich heran gelassen hätte. Dann drangen andere Geräusche aus dem Wald hinter der Mauer und der Straße: mehrfach ein tiefes Grunzen, zorniges Gebrüll und einmal schwere Tritte. Pardos stand nicht auf, um nachzusehen, aber danach verzogen sich, Jad sei Dank, die Hunde. Pardos saß, in seinen Mantel gewickelt, sein Bündel im Rücken an der rauen Mauer, schaute hin auf zum weißen Mond und zu den fernen Sternen und überlegte, wo genau in Jads Schöpfung er sich befand. Wo in dieser Welt verbrachte das kleine, unbedeutende, atmende Wesen namens Pardos von den Antae diese Nacht? Hart und grell wie Diamanten blitzten die Sterne durch die Dunkelheit.

Später entschied er, diese lange Nacht habe ihm ein neues Bild des Gottes vermittelt, auch wenn das eine vermessene Vorstellung war, denn wie konnte jemand wie er es überhaupt wagen, sich ein Bild von seinem Gott zu machen? Doch der Gedanke ließ ihn nicht los: Hatte Jad nicht Nacht für Nacht eine unendlich viel schwerere Aufgabe zu bewältigen, wenn er allein in Dunkelheit und bitterer Kälte gegen die Feinde und das Böse kämpfte? Und – eine weitere Erkenntnis – tat der Gott dies nicht zum Wohle *anderer*, nicht für sich selbst, sondern für seine sterblichen Kinder? Pardos hatte nur um sein eigenes Leben gekämpft, für nichts sonst auf dieser Erde.

Irgendwann, nachdem der weiße Mond untergegangen war, hatte er an die Schlaflosen gedacht, die heiligen

Männer, die jede Nacht Wache hielten, um die nächtlichen Verdienste des Gottes zu würdigen. Dann war er in einen unruhigen, traumlosen Schlaf gefallen.

Und gleich am nächsten Tag hatte er, frierend, mit steifen, schmerzenden Gliedern und zum Umfallen müde, etwas abseits der Straße eine Kapelle genau dieser Schlaflosen entdeckt und war dankbar eingetreten. Er wollte ein Gebet sprechen, wollte Dank sagen, vielleicht suchte er auch etwas Wärme an diesem kalten und windigen Morgen. Doch dann sah er, was über ihm war.

Einer der Ordensbrüder war wach und kam Pardos freundlich entgegen. Vor der Sonnenscheibe und unter dem beeindruckenden Bild des schwarzbärtigen Gottes, das von der Kuppel auf sie herabschaute, sprachen sie gemeinsam den Lobpreis der aufgehenden Sonne. Hinterher gestand Pardos dem Mönch zögernd, er komme aus Varena, sei Mosaikleger, und er sei – wirklich und wahrhaftig – noch nie von einem Mosaik so überwältigt gewesen wie von dem Bildnis an der Kuppel.

Der heilige Mann in den weißen Gewändern zögerte ebenfalls, dann fragte er Pardos, ob er womöglich einen anderen Mosaikleger aus dem Westen kenne, einen gewissen Martinian, der zu Beginn dieses Herbstes hier vorbeigekommen sei. Pardos fiel gerade noch rechtzeitig ein, dass Crispin ja unter dem Namen seines Partners nach Osten gereist war. Ja, sagte er, er kenne diesen Martinian, er habe bei ihm sein Handwerk erlernt und reise nun nach Osten, um ihn in Sarantium wieder zu treffen.

Der Mönch mit dem schmalen Gesicht zögerte abermals, dann bat er Pardos, ein wenig zu warten, und verließ die Kapelle durch eine kleine Seitentür. Bald darauf kehrte er mit einem graubärtigen älteren Mann zurück und der erklärte Pardos ziemlich verlegen, jener andere Handwerker, Martinian, habe angedeutet, Jads Bildnis bedürfe einer gewissen … Pflege, um seinen Fortbestand zu sichern.

Als Pardos sich daraufhin die Kuppel etwas genauer betrachtete, sah er, was auch Crispin gesehen hatte. Er nickte und sagte, das sei tatsächlich der Fall. Da fragten ihn die beiden Mönche, ob er am Ende bereit sei, sie bei dieser Aufgabe zu unterstützen. Pardos erschrak und stotterte, das sei ein anspruchsvolles, fast schon aussichtsloses Unterfangen, vor allem benötige man dazu große Mengen der gleichen Tessellae, wie sie ursprünglich verwendet worden seien, außerdem alle Gerätschaften und Werkzeuge des Mosaiklegerhandwerks, ein Gerüst …

Die beiden heiligen Männer hatten einen Blick gewechselt, dann hatten sie Pardos durch die Kapelle in ein Nebengebäude an der Rückseite und über eine knarrende Stiege in einen Kellerraum geführt. Dort fiel der Schein ihrer Fackel auf die Teile eines zerlegten Gerüstes und alle Werkzeuge, die Pardos brauchte. An den Steinwänden standen zwölf Truhen. Die Mönche öffneten eine nach der anderen und zeigten ihm Mosaiksteine von unvergleichlicher Leuchtkraft und Qualität. Pardos kamen fast die Tränen, als er an das matte, minderwertige Glas dachte, mit dem Crispin und Martinian die ganze Zeit über in Varena hatten arbeiten müssen. Das waren die Tessellae, mit denen das Jad-Bildnis an der Kuppel geschaffen worden war: Die heiligen Männer hatten sie Jahrhunderte lang hier unten aufbewahrt.

Die beiden Mönche hatten kein Wort gesprochen, sondern Pardos nur erwartungsvoll angesehen, bis er endlich mit dem Kopf nickte und einfach »Ja« sagte. »Ja.« Und: »Einige von Euch werden mir helfen müssen.«

»Ihr müsst uns nur beibringen, was wir zu tun haben«, hatte der ältere der beiden gesagt und die Fackel hochgehalten, sodass das Licht auf die alten Truhen fiel und die bunten Glassteinchen aufblitzten.

So kam es, dass Pardos fast den ganzen Winter in dem Heiligtum bei den heiligen Männern verbrachte, seine

Arbeit verrichtete und ihr Leben teilte. So seltsam das auch anmutete, es war, als habe man ihn tatsächlich erwartet.

Doch irgendwann stieß er an die Grenzen seines Könnens und seiner Erfahrung und erklärte den Mönchen, er wage es nicht, ohne Anleitung noch weiter Hand an ein Bildnis von solcher Erhabenheit zu legen. Inzwischen hatte er sich ihren Respekt erworben, sie schätzten ihn wegen seiner Frömmigkeit und seiner gewissenhaften Arbeit; manchmal glaubte er sogar, so etwas wie Zuneigung zu spüren. Niemand widersprach ihm. Die Mönche gaben ihm ein weißes Gewand, er wachte die letzte Nacht mit ihnen und hörte erschauernd seinen Namen in ihren Litaneien, als sie seine Tugend und seine Verdienste priesen und den Gott baten, ihm gnädig zu sein. Am nächsten Morgen überreichten sie ihm Geschenke – einen neuen Mantel, eine Sonnenscheibe –, und dann setzte er bei Sonnenschein und begleitet vom Gezwitscher der Vögel, die den nahenden Frühling verkündeten, mit seinem Stab und seinem Bündel die Reise nach Sarantium fort.

Rustem musste sich eingestehen, dass er in seiner Eitelkeit verletzt war. Nach einiger Zeit würden die Kränkung, die Empörung, der Zorn sicher vergehen, und er wäre in der Lage, sich über das Verhalten seiner beiden Frauen und seine Reaktion darauf zu amüsieren und daraus zu lernen, aber im Moment war es dafür noch zu früh.

Er hatte sich wohl gewisse Illusionen gemacht, was sein Hauswesen anging. Er wäre nicht der erste Mann gewesen, dem dies widerfuhr. Die zarte, zierliche Jarita, die Rustem von Kerakek auf Wunsch des Königs der Könige verstoßen musste, um in die Priesterkaste aufgenommen werden zu können, war damit offenbar ganz einverstanden gewesen, als er sie von dieser Entwicklung in Kenntnis setzte – das Versprechen, sie einem passenden Ehemann zu geben, der sie gut behandelte, genügte ihr. Sie hatte nur eine Bitte: dass dies in Kabadh geschehen möge.

Offenbar hatte seine grazile Zweitfrau eine stärkere Abneigung gegen Wüste, Sand und Hitze, als sie jemals hatte erkennen lassen, und wünschte sich von ganzem Herzen, die königliche Hauptstadt mit ihrem regen Treiben zu sehen und dort zu leben. Als Rustem ihr völlig verblüfft zu verstehen gab, dass dieser Wunsch sich wahrscheinlich erfüllen lasse, hatte ihn Jarita erfreut, ja geradezu leidenschaftlich geküsst und war dann ins Kinderzimmer zu ihrem Töchterchen verschwunden.

Katyun zog es *nicht* in die großen Städte dieser Welt. Sie hatte nie eine Stadt gesehen und spürte auch kein Verlangen danach. Sand im Haar oder in der Kleidung hielt sie für eine kleine Unannehmlichkeit; die heiße Wüstensonne war zu ertragen, wenn man seine Lebensweise darauf einstellte; und in dem kleinen, abgelegenen Kerakek ließ es sich gut aushalten, wenn man als Frau eines geachteten Heilers eine gehobene Stellung bekleidete.

Kabadh, der Hof, die berühmten Wassergärten, das *Churkar*-Gelände, der blumengeschmückte Ballsaal mit den Purpursäulen … lauter Tummelplätze für geschminkte Damen in kostbaren Seidengewändern, die nach Parfüm dufteten, sich in jeder Situation richtig zu benehmen wussten und seit Jahren mit allen Spielarten der Bosheit vertraut waren. Wie sollte eine Frau aus den Wüstenprovinzen in solcher Gesellschaft …?

Im Bett hatte Katyun geweint, sie hatte die Augen fest zugekniffen und Rustem nicht einmal angesehen, als er ihr zum Trost die Möglichkeiten ausmalte, die sich dank der königlichen Großmut für Shaski eröffneten – und für alle weiteren Kinder, die sie sich jetzt leisten könnten.

Die letzte Bemerkung war ihm spontan entfahren,

aber sie brachte den Tränenstrom zum Versiegen. Rustem wusste ja, dass sich Katyun noch ein Kind wünschte. Der Umzug nach Kabadh im Rang eines königlichen Leibarztes nähme allen Gegenargumenten wie Raumnot oder Geldmangel den Wind aus den Segeln.

Die Kränkung schmerzte freilich nach wie vor. Jarita hatte es *viel* zu gleichmütig hingenommen, dass sie mit ihrer Tochter aus seinem Haus verdrängt werden sollte, und Katyun begriff offenbar gar nicht, wie unglaublich sich ihr Schicksal gewendet hatte. Sonst wäre sie doch stolz auf ihn gewesen und hätte sich mit ihm auf das neue Leben gefreut.

Erst der Hinweis auf ein zweites Kind hatte sie beruhigt. Sie trocknete sich die Augen, setzte sich im Bett auf, sah ihn nachdenklich an und rang sich sogar ein Lächeln ab. Rustem blieb den Rest der Nacht bei ihr. Katyun war zwar nicht so zart und hübsch wie Jarita, aber dafür auch nicht so scheu wie seine Zweitfrau und um einiges erfahrener darin, auf verschiedenste Weise seine Lust zu wecken. Vor Morgengrauen hatte sie ihn – er lag noch im Halbschlaf – dazu gebracht, den ersten Versuch zur Zeugung des versprochenen Nachwuchses zu unternehmen. Ihre Berührungen, die Liebesworte, die sie ihm ins Ohr flüsterte, waren Balsam für seinen verwundeten Stolz.

Bei Sonnenaufgang war er in die Festung zurückgekehrt, um sich vom Befinden seines königlichen Patienten zu überzeugen. Alles war gut. Die Wunde heilte rasch, ein Beweis für Shirvans eherne Konstitution, aber auch für das harmonische Zusammenspiel aller Vorzeichen. Das Erste war nicht Rustems Verdienst, aber er tat alles, um das Zweite zu überwachen und notfalls korrigierend einzugreifen.

Zwischen seinen Besuchen beim König führte er lange Gespräche mit dem Wesir Mazendar. Manchmal nahmen auch andere Personen daran teil. Rustem wurde im Schnellverfahren in gewisse Erscheinungen eingeführt, die in diesem Winter die Welt bestimmten, wobei dem Wesen Valerius' II. von Sarantium, manchmal auch Kaiser der Nacht genannt, und seinen möglichen Absichten besondere Bedeutung beigemessen wurde.

Wenn er nach Sarantium ging und seine Reise ihren Zweck erfüllen sollte, musste er über bestimmte Dinge Bescheid wissen.

Als er endlich aufbrach – er hatte in aller Eile dafür gesorgt, dass seine Studenten ihre Ausbildung bei einem ihm bekannten Heiler im noch weiter südlich gelegenen Qandir fortsetzen konnten –, herrschte bereits tiefer Winter.

Am schwersten – und damit hatte er nun gar nicht gerechnet – fiel ihm der Abschied von Shaski. Die Frauen verstanden, was geschah, und hatten sich damit abgefunden; der Säugling bekam noch nichts davon mit. Aber sein Sohn war viel zu weich, meinte Rustem. Er kämpfte sichtlich mit den Tränen, als sein Vater eines Morgens die Schnüre seines Ranzens zuband und sich umdrehte, um allen ein letztes Mal Lebewohl zu sagen.

Shaski folgte ihm ein paar Schritte weit und rieb sich mit den Fäusten die Augen. Er gab sich Mühe, das konnte Rustem nicht abstreiten. Er wollte nicht weinen. Aber wieso hing der Kleine so übermäßig an seinem Vater? Das war eine Schwäche. Ein Junge in Shaskis Alter gehörte in die Welt der Frauen, mehr brauchte er nicht. Der Vater war dafür zuständig, dass die Familie zu essen und ein Dach über dem Kopf hatte, er gab die moralischen Richtlinien vor und sorgte für Disziplin im Haus. Vielleicht hätte er doch besser nicht erlauben sollen, dass das Kind vom Flur aus seinen Vorlesungen zuhörte. Shaski hatte keine Veranlassung, so heftig zu reagieren. Schon gar nicht im Beisein von Soldaten. Auf der Straße wartete, ein besonderer Gunstbeweis, eine Eskorte von der Festung, die Rustem auf dem ersten Teil seiner Reise begleiten sollte.

Rustem wollte den Jungen ermahnen, musste jedoch beschämt feststellen, dass ihm das Herz wie ein Stein in der Brust lag, seine Kehle wie zugeschnürt war und ihm das Sprechen schwer fiel. Er hustete.

»Gehorche deinen Müttern«, sagte er schließlich mit ungewohnt heiserer Stimme.

Shaski nickte. »Ich verspreche es«, flüsterte er. Er weinte immer noch nicht. Die kleinen Fäuste hingen jetzt seitlich herab. »Wann kommst du wieder nach Hause, Papa?«

»Wenn ich erledigt habe, was ich tun muss.«

Shaski trat noch zwei Schritte weiter auf die Pforte und auf Rustem zu. Die beiden standen allein in der Mitte zwischen den Frauen an der Tür und der Militäreskorte auf der Straße. Rustem brauchte nur die Hand auszustrecken, um den Jungen zu berühren. Es war ein klarer, frischer Wintermorgen. Ein Vogel sang.

Sein Sohn holte tief Atem und nahm sichtlich allen Mut zusammen. »Ich will nämlich nicht, dass du fortgehst«, sagte er.

Rustem bemühte sich, rechtschaffen empört zu sein. Was fiel dem Kind ein, *so* mit ihm zu sprechen? Mit seinem Vater! Doch dann sah er, dass sich der Junge dessen bewusst war. Er hatte die Lider gesenkt und ließ die Schultern hängen, als erwarte er, getadelt zu werden.

Rustem sah ihn an und schluckte, dann wandte er sich ab, ohne ein Wort zu sagen. Nach ein paar Schritten sprang einer der Soldaten aus dem Sattel, nahm ihm den Ranzen ab und band ihn rasch auf dem Rücken eines Maultiers fest. Rustem wartete. Der Anführer der Eskorte sah ihn an, zog fragend eine Augenbraue hoch und wies auf das Pferd, das für ihn bereitstand.

Rustem ärgerte sich, obwohl er keinen Grund dazu hatte. Er nickte und trat einen Schritt auf das Pferd zu, doch dann drehte er sich plötzlich um und schaute zur Gartenpforte zurück. Shaski stand immer noch da. Er hob die Hand, winkte dem Jungen und lächelte verlegen, um ihm zu zeigen, dass er ihm nicht böse war, obwohl er dazu allen Grund gehabt hätte. Shaskis Augen hingen an Rustems Gesicht. Er weinte immer noch nicht, aber er sah immer noch so aus, als wäre es gleich soweit. Rustem verharrte noch einen Moment lang, wie um sich satt zu trinken an dem Anblick des Kleinen, dann nickte er, drehte sich entschlossen um, ließ sich auf sein Pferd helfen und ritt mit den anderen los. Eine Weile spürte er noch den Stein in der Brust, doch irgendwann löste er sich auf.

Die Eskorte brachte Rustem bis zur Grenze, doch sobald der Heiler – zum ersten Mal in seinem Leben – sarantinischen Boden betreten hatte, begleitete ihn nur ein schwarzäugiger, bärtiger Diener namens Nishik weiter nach Westen. Das Pferd blieb bei den Soldaten zurück, und Rustem stieg um auf ein Maultier; das passte besser zu seiner Rolle. Er trat als Arzt und Lehrer der Heilkunde auf, der auf der Suche nach Manuskripten war und Fachgespräche mit westlichen Kollegen führen wollte.

Auch Nishik spielte eine Rolle. Er war ebenso wenig ein einfacher Diener, wie Rustem ein einfacher Heiler war. In Wirklichkeit war der ehemalige Soldat Experte im Nahkampf und im Überleben in Feindesland. Auf der Festung hatte man Rustem davon überzeugt, dass ihm diese Fähigkeiten unterwegs und vielleicht noch mehr an seinem Bestimmungsort durchaus von Nutzen sein könnten. Er sollte schließlich als Spion arbeiten.

Als sie in Sarnica Station machten, versuchten sie gar nicht erst, ihre Ankunft oder Rustems Rolle bei der Rettung des Königs und seine künftige Stellung geheim zu halten. Das Ereignis war zu dramatisch gewesen: Trotz des Winters war ihnen die Nachricht von dem Attentat bereits über die Grenze vorausgeeilt.

Der Statthalter von Amoria bestellte Rustem zu sich

und begehrte mit gebührendem Abscheu, Genaueres über den grässlichen Verrat innerhalb von Bassanias Herrscherhaus zu erfahren. Nach Beendigung der offiziellen Audienz entließ er sein Gefolge und bat den Heiler unter vier Augen vertraulich um Hilfe. Er hatte gewisse Schwierigkeiten bei der Erfüllung seiner Pflichten gegenüber seiner Frau und seiner Lieblingskurtisane. Verschämt gestand er, sogar schon einen Chiromanten zu Rate gezogen zu haben, aber ohne Erfolg. Auch Gebete hätten keinerlei Wirkung gezeigt.

Rustem äußerte sich zu diesen Therapieversuchen nicht weiter. Er sah sich die Zunge des Statthalters an, fühlte ihm den Puls und riet ihm dann, sich an den Abenden, an denen er eine seiner Frauen aufsuchen wolle, mit einem Gericht aus gekochter Schafs- oder Rinderleber zu stärken. Mit Blick auf die auffallend blühende Gesichtsfarbe des Statthalters empfahl er des Weiteren, bei dieser wichtigen Mahlzeit auf den Genuss von Wein zu verzichten. Damit lasse sich gewiss Abhilfe schaffen, erklärte er zuversichtlich, denn die Hälfte der Behandlung bestand natürlich darin, Zuversicht zu verbreiten. Der Statthalter bedankte sich überschwänglich und wies seine Untergebenen an, Rustem während seines Aufenthalts in der Stadt in jeder Hinsicht behilflich zu sein. Zwei Tage später schickte er dem Heiler ein Seidengewand und eine kunstvolle jadditische Sonnenscheibe in seinen Gasthof. Die Scheibe war zwar bei aller Schönheit kein passendes Geschenk für einen Bassaniden, aber Rustem schloss daraus, dass seine Empfehlungen zu erkennbaren nächtlichen Erfolgen geführt hatten.

In Sarnica besuchte Rustem einen seiner früheren Schüler und traf sich mit zwei Ärzten, mit denen er in Briefwechsel stand. Er erwarb ein Traktat von Cadestes über Hautgeschwüre und gab eine Kopie eines zweiten Manuskripts in Auftrag, die ihm nach Kabadh geschickt werden sollte. Den beiden Heilern erzählte er in allen

Einzelheiten, was in Kerakek vorgefallen war, wie er dem König das Leben gerettet hatte und dass er in Folge dessen bald zum königlichen Leibarzt berufen werden solle. Doch vorher habe er darum gebeten, diese Reise unternehmen zu dürfen, um sein Wissen zu mehren und sich in den Besitz von wichtigen Schriften aus dem Westen zu bringen. Dies sei ihm gewährt worden.

An einem Vormittag hielt er eine erfreulich gut besuchte Vorlesung über ispahanische Verfahren bei schwierigen Entbindungen und eine zweite über die Amputation von verletzten Gliedmaßen bei Entzündungen und fauligen Wundabsonderungen. So verging fast ein Monat, bis er nach einem großzügigen Abschiedsessen der Heilergilde die Stadt verließ. Man nannte ihm mehrere Ärzte in der Kaiserlichen Stadt, die er unbedingt aufsuchen sollte, und gab ihm auch die Adresse eines angesehenen Gasthofs, wo Angehörige des Heilerberufs abzusteigen pflegten, wenn sie in Sarantium weilten.

An der Straße nach Norden war das Essen miserabel, und die Unterkünfte waren noch schlimmer, aber – immerhin war es gegen Ende des Winters, noch vor Frühlingsanfang, eine Zeit also, in der jeder halbwegs vernünftige Mensch zu Hause blieb, wenn er es irgendwie einrichten konnte – die Reise verlief fast ohne Zwischenfälle. Das änderte sich schlagartig, als sie Sarantium erreichten. Rustem war jedenfalls *nicht* darauf gefasst, gleich an seinem ersten Tag in der Stadt mit dem Tod konfrontiert zu werden und eine Hochzeit zu besuchen.

Pappio, der Leiter der Kaiserlichen Glashütte, hatte seit vielen Jahren kein Glas mehr geblasen und auch selbst keine Entwürfe mehr gemacht. Seine Aufgaben lagen jetzt in der Verwaltung und auf diplomatischem Gebiet, er hatte die Materialbeschaffung und die Produktion zu organisieren und die Verteilung von Tessellae und flachen Glasplatten an Handwerker in und außerhalb der Stadt zu regeln. Hierbei die Prioritäten festzulegen und aufgebrachte Kunden zu beschwichtigen, war der schwierigste Teil seines Amtes. Pappio hatte die Erfahrung gemacht, dass Handwerker sich leicht zu ereifern pflegten.

Er arbeitete nach einem festen System. An erster Stelle kamen die kaiserlichen Projekte, und hier galt es einzuschätzen, welchen Stellenwert ein bestimmtes Mosaik im großen Ganzen hatte. Zu diesem Zweck musste man regelmäßig vorsichtige Erkundigungen im Kaiserlichen Bezirk einziehen, aber dafür hatte man schließlich seine Leute. Außerdem hatte er sich mit der Zeit so geschliffene Umgangsformen angeeignet, dass er notfalls auch persönlich bei einem der höheren Beamten vorsprechen konnte. Seine Gilde war nicht die angesehenste von allen – das waren natürlich die Seidenspinner –, aber sie stand auch keineswegs an letzter Stelle, und gerade unter diesem Kaiser mit seinen aufwändigen Bauprojekten konnte sich Pappio als wichtigen Mann betrachten. Jedenfalls wurde er mit Respekt behandelt.

Nach den kaiserlichen Projekten kamen die privaten Auftraggeber, dabei gab es allerdings eine Komplikation: Wer an den Bauwerken des Kaisers arbeitete, wurde kostenlos beliefert, während jene Handwerker, die Mosaik- oder andere Glasarbeiten für gewöhnliche Bürger ausführten, die benötigten Tessellae oder Glasplatten käuflich erwerben mussten. Der dreifach erhabene Valerius II. und seine Ratgeber hatten neue Finanzpläne aufgestellt, nach denen sich die Kaiserliche Glashütte selbst tragen sollte. Deshalb konnte sich Pappio den Wünschen derjenigen Mosaikleger, die ihn um Tessellae für die Decken, Wände oder Fußböden von Privatgebäuden bestürmten, nicht völlig verschließen. Außerdem wäre es nicht sinnvoll gewesen, *alle* Bestechungsgelder abzulehnen, die ihm unter der Hand angeboten wurden. Ein Mann musste schließlich auch an seine Familie denken.

Von solch diffizilen Erwägungen einmal abgesehen, neigte Pappio sehr dazu, jene Handwerker – oder Kunden – zu bevorzugen, die offen ihre Sympathie für die Grünen bekundeten.

Die ruhmvollen Grünen, die glorreichen Meister der Rennbahn, das war die Zirkuspartei, der sein Herz gehörte. Zu den erfreulichsten Begleiterscheinungen seines Aufstiegs innerhalb der Gilde zählte, dass er jetzt in der Lage war, *seine* Partei großzügig zu unterstützen und sich dafür in der Festhalle und im Hippodrom ehren und feiern zu lassen. Er gehörte nicht mehr zum Fußvolk. Jetzt war er Ehrenmitglied, er wurde zu den Festmählern eingeladen und hatte nicht nur im Theater, sondern auch bei den Wagenrennen Anspruch auf die begehrtesten Plätze. Die Zeiten, als er sich noch vor Morgengrauen vor den Hippodromtoren anstellen musste, um einen Stehplatz zu bekommen, waren längst vorbei.

Er durfte niemanden *allzu* offen bevorzugen – die kaiserlichen Spitzel waren überall und hielten die Augen offen –, aber wenn die Voraussetzungen ansonsten mehr oder weniger gleich waren, stellte Pappio doch sicher, dass ein grüner Mosaikleger nicht leer ausging, wenn sein Mitbewerber um Tessellae in ausgefallenen Farben oder um eine Partie Halbedelsteine ein ausgewiesener Gefolgsmann der verfluchten Blauen war oder sich womöglich zu keiner Partei bekannte.

Das war der Lauf der Welt. Pappio verdankte seinen Posten dem Umstand, dass er Parteigänger der Grünen war. Das hatte den Ausschlag gegeben, als sich der letzte Vorsteher der Gilde und Leiter der Glashütte – ebenfalls ein fanatischer Anhänger der Grünen – für einen Nachfolger entscheiden musste. Wenn Pappio sich dereinst aufs Altenteil zurückzog, hatte er die Stellung selbstverständlich wieder an einen Grünen zu vergeben. Das war in jeder Gilde gang und gäbe, lediglich die Seidenspinner waren ein Sonderfall und wurden vom Kaiserlichen Bezirk streng überwacht. Die meisten anderen Gilden standen unter dem Einfluss der einen oder anderen Zirkuspartei und das wurde nur ganz selten unterbunden. Nur in besonders dreisten Fällen von Korruption griffen die Agenten des Kaisers ein.

Pappio hatte nicht die Absicht, durch Dreistigkeit in welcher Form auch immer aufzufallen. Auch nicht durch Korruption. Er war ein vorsichtiger Mann.

Nicht zuletzt diese natürliche Vorsicht war verantwortlich für das leise Unbehagen, das ihn beschlichen hatte, als er nicht nur eine unerwartete Bestellung, sondern zugleich ein ausnehmend großzügiges Honorar für eine Glasschale erhielt, für die er noch nicht einmal eine erste Rohskizze angefertigt hatte.

Natürlich wollte man seinen Namen kaufen. Es würde den Wert des Geschenks enorm steigern, wenn es vom Vorsteher der Gilde persönlich gefertigt worden war, obwohl der gewöhnlich keine derartigen Aufträge mehr annahm. Und der Mann, der die Schale, offenbar als Hochzeitsgeschenk, bei ihm bestellt hatte, konnte sich solche Extravaganzen auch leisten. Man brauchte keine Erkundigungen einzuziehen – dass der Erste Schreiber des Obersten Strategos, ein Historiker, der auch die Bauprojekte des Kaisers dokumentierte, über genügend Mittel verfügte, um eine kunstvoll gearbeitete Schale zu erstehen, war allgemein bekannt. Allmählich empfahl es sich, diesem Mann mit einem gewissen Respekt zu begegnen. Pappio konnte den hageren Schreiber mit dem gelblich blassen Gesicht, dem niemals ein Lächeln entwich, nicht leiden, aber darauf kam es schließlich nicht an.

Schwerer zu durchschauen war, *warum* Pertennius von Eubulus ein solches Geschenk kaufte. Pappio musste an verschiedenen Stellen diskret Auskünfte einholen, bevor er die Antwort gefunden zu haben glaubte. Sie war im Grunde ganz einfach – eine der ältesten Geschichten der Welt – und hatte mit der Braut und dem Bräutigam nicht das Geringste zu tun.

Pertennius wollte jemand anderen beeindrucken. Und da diese Person auch Pappios eigenem Herzen nahe stand, musste er erst seine Empörung überwinden – man stelle sich diese Frau, prachtvoll und geschmeidig wie ein Falke, in den knochigen Armen eines solchen Griesgrams vor! –, bevor er sich wieder auf sein ungewohntes Werk konzentrieren konnte. Aber er zwang sich, sein Bestes zu geben.

Schließlich sollte ihn die Erste Tänzerin seiner geliebten Grünen für einen mustergültigen Handwerker halten. Vielleicht, er verlor sich in Tagträumen, erteilte sie ihm sogar im eigenen Namen weitere Aufträge, wenn sie erst diese Schale gesehen hatte. Pappio malte sich aus, wie er sie besuchte und sich mit ihr beriet, wie sie die Köpfe tief über eine Serie von Skizzen beugten. Ihr berüchtigtes Parfüm – das nur von zwei Frauen in ganz Sarantium getragen werden durfte – hüllte ihn ein, ihre Hand lag vertrauensvoll auf seinem Arm …

Pappio war kein junger Mann mehr. Er war dick geworden und hatte eine Glatze, er war verheiratet und hatte drei erwachsene Kinder, aber gewisse Frauen strahlten eben auf der Bühne und im Alltagsleben einen besonderen Zauber aus, der die Menschen auf Schritt und Tritt zum Träumen brachte. Man hörte doch nicht auf zu träumen, nur weil man nicht mehr jung war. Wenn Pertennius versuchen durfte, sich mit einem protzigen Geschenk an jemanden, der ihm vermutlich vollkommen gleichgültig war, die Bewunderung der herrlichen Shirin zu erkaufen, dann durfte ihr Pappio auch zeigen, was der Leiter der Kaiserlichen Glashütte zustande brachte, wenn er sich noch einmal mit Kopf und Hand – und mit dem Herzen – in seinem früheren Gewerbe versuchte.

Sie würde die Schale sehen, wenn sie in ihrem Haus abgegeben wurde. Die Braut wohnte offenbar bei ihr.

Den ganzen Vormittag überlegte und zeichnete Pappio, dann entschied er sich, die Schale grün zu machen, mit leuchtend gelben Glaseinsätzen, wie eine Blumenwiese. Schließlich nahte der Frühling.

Sein Herz schlug schneller, als er ans Werk ging, aber nicht die Arbeit, nicht die Kunst war es, die ihn so erregte, nicht einmal der Gedanke an die schöne Frau, sondern etwas ganz anderes. Wenn der Frühling nahe ist, dachte Pappio und summte einen Parademarsch vor sich hin, dann fangen auch die Rennen, fangen auch die Rennen, fangen auch die Rennen wieder an.

Wenn die junge Königin der Antae frühmorgens in der vornehmen Kapelle, die sie sich ausgesucht hatte, dem Lobpreis der aufgehenden Sonne lauschte, pflegte sie im Geist wie auf einer Schreibtafel alles aufzulisten, wofür sie dem Gott zu danken hatte. Aus einem bestimmten Blickwinkel betrachtet, kam dabei eine ganze Menge zusammen.

Sie war einem Anschlag auf ihr Leben entronnen, hatte die Fährnisse einer Seereise im Spätherbst wohlbehalten überstanden und allmählich begonnen, in Sarantium Fuß zu fassen – obwohl die Stadt überwältigender war, als sie sich eingestehen wollte. Es war ihr nicht leicht gefallen, sich so hoheitsvoll und unbeeindruckt zu geben, wie es sich gehörte, als der Hafen und die Mauern erstmals in Sicht kamen. Gisel hatte geahnt, dass einen Sarantium förmlich erschlagen konnte, und sich dagegen gewappnet, doch als sie an jenem Morgen die Sonne über der Kaiserlichen Stadt aufgehen sah, musste sie erkennen, dass man sich nicht auf alles vorbereiten konnte.

Sie dankte dem Gott, dass ihr Vater sie so streng erzogen und das Leben ihr Selbstbeherrschung beigebracht hatte: Vermutlich hatte niemand ihre tiefe Ergriffenheit bemerkt.

Der heilige Jad oder jene heidnischen Götter, die mit

den Antae aus den Wäldern gekommen waren, hatten noch mehr für sie getan. Sie wohnte durchaus standesgemäß in einem kleinen Palast bei der Dreifachen Mauer, den ihr der Kaiser und die Kaiserin zur Verfügung gestellt hatten. Und sie hatte sich bei ihrer Ankunft schnell genug auch eigene Mittel gesichert, indem sie bei batiaranischen Händlern, die hier im Osten Geschäfte machten, im Namen der Krone Anleihen aufnahm. Kein Batiaraner hatte gewagt, seiner Königin die Bitte abzuschlagen, die sie mit so majestätischer Ruhe vorbrachte, auch wenn ihre plötzliche Ankunft, unangemeldet, auf einem kaiserlichen Schiff, nur mit einem kleinen Gefolge von Leibwächtern und Hofdamen, ein gewisses Misstrauen weckte. Hätte sie länger gewartet, dann wäre das womöglich anders gewesen. Sobald die Machthaber in Varena – wo inzwischen sicher heftig um den Thron gestritten, wenn nicht sogar blutig gekämpft wurde – erfuhren, wo sie sich aufhielt, würden sie unverzüglich einschlägige Anweisungen nach Osten schicken. Dann wäre es sicher schwieriger, an Geld zu kommen. Und, wichtiger noch, dann würde man wohl versuchen, sie zu töten.

Sie hatte genügend Erfahrung mit dem Überlebenskampf in königlichen Kreisen, um zu wissen, dass Abwarten töricht gewesen wäre. Sobald sie die geforderten Mittel in Händen hielt, hatte sie ein Dutzend karchischer Söldner als Leibwache angeheuert und sie in weiß-purpurne Trachten gesteckt – die Farben der Kriegsfahne ihres Großvaters.

Ihr Vater hatte die Karcher als Leibwächter immer geschätzt. Wenn man dafür sorgte, dass sie im Dienst nüchtern blieben, und ihnen erlaubte, nach dem Dienst in die Kneipen zu verschwinden, waren sie von einer geradezu ungestümen Loyalität. Als ihr Kaiserin Alixana drei weitere Hofdamen, einen Küchenchef und einen Haushofmeister aus dem Kaiserlichen Bezirk anbot, hatte sie dankend angenommen. Sie wollte schließlich ein großes Haus führen: Ein gewisser Komfort und ordentliches Personal waren unverzichtbar. Gisel war sich natürlich bewusst, dass sich unter Alixanas Leuten Spione befanden, aber auch daran war sie gewöhnt. Spitzel konnte man auf Abstand halten oder an der Nase herumführen.

Nicht lange nach ihrer Ankunft war sie bei Hofe empfangen und freundlich und mit gebührendem Respekt willkommen geheißen worden. Sie hatte den grauäugigen Kaiser mit dem runden Gesicht und die bezaubernd zierliche, kinderlose Tänzerin gesehen, die er zu seiner Kaiserin gemacht hatte, und man hatte sich höflich begrüßt. Beide Seiten hatten sich streng an das Protokoll gehalten, aber weder Valerius noch Alixana hatten geruht, sie anschließend zu einer Privataudienz oder zu einem Meinungsaustausch zu bitten. Gisel hatte nicht einmal gewusst, ob sie das erwarten konnte. Es hing davon ab, wie die weiteren Pläne des Kaisers aussahen. Früher hatte sich alles nach *ihren* Plänen gerichtet. Das war vorbei.

Allerdings hatte sie damals zu Anfang in ihrem kleinen Stadtpalais einen nicht abreißenden Strom von hohen Beamten und Höflingen aus dem Kaiserlichen Bezirk empfangen. Natürlich waren viele nur aus Neugier gekommen: Gisel war neu in der Stadt, eine willkommene Abwechslung in der öden Wintersaison. Die Barbarenkönigin, die vor ihrem Volk geflohen war. Vielleicht waren sie sogar enttäuscht, wenn sie mit Charme und Eleganz von einer etwas unnahbaren jungen Frau empfangen wurden, die sich in Seide kleidete und offenbar noch nie auf den Gedanken gekommen war, sich Bärenfett in das blonde Haar zu schmieren.

Einige hatten freilich tiefere Gründe, um den weiten Weg durch die belebten Straßen der Stadt auf sich zu nehmen. Sie wollten sich ein Bild von ihr machen, um zu sehen, welche Rolle sie in dem empfindlichen System von Beziehungen und Abhängigkeiten spielen würde, das den Kaiserhof prägte. Der greise Kämmerer Gesius mit den scharfen Augen hatte sich in einer Sänfte durch die Straßen zu ihr tragen lassen. Er hatte Geschenke gebracht: Seide für ein Gewand und einen Elfenbeinkamm. Man plauderte über ihren Vater, mit dem Gesius offenbar jahrelang in Briefwechsel gestanden hatte, dann über das Theater – er riet ihr dringend zu einem Besuch – und schließlich über die unerfreulichen Auswirkungen des feuchten Wetters auf die Finger und die Kniegelenke des alten Kämmerers. Gisel war fast geneigt, ihn sympathisch zu finden, doch ihre Erfahrungen verboten ihr solche Gefühle.

Am nächsten Morgen hatte ihr ein jüngerer Mann namens Faustinus mit maskenhaft starren Zügen seine Aufwartung gemacht – der Magister der Kaiserlichen Behörden. Sein Besuch war so offensichtlich eine Reaktion auf Gesius' Visite, als würden sich die beiden auf Schritt und Tritt belauern. Vermutlich war dem auch so. In dieser Hinsicht waren sich der Hof Valerius' II., der von Gisels Vater und ihr eigener wohl ziemlich ähnlich. Faustinus trank einen Becher Kräutertee und stellte ihr eine Reihe von harmlosen und im Grunde überflüssigen Fragen nach der Organisation ihres Hofes. Er war Beamter und beschäftigte sich mit solchen Dingen. Sie hielt ihn für ehrgeizig, aber es war der Ehrgeiz eines dienstbeflissenen Mannes, der nichts mehr fürchtet, als dass sein wohlgeordnetes Leben aus dem Geleise geraten könnte. Es brannte kein Feuer in ihm.

Dafür schlugen bei der Frau, die wenige Tage später vorsprach, unter der kühlen, aristokratischen Schale die Flammen umso höher. Gisel spürte die Hitze wie die Kälte gleichermaßen. Es war eine aufwühlende Begegnung. Sie hatte natürlich von den Daleinoi gehört, der vermögendsten Familie des Reiches. Der Vater und ein Bruder waren tot, ein zweiter Bruder hielt sich, Gerüchten zufolge aufs Grässlichste verstümmelt, irgendwo versteckt, und ein dritter vermied es geflissentlich, sich in der Stadt blicken zu lassen. Damit war Styliane Daleina, inzwischen die Gemahlin des Obersten Strategos, die einzige Vertreterin des vornehmen Hauses, die öffentlich in Sarantium auftrat, und dass sie in keiner Weise harmlos war, fand Gisel gleich zu Beginn des Gesprächs heraus.

Vermutlich waren sie selbst und Styliane etwa gleich alt, und das Leben hatte beiden schon sehr früh die Kindheit geraubt. Styliane gab nichts preis, ihre Haltung war untadelig, ihr Benehmen von ausgesuchter Höflichkeit, eine Deckschicht, die nicht nach außen dringen ließ, was sie dachte.

Solange sie das nicht wollte. Man hatte sich bei getrockneten Feigen und einem Gläschen warmen Süßweins ziemlich lustlos über die Mode im Westen unterhalten, als die Besucherin sich plötzlich übergangslos und sehr direkt nach Gisels Thron und ihrer Flucht erkundigte und wissen wollte, was sie sich davon versprochen habe, die Einladung des Kaisers anzunehmen und nach Osten zu kommen.

»Ich bin am Leben«, hatte Gisel nachsichtig geantwortet, ohne dem prüfenden Blick der blauen Augen auszuweichen. »Ihr habt sicher gehört, was am Tag der Einweihung im Heiligtum vorgefallen ist.«

»Eine unerfreuliche Geschichte, gewiss«, hatte Styliane Daleina gleichmütig hingeworfen und, obwohl es doch immerhin um Mord und Verrat ging, verächtlich abgewinkt. »Aber findet Ihr es hier erfreulicher? Lebt Ihr gern in einem goldenen Käfig?«

Gisel hatte ihren Ärger rigoros unterdrückt. »Meine zahlreichen Besucher helfen mir über vieles hinweg«, hatte sie gemurmelt. »Ach ja, man hat mir geraten, das Theater zu besuchen. Würdet Ihr mir eine bestimmte Aufführung empfehlen?« Sie lächelte. Ein junges Ding, naiv und völlig ahnungslos. Eine Barbarenprinzessin, deren Vorfahren noch vor zwei Generationen in den Wäldern gehaust und sich die nackten Brüste bemalt hatten.

Auch andere Leute verstehen sich darauf, hatte Gisel gedacht, als sie sich vorbeugte und mit Bedacht eine Feige auswählte, ihr Privatleben mit nichtssagendem Geplauder zu schützen.

Styliane Daleina hatte sich wenig später verabschiedet. An der Tür hatte sie bemerkt, bei Hofe stehe derzeit offenbar die erste Tänzerin und Schauspielerin der grünen Zirkuspartei in höchstem Ansehen. Gisel hatte sich für den Besuch bedankt und versprochen, ihn in nächster Zeit zu erwidern. Vielleicht sollte sie das wirklich tun: Es war ein bittersüßer Genuss, mit einer solchen Kontrahentin die Klingen zu kreuzen. Ob sich in Sarantium wohl Bärenfett auftreiben ließe?

Auch andere Besucher kamen. Der Patriarch des Ostens schickte seinen Ersten Schreiber, einen diensteifrigen Geistlichen, der einen säuerlichen Geruch verströmte, vorformulierte Fragen nach dem Glauben im Westen stellte und ihr dann einen Vortrag über Heladikos hielt, bis er merkte, dass sie gar nicht zuhörte. Zunächst legten auch einige Angehörige der kleinen batiaranischen Gemeinde in der Stadt – Händler zumeist, Söldner und ein paar Handwerker – großen Wert darauf, sich bei ihr sehen zu lassen, doch irgendwann im Lauf des Winters blieben sie aus. Gisel schloss daraus, dass Eudric oder Kerdas von zu Hause entsprechende Anweisungen geschickt hatten, vielleicht sogar ein ausdrückliches Verbot. Agila war tot; das hatte sie inzwischen erfahren. Er war noch bei der Einweihung im Heiligtum ihres Vaters umgekommen. Unmittelbar nach Pharos und Anissa, den einzigen Menschen auf der Welt, von denen sie aufrichtig geliebt worden war. Sie hatte die Nachricht trockenen Auges aufgenommen und ein weiteres halbes Dutzend Söldner angeworben.

Der Zustrom vom sarantinischen Hof hielt etwas länger an. Manche der Männer ließen Verführungsabsichten erkennen: Man betrachtete sie wohl als wertvolle Trophäe.

Sie bewahrte sich ihre Jungfräulichkeit, obwohl sie es gelegentlich bedauerte. Eines der zentralen Probleme in diesem neuen Leben war die Langeweile. Im Grunde war es kein richtiges Leben. Es war nur ein Warten darauf, ob ihr Leben weitergehen oder von Neuem beginnen durfte.

An diesem Punkt endete gewöhnlich der Lobpreis an den heiligen Jad, und der allmorgendliche Versuch, sich dankbare Gefühle abzuringen, war wieder einmal gescheitert. Zu Hause hatte sie eine reale – wenn auch umstrittene – Machtposition innegehabt. Sie hatte als Königin über ein Volk von Eroberern auf dem Gebiet eines Großreiches geherrscht. Der Oberste Patriarch in Rhodias hatte sich ihr ebenso gebeugt wie ihrem Vater. Hier in Sarantium musste sie sich Vorträge von einem untergeordneten Geistlichen anhören. Sie war nur ein glitzerndes Schmuckstück, ein Edelstein für den Kaiser und seinen Hof, aber sie hatte kein Amt, es gab keine Rolle für sie. Sie war, mit einfachen Worten, nicht viel mehr als ein möglicher Vorwand für einen Einmarsch in Batiara.

Zu dem gleichen Schluss waren mit der Zeit wohl auch die ach so scharfsinnigen Höflinge gekommen, die quer durch die Stadt reiten oder sich in Sänften zu ihrem Haus tragen lassen mussten, um sie zu sehen. Der Weg vom Kaiserlichen Bezirk bis zu ihrem Palast bei der Dreifachen Mauer war weit. Der Winter war etwas zur Hälfte vorüber, als auch die Besucher vom Kaiserlichen Hof seltener wurden. Gisel war nicht überrascht. Manchmal fand sie es erschütternd, wie wenig es noch gab, was sie überraschen konnte.

Einer der Männer, die sie umwarben – er war entschlossener als die anderen –, hielt ihr auch dann noch die Treue, als die anderen bereits fern blieben. Einmal gestattete ihm Gisel, nicht den Rücken, sondern die Innenfläche ihrer Hand zu küssen. Das löste Empfindungen aus, die ihr nicht unangenehm waren, aber nach einiger Überlegung hatte sie beschlossen, beschäftigt zu sein, wenn er das nächste und das übernächste Mal vorsprach. Zu einem dritten Besuch war es nicht mehr gekommen.

An sich hatte sie nicht anders entscheiden können. Ihrer Jugend und Schönheit und ihre Wirkung auf die Männer gehörten zu den wenigen Machtinstrumenten, die ihr geblieben waren, seit sie ihren Thron aufgegeben hatte.

Sie hätte gern gewusst, wann Eudric oder Kerdas die ersten Anschläge auf sie verüben wollten und ob sich Valerius tatsächlich bemühen würde, sie zu vereiteln. Alles in allem glaubte sie, für den Kaiser wertvoller zu sein, wenn sie am Leben war, aber manches sprach auch dagegen, außerdem musste die Kaiserin berücksichtigt werden.

Bei allen diesen Überlegungen war sie ganz auf sich allein gestellt. In dieser Stadt gab es keinen Menschen, dessen Rat sie vertraut hätte. Was nicht heißen sollte, dass sie zu Hause zuverlässigere Ratgeber gehabt hätte. Manchmal dachte sie voller Wut und Trauer an den grauhaarigen Alchimisten, der ihr zur Flucht verholfen hatte, nur um sie dann im Stich zu lassen und seinen eigenen obskuren Angelegenheiten nachzugehen. Zum letzten Mal hatte sie ihn in Megarium gesehen, als er am Kai im Regen stand und ihrem Schiff nachsah.

Gisel war von der Kapelle nach Hause zurückgekehrt und saß jetzt in dem hübschen Solar über der stillen Straße. Die Morgensonne war über die Dächer auf der anderen Straßenseite gestiegen. Sie läutete das Glöckchen neben ihrem Stuhl, und eine der hervorragend geschulten Frauen, die ihr die Kaiserin geschickt hatte, erschien in der Tür. Es war Zeit, sich ausgehfertig zu machen. Dass sie durch nichts mehr zu überraschen war, stimmte nicht ganz. Es hatte durchaus Entwicklungen gegeben, mit denen sie nicht gerechnet hatte.

Aufgrund einer solchen Entwicklung – beteiligt war eine Tänzerin, zufällig die Tochter desselben grauhaarigen Mannes, der Gisel in Megarium verlassen hatte – hatte sie eine Einladung für den heutigen Nachmittag angenommen.

Das erinnerte sie an den zweiten Mann, den sie zu Hause in ihren Dienst gepresst hatte. Der rothaarige Mosaikleger Caius Crispus würde ebenfalls anwesend sein.

Sie hatte sich kurz nach ihrer Ankunft vergewissert, dass er in Sarantium war. Das zu wissen war wichtig gewesen; dieser Mann brachte ganz neue Faktoren ins Spiel. Sie hatte ihn mit einer gefährlichen Geheimbotschaft betraut und hatte keine Ahnung, ob er überhaupt versucht hatte, sie zu überbringen. Damals in Varena war er mürrisch und verbittert gewesen, aber von unerwartet scharfem Verstand. Sie hatte ihn sprechen müssen.

Sie hatte ihn nicht aufgefordert, sie zu besuchen – offiziell waren sie sich schließlich niemals begegnet. Sechs Männer hatten sterben müssen, um diesen Anschein zu wahren. Sie hatte sich lieber in den neuen Tempel von Jads Heiliger Weisheit begeben, um sich die Baufortschritte anzusehen. Das Heiligtum war für die Öffentlichkeit noch gesperrt, aber für einen königlichen Gast war ein solcher Ausflug durchaus passend. Wer wollte ihr verwehren, Frömmigkeit zu demonstrieren? Kaum eingetreten, hatte sie sich jedoch spontan zu einer eher unkonventionellen Vorgehensweise entschlossen.

Die Frauen waren dabei, ihr Bad vorzubereiten. Gisel dachte an jenen Morgen zu Anfang des Winters zurück und lächelte in sich hinein. Jad wusste, dass sie nicht zur Impulsivität neigte und sich in ihrem Leben selten genug wirklich amüsiert hatte, aber ihr Verhalten in dieser überwältigenden Umgebung war nicht gerade als fromm und sittsam zu bezeichnen, und sie konnte nicht leugnen, dass sie dabei ihren Spaß gehabt hatte.

Inzwischen hatte die Geschichte in Sarantium die Runde gemacht. Und das war ganz in ihrem Sinne.

Ein Mann stand mit Glas in den Händen auf einem Gerüst unter einer Kuppel und versuchte, einen Gott zu schaffen. Mehr als einen sogar, wobei er allerdings nicht vorhatte, diese Absicht jemandem zu verraten. Crispin war an jenem Tag – zu Anfang des Winters in Jads heiliger Stadt Sarantium – überglücklich, am Leben zu sein, und hatte nicht den Wunsch, als Ketzer verbrannt zu werden. Die Ironie war nur, dass ihm sein Glück gar nicht bewusst war. Es war zu lange her, dass er so empfunden hatte; jetzt war ihm die Stimmung fremd, und er hätte jeden, der etwa behaupten wollte, er sei mit seinem Los offenbar ganz zufrieden, mit einem bösen Blick und einer bissigen Bemerkung abgefertigt.

Hoch konzentriert, mit tief gerunzelter Stirn und verkniffenem Mund stand er da. Er war dabei, die Farbzusammenstellung für das Jad-Bildnis festzulegen, das hoch über der langsam wachsenden Silhouette von Sarantium an der Kuppel entstehen sollte. Andere Handwerker schufen unter seiner Aufsicht die Stadt, die Figuren gestaltete er selbst, und mit Jad wollte er anfangen, damit das Antlitz des Gottes während der Arbeiten an Kuppeln, Halbkuppeln und Wänden auf jeden herabschaute, der den Tempel betrat. Seine Darstellung sollte sich, eine stillschweigende Huldigung, an die Figur in jener kleinen Kapelle in Sauradia anlehnen, ohne sie allzu offensichtlich oder gar sklavisch nachzuahmen. Hier waren andere Dimensionen vorgegeben; sein Jad war das beherrschende Element einer größeren Szene, aber nicht der ganzen Kuppel, das führte zu Veränderungen in der

Gewichtung und in den Proportionen, die es zu berücksichtigen galt.

Im Moment beschäftigten ihn die Augen und die Linien in der Haut darüber und darunter. Das hagere Schmerzensantlitz, das er am Fest der Toten in der Kapelle gesehen hatte, ließ ihn nicht los. Damals war er zu Boden gestürzt. War buchstäblich zusammengebrochen unter dieser herben, übermächtigen Gestalt.

Er hatte ein sehr gutes, ein untrügliches Farbengedächtnis und war sich dessen auch ohne falsche Bescheidenheit bewusst. Tatkräftig unterstützt vom Leiter der Kaiserlichen Glashütte, hatte er Farbtöne ausgesucht, die denen aus dem sauradischen Mosaik möglichst nahe kamen. Dass er mit der Mosaikgestaltung des bei weitem wichtigsten aller Bauprojekte Valerius' II. betraut war, erleichterte vieles. Der letzte Mosaikmeister – ein gewisser Siroes – war in Ungnade gefallen und entlassen worden. Seltsamerweise hatte er sich noch in derselben Nacht bei einem mysteriösen Unfall die Finger beider Hände gebrochen. Crispin wusste zufällig, wer dahinter steckte. Er wäre lieber ahnungslos geblieben. Zu gut erinnerte er sich an die hochgewachsene blonde Frau, die im Morgengrauen in seinem Schlafzimmer gestanden und gemurmelt hatte: *Ich kann bezeugen, dass Siroes heute Nacht nicht in der Lage war, Meuchelmörder zu dingen.* Und dann, mit fester Stimme: *Ihr könnt mir glauben.*

Er glaubte ihr. Zumindest was das anging. Die Kuppel hatte ihm allerdings der Kaiser gezeigt und übergeben und nicht die blonde Frau. Seitdem bekam Crispin, was immer er verlangte, jedenfalls, soweit es um Mosaiksteine ging.

Auf anderen Gebieten, im Zusammenleben mit den Menschen der Stadt, hatte er sich bisher noch nicht entschieden, was er eigentlich wollte. Er wusste lediglich, dass er nicht nur auf diesem Gerüst leben konnte. Er hatte Freunde und Feinde – in den ersten Tagen nach seiner

Ankunft hatten gleich mehrere Anschläge auf ihn stattgefunden. Ein heilloses Gewirr von zwischenmenschlichen Beziehungen drohte ihn abzulenken von seiner Arbeit an dieser Kuppel, die ihm ein Kaiser und ein genialer Architekt geschenkt hatten. Das durfte er nicht zulassen.

Er fuhr sich mit der Hand durch das dichte rote Haar und zerwühlte es damit noch mehr. Dann beschloss er, für die Augen seines Gottes dunkelbraune Tessellae und schwarze Obsidianwürfel zu verwenden wie bei der Gestalt in Sauradia, aber beim Gesicht auf die Grautöne und damit auf die Blässe des anderen Jad zu verzichten. Bei den langen, schmalen Händen wollte er die Augenfarben wieder aufnehmen, aber die Verletzungen weglassen. Er wollte keine Kopie schaffen, nur einzelne Elemente anklingen lassen. Das war seine Vorstellung gewesen, bevor er zum ersten Mal hier heraufgestiegen war – und er konnte sich meistens auf seine ersten Impulse verlassen.

Die Entscheidung war gefallen. Crispin holte tief Atem und spürte, wie sich die Anspannung löste. Morgen konnte er beginnen. In diesem Moment spürte er, wie sich das Gerüst bewegte und leicht ins Schwanken geriet. Das hieß, dass jemand auf dem Weg nach oben war.

Das war verboten. Aufs Allerstrengste und ohne Ausnahme. Kein Lehrling, kein Geselle durften das Gerüst besteigen, wenn Crispin oben war, nicht einmal Artibasos, der Baumeister des Tempels. Das war ein ehernes Gesetz. Crispin hatte gedroht, jede Zuwiderhandlung mit Verstümmelung, Zerfleischung und Tod zu ahnden. Vargos, der sich als Handwerksgehilfe als ebenso tüchtig erwies wie vordem als Reisebegleiter, achtete zuverlässig darauf, dass Crispin hier oben ungestört blieb.

Zutiefst erschüttert über diesen Bruch der Regeln sah Crispin hinab. Eine Frau – sie hatte ihren Mantel abgelegt, um mehr Bewegungsfreiheit zu haben – kam die Leiter heraufgeklettert. Sein Freund Vargos der Inicier stand unten auf den Marmorplatten und breitete hilflos die Arme aus. Crispin wandte sich wieder der Besucherin zu. Plötzlich stockte ihm der Atem, er stutzte und umfasste das niedrige Geländer fest mit beiden Händen.

Gleich nach seiner Ankunft, als er wie ein Blinder mit den Fingern die Kuppel abtastete, auf der er die Welt abbilden wollte, hatte er schon einmal aus dieser Höhe hinabgeschaut und da unten eine Frau gesehen. Ihre Anziehungskraft war körperlich spürbar gewesen: der unwiderstehliche Sog der Welt, in der gewöhnliche Männer und Frauen ihr Leben führten.

Damals war es eine Kaiserin gewesen.

Er war zu ihr hinabgestiegen. Dieser Frau widersetzte man sich nicht, auch wenn sie nur unten stand und wartete. Er war hinabgestiegen und hatte mit ihr gesprochen, über Delphine und andere Dinge. Er war zurückgekehrt, die Welt der Lebenden hatte ihn herausgeholt aus dem Schmollwinkel, wo er sich verkrochen hatte, als ihm der Tod seine Liebe raubte.

Diesmal starrte Crispin der Frau, die unaufhaltsam und erstaunlich sicher die Sprossen erklomm, stumm und benommen entgegen, während er mit seinen Gefühlen kämpfte. Er war zu verblüfft, um sie anzurufen, er wusste überhaupt nicht, wie er reagieren sollte, und so wartete er nur mit pochendem Herzen, bis seine eigene Königin zu ihm kam, hier herauf, wo man hoch über der Welt, aber doch voll in ihrem Blickfeld stand.

Sie hatte die letzte Sprosse erreicht und schwang sich, ohne seine hastig ausgestreckte Hand zu beachten, auf die Plattform. Etwas erhitzt und atemlos, aber sichtlich mit sich zufrieden, mit strahlenden Augen und ganz ohne Furcht stand sie auf den schwankenden Brettern dicht unter Artibasos' Kuppel. Hier konnte man ungestört sprechen. So viele Lauscher auch in Sarantium drohen mochten, hier oben waren sie allein.

Crispin kniete nieder und senkte den Kopf. Zum letzten Mal hatte er diese von allen Seiten bedrängte junge Frau in seiner Heimatstadt weit im Westen in ihrem eigenen Palast gesehen. Er hatte ihr zum Abschied den Fuß geküsst und sie war ihm mit der Hand durch das Haar gefahren. Nachdem sie ihm irgendwie das Versprechen abgenommen hatte, einem Kaiser eine Botschaft von ihr zu bringen, war er gegangen. Und am Morgen danach hatte er erfahren, dass sie sechs ihrer Gardisten hatte töten lassen – nur um diese Begegnung geheim zu halten.

Nun fuhr ihm Gisel von den Antae auf dem Gerüst unter der Kuppel abermals langsam und mit leichter Hand durch das Haar. Ein Schauer überlief ihn.

»Kein Mehl diesmal«, murmelte die Königin. »Das ist ein Fortschritt, Handwerker. Aber ich glaube, mit Bart habt Ihr mir besser gefallen. Hat Euch der Osten so schnell erobert? Haben wir Euch verloren? Erhebt Euch, Caius Crispus, und sagt uns, was Ihr zu sagen habt.«

»Majestät«, stammelte Crispin und stand auf. Seine Wangen brannten, er war tief erschüttert. Die Welt hatte ihn bis auf sein Gerüst verfolgt. »Ihr … Ihr seid hier ganz und gar nicht sicher!«

Gisel lächelte. »Seid Ihr ein so gefährlicher Mann, Handwerker?«

Nicht er war gefährlich, hätte er am liebsten geantwortet, sondern *sie.* Das goldene Haar, die tiefblauen Augen, die er nie vergessen hatte – tatsächlich die gleiche Mischung wie bei einer zweiten Frau, die er kannte. Die Frauen in dieser Stadt waren gefährlich. Aber wo Styliane Daleina eiskalte Bosheit ausstrahlte, spürte er bei Gisel, der Tochter Hildrics des Großen, bei aller Wildheit auch eine tiefe Trauer.

Dass sie in der Stadt war, hatte er natürlich gewusst. Jedermann hatte von der Ankunft der Antae-Königin gehört. Er hatte darauf gewartet, dass sie nach ihm schicken würde, aber das hatte sie nicht getan. Stattdessen war sie zu ihm gekommen und graziös und sicher wie ein erfahrener Mosaikleger hier heraufgeklettert. So war Hildrics Tochter. Eine Anta, die jagen, schießen und reiten konnte und wahrscheinlich irgendwo einen Dolch versteckt hatte, aber kein zartes, behütetes Dämchen vom Hof.

»Wir warten, Handwerker«, sagte sie. »Schließlich haben wir Euretwegen einen weiten Weg gemacht.«

Er senkte den Kopf. Und berichtete, ungeschminkt und ohne wesentliche Punkte zurückzuhalten, von seinem Gespräch mit Valerius und Alixana bis zu dem Moment, als Sarantiums Kaiserin, diese zierliche, kluge Frau, in der Tür zu ihrem Schlafgemach stehen geblieben war und sich – äußerlich gleichgültig – nach dem Heiratsantrag erkundigt hatte, den er doch sicher aus Varena mitgebracht habe.

Gisel war erschrocken. Sie versuchte es zu verbergen, und bei einem Mann mit weniger scharfen Augen wäre ihr das vielleicht auch gelungen, aber er sah es ihr an. Als er geendet hatte, schwieg sie lange.

»Hatte sie das erschlossen, oder war er es?«, fragte sie schließlich.

Crispin überlegte. »Alle beide, denke ich. Gemeinsam oder jeder für sich.« Er zögerte. »Sie ist … eine außergewöhnliche Frau, Majestät.«

Gisel sah ihn kurz an, dann huschten die blauen Augen weiter. Wie jung sie doch ist, dachte er.

»Was wäre wohl geschehen«, murmelte sie, »wenn ich nicht befohlen hätte, die Gardisten zu töten?«

Sie wären noch am Leben, lag es Crispin auf der Zunge, aber er sagte es nicht. Noch vor wenigen Monaten wäre er damit herausgeplatzt, aber der zornige, verbitterte Mann von damals war ein anderer geworden. Er hatte eine lange Reise hinter sich.

Wieder trat Schweigen ein. Dann fragte sie: »Ihr wisst, warum ich hier bin? In Sarantium?«

Er nickte. Das war Stadtgespräch. »Ihr seid einem Mordanschlag entronnen. Im Heiligtum. Ich bin entsetzt, Majestät.«

»Versteht sich«, sagte seine Königin und lächelte zerstreut. Die Erlebnisse, die er ansprach, waren voller Schrecken, doch im tanzenden Sonnenlicht, das durch die hohen Fenster am unteren Rand der Kuppel fiel, erschien ihm ihre Stimmung seltsam verspielt. Wie mochte man sich wohl fühlen, wenn man Thron und Volk zurückgelassen hatte und nun in einem fremden Land leben musste, aller Macht beraubt und nur geduldet? Er versuchte, sich in sie hineinzuversetzen, aber es gelang ihm nicht.

»Ich finde es schön hier oben«, sagte die Königin plötzlich. Sie trat an das niedrige Geländer und schaute hinab. Höhenangst war ihr offensichtlich fremd. Crispin hatte schon erlebt, wie Leute auf der Plattform ohnmächtig wurden oder zusammenbrachen und sich krampfhaft an die Planken klammerten.

Am östlichen Kuppelrand, wo die Männer bereits die ersten Steine für die von Crispin skizzierte Stadtsilhouette und das in satten Grün- und Blautönen gehaltene Meer gelegt hatten, standen weitere Plattformen, aber im Moment war keine davon besetzt. Gisel von den Antae betrachtete ihre Hände auf dem Geländer, dann drehte sie sich um und hielt sie ihm vor die Augen. »Was meint Ihr, ob ich wohl Mosaikleger werden könnte?« Sie lachte. Er suchte nach Untertönen von Angst und Verzweiflung, aber ihre Erheiterung schien aufrichtig zu sein.

»Es wäre nur ein Handwerk, Majestät«, sagte er. »Euer nicht würdig.«

Sie sah sich eine Weile um, ohne ihm zu antworten. »Nein, das ist nicht wahr«, sagte sie endlich und deutete auf Artibasos' Kuppel und die ersten Anfänge von Crispins riesigem Mosaik. »Ein Werk wie dieses wäre eine Ehre für jedermann. Seid Ihr jetzt nicht doch froh, dass Ihr gekommen seid, Caius Crispus? Ich kann mich erinnern, dass Ihr nicht reisen wolltet.«

Diese offene Frage beantwortete Crispin mit einem Nicken und gestand zum ersten Mal: »Ich wollte nicht, aber für jemanden wie mich ist diese Kuppel ein Geschenk, das man nur einmal im Leben bekommt.«

Sie nickte. Ihre Stimmung war jäh umgeschlagen. »Gut. Auch wir sind froh, dass Ihr hier seid. Es gibt in dieser Stadt nur wenige Menschen, denen wir vertrauen können. Gehört Ihr dazu?«

Wie damals kam sie ohne Umschweife zur Sache. Crispin räusperte sich. Sie war so allein in Sarantium. Für den Hof war sie nur ein Werkzeug, und zu Hause warteten grausame Männer, die ihren Tod wünschten. »Wo immer ich Euch helfen kann, Majestät, ich stehe zu Diensten«, sagte er.

»Gut«, wiederholte sie. Das Blut war ihr in die Wangen gestiegen. Ihre Augen strahlten. »Lasst mich überlegen. Wie fangen wir es am besten an? Soll ich Euch befehlen, mich auf der Stelle zu küssen, sodass es da unten alle sehen können?«

Crispin zuckte zusammen, schluckte und fuhr sich unwillkürlich mit der Hand durch das Haar.

»Das solltet Ihr Euch abgewöhnen, es verbessert Euer Aussehen nicht«, sagte die Königin. »Denkt nach, Handwerker. Es muss doch einen Grund geben, warum ich hier zu Euch heraufgestiegen bin. Wäre es Euch bei den Frauen dieser Stadt nützlich, als Liebhaber einer Königin bekannt zu sein, oder würde es Euch ... zum Unberührbaren machen?« Sie lächelte.

»Ich ... ich habe nicht ... Majestät, ich ...«

»Ihr wollt mich also nicht küssen?«, fragte sie. Er empfand ihren Übermut wie eine Bedrohung. Sie stand ganz still und wartete darauf, dass er die Initiative ergriff.

Er war völlig verwirrt. Ein tiefer Atemzug, dann trat er einen Schritt auf sie zu.

Und sie lachte. »Wenn ich recht überlege, ist es eigentlich gar nicht nötig. Meine Hand genügt, Handwerker. Ihr dürft mir die Hand küssen.«

Sie reichte sie ihm. Er führte sie an die Lippen, und in diesem Moment drehte sie den Arm, sodass sein Mund die warme, weiche Innenfläche berührte.

»Meint Ihr«, fragte die Königin der Antae, »dass man auch das gesehen hat?« Und sie lächelte wieder.

Schwer atmend richtete Crispin sich auf. Sie stand dicht vor ihm, hob beide Hände und strich ihm das zerraufte Haar glatt.

»Wir werden Euch jetzt verlassen«, erklärte sie dann. Sie war ganz Herrin ihrer selbst. Der Übermut war so schnell verflogen, wie er gekommen war, geblieben war nur die zarte Röte ihrer Wangen. »Von jetzt an könnt Ihr uns natürlich Eure Aufwartung machen. Alle Welt wird zu wissen glauben, warum Ihr kommt. Im übrigen verspüren wir Lust auf einen Besuch im Theater.«

Crispin rang um Fassung. »Majestät«, sagte er, »Ihr seid die Königin der Antae, die Herrscherin von Batiara, Ehrengast des Kaisers … Ihr könnt Euch *unmöglich* von einem Handwerker ins Theater begleiten lassen. Ihr gehört in die Kaiserliche Loge. Man muss Euch dort sehen. Das Protokoll verlangt …«

Sie runzelte die Stirn, als sei ihr der Gedanke eben erst gekommen. »Wisst Ihr, ich glaube, Ihr habt Recht. Dann muss ich wohl dem Kämmerer ein paar Zeilen schicken. Aber soll ich denn ganz umsonst hier heraufgestiegen sein, Caius Crispus?« Sie sah zu ihm auf. »Seht zu, dass Ihr uns einen Vorwand liefert für unseren Besuch.« Sie wandte sich ab.

Er war so tief erschüttert, dass er sich erst von der Stelle rührte, als sie bereits fünf Sprossen auf der Leiter hinabgestiegen war, ohne dass er ihr wenigstens die Hand gereicht hätte.

Sie brauchte ihn nicht. Sie gelangte mit der gleichen Leichtigkeit hinunter, wie sie heraufgekommen war. Er beobachtete, wie sie sich dem Marmorboden näherte, wo sich an die zwanzig schamlos gaffende Zuschauer versammelt hatten. Wenn im Westen bekannt wurde, dass er hier als ihr Liebhaber oder zumindest als ihr Vertrauter auftrat, fiel ihm plötzlich ein, dann könnten seine Mutter und seine Freunde zu Hause gefährdet sein. Gisel war einem ernst gemeinten Attentat entgangen. Die Männer, die es auf ihren Thron abgesehen hatten, mussten sicherstellen, dass sie ihn nicht zurückeroberte. Jeder, der irgendwie mit ihr in Verbindung stand, war verdächtig. Wobei es nicht darauf ankam, was man ihm unterstellte.

Die Antae waren nicht zimperlich in der Wahl ihrer Mittel.

Doch das galt nach Crispins Meinung auch für die Frau, die jetzt fast unten angekommen war. Hier mochte sie jung und entsetzlich verwundbar erscheinen, aber es war ihr gelungen, ihren Thron ein Jahr lang zu halten, obwohl sie von Männern umgeben war, die ihren Tod wünschten oder sie ihrem Willen zu unterwerfen suchten, und als diese Männer sich anschickten, sie zu töten, war sie ihnen entwischt. Außerdem war sie die Tochter ihres Vaters. Gisel von den Antae würde so lange tun, was nötig war, um ihre Ziele zu erreichen, bis jemand ihrem Leben tatsächlich ein Ende setzte. Und sie würde keinen Gedanken daran verschwenden, welche Folgen das für andere haben mochte.

Er dachte an Kaiser Valerius, der Menschen wie Spielfiguren auf einem Brett hin und her schob. Wurde diese Einstellung durch die Macht geprägt, oder war die Macht auf dieser Welt nur für diejenigen erreichbar, die bereits so dachten?

Die Königin hatte den Abstieg beendet und nahm die Huldigungen der Zuschauer und ihren Mantel entgegen. Crispin hatte in dieser Stadt bisher von drei verschiedenen Frauen intime Angebote erhalten, und jedes dieser Angebote war eine Finte gewesen. Keine der drei Frauen hatte Zärtlichkeit, Zuneigung oder auch nur echtes Verlangen für ihn empfunden.

Letzteres stimmte vielleicht nicht ganz. Als Crispin etwas später in das Haus zurückkehrte, das ihm die Eunuchen des Kämmerers besorgt hatten, wartete dort eine Nachricht auf ihn. Neuigkeiten verbreiteten sich schnell in dieser Stadt – jedenfalls Neuigkeiten einer gewissen Art. Er entfaltete das Blatt. Es trug keine Unterschrift, und er hatte die runde, fließende Handschrift noch nie gesehen, aber das Papier war erstaunlich fein, von bester Qualität. Als er die Worte las, wurde ihm klar, dass eine Unterschrift nicht nur überflüssig, sondern auch unmöglich war.

Ihr sagtet doch, schrieb Styliane Daleina, *Ihr wärt mit den Privatgemächern königlicher Hoheiten nicht vertraut.*

Das war alles. Kein Tadel, kein offener Vorwurf, dass er sie getäuscht habe, keine Ironie, keine Provokation. Sie stellte nur eine Tatsache fest und wollte ihn über ihre Feststellung nicht im Unklaren lassen.

Crispin hatte vorgehabt, zu Hause zu Mittag zu essen und dann in den Tempel zurückzukehren, doch stattdessen hatte er sich zuerst in seine Stammkneipe und anschließend in ein Badehaus begeben. Und jedes Mal hatte er mehr Wein getrunken, als gut für ihn war.

Spät am Abend hatte ihn sein Freund Carullus, Tribun der Vierten Sauradischen Reiterlegion, in der *Spina* gefunden. Der stämmige Soldat hatte sich zu ihm gesetzt und mit einem Handzeichen selbst einen Becher Wein bestellt. Crispin hatte sein Grinsen nicht erwidert.

»Ich weiß nicht, warum du betrunken bist, mein Freund«, hatte Carullus forsch-fröhlich begonnen, »aber ich habe zwei Neuigkeiten.« Er hob einen Finger. »Erstens, ich hatte eine Audienz beim Obersten Strategos. Ich habe mit ihm gesprochen, und Leontes hat mir zugesichert, die Hälfte des ausstehenden Solds für das Westheer noch in der ersten Hälfte des Winters und den Rest bis zum Frühling auszuzahlen. Er hat mir sogar sein Ehrenwort gegeben. Crispin, ich habe es geschafft!«

Crispin sah ihn an. Er hätte die Begeisterung seines Freundes gern geteilt, aber es gelang ihm nicht. Dabei *war* dies ein echter Durchbruch – jedermann wusste, wie es im Heer gärte, weil man mit der Auszahlung des Solds im Rückstand war. Nur aus diesem Grund war Carullus schließlich mit ihm in die Stadt gekommen, wenn man die Wagenrennen im Hippodrom einmal außer Acht ließ.

»Gar nichts hast du geschafft«, sagte er missmutig. »Es bedeutet lediglich, dass es Krieg gibt. Valerius schickt Leontes nun doch nach Batiara. Und wer seine Truppen nicht besoldet, kann keinen Einmarsch durchführen.«

Carullus lächelte nur. »Das weiß ich auch, du alter Saufkopf. Aber wer erntet die Lorbeeren dafür, Mann? Wer kann seinem Präfekten gleich morgen früh schreiben, dass es ihm gelungen ist, die Gelder freizubekommen, obwohl das bisher noch keiner geschafft hat«?

Crispin nickte und griff wieder nach dem Becher. »Freut mich für dich«, sagte er. »Ehrlich. Sei mir nicht böse, aber es freut mich weniger, wenn ich höre, dass meinen Freunden und meiner Mutter ein Krieg ins Haus steht.«

Carullus zuckte die Achseln. »Warum warnst du sie nicht? Schreib ihnen, sie sollen Varena verlassen.«

»Geh und lass dich vögeln«, hatte ihn Crispin angefaucht. Das war ungerecht. Was auch im Gang sein mochte, Carullus war *nicht* dafür verantwortlich, und vielleicht war sein Rat tatsächlich nicht schlecht – schon im Lichte dessen, was am Vormittag auf dem Gerüst geschehen war.

»*Das* spukt dir also im Kopf herum? Ich habe schon gehört, wer dich heute Vormittag besucht hat. Hast du da oben auf deinem Gerüst auch Kissen liegen? Ich warte, bis du wieder nüchtern bist, aber morgen früh erwarte ich eine *sehr* ausführliche Erklärung, mein Freund.« Carullus leckte sich genießerisch die Lippen.

Wieder stieß Crispin einen Fluch aus. »Das war doch nur Schauspielerei. Theater. Sie wollte mit mir reden und brauchte etwas, um die Zuschauer abzulenken.«

»Natürlich!« Carullus zog die Augenbrauen bis zum Haaransatz hoch. »*Mit dir reden*? Du bist mir vielleicht einer. Sie soll ja eine richtige Schönheit sein. Reden? Pah. Morgen früh bringst du mich vielleicht sogar so weit, dass ich dir das abnehme.« Er geriet unerwartet ins Stocken. »Aber, äh, vorher«, fuhr er schließlich fort, »äh, muss ich dir noch meine zweite Neuigkeit erzählen. Für mich, äh, ist mit solchen Spielchen jetzt Schluss. So muss man das wohl sehen.«

Crispin hatte mit verschwommenem Blick von seinem Becher aufgesehen.

»Was?«

»Ich, nun ja, ich wollte dir erzählen, dass ich heiraten will«, stammelte Carullus von der Vierten.

»Was?«, wiederholte Crispin. Diesmal war die Frage logischer.

»Ich weiß, ich weiß«, fuhr der Tribun fort. »Das überrascht dich, damit hast du nicht gerechnet, du findest es komisch. Ein guter Witz, damit alle was zu lachen haben. Aber so was kommt eben vor.« Er wurde rot. »Wie das Leben so spielt.«

Crispin verstand gar nichts mehr, aber er nickte mit dem Kopf und unterdrückte mit Mühe ein drittes: »Was?«

»Und, äh, na ja, hast du etwas dagegen, wenn Kasia bei dir auszieht? Das sieht sonst ziemlich merkwürdig aus, verstehst du, vor allem, wenn wir es in der Kapelle bekannt geben lassen.«

»Was?«, fragte Crispin wieder. Etwas anderes fiel ihm nicht ein.

»Die Hochzeit findet im Frühjahr statt«, fuhr Carullus mit leuchtenden Augen fort. »Als ich von zu Hause wegging, musste ich meiner Mutter eine Hochzeit mit allem Drum und Dran versprechen, falls ich jemals heiraten sollte. Die Priester haben den ganzen Winter über Zeit, unsere Absicht zu verkünden, damit jeder Einspruch erheben kann, und danach gibt es ein rauschendes Fest.«

»Kasia?«, fragte Crispin, als er endlich zu Wort kam. *»Kasia?«*

Sein Verstand arbeitete wieder, wenn auch mit einiger Verspätung, und tastete diese unglaubliche Neuigkeit nun ganz vorsichtig ab. Crispin schüttelte den Kopf, um die Benommenheit zu vertreiben, dann sagte er: »Damit wir uns nicht missverstehen, du aufgeblasener Windbeutel. Kasia hat tatsächlich gesagt, sie will deine Frau werden? Das kann nicht wahr sein! Bei Jads Gebeinen und seinen Eiern! Du elender Dreckskerl! Du hast mich nicht einmal um Erlaubnis gefragt! Verdammt, du verdienst sie doch gar nicht, du ungehobelter Soldatentölpel.«

Jetzt grinste er über das ganze Gesicht, streckte den Arm über den Tisch und packte den anderen fest an der Schulter.

»Natürlich verdiene ich sie«, sagte Carullus. »Ich bin schließlich ein Mann mit glänzenden Aussichten.« Auch auf seinem Gesicht lag ein seliges Lächeln.

Die Frau, um die es ging, war eine Inicierin aus dem Norden. Ihre Mutter hatte sie vor mehr als einem Jahr an einen Sklavenhändler verkauft. Crispin hatte sie auf seiner Reise kennen gelernt und nicht nur aus ihrem Elend befreit, sondern auch davor bewahrt, bei einem heidnischen Ritual geopfert zu werden. Sie war mager, blitzgescheit und viel zu eigenwillig, aber die große Stadt war ihr nicht geheuer. Dem Soldaten, der jetzt glückstrahlend erklärte, sie wolle seine Frau werden, hatte sie ins Gesicht gespuckt, als sie ihn zum ersten Mal sah.

Die beiden Männer wussten, was sie an ihr hatten.

So kam es, dass sich eines sonnigen, windigen Vorfrühlingstages eine Reihe von Gästen auf den Weg zum Haus der Ersten Tänzerin der Grünen machte. Von dort würde die traditionelle Hochzeitsprozession zur Kapelle ziehen, wo die Trauungszeremonie stattfand. Die Feier sollte sich anschließen.

Weder Braut noch Bräutigam stammten aus einer ›guten Familie‹, auch wenn der Bräutigam durchaus Ansätze zeigte, sich zu einem einflussreichen Mann zu entwickeln – aber Shirin von den Grünen verfügte über einen illustren Kreis von Freunden und Bewunderern und wollte die Hochzeit zum Anlass nehmen, um einen großen Empfang zu geben. Die Wintersaison im Theater war sehr erfolgreich gewesen.

Außerdem war der engste Freund des Bräutigams (und auch der Braut, wie da und dort mit vielsagend hochgezogenen Augenbrauen gemunkelt wurde) der neue Kaiserliche Mosaikmeister, jener Rhodianer, der mit der aufwändigen Innendekoration des Tempels von Jads Heiliger Weisheit betraut war – ein Mann, mit dem man sich vielleicht gut stellen sollte. Gerüchteweise war bekannt, dass noch andere prominente Persönlichkeiten – wenn nicht bei der Zeremonie, so dann bei der anschließenden Feier in Shirins Haus – ihr Erscheinen zugesagt hatten.

Außerdem war in aller Munde, dass der Küchenchef der Blauen in der Küche der Tänzerin das Festmahl zubereiten sollte, und es gab Menschen in der Stadt, die Strumosus sogar in die Wüste gefolgt wären, vorausgesetzt, er nahm seine Töpfe, Pfannen und Saucen mit.

Eine Feier, die von Grünen und Blauen gemeinsam ausgerichtet wurde, war ein in vieler Hinsicht ungewöhnliches, vielleicht sogar einmaliges Ereignis. Und das alles für einen Soldaten aus den mittleren Rängen und ein strohblondes sauradisches Barbarenmädchen völlig unbekannter Herkunft, das eben erst in der Stadt eingetroffen war. Ein durchaus hübsches Ding, wie alle jene zu berichten wussten, die sie bei Shirin gesehen hatten, aber keins von der Sorte Mädchen, die sonst unverhältnismäßig gute Partien machten. Allerdings spielte ihr Zukünftiger auch keine wirklich wichtige Rolle.

Noch ein weiteres Gerücht rankte sich um diese Hochzeit. Pappio, der inzwischen weithin bekannte Leiter der Kaiserlichen Glashütte, sollte in unbekanntem Auftrag mit eigenen Händen eine Schale als Hochzeitsgeschenk für das glückliche Paar angefertigt haben. Dabei übte er sein Handwerk schon seit vielen Jahren nicht mehr selbst aus. Niemand verstand, wie das zuging. In Sarantium blühten Klatsch und Tratsch. Die Wagenrennen begannen erst in einigen Tagen, das Ereignis kam also gerade recht: Die Stadt brauchte etwas, worüber man sich den Mund zerreißen konnte.

›*Ich bin nicht glücklich*‹, klagte ein unscheinbarer künstlicher Vogel. Nur die Gastgeberin des heutigen Festes konnte seine Aristokratenstimme hören, und sie war gerade damit beschäftigt, sich kritisch in einem runden, silbergefassten Spiegel zu betrachten, der ihr von einer Dienerin vorgehalten wurde.

›*Oh, Danis, ich auch nicht!*‹, gab Shirin stumm zurück. ›*Alle Frauen aus dem Bezirk und vom Theater werden aufs Prächtigste gekleidet und mit Schmuck beladen hier erscheinen, und ich sehe aus, als hätte ich seit Tagen nicht geschlafen.*‹

›*Das meinte ich nicht.*‹

›*Natürlich nicht. An die wichtigen Dinge denkst du doch nie. Was glaubst du – wird er mich überhaupt bemerken?*‹

Die Vogelstimme bekam einen bissigen Unterton.

›Welchen meinst du? Den Wagenlenker oder den Mosaikleger?‹

Shirin lachte laut auf. Die Dienerin erschrak. *›Alle beide‹*, sagte sie innerlich und lächelte boshaft. *›Vielleicht sogar zusammen? Wäre das nicht eine unvergessliche Nacht.‹*

›Shirin!‹ Der Vogel klang aufrichtig entsetzt.

›Das war doch nur Spaß, du Dummchen. Kennst du mich denn immer noch nicht besser? Also, warum bist du nicht glücklich? Wir feiern heute Hochzeit, und zwar eine Hochzeit aus Liebe. Kein Ehestifter war am Werk, die beiden haben frei gewählt.‹ Das klang unerwartet zart und nachsichtig.

›Ich fürchte nur, dass etwas passieren wird.‹

Die dunkelhaarige Frau vor dem kleinen Spiegel – sie sah übrigens ganz und gar nicht übernächtigt aus, sondern konnte nur nie genug bewundert werden – nickte mit dem Kopf, und die Dienerin legte lächelnd den Spiegel beiseite und griff nach einem Fläschchen mit einem ganz besonderen Parfüm. Der Vogel lag daneben auf dem Tisch.

›Aber Danis, was wäre das für ein Fest, wenn nichts *passieren würde?‹*

Der Vogel schwieg.

Es raschelte an der Tür. Shirin schaute über die Schulter.

Vor ihr stand ein rundlicher kleiner Mann von cholerischem Aussehen. Über seine blaue Tunika spannte sich, im Nacken und hinter dem mächtigen Bauch gebunden, eine riesige Schürze, auf der eine Reihe von Essensflecken prangten. Ein gelber Streifen, wahrscheinlich Safran, zierte seine Stirn. In der Hand hielt er einen Holzlöffel, und unter den Schürzenbändern steckte ein großes Messer. Er wirkte tief bekümmert.

»Strumosus!«, rief die Tänzerin erfreut.

»Wir haben kein Meersalz«, sagte der Koch mit Grabesstimme, als sei das ein Frevel, der auf gleicher Stufe mit dem verbotenen Heladikos-Glauben oder dem finstersten Heidentum stand.

»Kein Salz? Tatsächlich?«, fragte die Tänzerin und erhob sich geschmeidig.

»Kein *Meer*salz!«, wiederholte der Koch. »Wie kann in einem kultivierten Haushalt das Meersalz fehlen?«

»Ein *entsetzliches* Versehen«, nickte Shirin beschwichtigend. »Ich schäme mich zu Tode.«

»Ihr müsst mir erlauben, unverzüglich einen Eurer Diener zum Blauen-Hof zu schicken. Meine Unterköche brauche ich hier. Wisst Ihr denn überhaupt, wie wenig Zeit uns noch bleibt?«

»Ihr könnt heute mit meinen Dienern anstellen, was Ihr wollt«, sagte Shirin. »Solange Ihr sie nicht auf dem Rost bratet.«

Aus der Miene des Kochs ließ sich schließen, dass er selbst das nicht völlig ausschloss.

›*Welch ein widerlicher Mensch*‹, bemerkte der Vogel unhörbar. ›*Zumindest kann ich wohl davon ausgehen, dass du hinter ihm nicht her bist.*‹

Shirin lachte innerlich. ›*Er ist ein Genie, Danis. Das wird dir jedermann bestätigen. Und mit Genies muss man Nachsicht üben. Und jetzt freu dich und sag mir, dass ich gut aussehe.*‹

Hinter Strumosus kamen Schritte durch den Flur. Der Koch drehte sich um und senkte seinen Holzlöffel. Seine Miene hellte sich auf und wurde geradezu freundlich. Zu sagen, dass er lächelte, wäre nur leicht übertrieben gewesen. Er trat einen Schritt weiter in den Raum. In der Tür erschien eine blasse blonde Frau und blieb zögernd stehen.

Shirin war mit ihrem Lächeln weniger sparsam. Sie legte bewundernd die Hände an die Wangen. »O Kasia!«, rief sie. »Du siehst wunderschön aus.«

KAPITEL III

Am gleichen Morgen, nur sehr viel früher, hätte man beobachten können, wie Kaiser Valerius II. von Sarantium, Neffe eines Kaisers und Sohn eines trakesischen Getreidebauern, in der Kaiserlichen Kapelle des Traversit-Palasts, wo sich die Privatgemächer des Kaiserpaares befanden, in die letzten Wechselgesänge des Lobpreises der aufgehenden Sonne einstimmte.

Der Kaiserliche Gottesdienst wird als einer der ersten in der Stadt abgehalten, er beginnt, wenn es noch dunkel ist, und endet im Morgengrauen mit dem Aufgang der wiedergeborenen Sonne, wenn in allen Kapellen und Heiligtümern Sarantiums die Glocken geläutet werden. Die Kaiserin nimmt an diesem Gottesdienst nicht teil. Die Kaiserin schläft. Sie hat einen eigenen Geistlichen in ihrem Gefolge, einen Mann, von dem man weiß, dass er es mit der Stunde des Morgengebets nicht so genau nimmt. Weniger bekannt ist, dass sich seine Nachsicht auch auf den ketzerischen Heladikos-Kult um den sterblichen (vielleicht auch halbgöttlichen oder göttlichen) Jad-Sohn erstreckt. Im Kaiserlichen Bezirk wird darüber natürlich nicht gesprochen. Jedenfalls nicht offen.

Der Kaiser hält sich dagegen peinlich genau an die vorgeschriebenen Rituale. Seine jahrelangen Bemühungen, in enger Zusammenarbeit mit dem Obersten Patriarchen und mit dem Patriarchen des Ostens die zahllosen Streitpunkte in der Lehre des Sonnengottes zu beseitigen und eine Kirchenspaltung zu verhindern, entspringen seiner tiefen Frömmigkeit ebenso wie seiner Freude an der geistigen Auseinandersetzung. Valerius steckt voller Rätsel und Widersprüche, und er tut wenig, um seinem Hof oder seinem Volk bei der Auflösung zu helfen. Geheimnisumwittert zu sein, hält er für einen Vorteil.

Es erheitert ihn, dass man ihn den Kaiser der Nacht nennt und ihm nachsagt, er pflege im Schein der Lampen in seinen Gemächern oder im Schein des Mondes in den Korridoren der Paläste verbotene Zwiesprache mit den Geistern der Zwischenwelt. Es erheitert ihn deshalb, weil es völlig aus der Luft gegriffen ist. Schließlich ist er – wie jeden Morgen – vor den meisten seiner Untertanen wach und wohnt einem Ritual bei, das ganz im Einklang mit der orthodoxen Lehre steht. Es wäre treffender, ihn als Kaiser des Morgens zu bezeichnen.

Schlaf langweilt ihn, ja, ängstigt ihn in letzter Zeit sogar ein wenig. Zu oft hat er im Traum – oder im Halbschlaf – das Gefühl, die Zeit rase ihm davon. Er ist sicher noch kein alter Mann, aber er hat doch so viele Jahre auf den Schultern, dass er bei Nacht fernes Hufgetrappel und Wagenrollen hört: die Boten, die das Ende seiner irdischen Herrschaft ankündigen. Dabei hat er noch so viele Pläne, bevor – wie angeblich bei allen wahren und gottesfürchtigen Herrschern – die Stimme des Gottes oder des göttlichen Abgesandten zu ihm sagt: *Leg ab die Krone, der Herr aller Herrscher erwartet dich.*

Seine Kaiserin spräche nicht von Rossen, die durch die Nacht jagen, sondern von Delphinen, die durch die Meeresoberfläche brechen, aber nur zu ihm, denn Delphine – die Träger, die in früherer Zeit die Seelen zu Gott brachten – sind ein heladikisches Symbol und damit verboten.

Seine Kaiserin schläft. Sie wird erst lange nach Sonnenaufgang erwachen und ihr Morgenmahl im Bett einnehmen. Danach empfängt sie ihren geistlichen Berater, ihre Badefrauen und ihren Schreiber und bereitet sich in aller Ruhe auf den Tag vor. Sie hat den Rhythmus ihrer Jugend beibehalten, als sie noch Aliana hieß und als Schauspielerin und Tänzerin gewöhnt war, spät schlafen zu gehen und spät aufzustehen.

Die langen Abende verbringt der Kaiser mit ihr gemeinsam, aber nach langen Jahren des Zusammenlebens weiß er, dass sie zu so früher Stunde nicht gestört werden will. Er hat ohnehin genug zu tun.

Der Gottesdienst nähert sich dem Ende. Valerius spricht die letzten Responsorien. Durch die hohen Fenster sickert das erste Licht. Draußen ist es zu dieser grauen Stunde noch kühl. Seit einiger Zeit hasst er die Kälte. Er verneigt sich vor Sonnenscheibe und Altar, verabschiedet sich mit erhobener Hand von seinem Priester und verlässt die Kapelle. Draußen im Korridor steigt er eine Treppe hinunter. Er geht wie immer schnell. Seine Sekretäre nehmen einen anderen Weg, sie eilen nach draußen, durch die Gärten – wo es kalt und feucht ist – zum Attenin-Palast, wo die täglichen Pflichten warten. Den Tunnel zwischen den beiden Palästen dürfen nur der Kaiser und seine Leibwächter aus den Reihen der Exkubitoren benützen. Eine Sicherheitsmaßnahme, die schon vor langer Zeit eingeführt wurde.

Der Tunnel wird in regelmäßigen Abständen von brennenden Fackeln erhellt, die von den Gardisten immer wieder erneuert werden. Er ist gut belüftet und selbst im Winter oder jetzt, an der Wende zum Frühling, angenehm warm. Der Frühling, die Zeit neuen Lebens, die Zeit für den Krieg. Valerius nickt den beiden Leibwächtern zu und tritt allein durch die Tür. Er genießt den kurzen Spaziergang, denn er ist in seinem Leben so gut wie nie allein. Sogar in seinem Schlafgemach hält sich auf einem Feldbett ein Schreiber bereit, und an der Tür wartet ein verschlafener Bote, damit der Kaiser jederzeit einen Brief diktieren, jemanden zu sich rufen lassen oder seine Befehle in die nächtliche Stadt voller Geheimnisse und Gespenster schicken kann.

Und viele Nächte verbringt er nach wie vor bei Alixana im verwirrenden Labyrinth ihrer Gemächer. Hier findet er trauliche Behaglichkeit und eine tiefe, seltene Intimität – aber er ist nicht allein. Er ist nie allein. Stille, Einsamkeit, Ungestörtheit, das gibt es für ihn nur in diesem unterirdischen Tunnel, wo er von einer Gardistenbesatzung eingelassen und am anderen Ende von zwei anderen Exkubitoren in Empfang genommen wird.

Er klopft an die Tür zum Attenin-Palast und wird eingelassen. Wie immer erwartet ihn bereits eine Reihe von Männern, darunter der greise Kämmerer Gesius, Leontes, der goldhaarige Strategos, Faustinus, der Magister der Kaiserlichen Behörden, und der Quaestor des Kaiserlichen Schatzamtes, ein Mann namens Vertigus, mit dem der Kaiser nicht sonderlich zufrieden ist. Alle fallen auf die Knie. Valerius nickt ihnen zu und steigt rasch die Treppe hinauf. Die Höflinge erheben sich und reihen sich hinter ihm ein. Gesius braucht jetzt manchmal Hilfe beim Aufstehen, besonders bei feuchtem Wetter, aber der Verstand des Kämmerers ist scharf wie eh und je und Valerius vertraut ihm mehr als jedem anderem in seinem Gefolge.

An diesem Morgen unterzieht er Vertigus einem strengen Verhör, sobald sie den Audienzsaal erreichen, und bringt ihn prompt aus der Fassung. Der Mann ist kein Dummkopf – sonst hätte man ihn längst entlassen –, aber er ist auch kein Finanzgenie, und fast alles, was der Kaiser mit der Stadt, dem Reich und dem Rest der Welt vorhat, kostet Geld. Mit Sachverstand allein kommt man in diesen Zeiten leider nicht mehr weit. Valerius gibt Unsummen für Bauwerke aus, er bezahlt Unsummen an die Bassaniden, und eben erst hat er (ein wohl kalkuliertes Manöver) die flehentlichen Bitten von verschiedenen

Seiten erhört und den ausstehenden Sold für das Westheer freigegeben.

Nie ist genug Geld vorhanden, und als man das letzte Mal versuchte, mit entsprechenden Maßnahmen dem Mangel abzuhelfen, kam es zu verheerenden Krawallen. Sarantium brannte, und der Aufruhr hätte den Kaiser um ein Haar seinen Thron und sein Leben gekostet und alle Pläne zunichte gemacht, die er je geschmiedet hatte. Dreißigtausend Menschenleben hatten geopfert werden müssen, um dies zu verhindern. Valerius hofft, dass der Gott seinen inzwischen fast fertig gestellten Tempel von Jads Heiliger Weisheit, ein Bauwerk ohnegleichen, als Sühne für den Tod dieser Menschen – und für so manches andere – annehmen wird, wenn dereinst der Tag der Abrechnung kommt. So betrachtet spielt der Tempel mehr als nur eine Rolle in seinen Plänen.

Das ist bei fast allen Dingen so.

Es war schwierig. Sie wusste, dass Carullus sie liebte und dass ihre Hochzeit für erstaunlich viele Menschen ein Grund zum Feiern war, so als wäre die Heirat einer kleinen Inicierin und eines trakesischen Soldaten tatsächlich ein bedeutendes Ereignis. Die Trauung sollte in einem vornehmen Heiligtum unweit von Shirins Haus abgehalten werden – das neben anderen Aristokraten auch der Senatsälteste und seine Familie regelmäßig besuchten. Das Bankett fand anschließend hier im Haus der Ersten Tänzerin der Grünen statt. Und der rundliche, grimmige Mann, den alle Welt als den besten Koch im ganzen Reich bejubelte, sollte für Kasia das Hochzeitsmahl zubereiten.

Es war kaum zu fassen. Die meiste Zeit konnte sie es tatsächlich nicht fassen, bewegte sich wie durch einen Traum und fürchtete, jeden Moment zu erwachen und sich an einem kalten, nebligen Morgen in Morax' Gasthof wiederzufinden – noch vor dem Fest der Toten.

Kasia, die ›Kluge‹, wie ihre Mutter sie immer genannt hatte, die Tochter, die offenbar nicht zu verheiraten war und die sie an die Sklavenhändler verkauft hatte, wusste natürlich, dass der ganze Aufwand für verschiedene Personen betrieben wurde, die sie kannte: für Crispin und seine Freunde, für Scortius den Wagenlenker und für Shirin, in deren Haus Kasia zu Anfang des Winters übersiedelt war, als das Verlöbnis bekannt gegeben wurde. Carullus hatte – inzwischen schon zweimal – mit dem Obersten Strategos persönlich gesprochen und einen Durchbruch erzielt, was die Auszahlung des ausständigen Soldatensolds anging. Einem Gerücht zufolge sollte Leontes sogar auf der Hochzeitsfeier des Tribuns erscheinen. Bei *ihrer* Hochzeit.

Zum Teil, auch das hatte Kasia inzwischen begriffen, hatte die übersteigerte Anteilnahme natürlich damit zu tun, dass die Sarantiner trotz (oder vielleicht gerade wegen) ihres vielgepriesenen Zynismus fast ausnahmslos sehr begeisterungsfähige, gefühlsbetonte Menschen waren. Jedes Ereignis wurde gewissermaßen überhöht und in seinem Wert gesteigert, wenn man hier im Mittelpunkt der Welt lebte. Die Vorstellung, dass sie und Carullus sich frei für einander entschieden hatten und nun aus Liebe heiraten wollten, war für ihre unmittelbare Umgebung geradezu unwiderstehlich. Shirin, die so gnadenlos ironisch sein konnte, bekam schon feuchte Augen, wenn sie nur daran dachte.

Solche Ehen waren die großen Ausnahmen.

Und diese Ehe war *keine* solche Ausnahme, auch wenn alle Welt das glaubte. Aber das wusste – hoffentlich – nur Kasia.

Der Mann, den sie begehrte – und liebte, obwohl sie sich gegen das Wort sträubte –, sollte heute *hinter* ihnen in der Kapelle stehen und die symbolische Krone über das Haupt seines Freundes halten. Nicht, dass ihr diese

Tatsache gefallen hätte, aber sie wusste nicht, was sie dagegen tun sollte.

Shirin würde mit einer zweiten Krone hinter Kasia stehen. Elegante, weiß gekleidete Männer und Frauen vom Theater und vom Hof und eine Reihe von eher biederen Vertretern der Armee würden lächelnd und mit leisem Gemurmel der Verbindung zustimmen. Hinterher würden alle hier zu einem Schlemmermahl zusammenkommen: Fisch und Austern standen auf dem Speiseplan, Wildbret von der winterlichen Jagd und Wein aus Candaria und Megarium.

Welche Frau heiratete denn wirklich aus freiem Entschluss? Wie sähe eine Welt aus, in der das möglich wäre? Nicht einmal in adligen oder königlichen Häusern erlaubte man sich diesen Luxus; wie also käme ein Barbarenmädchen dazu, das ein bitteres Jahr lang, ein Jahr, von dem sich ihre Seele sicher noch lange nicht erholen würde, als Sklavin in Sauradia gelebt hatte?

Sie heiratete, weil ein braver Mann sie haben wollte und um ihre Hand angehalten hatte. Weil er versprach, für ein Dach über dem Kopf und das tägliche Brot zu sorgen, weil er ein gutes Herz hatte und weil sie nicht wusste, welches Leben sie erwartete, wenn diese Verbindung nicht zustande kam. Sollte sie bis ans Ende ihrer Tage auf andere angewiesen sein? Sollte sie einer Tänzerin dienen, bis diese selbst mit Bedacht einen Gatten wählte? Sollte sie in eine Gemeinschaft eintreten – etwa bei Jads Töchtern – und ihr ganzes Leben einem Gott weihen, an den sie nicht aufrichtig glaubte?

Wie könnte sie denn auch, nachdem sie, schon zum Opfer für Ludan bestimmt, in den Tiefen des Aldwood einen *Zubir* gesehen hatte, ein Geschöpf aus dem alten Glauben ihres Volkes?

Shirin hatte sich mit dem Koch unterhalten, nun drehte sie sich zu Kasia um. »Du siehst wunderschön aus«, sagte sie.

Kasia lächelte zaghaft. Sie glaubte ihr nicht ganz, aber vielleicht stimmte es ja. Shirins Haus war gut geführt, sie hatte fähiges Personal. Kasia hatte den Winter über mehr als Gast und Freundin denn als Dienerin bei ihr gelebt, und sie hatte besser gegessen und in einem weicheren Bett geschlafen als je zuvor in ihrem Leben. Shirin war schlagfertig, amüsant und hellwach und sprühte nur so vor Einfällen. Sie war sich ihrer Stellung in Sarantium wohl bewusst: Sie schätzte den Ruhm mit allem, was dazugehörte, ohne zu vergessen, wie vergänglich er war.

Doch all das konnte nicht vermitteln, was geschah, wenn sie auf die Bühne trat.

Kasia hatte sie tanzen sehen. Ihr erster Theaterbesuch zu Anfang der Wintersaison hatte ihr Shirins Ruhm vor Augen geführt. Als sie die Blumenmassen sah, die nach jedem Tanz auf die Bühne geworfen wurden, und die wilden Beifallsrufe hörte – die rituellen Sprechchöre von Shirins Grüner Zirkuspartei und den spontanen Jubel der Zuschauer, die von ihrer Darbietung einfach hingerissen waren –, war ihr Shirin wie ein höheres Wesen erschienen. Die Veränderung, die sich vollzog, wenn die Tänzerin die Welt des Theaters betrat, was geschah, wenn sie zwischen den Fackeln erschien und die Musik einsetzte, hatte Kasia fast ein wenig Angst gemacht.

Sie hätte sich niemals freiwillig so zur Schau gestellt, wie Shirin es bei jeder Vorstellung tat. Die wallenden Seidengewänder verbargen so gut wie nichts von ihrer grazilen Figur und bewirkten zum derben Entzücken der Zuschauer auf den weiter entfernten, billigeren Plätzen oft komische, fast obszöne Effekte. Aber sie hätte sich auch niemals so bewegen können wie die Tänzerin der Grünen. Shirin zeigte Sprünge und wirbelnde Drehungen oder verharrte mit ausgebreiteten Armen wie ein Seevogel. In den alten, strengen Tänzen, die den Männern die Tränen in die Augen trieben, hatte jeder Schritt sein eigenes Gewicht, und ihre bloßen Füße waren gewölbt wie der Bogen eines Jägers. Dieselben Seidengewänder konnten sich hinter ihr wie Flügel spreizen, wurden zum Schleier, wenn sie trauernd niederkniete, oder zum Leichentuch, wenn sie starb. Dann wurde es im Theater so still wie auf einem Friedhof in einer Winternacht.

Shirin verwandelte sich, wenn sie tanzte, und sie verwandelte auch ihre Zuschauer.

Zu Hause wurde sie wieder die Alte und redete mit Vorliebe über Crispin. Der Rhodianer hatte sie gebeten, Kasia als Gast aufzunehmen, und sie hatte ihm den Gefallen getan. Kasia hatte sie erzählt, er sei ein Bekannter ihres Vaters. Aber das war nicht alles. Er spukte der Tänzerin zu oft im Kopf herum, obwohl ihr so viele Männer – jüngere und ältere, darunter viele verheiratete, Höflinge, Adlige und Offiziere – regelmäßig ihre Aufwartung machten. Hinterher plauderte Shirin mit Kasia über die Besucher und zeigte dabei, wie gut sie über die gesellschaftliche Stellung, den Rang und die Aussichten jedes Einzelnen Bescheid wusste. Ihre fein dosierten Gunstbeweise waren wie die Schritte eines kunstvollen Tanzes. Dergleichen gehörte zu ihrem Dasein als Tänzerin in Sarantium. Kasia hatte den Eindruck, dass Shirin sich aufrichtig freute, sie im Hause zu haben, auch wenn ihre Beziehung ganz anders angefangen hatte. Freundschaft und Vertrauen hatten bisher keinen Platz im Leben der Tänzerin gehabt. Ebenso wenig wie in Kasias Leben.

Im Winter war Carullus fast jeden Tag vorbeigekommen, wenn er in der Stadt war. In der Regenzeit war er einen Monat lang fort gewesen, um – im Triumph – die erste Rate der ausstehenden Soldzahlung für das Westheer zu seinem Heerlager in Sauradia zu eskortieren. Er kam sehr nachdenklich zurück und berichtete, vieles deute darauf hin, dass ein Krieg im Westen bevorstehe. Eine Überraschung war das zwar gerade nicht, aber ein Gerücht war eben doch etwas anderes als die nackte Wirklichkeit. Als Kasia ihn so reden hörte, fiel ihr plötzlich ein, dass er fallen könnte, wenn er mit Leontes ginge, und sie nahm seine Hand. Er hatte es gern, wenn sie seine Hand hielt.

Crispin hatten sie den ganzen Winter über kaum zu Gesicht bekommen. Er hatte sich offenbar in aller Eile die erforderlichen Mosaikleger für seine Mannschaft gesucht und stand die ganze Zeit oben auf seinem Gerüst. Gleich nach dem Morgengebet fing er mit der Arbeit an und machte bei Fackelschein bis tief in die Nacht hinein weiter. Vargos berichtete, dass er manchmal nicht einmal in das Haus zurückkehrte, das die Eunuchen des Kämmerers für ihn gesucht und eingerichtet hatten, sondern im Tempel auf einem Feldbett schlief.

Auch Vargos arbeitete im Tempel, und von ihm hörten sie die besten Geschichten wie etwa die über den Lehrling, den Crispin eines Morgens – Flüche brüllend und ein Messer schwenkend – um den ganzen Tempel von Jads Heiliger Weisheit gejagt hatte, weil er etwas, das man Ätzkalk nannte, verdorben hatte. Vargos hatte angefangen, die Sache mit dem Ätzkalk zu erklären, aber Shirin hatte gedroht, vor Langeweile zu schreien, und ihn so lange mit Oliven beworfen, bis er aufhörte.

Vargos kam jeden Morgen auf dem Weg zur Kapelle vorbei und fragte, ob Kasia mitgehen wolle. Oft begleitete sie ihn. Sie musste sich an den Lärm und die vielen Menschen gewöhnen, und diese morgendlichen Spaziergänge mit Vargos halfen ihr dabei. Auch Vargos hatte ein gutes Herz. Sie hatte in Sauradia drei gütige Männer kennen gelernt, und einer hatte ihr einen Heiratsantrag gemacht. Womit hatte sie so viel Glück verdient?

Manchmal kam auch Shirin mit. Solche Auftritte zahlten sich aus, erklärte sie Kasia. Die Jad-Geistlichkeit missbilligte das Theater noch mehr als die Wagenrennen, die die Leidenschaften so sehr entfesselten und der heidnischen Magie Auftrieb gaben. Für Shirin war es daher nur ratsam, sich in schlichter Kleidung, ohne auffallenden Schmuck, mit streng nach hinten gekämmtem und mit einem Tuch bedeckten Haar vor den Altar und die Sonnenscheibe zu knien und mit allen anderen die Morgenlitanei zu singen.

Hin und wieder ging Shirin mit den beiden in ein Heiligtum, das vornehmer war als Vargos' Kapelle und näher bei ihrem Haus lag. Dort hatte sie eines Morgens nach dem Gottesdienst demütig den Segen des Priesters empfangen und Kasia zwei anderen Besuchern vorgestellt – dem Senatsältesten und seiner sehr viel jüngeren Frau. Der Senator, er hieß Plautus Bonosus, wirkte ziemlich verlebt und hatte einen spöttischen Zug um den Mund; seine Frau gab sich reserviert und war sehr auf der Hut. Shirin hatte die beiden zu Kasias Trauung und der anschließenden Hochzeitsfeier eingeladen und einige Namen von anderen Gästen aufgezählt.

Als sie ganz nebenbei erwähnte, dass Strumosus von Amoria das Mahl bereiten werde, hatte der Senatsälteste überrascht mit den Augen gezwinkert und die Einladung prompt angenommen. Er war wohl ein Mensch, der die Genüsse des Lebens zu schätzen wusste. Nach Hause zurückgekehrt, hatte Shirin bei einem Becher Würzwein von den Skandalen erzählt, mit denen Bonosus in Verbindung gebracht wurde. Danach konnte sich Kasia die kühle Zurückhaltung seiner jungen zweiten Frau etwas besser erklären. Sie begriff auch, dass es für Shirin ein Erfolg war, wenn sich so viel Prominenz im Haus einer Tänzerin versammelte; es unterstrich ihre Bedeutung in der Stadt und festigte ihre Stellung. Für Carullus war es natürlich ebenfalls von Vorteil – und damit auch für Kasia selbst. Das hatte sie alles verstanden. Trotzdem kam sie sich vor wie im Märchen.

Sie war soeben in einem Heiligtum voller Aristokraten vom Ältesten des Sarantinischen Senats begrüßt worden. Diese hoch gestellte Persönlichkeit wollte zu ihrer Hochzeit kommen. Vergangenen Herbst war sie noch eine Sklavin gewesen, die sich für jeden Bauern, Soldaten oder Kurier, der ein paar Münzen erübrigen konnte, auf die Matratze legen musste.

Es war am späten Vormittag des Hochzeitstages. Bald musste man zur Kapelle aufbrechen. Wenn Carullus mit den Musikanten eintraf, um seine Braut abzuholen, war es soweit. Kasia stellte sich der Tänzerin und dem Meisterkoch in ihrem Hochzeitsstaat vor. Sie trug weiß – wie die ganze Hochzeitsgesellschaft –, aber um ihre Taille lag die Brautschärpe aus roter Seide. Als Shirin sie ihr gestern Abend gegeben und ihr gezeigt hatte, wie sie zu binden war, hatte sie einen schlüpfrigen Witz gemacht. Später würde sie noch mehr zweideutige Anspielungen und derbe Lieder zu hören bekommen. Das war hier in der Stadt aller Städte nicht anders als zu Hause in ihrem Dorf. Gewisse Dinge fand man wohl überall auf der Welt. Das Rot stand für die Jungfräulichkeit, die sie heute Nacht verlieren sollte.

In Wirklichkeit war sie ihr schon vor längerer Zeit abhanden gekommen. Ein karchischer Sklavenhändler hatte sie ihr geraubt – auf einem Feld im Norden. Auch dem Mann, den sie heute heiraten sollte, war ihr Körper nicht mehr fremd, obwohl sie nur einmal zusammengewesen waren, an jenem Morgen, nachdem Carullus Crispin und den Wagenlenker Scortius im Dunkeln gegen Meuchelmörder verteidigt hatte und dabei nur knapp dem Tod entronnen war.

Das Leben trieb manchmal seltsame Spiele.

Sie war an besagtem Morgen auf dem Weg zu Crispins Zimmer gewesen, ohne recht zu wissen, was sie sagen – oder tun – sollte, doch dann hatte sie von drinnen eine Frauenstimme gehört. Sie hatte innegehalten und ohne zu klopfen wieder kehrtgemacht. Auf der Treppe waren ihr zwei Soldaten entgegengekommen und hatten ihr von dem nächtlichen Anschlag berichtet. Ihre Kameraden waren tot, Carullus war verletzt. Irgendetwas, eine spontane Anwandlung, der Schrecken, hochgradige Verwirrung, das Schicksal – das Schicksal, hätte ihre Mutter gesagt und dabei ein Zeichen zur Abwehr des Bösen gemacht –, hatte Kasia bewogen, noch einmal kehrtzumachen, nachdem die Soldaten verschwunden waren, den langen Gang zurückzugehen und an die Tür des Tribuns zu klopfen.

Carullus hatte ihr geöffnet, er war bereits halb ausgezogen und sah müde aus. Sie hatte den blutigen Verband um Brust und Schulter gesehen, sie hatte den Ausdruck in seinen Augen bemerkt, als er sie erkannte, und plötzlich hatte sie verstanden – sie war nicht umsonst ›die Kluge‹.

Er war nicht der Mann, der sie zuerst aus Morax' Gasthof und dann vor dem Tod im Alten Wald gerettet hatte, um ihr danach in einer dunklen Nacht zu zeigen, wie es mit einem Mann sein konnte, der einen nicht gekauft hatte, aber er könnte – hatte sie gedacht, als sie hinterher neben Carullus im Bett lag – der Mann sein, der sie vor dem Leben *nach* der Rettung bewahrte. Denn darüber schwiegen sich die alten Geschichten stets aus.

Als die Sonne an diesem Morgen höher stieg, seine Atemzüge ruhiger wurden und er neben ihr einschlief wie ein Kind, hatte sie überlegt, seine Geliebte zu werden. Es gab schlimmere Schicksale.

Aber nur wenig später, noch bevor mit der mitternächtlichen Zeremonie des Unbesiegten Jad der Winter begann, hatte er sie gebeten, seine Frau zu werden.

Als sie seinen Antrag annahm, lächelnd, aber unter Tränen, die er sicher nicht verstehen konnte, hatte Carullus mit erhobener Hand bei den Geschlechtsorganen des Gottes geschworen, sie bis zu ihrer Hochzeitsnacht nicht wieder anzurühren.

Das habe er schon vor langer Zeit gelobt, erklärte er. Er

hatte ihr (mehr als einmal) von seiner Mutter und seinem Vater und von seiner Kindheit in Trakesia erzählt. Er war in einem ganz ähnlichen Dorf aufgewachsen wie sie. Sie wusste auch von den Überfällen der Karcher, vom Tod seines älteren Bruders und von seiner Wanderung nach Süden, um als Soldat ins Kaiserliche Heer einzutreten. Carullus redete wie ein Wasserfall, aber er brachte sie zum Lachen, und inzwischen wusste sie, dass sie sich nicht getäuscht hatte, als sie bei diesem fluchenden Kraftprotz unter der rauen Schale ganz unerwartet ein weiches Herz gespürt hatte. Kasia musste an ihre eigene Mutter denken. Sie hätte vor Freude geweint, wenn sie gewusst hätte, dass ihr Kind am Leben war und im Begriff stand, unvorstellbar weit – in jeder Beziehung – von ihrem Dorf und ihrem kleinen Gehöft entfernt ein Leben in Geborgenheit zu beginnen.

Eine Nachricht konnten sie ihr nicht schicken. Die Kaiserliche Post Valerius' II. stellte keine Sendungen an kleine Gehöfte an der Grenze zu Karch zu. Kasias Mutter musste davon ausgehen, dass ihre Tochter inzwischen tot war.

Und Kasia musste davon ausgehen, dass ihre Mutter und ihre Schwester nicht mehr lebten.

Kasias neues Leben spielte sich hier ab, hier oder an dem Ort, an den Carullus als Tribun der Vierten Sauradischen Reiterlegion versetzt wurde, und als sie nun – im weißen Kleid, die rote Brautschärpe um die Taille geschlungen – an ihrem Hochzeitstag auf ihren Bräutigam wartete, da wusste sie, dass sie dafür allen Göttern, die sie kannte, zu lebenslangem Dank verpflichtet war.

»Danke«, sagte sie auch zu Shirin, die ihr soeben versichert hatte, sie sehe wunderschön aus. Die Tänzerin sah sie immer noch lächelnd an, und der cholerische kleine Koch musste sich sichtlich beherrschen, um *nicht* zu lächeln. Seine Mundwinkel zuckten immer wieder nach oben. Er hatte einen Saucenfleck auf der Stirn.

Kasia wischte ihn spontan mit den Fingern ab. Nun lächelte er doch und hielt ihr seine Schürze hin, damit sie sich die Finger daran abtrocknen konnte. Sie überlegte, ob Crispin wohl zusammen mit ihrem Bräutigam kam, um sie zur Kapelle zu geleiten. Was würde er wohl sagen, und was würde sie ihm antworten? Die Menschen waren schon sonderbare Geschöpfe. Warum wurde sogar der schönste Tag in ihrem Leben von Wehmut überschattet?

Rustem hatte weder auf den Weg noch auf andere Passanten geachtet. Später sollte er sich deshalb Vorwürfe machen, obwohl nicht er für die Sicherheit verantwortlich war. Dafür hatte man dem reisenden Heiler schließlich den ständig unzufriedenen, mürrischen Nishik mitgegeben.

Doch als das weitläufige Deapolis an der Südostküste zurückblieb und sie bei unruhiger See, vorbei an einer kleinen, dicht bewaldeten Insel und an schwankenden Schiffen und Fischerbooten mit ausgelegten Schleppnetzen, die Meerenge überquerten, als dann Sarantiums riesiger Hafen mit seinen trüben Gewässern in Sicht kam, die Kuppeln und Türme der Stadt immer höher in den Himmel ragten und Rustem aus den unzähligen Häusern, Gasthöfen und Geschäften vor den mächtigen Mauern den Rauch der Herdfeuer steigen sah, hatte ihn der Anblick stärker beeindruckt, als er erwartet hatte. Und danach hatte er an seine Familie gedacht.

Er war ein erfahrener Reisender. Niemand, den er kannte, war so weit im Osten gewesen, aber Sarantium war auch nach zwei verheerenden Pestepidemien noch die größte, reichste Stadt der Welt: Das hatte er zwar gewusst, aber bis auf den heutigen Tag nie so ganz erfassen können. Jarita wäre hingerissen, dachte er, als er auf der Fähre stand und die goldenen Kuppeln näher kommen sah, vielleicht sogar in höchster Erregung. Und wenn seine Einschätzung richtig war, müsste Katyun wahre Todesängste ausstehen.

Bevor sie an Bord gingen, hatte er sich bei der Kaiserlichen Zollbehörde am Kai vom Deapolis gemeldet und seine und Nishiks falsche Papiere vorgezeigt. Der Weg zum Hafen war ein Abenteuer für sich gewesen: Es wimmelte nur so von Soldaten, und der Baulärm von den Schiffswerften übertönte alles. Selbst wenn sie gewollt hätten, sie hätten nichts verbergen können.

Die Zollformalitäten waren kostspielig, aber die Behandlung war nicht unfreundlich. Es herrschte Frieden, Händler und Reisende waren für Sarantium wichtige Einnahmequellen, und das wussten auch die Kaiserlichen Zollbeamten. Eine diskret überreichte, nicht überhöhte Geldsumme als Ausgleich für die Strapazen ihrer aufreibenden Arbeit hatte genügt, um die Einreise des bassanidischen Heilers mit seinem Diener und einem Maultier – das weder Seide noch Gewürze oder andere zollpflichtige oder verbotene Waren trug, wie eine genauere Überprüfung ergab – zu beschleunigen.

Als sie die Fähre in Valerius' Stadt verließen, vergewisserte sich Rustem, dass zu seiner Linken keine Vögel in der Luft waren, und achtete darauf, mit dem rechten Fuß zuerst an Land zu gehen, nachdem er die Fähre mit dem linken Fuß zuerst betreten hatte. Auch hier war der Lärm groß. Noch mehr Soldaten, noch mehr Schiffe, noch mehr Gehämmer und Geschrei. Sie fragten den Fährmann nach dem Weg und gingen eine hölzerne Mole entlang. Nishik führte das Maultier. Beide Männer trugen dicke Mäntel, denn es wehte ein frischer Frühlingswind. Sie warteten, bis sich zwischen den vorbeipolternden Karren eine Lücke auftat, überquerten eine breite Straße und betraten eine enge Gasse. Hier ging es zu wie in jedem Hafen – eine fragwürdige Kollektion von Seeleuten, Huren, Bettlern und Soldaten auf Urlaub.

Rustem hatte das alles nur verschwommen wahrgenommen. Zwar hatte er festgestellt, dass offenbar alle Hafenstädte von hier bis Ispahani mehr oder weniger gleich waren, aber sobald sie den Kai hinter sich gelassen hatten und der Lärm nachließ, hatte er vor allem an seinen Sohn gedacht. Shaski hätte Mund und Augen aufgesperrt und alles in sich aufgesogen wie die ausgedörrte Erde den Regen. Der Junge hatte diese Eigenschaft – der kleine Bursche beschäftigte ihn mehr, als es sich für einen Mann gehörte –, die Fähigkeit, *Dinge in sich aufzunehmen*, sie sich zu eigen zu machen und sein Wissen am rechten Ort und zur rechten Zeit einzusetzen.

Wie sonst wäre es zu erklären gewesen, dass ein Siebenjähriger seinem Vater mit genau dem Instrument in den Garten nachlief, das schließlich dem König der Könige das Leben retten sollte? Und der ganzen Familie zu Wohlstand verhalf? Kopfschüttelnd rief sich Rustem an jenem Morgen in Sarantium die unheimliche Episode in Erinnerung, während er mit seinem Dienersoldaten nach der Beschreibung des Fährmanns dem Forum mit dem Gasthof zustrebte, wo sie sich einquartieren wollten, falls es freie Zimmer gab.

Er hatte Anweisung, mit dem hiesigen bassanidischen Gesandten keine direkte Verbindung aufzunehmen, sondern ihn nur schriftlich von seiner Ankunft in Kenntnis zu setzen, wie es üblich war. Rustem trat als Heiler auf, der medizinische Schriften erwerben und sein Wissen erweitern wollte. Mehr nicht. Er würde verschiedene ortsansässige Ärzte aufsuchen – einige Namen hatte man ihm in Sarnica genannt, andere waren ihm schon zu Hause bekannt gewesen. Er würde neue Kontakte knüpfen, Vorlesungen besuchen und vielleicht auch selbst halten, Manuskripte kaufen oder von Schreibern gegen Bezahlung kopieren lassen. Bis zum Sommer sollte er bleiben. Und so viel wie möglich beobachten.

Alles, um genau zu sein, nicht nur, was mit dem Heilerberuf und seinen Traktaten in Zusammenhang stand. Kabadh interessierte sich für viele Dinge.

Zurzeit herrschte eitel Harmonie zwischen dem Kaiser und dem König der Könige (Valerius hatte den Frieden teuer genug erkauft), nur gelegentlich trübten ein kleiner Grenzzwischenfall oder ein Handelskonflikt das Bild. In dieser Situation sollte ein Mann wie Rustem von Kerakek eigentlich keinerlei Aufmerksamkeit erregen.

Nicht, wenn alles mit rechten Dingen zuging.

Der auffallend gekleidete Junge mit der fürchterlichen Frisur, der unsicher aus einer Schenke taumelte, als Rustem und Nishik durch eine steile und leider allzu ruhige Gasse zum Mezaros-Forum emporstiegen, ahnte von diesen fein gesponnenen Überlegungen ganz offensichtlich nichts.

Das galt auch für seine drei Freunde, die dicht hinter ihm kamen und ähnlich ausstaffiert waren. Alle vier trugen seltsamerweise Gewänder im bassanidischen Stil, aber dazu primitiv gearbeitete goldene Ohrgehänge und Halsketten. Das lange Haar hing ihnen in wirren Strähnen über den Rücken.

Rustem blieb stehen, er hatte keine andere Wahl. Die Gasse war schmal, und die vier Jugendlichen riegelten sie vollständig ab. Der Anführer schwankte ein wenig und richtete sich mit Mühe wieder auf. »Grün oder Blau?«, schnarrte er und blies dem Heiler einen Schwall Weindunst ins Gesicht. »Antworte, oder ich verprügle dich wie eine trockene Hure!«

Rustem wusste, dass die Frage irgendetwas mit Pferden zu tun hatte, aber er hatte keine Ahnung, welche Antwort die bessere war. »Ich bitte um Nachsicht«, murmelte er. Er hatte inzwischen festgestellt, dass sein Sarantinisch vollkommen ausreichend war. »Wir sind fremd hier und verstehen nichts von diesen Dingen. Ihr versperrt uns den Weg.«

»Was du nicht sagst! Hast ja verdammt gute Augen,

du bassanidischer Arschficker.« Der junge Mann ließ das Thema Blau oder Grün bereitwillig fallen. Woher Rustem und Nishik kamen, war an ihrer Kleidung sofort zu erkennen; sie hatten sich nicht bemüht, ihre Herkunft zu verbergen. Die vulgäre Beschimpfung stieß Rustem ab, und von dem säuerlichen Geruch, den der Junge verströmte, wurde ihm fast übel. Wein so früh am Morgen! Der Bursche trieb Raubbau mit seiner Gesundheit. Zu dieser Stunde betranken sich nicht einmal die jüngsten Rekruten in der Festung, wenn sie das erste Mal dienstfrei hatten.

»Halt dein Schandmaul!«, rief Nishik laut. Er spielte den treuen Diener, aber die Schärfe in seiner Stimme passte dazu nicht ganz. »Du sprichst mit Rustem von Kerakek, einem geachteten Heiler. Mach Platz!«

»Ein Arzt? Bassanide? Einer, der dem Auswurf, der unsere Soldaten abschlachtet, das Leben rettet? Einen *Dreck* werde ich tun und dir Platz machen, du kastrierter Sklave mit dem Gesicht eines Ziegenbocks!« Der Junge zückte ein elegantes Kurzschwert und gab damit der ohnehin schon wenig erfreulichen Begegnung eine fatale Wendung.

Rustem holte tief Atem. Dabei bemerkte er, dass die anderen Jugendlichen erschrockene Gesichter machten. *Sie sind nicht ganz so betrunken*, dachte er. *Noch gibt es Hoffnung.*

Die Hoffnung wurde zunichte, als Nishik seinerseits einen Fluch zischte und sich – welche Torheit! – dem Maultier zuwandte, das sie auf ihrem langen Weg so zuverlässig begleitet hatte, um nach seinem Schwert zu greifen, das an der Flanke des Tieres festgebunden war. Rustem glaubte zu wissen, was in Nishik vorging: Der Soldat fand es empörend, von einem Zivilisten, obendrein einem Jadditen, beschimpft und behindert zu werden. Nun wollte er dem Jungen eine Lektion erteilen und ihn entwaffnen. Der Bursche hatte Strafe verdient, gewiss. Aber auf diese Weise hielt man eben *nicht* unbemerkt Einzug in Sarantium.

Nicht allein deshalb war Nishiks Vorhaben töricht. Der Junge hatte sein Schwert bereits gezogen und wusste auch damit umzugehen. Sicher hatte er hatte schon von Kindesbeinen an im Stadthaus und auf dem Landgut seines Vaters Fechtunterricht bekommen. Außerdem war er, wie Rustem bereits festgestellt hatte, längst nicht mehr im Stande, sich oder andere richtig einzuschätzen.

Bevor der bassanidische Soldat seine eigene Waffe aus den Stricken befreien konnte, mit denen sie am Maultier festgebunden war, hatte der junge Mann mit dem modischen Schwert einen einzigen Schritt nach vorn getan und ihm die Klinge zwischen die dritte und vierte Rippe gestoßen.

Ein Werk des Zufalls. Die falsche Abzweigung im falschen Moment in einer Stadt voller Gassen, Straßen und Wege. Hätten sie die Fähre verpasst, wären vom Zoll aufgehalten worden, hätten irgendwo gegessen oder einen anderen Weg eingeschlagen, alles wäre ganz anders gekommen. Aber die Welt hatte sich – behütet von Perun und Anahita und wie immer bedroht vom Schwarzen Azal – genau auf diesen Punkt zu bewegt: Nishik lag am Boden, sein Blut färbte die Straße rot, und Rustem sah ein schwankendes Schwert auf sich gerichtet und überlegte, welches Omen er wohl übersehen hatte, dass die Dinge einen so verhängnisvollen Lauf nehmen konnten.

Doch während er noch mit der Unberechenbarkeit des Todes rang und nach Gründen suchte, erfasste ihn jäh ein eiskalter Zorn. Er hob seinen Wanderstab. Der junge Schwertkämpfer starrte in trunkener Verwirrung, vielleicht auch mit Genugtuung auf den Gestürzten, als Rustem den Stab mit voller Wucht auf seinen Unterarm niedersausen ließ. Er hatte erwartet, das Geräusch eines brechenden Knochens zu hören, und war tatsächlich enttäuscht, als es ausblieb. Immerhin schrie der streitlustige Jüngling laut auf. Sein Schwert fiel klirrend zu Boden.

Bedauerlicherweise zogen nun prompt die drei anderen ihre Waffen. Und die morgendliche Gasse war immer noch menschenleer.

»Hilfe!«, schrie Rustem wenig zuversichtlich. *»Mörder!«* Ein rascher Blick nach unten. Nishik hatte sich nicht bewegt. Die Katastrophe war wie aus dem Nichts gekommen und hatte sie einfach überrollt. Rustem schlug das Herz bis zum Hals.

Er schaute wieder auf und deckte sich mit dem Stab ab. Der Mann, den er verletzt und entwaffnet hatte, hielt sich den Ellbogen und schrie auf seine Freunde ein. Schmerz und eine kindische Wut kämpften in seinem Gesicht. Die Freunde rückten vor. Zwei hielten einen Dolch in den Händen, der dritte ein Kurzschwert. Rustem begriff, dass er fliehen musste. Er wäre nicht der Erste gewesen, der auf den Straßen dieser Stadt sinnlos ums Leben gekommen wäre. Er wandte sich zur Flucht – als er aus dem Augenwinkel eine blitzartige Bewegung bemerkte.

Rasch drehte er sich wieder um und hob abermals den Stab. Aber die Gestalt, die er gesehen hatte, ging nicht auf ihn los.

Ein Mann war etwas weiter oben aus einer winzigen Kapelle mit flachem Dach gestürmt und stürzte sich nun von hinten auf die drei Bewaffneten. Er hatte nur einen Wanderstab, dem von Rustem zum Verwechseln ähnlich. Den schlug er dem Jungen mit dem Schwert kräftig in die Kniekehlen. Der schrie auf und kippte nach vorn. Der Neuankömmling blieb stehen, drehte sich, holte nach der anderen Seite aus und zog mit seinem Stab einem zweiten Angreifer eins über den Schädel. Der junge Mann heulte auf – es klang wie das Jammern eines kleinen Jungen –, ließ sein Messer fallen, hielt sich mit beiden Händen den Kopf und stürzte zu Boden. Rustem sah zwischen seinen Fingern Blut hervorquellen.

Der dritte – der Einzige, der noch bewaffnet war – sah erst Rustems untersetzten, zu allem entschlossenen Bundesgenossen an, dann Rustem selbst und schließlich den reglos auf der Straße liegenden Nishik. Dann fluchte er: »Verdammter heiliger Jad!« Er rannte an Rustem vorbei, stürmte um die nächste Ecke und war verschwunden.

»Ich kann Euch nur raten, seinem Beispiel zu folgen«, sagte Rustem zu den beiden, die sein Retter gefällt hatte. »Das gilt nicht für Euch!« Er wies mit zitterndem Finger auf den Jungen, der Nishik niedergestochen hatte. »Ihr bleibt, wo Ihr seid. Wenn mein Diener tot ist, bringe ich Euch wegen Mordes vor Gericht.«

»Hol dich der Teufel, du Schwein«, sagte der Junge. Er hielt sich immer noch den Ellbogen. »Heb mein Schwert auf, Tykos. Wir gehen.«

Der Junge namens Tykos machte Anstalten, nach der Klinge zu greifen, aber der Mann, der Rustem beigestanden hatte, trat rasch vor und stellte den Fuß darauf. Tykos erstarrte in gebückter Haltung und sah ihn misstrauisch von unten herauf an, dann richtete er sich auf und schlich davon. Der Anführer zischte noch eine lästerliche Verwünschung, dann folgten alle drei ihrem verschwundenen Freund die Gasse hinunter.

Rustem ließ es geschehen. Er war zu benommen, um sie aufzuhalten. Mit tiefen Atemzügen suchte er sein rasendes Herz zu beruhigen. Doch bevor die drei um die Ecke bogen, blieb der Anführer stehen, drehte sich um, strich sich das lange Haar aus dem Gesicht und machte mit dem heilen Arm eine obszöne Geste. »Das war noch nicht alles, Bassanide. Dich kriege ich!«

Rustem war wie erstarrt, dann fauchte er ganz gegen seine Art: »Die Eingeweide mögen dir verfaulen!« Der Junge verschwand.

Rustem sah ihm noch einen Augenblick nach, dann

kniete er nieder, legte den Stab aus der Hand und berührte mit zwei Fingern Nishiks Kehle. Wenig später drückte er ihm die Augen zu und zog die Hand zurück.

»Anahita geleite ihn, Perun wache über ihm, Azal erfahre niemals seinen Namen«, sagte er leise in seiner Muttersprache. Wie oft hatte er diese Worte schon gesprochen? Im Krieg hatte er viele Menschen sterben sehen. Doch dies war etwas anderes. Auf offener Straße, am hellen Morgen. Sie waren nur durch die Stadt gegangen. Und jetzt war ein Leben zu Ende.

Er blickte auf, sah sich um und bemerkte die Gesichter in den tiefen Hauseingängen, an den kleinen Fenstern der Geschäfte und Schenken und der darüber liegenden Wohnungen. Es gab also doch Zeugen.

Ein Spektakel, dachte er verbittert. Nun hatte man sich etwas zu erzählen.

Er hörte ein Geräusch. Der kräftige junge Mann, der sich eingemischt hatte, hob seinen Ranzen auf, den er wohl hatte fallen lassen. Dann schob er das Schwert des ersten Angreifers zu Nishiks Waffe unter die Stricke an der Flanke des Maultiers.

»Unverwechselbar«, sagte er knapp. »Seht Euch den Griff an. Damit könnte man ihn identifizieren.« Sein Sarantinisch hatte einen starken Akzent. Er trug Reisekleidung, eine schlichte braune Tunika, einen Mantel, den er mit einem Gürtel hochgebunden hatte, und schmutzige Stiefel. Den schweren Ranzen hatte er auf den Rücken genommen.

»Er ist tot«, sagte Rustem überflüssigerweise. »Sie haben ihn umgebracht.«

»Das sehe ich«, sagte der andere. »Nun kommt. Sie könnten zurückkehren. Betrunkene sind unberechenbar.«

»Ich kann ihn nicht auf der Straße liegen lassen«, protestierte Rustem.

Der junge Mann schaute über die Schulter. »Da

hinüber«, sagte er, kniete nieder und schob die Hände unter Nishiks Schultern. Dass er dabei seine Tunika mit Blut beschmierte, bemerkte er offenbar nicht. Rustem bückte sich und nahm Nishiks Beine. Gemeinsam trugen sie den Diener zu der kleinen Kapelle hinauf. Niemand half ihnen, niemand trat auch nur auf die Straße heraus.

Als sie den Eingang erreichten, kam ihnen ein Priester in fleckigem gelbem Gewand entgegen und wehrte sie hastig mit ausgestreckter Hand ab. »Wir wollen ihn nicht haben!«, rief er.

Der junge Mann ging an ihm vorbei, ohne ihn zu beachtend. Der Geistliche lief protestierend hinter ihnen her. Sie brachten Nishik in einen dunklen, kühlen Innenraum und legten ihn neben der Tür nieder. Rustem konnte mit Mühe eine kleine Sonnenscheibe und einen Altar unterscheiden. Eine Hafenkapelle, dachte er. Treffpunkt für Huren und Seeleute. Wohl mehr ein Markt für fleischliche Gelüste und Geschlechtskrankheiten als ein Ort des Gebets.

Der Geistliche war ihnen gefolgt. »Was sollen wir denn mit ihm anfangen?«, flüsterte er empört. In der Kapelle befand sich eine Handvoll Menschen.

»Betet für seine Seele«, sagte der junge Mann. »Zündet Kerzen an. Es wird schon jemand kommen, um ihn mitzunehmen.« Er sah Rustem vielsagend an, bis der seine Börse zog und ihr ein paar Kupfermünzen entnahm.

»Für die Kerzen«, sagte er und reichte sie dem Heiligen Mann. »Ich lasse ihn abholen.«

Der Priester ließ die Münzen verschwinden. Sehr viel schneller, als es sich für einen Geistlichen gehört, dachte Rustem bitter und nickte kurz. »Aber noch heute Vormittag«, sagte er. »Mittags wird er auf die Straße geworfen. Er ist schließlich nur ein Bassanide.«

Er *hatte* also alles mit angehört. Und er hatte keinen Finger gerührt. Rustem musterte ihn mit seinem eisigsten Blick. »Er war eine lebende Seele. Jetzt ist er tot. Zeigt etwas Respekt, wenn schon nicht vor ihm, dann wenigstens vor Eurem Amt und Eurem Gott.«

Dem Priester blieb der Mund offen stehen. Der junge Mann nahm Rustem am Arm und zog ihn ins Freie.

Sie gingen zum Maultier zurück, und Rustem nahm das Halfter. Wo Nishik auf den Steinen gelegen hatte, glänzte noch ein Blutfleck. Der Heiler räusperte sich. »Ich stehe tief in Eurer Schuld«, sagte er.

Bevor der andere antworten konnte, waren schnelle Schritte zu hören. Beide fuhren herum.

Ein volles Dutzend langhaariger Jugendlicher kam um die Ecke geschossen und hielt schlitternd an.

»Da!«, grölte der erste Angreifer und streckte triumphierend die Hand aus.

»Lauft!«, zischte der junge Mann an Rustems Seite.

Rustem schnappte sich seinen Ranzen vom Rücken des Maultiers. Er enthielt die Papiere von zu Hause und die Manuskripte, die er in Sarnica gekauft hatte. Dann rannte er den Berg hinauf. Das Maultier, seine Kleidung, seinen Stab, zwei Schwerter und den letzten Rest der Würde, mit der er Sarantium, die Stadt aller Städte, hatte betreten wollen, ließ er zurück.

Zur gleichen Stunde liegt im Kaiserlichen Bezirk die Kaiserin von Sarantium im Traversit-Palast in einem duftenden Bad. Dampfschwaden durchziehen den warmen, gefliesten Raum. Ihr Schreiber – er sitzt auf einer Bank und wendet seiner nackten Herrin geflissentlich den Rücken zu – liest laut einen Brief vor, in dem der Anführer des größten Rebellenstammes von Moskav das Ansinnen stellt, sie möge den Kaiser bewegen, seinen lange geplanten Aufstand zu unterstützen.

Außerdem deutet der Verfasser kaum verhüllt seine Bereitschaft an, die Kaiserin in nicht allzu ferner Zukunft persönlich in den Himmel der Sinnenlust zu entführen, sollte es ihr gelingen, Valerius zu überzeugen. Zum

Schluss bringt er in wohlgesetzten Worten sein Bedauern darüber zum Ausdruck, dass eine Frau von ihren unübersehbaren Reizen nach wie vor die Liebesbezeugungen eines Kaisers ertragen müsse, der so völlig unfähig sei, seinen Staat mit eigener Hand zu führen.

Alixana streckt den Arm aus dem Wasser, hebt ihn über den Kopf und gestattet sich ein Lächeln. Dann begutachtet sie die Rundung ihrer Brüste. Seit ihrer Jugend hat sich der Geschmack geändert. Heute sehen viele der Tänzerinnen kaum anders aus als ihre männlichen Kollegen: kleine Brüste, schmale Hüften, knabenhafte Gestalten. Auf die Frau im Bad träfe diese Beschreibung nicht zu. Sie hat inzwischen mehr als dreißig außergewöhnlich abwechslungsreiche Jahre durchlebt, doch sie bringt noch immer jedes Gespräch zum Stocken und jedes Herz zum Rasen, wenn sie einen Raum betritt.

Das weiß sie natürlich genau. Es ist nützlich, und das war immer so. Im Moment sieht sie sich jedoch als kleines Mädchen, etwa acht Jahre alt, das zum ersten Mal ein richtiges Bad nimmt. Man hatte sie aus einer Gasse südlich des Hippodroms geholt, wo sie mit drei anderen Kindern herumgetollt war und sich in Staub und Abfällen gewälzt hatte. Eine von Jads Töchtern war es, sie erinnert sich noch gut. Eine Frau mit eckigem Kinn und strengem Gesicht, grau gekleidet und ernst, hatte die sich balgenden Sprösslinge der Hippodrom-Arbeiter getrennt und Aliana mitgenommen. Die anderen hatten ihr mit offenem Mund nachgesehen.

In dem abweisenden, fensterlosen Steinhaus der Gemeinschaft hatte die heilige Frau das stumme, verschüchterte Mädchen in einen kleinen Raum gebracht und heißes Wasser und Handtücher kommen lassen. Dann hatte sie das Kind ausgezogen und ganz allein in einer Bronzewanne gebadet. Sie hatte Aliana nicht berührt, jedenfalls nicht an intimen Stellen. Ohne eine Miene zu verziehen, hatte sie ihr das verklebte Haar gewaschen und die schmutzigen Fingernägel geschrubbt, und hinterher hatte sie sich auf ihrem dreibeinigen Hocker zurückgelehnt und das Kind in der Wanne lange Zeit nur angesehen.

Im Rückblick kann die Kaiserin die vielschichtigen Gefühle und Beweggründe, die geheimen, stets unterdrückten Sehnsüchte der heiligen Frau gut nachvollziehen und weiß, was diese an jenem Nachmittag beim Säubern und beim Betrachten des nackten Mädchenkörpers empfunden haben muss. Doch damals hatte sie nur gespürt, wie ihre Angst allmählich einem ganz ungewohnten Gefühl des Wohlbehagens wich: das heiße Wasser, der warme Raum, die Hände eines Menschen, die sie umsorgten.

Fünf Jahre später tanzte sie offiziell für die Blauen, ihre Bekanntheit wuchs, sie wurde die junge Geliebte eines berühmten aristokratischen Gönners der Zirkuspartei. Und schon damals liebte sie nichts mehr als ein Bad. Wenn möglich war sie zweimal am Tag im Badehaus und schwelgte in der Wärme und den schweren Düften. Die Dampfschwaden vermittelten ihr Ruhe und Geborgenheit in einem Leben, das dergleichen nicht kannte.

Daran hat sich nichts geändert, obwohl sie inzwischen die erlesensten Genüsse der Welt kennen gelernt hat. Doch besonders erstaunlich findet sie es, wie lebhaft, wie *intensiv* sie sich immer noch an das Mädchen in der kleinen Wanne erinnert.

Der nächste Brief wird vorgelesen, während sich die Kaiserin von ihren Hofdamen abtrocknen, pudern, schminken und ankleiden lässt. Er kommt von einem Wanderprediger in der Wüste südlich von Soriyya. Eine ganze Reihe von diesen Wüstenpropheten ist inzwischen zum jadditischen Glauben übergetreten und hat ihren unverständlichen Traditionen entsagt. Sie faseln nicht mehr von Windgeistern und von unsichtbaren heiligen Linien, die kreuz und quer den Sand durchziehen und magische Orte und geheime Beziehungen markieren.

Alle Wüstenstämme, die sich zu Jad bekennen, haben auch den Glauben an Heladikos übernommen. Das ist bei vielen Neubekehrten so: Der Weg zum Vater führt über den Sohn des Gottes. Der Kaiser und die Patriarchen verbieten solche Vorstellungen von Amts wegen. Von der Kaiserin heißt es, sie bringe der in Ungnade gefallenen Lehre mehr Sympathie entgegen. Das ist von Vorteil, denn dadurch kann sie Verbindung zu den Stämmen halten und Geschenke mit ihnen austauschen. Die Wüstenstämme können eine entscheidende Rolle spielen und tun es oft auch. Trotz des teuer erkauften Friedens mit den Bassaniden sind Verbündete in den gefährdeten Regionen des Südens wichtig und schwer zu halten. Die Stämme stellen Söldner, sie handeln mit Gold und *Silphium*, einem unglaublich kostspieligen Gewürz, und sie sichern die Karawanenwege, auf denen Waren aus dem Osten um Bassania herum ins Land gebracht werden.

Am Ende dieses Briefes werden keine erotischen Wonnen versprochen. Die Kaiserin versagt sich eine enttäuschte Bemerkung. Ihr derzeitiger Schreiber hat keinen Humor, und ihre Dienerinnen werden nur unaufmerksam, wenn sie sie zum Lachen bringt. Der Wüstenprophet schließt mit der frommen Bitte, Jads Licht möge ihre Seele erleuchten.

Alixana ist jetzt angekleidet und diktiert, an einem Becher mit honiggesüßtem Wein nippend, auf beide Briefe eine Antwort. Gerade als sie mit dem zweiten fertig ist, öffnet jemand die Tür, ohne anzuklopfen. Sie blickt auf.

»Zu spät«, murmelt sie. »Meine Liebhaber haben bereits die Flucht ergriffen, und ich bin, wie du siehst, anständig angezogen.«

»Ich werde sie finden und müsste ich Wälder und Städte zerstören«, gelobt der dreifach erhabene Kaiser, Jads Statthalter auf Erden, und nimmt auf einer gepolsterten Bank Platz. Eine der Frauen bringt ihm einen Becher Wein (ohne Honig). »Ich werde ihre Knochen zu Staub zertreten. Ich bitte dich, lass mich verkünden, ich hätte Vertigus dabei ertappt, wie er dich belästigte. Dann kann ich ihn endlich zwischen die Pferde spannen und in Stücke reißen lassen!«

Die Kaiserin lacht, dann entlässt sie mit einer Handbewegung ihren Schreiber und die Dienerinnen. Der Raum leert sich. »Schon wieder Geldsorgen? Ich könnte meinen Schmuck verkaufen«, sagte sie, als sie allein sind.

Er lächelt. Zum ersten Mal an diesem Tag, der für ihn schon sehr viel früher begonnen hat. Sie erhebt sich und holt ihm einen Teller mit Käse, frischem Brot und kaltem Braten. Ein alter Brauch, so halten sie es jeden Morgen, wenn die Pflichten es zulassen. Sie stellt den Teller ab und küsst ihn auf die Stirn. Er fasst sie an der Hand, trinkt ihren Duft. Irgendwie, denkt er, beginnt damit ein neuer Tagesabschnitt. Jeden Morgen wieder.

»Dich zu verkaufen brächte mehr ein«, sagt er.

»Wie aufregend. Du könntest Gunarch von Moskav fragen.«

»Das kann er sich nicht leisten.« Valerius sieht sich um. Der Baderaum ist in rotem und weißem Marmor, Gold und Elfenbein gehalten, die Trinkbecher sind mit Edelsteinen besetzt, auf den Tischen stehen Schatullen aus Alabaster. Zwei Feuer brennen; von der Decke hängen Öllampen in silbernen Drahtkörben. »Du bist eine kostspielige Frau.«

»Natürlich. Dabei fällt mir ein, ich warte immer noch auf meine Delphine.« Sie deutet auf die gegenüberliegende Wand. »Wie lange brauchst du den Rhodianer noch? Er soll endlich hier anfangen.«

Valerius sieht sie strafend an und schweigt.

Sie setzt ihr unschuldigstes Lächeln auf. »Gunarch von Moskav verheißt mir in seinem Brief nächtliche Freuden, von denen ich bisher nur träumen konnte.«

Valerius nickt zerstreut. »Das kann ich mir denken.«

»Da wir von Träumen sprechen …«, beginnt die Kaiserin und kehrt auf ihren Platz zurück. Er bemerkt den veränderten Tonfall – darin hat sie natürlich Übung – und sieht sie an.

»Warum nicht?«, sagt er. Beide schweigen. »Immer noch besser als von verbotenen Delphinen. Worum geht es, Liebste?«

Sie zuckt graziös die Schultern. »Geschickt gemacht. Aber der Traum *handelte* von Delphinen.«

Der Kaiser verzieht das Gesicht. »Sehr geschickt. Ich habe mich eben wie ein Boot dahin steuern lassen, wo du mich haben wolltest.«

Sie lächelt, aber ihre Augen bleiben ernst. »Nicht unbedingt. Es war kein schöner Traum.«

Valerius sieht sie an. »Du willst wirklich Delphine an diesen Wänden haben?«

Er missversteht sie bewusst, und sie weiß es. Sie führen ein solches Gespräch nicht zum ersten Mal. Er mag es nicht, wenn sie von ihren Träumen erzählt. Sie glaubt daran, er nicht, jedenfalls behauptet er das.

»Ich will sie *nur* an den Wänden haben«, sagt sie. »Oder weit weg von uns im Meer und das noch möglichst lange.«

Er trinkt einen Schluck Wein. Nimmt einen Bissen Brot und Käse. Ein ländliches Mahl ist ihm zu dieser Stunde am liebsten. In Trakesia hieß er Petrus.

»Niemand weiß, wohin die Seele geht«, sagt er endlich, »nicht im Leben und nicht danach.« Er wartet, bis sie den Kopf hebt und ihn ansieht. Sein Gesicht ist so rund und glatt, als könne er kein Wässerchen trüben. Doch davon lässt sich niemand mehr täuschen. »Aber ich bin zu diesem Krieg im Westen fest entschlossen, Liebste, weder Träume noch Argumente können mich erschüttern.«

Nach einer Weile nickt sie. Die Diskussion ist nicht

neu, ihr Ausgang auch nicht. Aber sie hatte tatsächlich einen Traum in dieser Nacht. Sie hat immer Träume, die sie in den Tag hinein begleiten.

Nun sprechen sie über Staatsangelegenheiten: Steuern, die beiden Patriarchen, die Eröffnungszeremonie im Hippodrom in wenigen Tagen. Sie erzählt ihm von einer komischen Hochzeit, die heute stattfindet, von der ungewöhnlich vornehmen Gästeliste.

»Es gibt Gerüchte«, murmelt sie und schenkt ihm Wein nach, »wonach Lysippus in der Stadt gesehen wurde.« Ihr Blick bekommt etwas Verschmitztes.

Er sieht sie an wie ein reuiger Sünder.

Sie lacht laut auf. »Ich wusste es doch! Du hast sie in Umlauf gesetzt?«

Er nickt. »Ich sollte dich tatsächlich verkaufen, so weit weg wie nur möglich. Man kann vor dir keine Geheimnisse haben. Ja, ich … will die Stimmung prüfen.«

»Du würdest ihn tatsächlich zurückholen?«

Lysippus der Calysier, ein Mann von gewaltiger Leibesfülle und unersättlichem Appetit, war gleichwohl der tüchtigste und unbestechlichste Quaestor des Kaiserlichen Schatzamtes, den Valerius jemals hatte. Seine Beziehung zum Kaiser reicht angeblich weit zurück und weist einige dunkle Punkte auf, die wahrscheinlich niemals bekannt werden. Die Kaiserin hat nie danach gefragt: Sie will lieber nichts wissen. Sie hat ihre eigenen Erinnerungen – manchmal geistern sie durch ihre Träume – an Männer, die eines Morgens unter den Räumen, die Valerius in einem teuren Viertel für sie angemietet hatte, laut schreiend über die Straße liefen. Das war in ihrer Jugend, Apius war damals noch Kaiser. Sie ist nicht übermäßig empfindlich (das ist niemand, der im Hippodrom und im Theater aufgewachsen ist), aber diese Erinnerung – der Geruch nach verbranntem Fleisch – hat sich erhalten und lässt sie nicht los.

Der Calysier wurde vor inzwischen fast drei Jahren im

Anschluss an die Siegeskrawalle in die Verbannung geschickt.

»Ich würde ihn zurückholen«, sagte der Kaiser, »wenn man mich ließe. Der Patriarch müsste ihn von seinen Sünden lossprechen, und die verfluchten Zirkusparteien müssten den Mund halten. Am besten wäre es während der Rennsaison, wenn sie andere Gründe haben, ihr Geschrei zu erheben.«

Sie muss lächeln. Es ist ein offenes Geheimnis, dass er kein Freund der Wagenrennen ist. »Wo hält er sich zurzeit überhaupt auf?«

Valerius zuckt die Schultern. »Vermutlich noch immer im Norden. Er schreibt von einem Landgut unweit von Eubulus. Ist gut versorgt, kann tun, was immer er will. Langweilt sich wahrscheinlich. Versetzt seine Umgebung in Angst und Schrecken. Entführt in Neumondnächten kleine Kinder.«

Sie schneidet eine Grimasse. »Kein angenehmer Mensch.«

Er nickt. »Das ganz sicher nicht. Sein Lebenswandel ist abstoßend. Aber ich brauche Geld, Liebste, und Vertigus taugt einfach nichts.«

»Ja«, murmelt sie. »Er taugt wirklich gar nichts.« Sie fährt sich mit der Zunge über die Lippen. »Ich glaube, Gunarch von Moskav wäre *sehr* viel besser.« Aber sie verheimlicht ihm etwas. Ein Gefühl, eine schwache Vorahnung. Delphine, Träume, Seelen.

Er lacht pflichtschuldig und verabschiedet sich, nachdem er die kleine Mahlzeit beendet hat. Er muss in den Attenin-Palast zurück, um Berichte von Militärpräfekten und Provinzstatthaltern zu lesen und beantworten. Sie empfängt in ihren Audienzräumen eine Delegation von Priestern und heiligen Frauen aus Amoria. Anschließend will sie im Hafen segeln, wenn der Wind nicht zu stark ist. Sie fährt gern hinaus zu den Inseln in der Meerenge und im Binnenmeer und jetzt, da der Winter zu Ende ist, kommen wieder milde Tage, an denen dies möglich ist. Heute Abend findet kein großes Bankett statt. Sie wollen nur mit einer kleinen Zahl von Höflingen speisen und dabei einem candarischen Spielmann aus Candaria zuhören.

So kommt es auch. Die schwermütigen, getragenen Weisen des Candariers finden großen Anklang. Doch danach, wenn man beim Wein sitzt, wird sich – für manche unerwartet – der Oberste Strategos zu ihnen gesellen – mit seiner hoch gewachsenen blonden Gemahlin und einer dritten, ebenfalls weiblichen Person von königlichem Geblüt.

Pardos rannte, was seine Beine hergaben, und verfluchte sich dabei selbst. Er hatte wahrhaftig lange genug in den verrufeneren Vierteln von Varena gelebt, einer Stadt, in der Ärger mit betrunkenen Antae-Soldaten und randalierenden Lehrlingen an der Tagesordnung war. Sich hier einzumischen, war verrückt gewesen, aber nachdem ein Schwert gezogen und am hellen Tag ein Mensch getötet worden war, handelte es sich um keine gewöhnliche Gassenschlägerei mit blauen Flecken und Blutergüssen mehr. Pardos hatte sich einfach spontan ins Getümmel gestürzt und ein paar Hiebe ausgeteilt – und jetzt hatte er eine Bande von grölenden jungen Aristokraten auf den Fersen und rannte mit einem grauhaarigen Bassaniden durch eine Stadt, die er nicht kannte, um sein Leben. Seinen Stab hatte er auch nicht mehr.

Zu Hause hatte er als vorsichtiger junger Mann gegolten, aber man konnte nicht jedem Ärger aus dem Weg gehen. Er wusste, was jetzt zu tun war. Hoffentlich war der Arzt mit seinen älteren Beinen seiner Schnelligkeit gewachsen.

Pardos schoss aus der Gasse und bog schlitternd nach links in eine breitere Straße ein. Dort warf er den ersten Karren – einen Fischkarren – um, den er sah. Couvry hatte das einmal in einer ähnlichen Situation so gemacht. Ein Aufschrei der Empörung folgte ihm; er schaute nicht zurück. Er und sein Gefährte brauchten Chaos und viele Menschen als Deckung und um die Verfolger abzuschrecken, falls die sie einholten und gewalttätig wurden – wobei nicht sicher war, ob diese Bande so einfach abzuschrecken war.

Man sollte es besser nicht darauf ankommen lassen.

Der Arzt neben ihm konnte offenbar gut mithalten – als sie um die nächste Ecke bogen, hob er sogar den Arm und riss die Markise über dem Portikus eines Ladens herunter, der Heiligenfiguren verkaufte. Für einen Bassaniden war das vielleicht nicht unbedingt die beste Wahl; immerhin sorgte es für weiteren Wirbel, als ein Tisch voll Heiliger Blutzeugen umkippte und in den Straßenschmutz fiel. Eine Horde Bettler stob nach allen Seiten auseinander. Pardos warf einen Blick zur Seite; der Arzt grinste, seine Beine bewegten sich unermüdlich auf und ab.

Im Weiterlaufen sah sich Pardos nach einer Patrouille des Stadtpräfekten um – in dieser üblen Gegend mussten doch Gardisten unterwegs sein! Waren Schwerter in der Stadt nicht überhaupt verboten? Die jungen Adligen hinter ihnen waren offenbar nicht dieser Meinung, oder das Verbot kümmerte sie nicht. Abrupt entschloss er sich, ein größeres Heiligtum anzusteuern, nicht den kleinen Schuppen, den er bei seiner Ankunft auf dem Weg von der Dreifachen Mauer in die Stadt entdeckt und wo er den Lobpreis der aufgehenden Sonne gesungen hatte. Danach hatte er sich irgendwo am Hafen ein preiswertes Zimmer suchen wollen – im Hafenviertel war es immer am billigsten –, um sich dann auf den Weg zu einem Treffen zu machen, auf das er sich schon seit seiner Abreise freute.

Das Zimmer musste wohl noch warten.

Auf den Straßen herrschte jetzt viel Betrieb, sie mussten sich mühsam zwischen den Passanten hindurchschlängeln und wurden mit Verwünschungen überhäuft. Ein Soldat, der dienstfrei hatte, wollte sogar nach Pardos schlagen, traf ihn aber nicht. Allerdings hatte sich offenbar auch die Gruppe der Verfolger auseinandergezogen, vielleicht verloren sie Pardos und den Arzt – der trotz seines grauen Bartes ein erstaunlich guter Läufer war – sogar aus den Augen, wenn die beiden ihren Zickzackkurs fortsetzten.

Pardos hob immer wieder den Kopf, um sich zu orientieren, und irgendwann erblickte er – durch eine Lücke zwischen den hohen Gebäuden – eine goldene Kuppel von einer Größe, wie er sie noch nie gesehen hatte. Sofort änderte er seine Pläne.

»Dahin!«, keuchte er und wies auf die Kuppel.

»Warum rennen wir überhaupt?«, stieß der Bassanide hervor. »Hier sind doch genügend *Menschen*! Sie werden es nicht wagen …«

»O doch! Sie werden uns töten und hinterher eine Geldbuße bezahlen! Kommt!«

Der Arzt sagte nichts mehr, um seinen Atem nicht zu vergeuden, und folgte Pardos. Der bog scharf von der Straße ab und lief quer über einen großen Platz. Sie kamen an einer kleinen Gruppe vorbei, die sich um einen zerlumpten Heiligen Narren geschart hatte, und der Gestank des ungewaschenen Predigers stieg ihnen in die Nase. Hinter ihnen ertönte ein lauter Schrei – sie hatten offenbar doch nicht alle Verfolger abgehängt. Ein Stein sauste an Pardos' Kopf vorbei. Er warf einen Blick über die Schulter.

Ein Verfolger. Nur noch einer. Das änderte die Lage.

Pardos blieb stehen und drehte sich um.

Der Arzt tat es ihm nach. Ein gefährlich aussehender, aber blutjunger Bursche in einem grünen Gewand, wie man es im Osten trug, mit Ohrringen, einer goldenen Halskette und zottigem langem Haar – keiner von den vier ursprünglichen Raufbolden – wurde langsamer, hielt an, nestelte ungeschickt an seinem Gürtel herum und zog ein Kurzschwert. Pardos sah sich um und rannte mit einem Fluch auf den Heiligen Narren zu. Dem abscheulichen Fäulnisgeruch trotzend, entriss er dem Propheten mit einer knappen Entschuldigung seinen Eichenstab und stürmte damit seinem jungen Verfolger entgegen.

»Narr!«, schrie er und schwenkte den Stab wild durch die Luft. »Du bist allein! Wir sind zu *zweit*!«

Der junge Mann hatte diese nicht ganz unwichtige Tatsache inzwischen ebenfalls erkannt. Er schaute rasch über die Schulter, und als er keine Verstärkungstruppen aufmarschieren sah, wirkte er gleich viel weniger bedrohlich.

»*Lauf!*«, schrie der Arzt neben Pardos und drohte ihm mit einem Messer.

Der junge Mann schaute von einem zum anderen, beschloss, den Rat zu beherzigen, und gab Fersengeld.

Pardos schleuderte den entliehenen Stab in die Richtung, wo der Heilige Narr auf seiner kleinen Plattform stand, und wandte sich an den Heiler. »Kommt!«, keuchte er. »Zum Tempel!« Er zeigte auf die Kuppel. Gemeinsam machten sie kehrt, überquerten den Platz und stürmten auf der anderen Seite eine schmale Gasse hinauf.

Jetzt war es nicht mehr weit. Die Steigung flachte sich zum Glück bald ab, und schneller als gedacht lag ein weites, von Portiken, Torbögen und Geschäften gesäumtes Forum vor ihnen. Pardos jagte vorbei an zwei Jungen, die mit einem Reifen spielten, und an einem Mann, der über einem Kohlebecken geröstete Nüsse verkaufte. Zu seiner Linken ragte das Hippodrom auf, und in einer Mauer, die wohl den Kaiserlichen Bezirk schützte, sah er zwei riesige Bronzetore und davor eine mächtige Reiterstatue. Ohne diese Herrlichkeiten zu beachten, beschleunigte er noch einmal und strebte schräg über den Platz auf eine überdachte Säulenhalle von ungeheuren Ausmaßen und mit einem ebenfalls gigantischen zweiflügeligen Tor an der Rückseite zu. Über alledem erhob sich eine Kuppel, deren Anblick ihm sicher den Atem geraubt hätte, wäre er nicht bereits völlig atemlos gewesen.

Vor dem Portikus befand sich die Baustelle der Steinmetzen mit Karren, Ziegelstapeln und – welch vertrauter Anblick! – einem Ofen zum Kalkbrennen. Pardos und der Bassanide überwanden im Laufschritt alle Hindernisse. Als sie die Stufen erreichten, hörte Pardos abermals einen Schrei hinter sich. Seite an Seite mit dem Arzt sprang er die Treppe hinauf und stolperte auf die Tore zu. Schwer atmend blieben sie stehen.

»Zutritt verboten!«, blaffte eine Stimme – die Tore wurden von zwei Gardisten bewacht. »Da drinnen wird gearbeitet!«

»Mosaikleger«, keuchte Pardos. »Eben aus Batiara angekommen! Die Burschen sind hinter uns her!« Er zeigte hinter sich. »Einen Mann haben sie schon umgebracht! Sie haben Schwerter!«

Die Gardisten blickten zur anderen Seite des Forums hinüber. Eine kleine Gruppe von Verfolgern, etwa ein halbes Dutzend Jugendlicher, hatte es inzwischen bis dorthin geschafft. Sie hielten sich dicht beieinander und hatten – am hellen Tag, auf dem Forum – ihre Klingen in den Händen. Es war unglaublich, es sei denn, sie waren so reich, dass sie sich über alles hinwegsetzen konnten. Pardos packte einen der massiven Griffe, zog die Tür auf und schob den Arzt rasch ins Innere des Heiligtums. Befriedigt hörte er, wie ein Gardist mit einem schrillen Pfiff Verstärkung herbeirief. Hier im Tempel waren sie vorerst in Sicherheit. Der Arzt hatte sich vornüber gebeugt und rang, die Hände in die Hüften gestemmt, nach Luft. Er sah Pardos von der Seite an und nickte. Offensichtlich war er zu der gleichen Erkenntnis gelangt.

Später, viel später sollte Pardos sich überlegen, welche Rückschlüsse sich aus dieser Serie von entschlossenen Eingriffen im Laufe eines einzigen Vormittags auf die Entwicklung seiner Persönlichkeit ziehen ließen. Doch im Moment konnte er nur reagieren und in Bewegung bleiben.

Er blickte auf. Und reagierte. Aber er bewegte sich nicht.

Seine Stiefel schienen am Marmorboden festzukleben wie … wie Mosaiksteine, die in ihrem Kalkbett Jahrhunderte überdauern sollten.

Da stand er nun, überwältigt schon von den Dimensionen des umbauten Raumes, den düsteren, weiten Gängen, den Nischen, die sich scheinbar endlos zu beiden Seiten matter Bänder aus einfallendem Tageslicht hinzogen. Er sah die massiven Säulen, übereinander getürmt wie Bauklötze für die sagenhaften Riesen von Finabar, der versunkenen ersten Welt aus dem heidnischen Glauben der Antae, wo die Götter noch unter den Menschen wandelten.

Erschüttert schaute Pardos zu Boden und betrachtete die makellos polierten Marmorplatten. Dann hob er mit einem tiefen Atemzug den Kopf und ließ den Blick an den Wänden emporwandern, bis ganz hinauf, wo schwerelos, völlig schwerelos, unfassbar, unermesslich, die gewaltige Kuppel schwebte. Und auf ihrem Halbrund war im Entstehen begriffen, was Caius Crispus von Varena, sein Lehrer, für diese heiligen Hallen entworfen hatte.

Weiße und goldene Tessellae auf blauem Untergrund – ein Blau, wie Pardos es in Batiara nie gesehen hatte und auch nie im Leben für möglich gehalten hätte – grenzten das Himmelsgewölbe ab. Pardos erkannte auf Anhieb die Hand, den Stil. Wer immer die Arbeiten geleitet hatte, als Crispin aus dem Westen eintraf, er war jetzt eindeutig nicht mehr mit den Entwürfen betraut.

Pardos hatte bei dem neuen Meister *gelernt*, war sein Lehrling gewesen.

Was er noch nicht fassen konnte – und er würde lange brauchen, um dazu auch nur den ersten Schritt zu tun –, war das gewaltige Ausmaß des Entwurfs, den Crispin an dieser Kuppel verwirklichen wollte. Er hatte ihn den Dimensionen seiner Umgebung angepasst.

Der Arzt hatte sich gegen eine Marmorsäule gelehnt. Er war immer noch nicht wieder zu Atem gekommen. Der Marmor schimmerte im gedämpften Licht so grünlich blau wie das Meer an einem trüben Morgen. Der Bassanide schwieg und sah sich langsam um. Die Augen über dem ergrauenden Bart waren weit geöffnet. Valerius' Tempel war das Gesprächsthema der ganzen bekannten Welt, Stoff für unzählige Gerüchte, und sie standen jetzt mittendrin.

Überall waren Arbeiter am Werk, viele davon in so entlegenen Ecken, dass man sie nicht sah, sondern nur hörte. In diesen riesigen Räumen, wo jeder Laut ein hohles Echo auslöste, hatte sogar der Baulärm einen besonderen Klang. Rustem malte sich aus, wie hier wohl liturgischer Chorgesang widerhallen mochte, und schon bei der Vorstellung wurde ihm die Kehle eng.

In den schrägen Sonnenlichtstreifen, die durch die hoch in der Wand und um den unteren Kuppelrand eingelassenen Fenster fielen, tanzten die Stäubchen. Öllampen aus Bronze und aus Silber hingen von der Decke. Dahinter sah Pardos Gerüste an den Marmorwänden. Dort wurden Mosaiken gelegt, Blumengirlanden und geometrische Muster. Nur ein Gerüst reichte bis in die Kuppel hinauf. Es stand an der Nordseite der mächtigen Wölbung, gegenüber den Eingangstüren. Und dann entdeckte Pardos im weichen Licht der Morgensonne im Tempel von Jads Heiliger Weisheit ganz oben auf dieser Plattform eine kleine Gestalt: Da war der Mann, für den er die weite Reise nach Osten unternommen hatte, ohne dass dieser ihn darum gebeten, ja dass er es auch nur gewünscht hätte. Crispin hatte damals sogar ausdrücklich verboten, dass einer der Lehrlinge ihn begleitete.

Pardos holte abermals tief Luft und machte das Sonnenkreiszeichen. Noch war der Tempel nicht feierlich eingeweiht – noch hatte man keinen Altar aufgestellt und keine goldene Scheibe aufgehängt –, dennoch hatte der junge Mann das Gefühl, auf heiligem Boden zu stehen. Seine Reise, zumindest dieser Abschnitt, war zu Ende. Er dachte an den blutigen Altar in Varena und an die wilden Hunde in jener bitterkalten Nacht in Sauradia, als er schon dem Tod ins Auge gesehen hatte, und sprach ein Dankgebet an Jad. Er hatte sein Ziel erreicht und war noch am Leben.

Von draußen waren die Stimmen der Gardisten zu hören – es waren mehr geworden. Ein junger Mann erhob zornigen Protest und wurde von einem Soldaten mit scharfen Worten zum Schweigen gebracht. Pardos sah den Arzt an und lächelte verschmitzt. Doch dann fiel ihm wieder ein, dass der Diener des Bassaniden tot war. Sie waren entkommen, dennoch hatte der andere keinen Grund zur Freude.

Nicht weit von ihnen standen zwei Handwerker beisammen. Pardos beschloss, hinüberzugehen und sie anzusprechen, immer vorausgesetzt, seine Füße waren bereit, entsprechende Befehle entgegenzunehmen. Doch bevor er dazu kam, erhoben die beiden erregt die Stimmen, und er konnte ihr Gespräch mit anhören.

»Wo ist Vargos? *Er* könnte es ihm sagen.«

»Er zieht sich gerade um. Das *weißt* du doch. Er ist ebenfalls eingeladen.«

»Heiliger Jad. Vielleicht ... hm, einer von den Steinmetzlehrlingen? Oder von den Maurern? Vielleicht ... kennen sie ihn noch nicht?«

»Ausgeschlossen. Sie haben alle die Geschichten gehört. Wir müssen es ihm sagen, Sosio, und zwar gleich. Es ist schon spät! Die Würfel sollen entscheiden.«

»Nein! Ich steige *nicht* da hinauf. Dieser Crispin bringt Leute um.«

»Er redet nur davon. Ich glaube nicht, dass er es jemals getan hat.«

»Das *glaubst* du nicht? Gut. Dann steig du doch hinauf.«

»Ich habe gesagt, wir lassen die Würfel entscheiden, Sosio.«

»Und ich habe gesagt, ich gehe nicht. Und ich will auch nicht, dass du gehst. Du bist schließlich mein einziger Bruder.«

»Er kommt zu *spät*. Wenn wir das nicht verhindern, bringt er uns auf jeden Fall um.«

Pardos stellte fest, dass ihm seine Füße wieder gehorchten. Trotz der Ereignisse an diesem turbulenten Vormittag konnte er ein Grinsen kaum unterdrücken. Zu viele lebhafte Erinnerungen stiegen plötzlich vor ihm auf.

Er trat in das klare Licht unter der Kuppel. Seine Schritte hallten leise auf dem Marmorboden wider. Die beiden Brüder – es waren Zwillinge, sie glichen sich wie ein Ei dem anderen – drehten sich zu ihm um. In der Ferne ließ jemand einen Hammer oder einen Meißel fallen. Das Klirren klang fast wie Musik.

»So viel ich mitbekommen habe«, sagte Pardos ernst, »geht der Streit darum, wer zu Crispin auf das Gerüst steigen soll.«

»Zu Caius Crispus, jawohl«, sagte der Mann namens Sosio schnell. »Du, äh, du kennst ihn?«

»Er muss zu einer Hochzeit!«, sagte der andere Bruder.

»Und zwar sofort! Er ist einer von den Trauzeugen.«

»Aber er hat strengstens verboten, ihn zu stören!«

»Es gibt keine Ausnahme! Er hat deshalb schon einmal jemanden *umgebracht*!«

»Das war in Varena. Er soll ihn mit einer Mörtelkelle erschlagen haben! In einem Heiligtum!« Silano machte ein entsetztes Gesicht.

Pardos nickte verständnisinnig. »Ich weiß, ich weiß. Es stimmt tatsächlich. In einem Heiligtum! Und ich war derjenige, den er umgebracht hat. Es war ein *schrecklicher* Tod. Mit einer Kelle erschlagen!« Den beiden fiel gleichzeitig die Kinnlade herunter. Er hielt inne und zwinkerte ihnen zu. »Schon gut, ich hole ihn.«

Er ging weiter, bevor ihn sein Lächeln noch vollends verriet. Er konnte es *wirklich* nicht mehr lange unterdrücken. Über ihm spannte sich die ungeheure Halbkugel. Als er hinaufschaute, sah er im Osten Crispins Jad-Bildnis und darunter die ersten Anfänge der Silhouette von Sarantium. Pardos begriff sofort, welches Bild des Gottes sein Lehrer im Kopf hatte. Er hatte schließlich den ganzen letzten Winter in einer gewissen Kapelle in Sauradia verbracht, und Crispin war ebenfalls dort gewesen. Die Schlaflosen hatten es ihm erzählt.

Dann hatte er das Gerüst erreicht. Wie es sich gehörte, standen zwei Junglehrlinge da und stützten es. Das war gewöhnlich eine Tätigkeit, bei der man sich zu Tode langweilte, doch diese beiden ängstigten sich schier zu Tode. Pardos konnte seine Gesichtszüge nun nicht mehr beherrschen.

»Bitte gut festhalten, wenn ich hinaufsteige«, sagte er.

»Du *kannst* nicht hinauf!«, keuchte einer der Jungen entsetzt. »*Er* ist oben!«

»Das weiß ich«, sagte Pardos. Er erinnerte sich nur zu gut, dass er sich einst genauso gefühlt – und wahrscheinlich auch genauso ausgesehen – hatte wie dieser bleiche Lehrling. »Aber ich habe eine dringende Botschaft für ihn.«

Damit packte er mit den Händen eine Leitersprosse und machte sich an den Aufstieg. Crispin würde das Beben und Schwanken da oben bald spüren – vielleicht hatte er es auch schon bemerkt. Pardos hielt den Blick fest auf seine Hände gerichtet, wie man es allen Lehrlingen beibrachte, und stieg weiter.

Auf halber Höhe hörte er die vertraute Stimme, der er um die halbe Welt nachgereist war, mit jener kalten Wut rufen, die er nie vergessen hatte: »Noch einen Schritt, und ich mache deinem elenden Leben ein Ende. Danach zerstampfe ich deine Knochen und mische sie unter das Kalkbett.«

Eigentlich eine gute Idee, dachte Pardos. *Die Drohung kannte ich noch nicht.* Er hob den Kopf und schrie zurück: »Maul halten, sonst schneide ich deine Hinterbacken mit Mosaiksteinen in kleine Stückchen und stopfe sie dir ins Maul.«

Oben wurde es still. Nach einer Weile rief die Stimme: »Das ist *mein* Satz! Mögen dir die Augen verbrennen! Wer zum ...«

Pardos antwortete nicht, sondern stieg weiter.

Er spürte, wie sich über ihm die Plattform bewegte. Crispin war an den Rand getreten und schaute herunter.

»Wer *bist* du?« Wieder trat Stille ein. »Pardos? *Pardos?*«

Pardos antwortete immer noch nicht, aber er hielt auch nicht an. Das Herz drohte ihm zu zerspringen. Oben angekommen, stieg er über das niedrige Geländer und stand auf der Plattform unter dem dunkelblauen Mosaikhimmel mit den Mosaiksternen.

Crispin umarmte ihn so stürmisch, dass sie beide fast umgefallen wären.

»Hölle und Teufel, Pardos! Wo *steckst* du denn so lange? Ich *brauche* dich hier! Verdammt, sie haben geschrieben, du seist im Herbst aufgebrochen! Das war vor einem halben Jahr! Hast du denn eine Ahnung, was du alles versäumst?«

Pardos sah darüber hinweg, dass Crispin sich bei seiner Abreise ausdrücklich jede Begleitung verbeten hatte, und machte sich frei.

»Hast du denn eine Ahnung, was *du* versäumst?«, fragte er zurück.

»Ich? Wieso?«

»Die Hochzeit«, strahlte Pardos und beobachtete Crispins Gesicht.

Es dauerte eine Weile, bis dem Mosaikmeister dämmerte, was damit gemeint war. Später im Rückblick fand Pardos die tiefe Bestürzung auf den ungewohnt glatt rasierten Zügen seines Freundes sogar noch komischer.

»Ach so! Du meine Güte! Heiliger Jad! Sie bringen mich *um*! Wenn nicht Carullus, dann diese schreckliche Shirin! Ich bin ein toter Mann! Warum hat mir denn keiner von den Schwachköpfen da unten Bescheid gesagt?«

Ohne die Antwort abzuwarten, die sich ohnehin erübrigte, stürmte Crispin an Pardos vorbei, sprang mit einem verwegenen Satz über das Geländer und hastete, ja, rutschte die Leiter hinunter, wie es sonst nur die Lehrlinge taten, wenn sie Fangen spielten. Bevor Pardos ihm folgte, warf er noch einen Blick auf Crispins Arbeit. Ein Bison in einem Herbstwald, schwarz mit weißen Rändern und Konturen. Auf diese Weise hob er sich besonders stark von den bunten Blättern ab und dominierte die ganze Szene. Das war sicher beabsichtigt. Crispin hatte die Lehrlinge einmal auf ein Landgut im Süden von Varena mitgenommen und ihnen ein Bodenmosaik gezeigt, wo man Schwarz und Weiß in gleicher Weise gegen die anderen Farben gesetzt hatte. Pardos war sehr nachdenklich geworden, als endlich auch er die Leiter hinabstieg.

Crispin wartete unten. Er schnitt vor Ungeduld Grimassen und tanzte von einem Fuß auf den anderen. »*Beeil* dich doch, du Schwachkopf! Wir sind unglaublich spät dran! Nun komm schon! Was hast du denn da oben so entsetzlich lange getrieben?«

Pardos trat in aller Ruhe von der letzten Sprosse. »Ich habe in Sauradia Station gemacht«, sagte er. »In einer Kapelle am Wegesrand. Du sollst auch dort gewesen sein, erzählte man mir, nur etwas früher.«

Crispins Ungeduld war wie weggeblasen. Er sah Pardos scharf an. »Das stimmt«, sagte er nach einer Pause. »Ich war dort. Ich sagte den Mönchen, sie müssten … Hast du … Pardos, hast du es etwa *restauriert*?«

Pardos nickte langsam. »So weit, wie ich es mir allein zutrauen durfte.«

Wieder wandelte sich Crispins Blick und wurde so warm wie der erste Sonnenstrahl an einem Wintermorgen. »Das freut mich«, sagte Pardos' Lehrer. »Das freut mich sehr. Darüber müssen wir uns noch eingehend unterhalten. Aber jetzt komm mit, es eilt.«

»Ich bin heute schon genug gelaufen. Quer durch ganz Sarantium, jedenfalls kommt es mir so vor. Da draußen steht eine Gruppe junger Burschen, die reich genug sind, um sich nicht um das Gesetz zu kümmern. Sie wollen mich und den bassanidischen Arzt dort töten.« Er wies auf den Heiler, der mit den Zwillingsbrüdern näher trat. Die verwirrten Gesichter der beiden Handwerker waren sehenswert. »Sie haben seinen Diener getötet«, sagte Pardos. »Wir können nicht einfach hinausgehen.«

»Und einige Eurer ach so frommen Priester wollen den Leichnam des Mannes auf die Straße werfen, wenn er bis Mittag nicht abgeholt wird.« Der Arzt sprach ausgezeichnetes Sarantinisch, besser als Pardos. Er war immer noch aufgebracht.

»Wo ist er?«, fragte Crispin. »Sosio und Silano sollen das erledigen.«

»Ich habe keine Ahnung, wie die Kapelle …«

»Kapelle der Heiligen Ingacia«, sagte Pardos rasch. »Nicht weit vom Hafen.«

»Was?«, fragte Sosio.

»Was hattet ihr denn *dort* zu suchen?«, fragte sein Bruder im gleichen Atemzug. »Eine verkommene Gegend! Nichts als Diebe und Huren.«

»Woher weißt *du* das denn so genau?«, fragte Crispin spöttisch, bevor ihm wieder einfiel, wie eilig er es hatte.

»Nehmt zwei von den Kaiserlichen Gardisten mit. Carullus' Männer sind inzwischen alle bei dieser verfluchten Hochzeit. Erklärt ihnen, worum es geht. Sie sollen es für mich tun. Und ihr beiden«, wandte er sich an Pardos und den Arzt, »na los! Ihr bleibt vorerst bei mir. Ich habe eine Leibwache.« Diesen Befehle bellenden Crispin hatte Pardos noch gut in Erinnerung. Brüske Stimmungswechsel waren schon immer chrakteristisch für ihn gewesen. »Wir nehmen einen Seiteneingang, aber macht *schnell*! Ihr braucht noch weiße Kleidung, wir gehen schließlich auf eine *Hochzeit*! Diese Narren!« Er eilte davon; den beiden blieb nichts anderes übrig, als ihm zu folgen.

So kam es, dass der Mosaikleger Pardos von Varena und der Heiler Rustem von Kerakek am Tag ihrer Ankunft in Jads heiliger und erhabener Stadt Sarantium – in geliehenen weißen Tuniken aus Crispins Kleiderschrank – zuerst an einer Trauungszeremonie und dann an einem Hochzeitsbankett teilnahmen.

Sie kamen zwar spät, aber zum Glück nicht zu spät.

Die Musikanten warteten draußen. Ein Soldat stand ungeduldig neben der Tür und eilte hinein, sobald er sie kommen sah, um ihre Ankunft zu melden. Crispin entschuldigte sich nach allen Seiten und eilte gerade noch rechtzeitig an den Altar, um eine zierliche Goldkrone über den Kopf des Bräutigams zu halten. Sein eigenes Haar stand nach allen Seiten ab, aber das war fast immer so. Pardos entging nicht, dass die bildhübsche Frau, die eine zweite Krone über die Braut halten sollte, seinen Meister unmittelbar vor Beginn der Zeremonie kräftig in die Rippen boxte. Gelächter lief durch die Kapelle. Der Priester sah sie erschrocken an; der Bräutigam lächelte und nickte beifällig.

Das Gesicht der Braut sah Pardos erst hinterher. Als in

der Kapelle – zuerst vom Priester und dann gemeinsam vom Brautpaar – das Treuegelöbnis gesprochen wurde, war sie verschleiert gewesen. Pardos hatte keine Ahnung, wer die beiden waren. Crispin hatte keine Zeit gefunden, es ihm zu erklären. Pardos kannte nicht einmal den Namen des Bassaniden, der neben ihm stand; die Ereignisse hatten sich an diesem Morgen geradezu überschlagen. Und dabei war ein Mensch ums Leben gekommen.

Die Kapelle war sehr elegant, ein prunkvoller Raum mit kostbaren Gold- und Silberdekorationen, Säulen aus geädertem Marmor und einem prächtigen Altar aus pechschwarzem Stein. An der Kuppel entdeckte Pardos zu seiner Überraschung eine goldene Figur, Heladikos, der mit seiner brennenden Fackel in den Wagen seines Vaters stürzte. Abbildungen des Gottessohnes waren inzwischen verboten, beide Patriarchen hatten den Glauben an ihn zur Ketzerei erklärt. Doch die Besucher dieser vornehmen Kapelle besaßen offenbar so viel Einfluss, dass sie die Zerstörung des Mosaiks bisher hatten verhindern können. Pardos, der sich wie alle Antae im Westen nicht nur zum Sonnengott selbst, sondern auch zu seinem lichten Sohn bekehrt hatte, wurde es bei dem Anblick ganz warm ums Herz. Ein gutes Omen, dachte er. Er hatte nicht erwartet, den göttlichen Wagenlenker in Sarantium anzutreffen, und freute sich darüber.

Die Zeremonie war in vollem Gange, als der Bassanide Pardos am Arm berührte und nach hinten deutete. Pardos drehte sich um und stutzte. Soeben hatte der junge Mann, der den Diener des Arztes getötet hatte, die Kapelle betreten.

Er trat ruhig und gesittet auf. Seine ausgezeichnet geschnittene weiße Seidentunika wurde um die Taille von einer goldenen Kette gehalten, darüber trug er einen dunkelgrünen Mantel. Sein Haar war unter einer pelzbesetzten, weichen grünen Mütze verborgen. Der protzige Schmuck war verschwunden. Der Junge nahm leise zwischen einem stattlichen älteren Mann und einer sehr viel jüngeren Frau Platz. Jetzt wirkte er nicht mehr betrunken, sondern sah aus wie ein junger Prinz, wie das Modell für den goldenen Heladikos an der Kuppel.

Im Kaiserlichen Bezirk und in den höheren Rängen der Beamtenschaft bekannte sich so mancher ganz offen zu einer der beiden Zirkusparteien. Das vermied der Senatsälteste Plautus Bonosus, denn er fand, wohlwollende Zurückhaltung gegenüber den Blauen wie den Grünen sei seiner Stellung am ehesten gemäß. Da es außerdem wider sein Naturell ging, die Tänzerinnen zu umwerben, konnte er die Reize der berühmten Shirin von den Grünen mit dem Blick des Ästheten würdigen, ohne dass sie irgendwelche Begehrlichkeiten in ihm geweckt hätten.

An sich hätte er an dieser Hochzeit niemals teilgenommen; nur zwei Faktoren hatten ihn dazu bewogen. Der eine war sein Sohn: Cleander hatte ihn geradezu bestürmt, ihn mitzunehmen, und da der Junge zunehmend seltener auch nur eine Spur von Interesse für zivilisierte Veranstaltungen an den Tag legte, wollte Bonosus die Gelegenheit nicht vorübergehen lassen, ihn als passables Mitglied der Gesellschaft zu präsentieren.

Der zweite Grund war etwas egoistischerer Natur. Shirin hatte bei der Einladung geschickt einfließen lassen, dass Strumosus von Amoria das Festmahl in ihrem Hause zubereiten würde.

Bonosus hatte gewisse Schwächen. Ganz oben auf der Liste standen wahrscheinlich bezaubernde Knaben und unvergessliche Gaumenfreuden.

Die beiden unverheirateten Töchter waren natürlich zu Hause geblieben. Bonosus und seine zweite Frau erschienen – pünktlich zur vereinbarten Stunde – zur Zeremonie in der Kapelle ihres eigenen Viertels. Cleander kam zu spät, aber sauber und in angemessener Kleidung. Bonosus streifte seinen Sohn mit einem erstaunten Blick. Er fühlte sich fast an den artigen, aufgeweckten Jungen erinnert, der Cleander noch vor zwei Jahren gewesen war. Cleanders rechter Unterarm war angeschwollen und entzündet, aber sein Vater beschloss, keine Fragen zu stellen. Es war wohl besser, nichts zu wissen. Sie reihten sich mit den anderen weiß gekleideten Gästen und den Musikanten (die übrigens vom Theater waren und sehr gut spielten) in die Prozession ein. Der Weg zum Haus der Tänzerin war nicht weit, aber es war ziemlich kühl.

Bonosus war etwas verlegen, als der Zug durch die Straßen vor einem Portikus endete, den eine gute Kopie einer klassischen trakesischen Frauenbüste zierte. Er wusste, wie ungern seine Frau dieses Haus betrat. Gesagt hatte sie natürlich nichts, aber das war auch nicht nötig. Sobald er seinen Fuß in das Heim einer gewöhnlichen Tänzerin setzte, übertrug er symbolisch die Würde seines Amtes auf die Frau und ihre Wohnung.

Was sich in manchen Nächten nach dem Theater hier abspielen mochte, wusste Jad allein. Thenaïs benahm sich wie immer mustergültig und verzog keine Miene. Bonosus' zweite Frau war erheblich jünger als er, aber sie hatte eine ausgezeichnete Erziehung genossen und war berühmt für ihre Diskretion. Deshalb hatte er sich entschieden, sie zu heiraten, nachdem Aelina vor drei Jahren im Sommer an der Pest gestorben war und ihn mit drei Kindern und einem Haus, um das sich niemand kümmerte, allein zurückgelassen hatte.

Thenaïs lächelte und sagte ein paar höfliche Worte, als Shirin von den Grünen, gertenschlank und sprühend vor Lebhaftigkeit, die Familie an ihrer Tür willkommen hieß. Cleander stand zwischen seinem Vater und seiner Stiefmutter. Als Bonosus ihn vorstellte, wurde er knallrot, und als ihm die Tänzerin zur Begrüßung die Hand reichte, starrte er unverwandt zu Boden.

Damit wäre ein Rätsel gelöst, dachte der Senator, der den Jungen amüsiert beobachtet hatte. Jetzt wusste er, warum Cleander unbedingt hatte mitkommen wollen. Immerhin zeigt er Geschmack, dachte Bonosus ironisch. Seine Stimmung hellte sich noch weiter auf, als eine Dienerin Wein servierte (einen ausgezeichneten Candarier) und eine zweite gleich darauf einen kleinen Teller mit köstlichen Meeresfrüchtehäppchen vor ihn hinstellte.

Mit der ersten Kostprobe von Strumosus' Kreation ging für Bonosus sozusagen die Sonne auf. Der Tag war gerettet. Er stieß einen genussvollen Seufzer aus und sah wohlwollend in die Runde: die Gastgeberin von den Grünen, in der Küche der Meisterkoch der Blauen, eine Reihe von Gästen aus dem Kaiserlichen Bezirk (er fühlte sich gleich weniger fehl am Platz, als er sie bemerkte und einem von ihnen zunickte), verschiedene Künstler aus dem Theater, darunter ein lockenköpfiger Jüngling, der einmal sein Liebhaber gewesen war. Er nahm sich vor, ihm aus dem Weg zu gehen.

Er erkannte den wohlbeleibten Vorsteher der Seidenspinnergilde (der Mann ließ sich offenbar kein Fest in der Stadt entgehen), den überraschend gut gekleideten Pertennius von Eubulus, Schreiber des Obersten Strategos, und den stämmigen Faktionarius der Grünen, einen Mann mit Hakennase, dessen Namen er sich nicht merken konnte. In einiger Entfernung stand der rhodianische Mosaikmeister, ein Günstling des Kaisers, mit einem untersetzten, bärtigen jungen Mann und einem älteren, ebenfalls bärtigen Burschen zusammen, der eindeutig Bassanide war. Und schließlich erregte noch ein weiterer unerwarteter Gast die Aufmerksamkeit des Senators.

»Scortius ist hier«, flüsterte er seiner Frau zu, während er einen winzigen Seeigel probierte, der mit *Silphium* und einem anderen Gewürz mariniert war, das er nicht identifizieren konnte. Es schmeckte apart, nach Ingwer und den Aromen des Ostens. »Er hat diesen Crescens mitgebracht, den grünen Wagenlenker aus Sarnica.«

»Eine illustre Gesellschaft«, antwortete Thenaïs, ohne die beiden Wagenlenker, die von einer Traube von Bewunderern umgeben waren, eines Blickes zu würdigen. Bonosus lächelte ein wenig. Er *schätzte* seine Frau sehr. Gelegentlich schlief er sogar mit ihr.

»Du musst den Wein kosten«, sagte er.

»Das habe ich getan. Ein Candarier. Das freut dich sicher.«

»Und *wie*«, strahlte Bonosus.

Die Freude hielt an, bis der Bassanide, der bei Crispin gestanden hatte, mit langen Schritten auf ihn zukam und Cleander – zum Glück leise – des Mordes bezichtigte. Er sprach trotz seines östlichen Akzents so deutlich, dass Bonosus keine Möglichkeit sah, eine unerfreuliche Szene zu vermeiden.

KAPITEL IV

Er hatte Nishik nicht lange gekannt – sie hatten nur diese Reise zusammen gemacht –, und er konnte nicht behaupten, dass ihm der Mann sympathisch gewesen wäre. Der stämmige Soldat war ein schlechter Diener und ein wenig respektvoller Begleiter. Er hatte nie ein Hehl daraus gemacht, dass er den Zivilisten Rustem nur als lästiges Anhängsel empfand: die traditionelle Einstellung des Soldaten. Rustem hatte in den ersten Tagen immer wieder seine früheren Reisen erwähnt, aber damit aufgehört, als er keine Resonanz bekam. Einen gemeinen Soldaten beeindrucken zu wollen, war unter seiner Würde.

Nachdem dies klargestellt war, blieb nur noch festzuhalten, dass man nicht einfach darüber hinweggehen konnte, wenn ein Reisegefährte – wie immer man zu ihm gestanden haben mochte – so mir nichts dir nichts ermordet wurde. Rustem hatte nicht vor, sich damit abzufinden. Er war noch immer empört über den brutalen Überfall am Morgen und über seine schmähliche Flucht durch die Jadditenstadt.

Das teilte er nun dem großen rothaarigen Handwerker mit, der ihn auf diese Hochzeit geschleppt hatte. Er hielt dabei einen Becher mit vorzüglichem Wein in der Hand, aber das konnte ihn ebenso wenig beschwichtigen wie die Tatsache, dass er nach einer harten Reise durch den

Winter endlich in der sarantinischen Hauptstadt eingetroffen war. Wie sollte auch Freude aufkommen, wenn der Mörder zu demselben Fest geladen war? Das verschärfte nur seinen Zorn. Der junge Mann war jetzt wie ein sarantinisches Herrensöhnchen gekleidet; nichts erinnerte mehr an den fluchenden, betrunkenen Raufbold, der Rustem und Nishik mit seinen Kumpanen in der Gasse angepöbelt hatte. Er schien Rustem nicht einmal wiederzuerkennen.

Auf Bitten des Mosaikmeisters, der ein tatkräftiger und vernünftiger Mensch zu sein schien, obwohl er ihn auf den ersten Blick für übermäßig cholerisch und reizbar gehalten hatte, zeigte er ihm den Burschen. Der Handwerker zischte eine leise Verwünschung und ging sofort los, um den Bräutigam zu holen.

»Cleander hat schon wieder Mist gebaut«, erklärte der Mosaikmeister – er hieß Crispin – mit grimmigem Blick. Er hatte offenbar einen Hang zu vulgären Ausdrücken.

»Hat er versucht, Shirin im Korridor zu begrapschen?« Der Soldatenbräutigam strahlte weiterhin über das ganze Gesicht.

»Wenn es nur das wäre! Nein, er hat heute Morgen auf offener Straße den Diener dieses Mannes getötet – vor Zeugen. Zu denen übrigens auch mein Freund Pardos gehört, der soeben in der Stadt eingetroffen ist. Dann haben er und eine Horde Grüner die beiden mit gezückten Schwertern bis zum Tempel verfolgt.«

»Verdammt!«, sagte der Soldat erschrocken. Jetzt grinste er nicht mehr. »Diese dummen Kinder.«

»Es sind keine Kinder mehr«, sagte Rustem kalt. »Kinder sind höchstens zehn Jahre alt. Der Bursche war bei Sonnenaufgang betrunken und hat mit einem Schwert einen Menschen getötet.«

Der hünenhafte Soldat sah Rustem zum ersten Mal genauer an. »Ich kann das verstehen. Er ist noch sehr jung. Hat seine Mutter zu einem ungünstigen Zeitpunkt verloren und seine intelligenten Freunde gegen eine wilde Horde jüngerer Grünen-Anhänger eingetauscht. Außerdem ist er bis über beide Ohren in unsere Gastgeberin verliebt. Heute Morgen hat er sich vermutlich betrunken, weil er eine Heidenangst davor hatte, ihr Haus zu betreten.«

»Aha«, sagte Rustem mit einer Geste, die seine Studenten nur allzu gut kannten. »Das *erklärt* natürlich, warum Nishik sterben musste! Bitte verzeiht mir, dass ich die Sache überhaupt erwähnte.«

»Dummes Geschwätz, Bassanide«, sagte der Soldat, und seine Augen wurden hart. »Kein Mensch wird einen Mord dulden. Wir werden auf jeden Fall versuchen, etwas zu unternehmen. Ich will den Jungen nicht entschuldigen, ich will nur erklären, warum er sich so benimmt ... Außerdem sollte ich erwähnen, dass er der Sohn von Plautus Bonosus ist. Das erfordert eine gewisse Diskretion.«

»Wer ist ...?«

»Der Senatsälteste«, erklärte der Mosaikmeister. »Er sitzt mit seiner Frau da drüben. Überlasst die Sache uns, Heiler. Cleander braucht wirklich einen ordentlichen Denkzettel, und dafür werden wir sorgen, das kann ich Euch versprechen.«

»Einen *Denkzettel*?«, fragte Rustem aufs Neue empört.

Der Rothaarige sah ihn sehr offen an. »Was meint Ihr, Heiler? Würde ein Höfling des Königs der Könige strenger bestraft, wenn er bei einer Straßenschlägerei einen Diener getötet hätte? Einen sarantinischen Diener?«

»Ich habe keine Ahnung«, sagte Rustem, aber insgeheim musste er dem Mann natürlich Recht geben.

Er machte auf dem Absatz kehrt und ging, vorbei an der strohblonden Frau im weißen Gewand mit der roten Schärpe, quer durch den Raum auf den Mörder und den älteren Mann zu, den ihm der Handwerker gezeigt hatte. Er war sich durchaus bewusst, dass er mit seinen schnellen Schritten in der gelösten Atmosphäre Aufmerksamkeit erregen musste. Eine Dienerin hatte wohl Unheil gewittert, denn sie stand plötzlich mit einem Tablett voll kleiner Teller vor ihm. Rustem musste anhalten, er kam nicht an ihr vorbei. Die Frau – jung, schwarzhaarig, mit üppiger Figur – hielt mit einer Hand das runde Tablett und nahm ihm mit der anderen den Weinbecher ab, damit er beide Hände frei hätte. Dabei berührte sie seine Finger. »Das müsst Ihr kosten«, flüsterte sie immer noch lächelnd. Ihre Tunika war verwirrend tief ausgeschnitten – in Kerakek hatte sich diese Mode noch nicht durchgesetzt.

Rustem befolgte den Rat. Es waren Teigröllchen, gefüllt mit irgendeinem Fisch, und auf dem Teller schwamm irgendeine Sauce. Doch als er in ein Röllchen hineinbiss, erlebte er eine Explosion geradezu überwältigender Geschmacksempfindungen und war so überwältigt, dass er genussvoll aufstöhnte. Er schaute von dem Teller in seiner Hand zu dem Mädchen, dann tauchte er den Finger in die Sauce und kostete auch diese. Erstaunlich.

Die Tänzerin, die dieses Fest ausrichtet, hat einen ausgezeichneten Koch, dachte er. Und wirklich hübsche Dienerinnen. Das schwarzhaarige Mädchen sah ihn schelmisch an, reichte ihm ein Tüchlein, damit er sich den Mund abwischen konnte, und nahm ihm das Tellerchen ab. Dann gab sie ihm immer noch lächelnd seinen Wein zurück.

Rustems Wut war verflogen. Doch als die Dienerin sich leise entschuldigte und zum nächsten Gast weiterging, wandte er sich abermals dem Senator und seinem Sohn zu. In diesem Augenblick hatte er einen Einfall. Er blieb noch kurz stehen und strich sich den Bart, dann ging er langsam weiter.

Vor dem Senatsältesten blieb er stehen. Das Gesicht des Mannes war leicht gerötet. Rustem bemerkte die

Frau neben ihm, eine herbe Schönheit, und – im Moment von größerer Wichtigkeit – den Sohn an seiner anderen Seite. Jetzt war er ganz ruhig. Er verneigte sich vor dem Mann und der Frau und stellte sich in aller Form vor.

Als Rustem sich aufrichtete, sah er, dass der Junge bleich geworden war. Er hatte ihn endlich erkannt. Der Sohn des Senators warf einen schnellen Blick zum Eingang des Raums, wo die Tänzerin, die Gastgeberin, immer noch späte Gäste begrüßte. *Du entkommst mir nicht*, dachte Rustem kalt. Dann wandte er sich an den Vater und brachte bewusst leise und sachlich seine Anklage vor.

Der Mosaikmeister hatte natürlich Recht: Wenn hochgestellte Persönlichkeiten im Spiel waren, musste man auf Würde und Diskretion achten. Rustem war nicht unbedingt darauf erpicht, den Rechtsweg zu beschreiten. Er wollte sich mit dem Senator persönlich auseinandersetzen. Soeben war ihm nämlich eingefallen, dass er als einfacher Heiler zwar eine Menge von der sarantinischen Medizin lernen und auch den einen oder anderen Klatsch über Staatsangelegenheiten aufschnappen konnte, aber wenn ihm der Älteste des sarantinischen Senats einen Gefallen schuldete, könnte dies seine Stellung entscheidend verbessern – und er könnte dem König der Könige in Kabadh, der gerade jetzt gewisse Dinge über Sarantium erfahren wollte, sehr viel nützlicher sein.

Rustem sah nicht ein, warum der arme Nishik, sein langjähriger, vielgeliebter Diener, umsonst gestorben sein sollte.

Rustem beobachtete mit Genugtuung, wie der Senator seinem Sohn einen bitterbösen Blick zuwarf. Dann murmelte Bonosus: »Getötet? Heiliger Jad. Ich bin natürlich *außer mir*. Ihr müsst mir gestatten …«

»Er war selbst dabei, sein Schwert zu ziehen!«, protestierte der Junge leise, aber erregt. »Er wollte …«

»Schweig!«, befahl Plautus Bonosus etwas lauter, als er

vielleicht beabsichtigt hatte. Zwei Männer, die in der Nähe standen, schauten herüber. Bonosus' Frau ließ, die Ruhe in Person, gelangweilt den Blick durch den Raum schweifen und schien ihre Familie gar nicht zu beachten. Aber Rustem sah, dass sie aufmerksam zuhörte.

Bonosus hatte sich wieder an Rustem gewandt. Jetzt hatte er einen hochroten Kopf. »Was ich noch sagen wollte«, fuhr er etwas leiser fort. »Ihr müsst mir die Freude machen, nach diesem entzückenden Fest auf einen Becher Wein mit in unser Haus zu kommen. Ich bin Euch natürlich sehr dankbar, dass Ihr mit mir persönlich gesprochen habt.«

»Natürlich«, sagte Rustem todernst.

»Wo können wir Euren bedauernswerten Diener finden?«, fragte der Senator. Ein praktisch denkender Mann.

»Sein Leichnam wird bereits abgeholt«, murmelte Rustem.

»Aha. Es gibt also ... noch andere Personen, die von dem Zwischenfall erfahren haben?«

»Wir wurden von einer Horde mit Schwertern bewaffneter Jugendlicher unter Führung Eures Sohnes durch die Straßen gejagt«, sagte Rustem mit etwas mehr Nachdruck. »Ja, es ist anzunehmen, dass unsere Flucht von einer Reihe von Zeugen beobachtet wurde. Hilfe wurde uns im neuen Tempel durch den Mosaikmeister des Kaisers zuteil.«

»Aha«, sagte Plautus Bonosus wieder und warf einen Blick durch den Raum. »Der Rhodianer. Der Mann kommt viel herum. Nun, wenn die Angelegenheit bereits in guten Händen ist ...«

»Als wir zur Flucht gezwungen wurden«, bemerkte Rustem, »musste ich mein Maultier mit meiner gesamten Habe zurücklassen. Ich bin nämlich erst heute Morgen in Sarantium angekommen.«

In diesem Moment drehte sich die Frau des Senators

zu ihm um und sah ihn nachdenklich an. Rustem erwiderte den Blick, wandte sich aber rasch ab. Hier waren die Frauen viel mehr ... präsent ... als in anderen Städten, die er besucht hatte. Ob das wohl mit der Kaiserin zusammenhing? Es hieß ja, sie habe großen Einfluss. Dabei war sie früher eine gewöhnliche Tänzerin gewesen. Eine unglaubliche Geschichte.

Der Senator wandte sich an seinen Sohn. »Cleander, du entschuldigst dich jetzt bei unserer Gastgeberin und verlässt dieses Haus, bevor das Bankett beginnt. Dann stellst du fest, wo sich das Packtier mit den Habseligkeiten dieses Mannes befindet, und lässt es zu uns nach Hause bringen. Dort wartest du, bis ich komme.«

»*Ich soll gehen?* Jetzt schon?« Der Junge war tatsächlich den Tränen nahe. »Aber ich habe doch noch nicht einmal ...«

»Cleander, es könnte durchaus sein, dass du wegen dieser Dummheit gebrandmarkt oder ins Exil geschickt wirst. Und nun schaff das verfluchte Maultier her«, sagte der Vater.

Seine Frau legte ihm die Hand auf den Arm. »Pst«, flüsterte sie. »Sieh doch nur.«

In dem großen Raum voll lebenslustiger, angeregt plaudernder Sarantiner war es still geworden. Plautus Bonosus schaute Rustem über die Schulter und stutzte.

»Was wollen die beiden denn hier?«, fragte er.

Rustem drehte sich um. Mit leisem Rascheln verneigten sich alle Anwesenden – mehr als fünfzig Personen – oder sanken in die Knie vor dem Mann und der Frau, die vor der Gastgeberin in der Tür standen.

Der Mann war sehr groß und glatt rasiert und sah unwiderstehlich gut aus. Er hatte auf eine Kopfbedeckung verzichtet, was ungewöhnlich war, aber sein dichtes goldenes Haar gut zur Geltung brachte. Er trug eine knielange tiefblaue Tunika, die an der Seite geschlitzt und mit Goldbrokat unterlegt war, Kniehosen aus Goldbrokat und schwarze Soldatenstiefel, darüber einen Parademantel mit dunkelgrünen Einsätzen, der an einer Schulter mit einem blauen Edelstein von der Größe eines Daumennagels festgesteckt war. In einer Hand hielt er als Hochzeitsschmuck eine weiße Blume.

Die Frau an seiner Seite hatte ihr ebenfalls goldblondes Haar locker in einem weißen Netz zusammengenommen, nur einige kunstvoll geringelte Löckchen hingen frei herab. Ihr bodenlanges purpurrotes Gewand war am Saum mit Edelsteinen besetzt, dazu trug sie goldene Ohrringe, ein Kollier aus goldgefassten Perlen und einen Mantel aus Goldbrokat. Sie war fast so groß wie ihr Begleiter. Neben diesem erschien jetzt wie aus dem Nichts ein hagerer Mann mit fahlem Gesicht und flüsterte ihm etwas ins Ohr. Die Festgäste richteten sich wieder auf.

»Leontes«, sagte der Senator leise zu Rustem. »Der Strategos.«

Eine freundliche Geste. Rustem hatte den Mann natürlich nicht erkannt, obwohl er seit Jahren von ihm reden hörte – und ihn wie jeder Bassanide fürchtete. Manche Namen haben ihren eigenen Glanz, dachte er, man kann ihn fast mit Händen greifen. Leontes der Goldene (jetzt war ihm auch klar, woher der Name kam) hatte östlich von Asen das letzte noch vollzählige Nordheer vernichtend geschlagen und einen Schandfrieden erzwungen. Um ein Haar hätte er auch noch den bassanidischen General gefangen genommen. Der General hatte bei seiner Rückkehr nach Kabadh die Aufforderung erhalten, sich selbst zu töten, und war ihr auch gefolgt.

Derselbe Leontes hatte für Valerius in den weiten Regionen, die sich im Südwesten bis an die Grenze der legendären Majriti-Wüste erstreckten, ausgedehnte Gebiete (mit arbeitsamen Bewohnern und Steuerzahlern) erobert, er hatte Einfälle von Moskav und Karch brutal zurückgeschlagen und war – das war bis nach Kerakek gedrungen – mit dem aufwändigsten Triumphzug geehrt worden, den je ein Kaiser einem heimkehrenden Strategos gewährt hatte, seit Saranios die Stadt gegründet hatte.

Und er war mit der hoch gewachsenen, eiskalten Schönheit an seiner Seite belohnt worden. Die Daleinoi waren auch in Bassania bekannt – sogar in Kerakek, das immerhin an den großen Handelsstraßen nach Süden lag. Die Familie hatte ihren Reichtum mit einem Gewürzmonopol begründet, und die Gewürzkarawanen aus dem Osten mussten im Allgemeinen im Norden oder im Süden Bassania durchqueren. Vor zehn oder fünfzehn Jahren war Flavius Daleinus im Zuge eines Machtwechsels auf dem Kaiserthron grausam ermordet worden. Durch Feuer, wie Rustem sich dunkel erinnerte. Seine älteren Söhne waren bei dem Angriff getötet beziehungsweise verstümmelt worden. Seine Tochter … stand jetzt, eine goldglänzende Kriegsbeute, hier in diesem Raum.

Auf einen Wink des Strategos eilte die schwarzhaarige Dienerin mit glühenden Wangen mit dem Wein herbei. Auch Leontes' Gemahlin nahm einen Becher, doch als er vortrat, blieb sie stehen und überließ ihm sozusagen die Bühne. Rustem beobachtete, wie Styliane Daleina sich langsam umsah und zweifellos Beziehungen und Stimmungen registrierte, von denen er nichts mitbekam. Sie hatte ihre Züge ebenso unter Kontrolle wie die Gattin des Senators, doch davon abgesehen war die Ausstrahlung der beiden Frauen grundverschieden. Plautus Bonosus' Gattin gab sich zurückhaltend und unbeteiligt, während die aristokratische Gemahlin des mächtigsten Soldaten des Reiches, Spross einer unermesslich reichen, sehr mächtigen und von gewaltsamen Todesfällen gezeichneten Familie, kalt und in ihrer Intelligenz fast einschüchternd wirkte. Rustem konnte sich erst von ihr losreißen, als der Strategos das Wort ergriff.

»Lysurgos Matanios sagte einmal, einen Freund glücklich vermählt zu sehen, sei besser als ein Schluck vom erlesensten Wein«, begann Leontes und hob seinen Becher. »Ich darf mich heute an beidem erfreuen«, fuhr er fort und trank. Gelächter brandete auf: verhalten von den Höflingen, schrill und aufgeregt von den Theaterleuten und den Soldaten.

»Den Spruch bringt er jedes Mal«, bemerkte Bonosus trocken. »Trotzdem wüsste ich gern, was er hier will.«

Der Strategos fuhr fort, als wolle er die Frage beantworten: »Ich hielt es für meine Pflicht, auf dieser Hochzeit zu erscheinen und einen Becher auf das Wohl des einzigen Mannes in der ganzen Armee zu leeren, der so lange und so überzeugend und so viel und … so lange reden konnte, bis er dem Schatzmeister des Kaiserlichen Bezirks den ausstehenden Sold für die Soldaten abgeschwatzt hatte. Hiermit möchte ich eine ernste Warnung aussprechen: Niemand sollte dem Tribun der Vierten Sauradischen gestatten, ihn zu *irgendetwas* überreden zu wollen … es sei denn, er hätte sehr viel Zeit und Muße.«

Wieder wurde gelacht. Der Mann sprach so geschliffen wie ein Höfling, gab sich dabei aber offen und natürlich wie ein Soldat. Seine Scherze waren rau aber herzlich. Rustem beobachtete, wie die anwesenden Offiziere den Redner förmlich mit ihren Blicken verschlangen. Die Frau stand reglos wie eine Statue im Hintergrund und schien sich zu langweilen.

»Wir«, sagte Leontes, »haben heute leider *nicht* sehr viel Zeit, deshalb müssen die edle Styliane und ich auf die Köstlichkeiten verzichten, die Strumosus von den Blauen Euch allen in diesem Grünen-Haus kredenzen wird. Ich kann die Zirkusparteien zu dieser seltenen Kombination nur beglückwünschen und nehme sie als gutes Omen für eine friedliche Rennsaison.« Er legte eine Pause ein und zog eine Augenbraue hoch: Jetzt kam er zum amtlichen Teil seines Auftritts. »Wir sind hier, um der Braut und dem Bräutigam in Jads allerheiligstem Namen Glück zu wünschen und um eine Nachricht zu verkünden, die diesen Tag vielleicht noch etwas mehr zu einem Freudentag werden lässt.«

Wieder hielt er inne und trank. »Ich habe den Bräutigam eben als Tribun der Vierten Sauradischen bezeichnet. Doch damit hinke ich der Entwicklung hinterher. Einem gewissen Obersten Strategos war offenbar so viel daran gelegen, ein gewisses Rednertalent möglichst weit von seinen überlasteten Ohren fernzuhalten, dass er heute Morgen ziemlich überstürzt die Versetzungspapiere des Tribuns Carullus von Trakesia unterzeichnete. Der Genannte wird hiermit zum Chiliarchen befördert und zur Zweiten Calysischen Reiterlegion versetzt. Sein Dienst beginnt in dreißig Tagen … das gibt dem frischgebackenen Chiliarchen Gelegenheit, noch einige Zeit bei seiner Braut zu verbringen und einen Teil seines erhöhten Solds im Hippodrom zu verwetten.«

Die letzten Worte gingen fast unter in Jubel und Gelächter. Der Bräutigam trat mit hochrotem Kopf rasch vor und kniete vor dem Strategos nieder.

»Gebieter!«, sagte er und blickte auf. »Ich bin … ich bin sprachlos!«

Was alle, die ihn kannten, abermals zu schallendem Gelächter animierte. »Aber«, fuhr er fort und hob die Hand, »eine Frage muss ich Euch doch stellen.«

»Ohne zu sprechen?«, fragte Styliane von hinten. Es war ihr erstes Wort, und sie sprach leise, aber alle hatten es gehört. Gewisse Menschen hatten es nicht nötig, die Stimme zu heben.

»Die Fähigkeit ist mir nicht gegeben. Ich muss schon meine Zunge gebrauchen, auch wenn sie längst nicht so gewandt ist wie die meines Vorgesetzten. Ich wollte nur wissen, ob ich die Beförderung ablehnen kann.«

Alles verstummte. Leontes machte ein erstauntes Gesicht.

»Das überrascht mich«, sagte er. »Ich hätte gedacht ...« Er führte den Satz nicht zu Ende.

»Mein teurer Gebieter, edler Feldherr ... wenn Ihr einen unwürdigen Soldaten belohnen wollt, dann gestattet ihm, im nächsten Feldzug an Eurer Seite zu kämpfen, in welchem Rang auch immer. Ich liege sicher nicht falsch, wenn ich unterstelle, das Calysium wohl kaum noch Schauplatz eines Krieges werden dürfte, seit der Immerwährende Friede mit dem Osten unterzeichnet wurde. Habt Ihr keinen Posten im ... Westen, auf dem ich mit Euch dienen könnte, mein Strategos?«

Rustem hörte, wie der Senator neben ihm bei der Anspielung auf Bassania unruhig wurde und sich leise räusperte. Dabei war gar nichts von Belang gesagt worden. Noch nicht.

Der Strategos hatte sich wieder gefasst. Jetzt lächelte er und fuhr dem Soldaten, der vor ihm kniete, mit einer fast väterlichen Geste durch das Haar. Es hieß, seine Männer verehrten ihn wie ihren Gott.

»Im Augenblick haben wir niemandem den Krieg erklärt, Chiliarch«, sagte Leontes. »Und ich vermeide es, jung verheiratete Offiziere an die Front zu schicken, wenn andere Einsatzmöglichkeiten vorhanden sind – und die lassen sich immer finden.«

»Wenn es keine Front gibt, könnt Ihr mich ja in Euren Stab nehmen«, sagte Carullus mit Unschuldsmiene und lächelte. Rustem prustete vor Lachen; der Mann hatte Mut.

»*Halt den Mund*, du Narr!« Alle hatten den Ausruf des rothaarigen Mosaikmeisters gehört, das prompt einsetzende Gelächter bestätigte es. Das war natürlich beabsichtigt. Rustem durchschaute immer schneller, dass vieles von dem, was hier gesagt und getan wurde, sorgfältig geplant oder geschickt improvisiert war. Sarantium war eine einzige große Bühne. Kein Wunder, dass eine Schauspielerin hier so viel Macht besaß und dass so berühmte

Persönlichkeiten in ihrem Haus verkehrten – Schauspielerinnen konnten hier sogar Kaiserin werden. In Bassania wäre das natürlich ausgeschlossen gewesen. Vollkommen undenkbar.

Der Strategos lächelte wieder. Ein Mann, der mit sich und seinem Gott im Reinen ist, dachte Rustem. Ein *rechtschaffener* Mann. Leontes sah den Mosaikmeister an und trank ihm zu.

»Ein guter Rat, Soldat«, sagte er zu Carullus, der immer noch vor ihm kniete. »Ihr werdet den Unterschied zwischen dem Sold eines Legatus und dem eines Chiliarchen schon noch schätzen lernen. Ihr habt jetzt eine Frau, und hoffentlich wird Jad Euch bald auch gesunde Kinder schenken, damit Ihr sie in seinem Namen und zu seinem Dienst erziehen könnt.«

Er zögerte. »*Falls* es in diesem Jahr zu einem Krieg kommt – und ich möchte in aller Deutlichkeit sagen, dass der Kaiser noch nichts dergleichen geäußert hat –, so könnte er im Namen der armen Königin der Antae geführt werden, der bitteres Unrecht geschehen ist. Das hieße dann Batiara, und dort will ich *keinen* jung verheirateten Mann an meiner Seite sehen. Ihr geht vorerst in den Osten, Soldat, keine Widerrede mehr.« Das klang in seiner Schroffheit fast väterlich. Obwohl der Feldherr nicht älter sein kann als der Soldat vor ihm, dachte Rustem. »Auf, auf, bringt uns Eure Braut, damit wir ihr Glück wünschen können, bevor wir gehen.«

»Das kann ich mir bei Styliane so richtig vorstellen«, murmelte der Senator neben Rustem vor sich hin.

»Still«, sagte seine Frau plötzlich. »Sieh doch nur.«

Jetzt sah es auch Rustem.

Eine zweite Frau war an Styliane Daleina vorbei nach vorne getreten, jedoch aus Höflichkeit kurz neben ihr stehen geblieben, sodass Rustem später in der Erinnerung die beiden goldenen Köpfe noch lange nebeneinander sah.

»Dürfte die arme Königin der Antae, der so bitteres Unrecht geschah, dazu auch ein Wort sagen? Vielleicht will sie gar nicht, dass in ihrem Namen der Krieg in ihre Heimat getragen wird?«, fragte die neue Besucherin. Ihre Stimme – sie sprach Sarantinisch, aber mit westlichem Akzent – war glockenrein, und der Zorn, der darin mitschwang, schnitt durch den Raum wie ein Messer durch ein Seidentuch.

Der Strategos drehte sich um. Er war sichtlich überrascht, aber dies verbarg er schnell. Im nächsten Augenblick verneigte er sich förmlich, und seine Frau – Rustem sah, dass sie in sich hineinlächelte – sank in einen eleganten Hofknicks. Alle Gäste folgten ihrem Beispiel.

Die Frau hielt inne und wartete die Huldigung ab. Sie war nicht bei der Trauungszeremonie gewesen, sondern musste eben erst eingetroffen sein. Auch sie trug ein weißes Gewand mit einer Stola und einem edelsteinbesetzten Kragen. Eine weiche dunkelgrüne Haube bedeckt das Haar, und als sie nun den gleichfarbigen Mantel ablegte und ihn einer Dienerin gab, sah man, dass das bodenlange Gewand an einer Seite einen senkrechten Streifen hatte. Einen Porphyrstreifen – und Porphyr war überall auf der Welt die Farbe der Könige.

Als sich die Gäste unter leisem Rascheln erhoben, bemerkte Rustem, dass der Mosaikmeister und der jüngere Mann aus Batiara, der ihm, Rustem, heute Morgen das Leben gerettet hatte, auf den Knien liegen blieben. Dann blickte der junge Mann auf, und Rustem sah erschrocken, dass ihm die Tränen über das Gesicht liefen.

»Die Antae-Königin«, raunte ihm der Senator ins Ohr. »Hildrics Tochter.« Eine Bestätigung, die sich fast erübrigte: Heiler sind gewöhnt, aus gesammelten Informationen selbst ihre Schlüsse zu ziehen. Schon in Sarnica hatte man von dieser Frau gesprochen, die im Spätherbst vor ihren Meuchelmördern übers Meer nach Sarantium geflohen war. Eine Geisel für den Kaiser, ein Kriegsgrund für den Fall, dass er einen solchen brauchte.

Rustem hörte, wie der Senator wieder auf seinen Sohn einredete. Cleander widersprach, es klang verstockt, gekränkt, aber schließlich befolgte er doch den Befehl seines Vaters und verließ den Raum. Der Junge war im Augenblick fast nebensächlich. Rustem starrte die Antae-Königin an, eine Frau allein und fern ihrer Heimat. Sie war überraschend jung. Sehr selbstbewusst stand sie da und musterte hoheitsvoll die prächtig gekleidete Sarantinerschar. Doch Rustem – Heiler mit Leib und Seele – las etwas ganz anderes in den leuchtend blauen, nordländischen Augen auf der anderen Seite des Raumes.

»Du meine Güte«, entfuhr es ihm, bevor er bemerkte, dass Plautus Bonosus' Gemahlin ihn abermals ansah.

Kyros wusste, dass ein Festmahl für fünfzig Personen für Strumosus nichts Besonderes war, in der Festhalle der Blauen hatten sie oft viermal so viele Gäste zu bewirten. In einer fremden Küche arbeiten zu müssen, war manchmal etwas umständlich, aber sie waren schon einige Tage vorher hier gewesen und Kyros – dem der Küchenchef ständig mehr Verantwortung übertrug – hatte Bestandsaufnahme gemacht, jedem seinen Platz zugewiesen und die erforderlichen Umräumarbeiten überwacht.

Leider hatte er dabei übersehen, dass kein Meersalz vorhanden war, und das würde ihm Strumosus nicht so bald vergessen. Der Küchenchef war – gelinde gesagt – bei Fehlern nicht gerade großzügig. Kyros wäre ja gern in den Blauen-Hof zurückgelaufen, um das Salz zu holen, aber Laufen war dank des verkrüppelten Fußes, mit dem er geschlagen war, nun wirklich nicht seine Stärke. Außerdem war er zu diesem Zeitpunkt damit beschäftigt, das Gemüse für seine Suppe vorzubereiten, und auch von den anderen Küchenjungen und Unterköchen hatte jeder seine Aufgabe. So war stattdessen eine von den Hausdienerinnen gegangen – die hübsche Schwarzhaarige, über die alle anderen redeten, wenn sie nicht in der Nähe war.

Kyros beteiligte sich nur selten an solchen Scherzen. Er behielt seine Gefühle für sich. Seit einigen Tagen – genauer gesagt, seit seinem letzten Besuch in diesem Haus – träumte er von der Tänzerin, die hier wohnte. Eigentlich war das fast Verrat an seiner eigenen Partei, aber bei den Blauen gab es keine einzige Tänzerin, die so aussah, so sprach oder sich so bewegen konnte wie Shirin von den Grünen. Sein Herz schlug schneller, wenn er ihr perlendes Lachen aus einem Zimmer hörte, und nachts verirrte er sich in dunklen Gängen des Begehrens.

Wobei Kyros nur zu genau wusste, dass sie diese Wirkung auf die meisten Männer der Stadt hatte. Strumosus hätte ihm sicher Phantasielosigkeit vorgehalten, er mache es sich zu einfach, sei nicht raffiniert genug. Die führende Tänzerin in Sarantium? Welch *originelles* Ziel seiner Wünsche! Kyros konnte die ironische Stimme des Kochs fast hören, seinen spöttischen Applaus, wenn er mit dem Handrücken der einen Hand gegen die Innenfläche der anderen schlug.

Das Mahl war fast vorüber. Der Eber, gefüllt mit Drosseln, Ringeltauben und Wachteleiern, im Ganzen auf einer riesigen Holzplatte serviert, hatte einen Beifallssturm entfacht, der bis in die Küche hinaus zu hören war. Schon vor einiger Zeit hatte Shirin die kleine Schwarzhaarige herausgeschickt und ihnen ausrichten lassen, die Gäste seien außer sich vor Begeisterung über den Stör – den König aller Fische! –, der auf einem Blumenbett angerichtet war, und über das Kaninchen mit soriyyanischen Feigen und Oliven. Gleich zu Beginn hatte die Gastgeberin die Suppe gelobt. Dasselbe Mädchen mit dem Grübchenlächeln hatte ihnen den genauen Wortlaut übermittelt: Die Tänzerin der Grünen sei bereit, den Mann, der sie gekocht habe, noch an diesem Tag zu heiraten. Strumosus hatte mit seinem langen Löffel auf Kyros gedeutet, und die Schwarzhaarige hatte ihn angestrahlt und ihm zugezwinkert.

Daraufhin hatte sich ringsum ein Chor von grölenden Spottrufen erhoben. Anführer war sein Freund Rasic. Kyros hatte sich tief über die Kräuter gebeugt und knallrote Ohren bekommen, aber er hatte nicht mehr aufgesehen. Strumosus hatte ihm im Vorbeigehen mit seinem langstieligen Löffel einen leichten Schlag auf den Hinterkopf versetzt: Auf diese Weise pflegte der Koch seine Anerkennung zum Ausdruck zu bringen. Strumosus zerbrach in seiner Küche Unmengen von Holzlöffeln. Wenn der Schlag so leicht ausfiel, dass der Löffel heil blieb, konnte man davon ausgehen, dass er zufrieden war.

Anscheinend hatte er das Meersalz doch vergessen oder vergeben.

Zu Anfang des Banketts war alles in heller Aufregung gewesen, und die Gäste hatten wild durcheinandergeredet. Die Ankunft des Obersten Strategos mit seiner Gemahlin und der jungen Königin des Westens hatte alle beschäftigt. Die drei waren gleich wieder gegangen. Gisel von den Antae hatte ursprünglich am Festmahl teilnehmen wollen. Niemand hatte mit ihrer Anwesenheit gerechnet, die Gelegenheit, mit einer Königin zu dinieren, war sozusagen ein Geschenk von Shirin an ihre anderen Gäste gewesen. Doch dann hatte Gisel die Einladung des Strategos angenommen, mit ihm in den Kaiserlichen Bezirk zurückzukehren und dort mit gewissen Personen über Batiara zu sprechen. Immerhin ging es um ihr eigenes Land.

Das wurde von allen Anwesenden so verstanden, dass eine dieser Personen der Kaiser höchstselbst sei – so hinterbrachte es die pfiffige schwarzhaarige Dienerin dem Koch der Blauen, der gespannt in der Küche wartete.

Leontes habe sich überrascht, ja bestürzt darüber gezeigt, berichtete das Mädchen, dass man die Königin in dieser Frage *nicht* zu Rate gezogen oder wenigstens in Kenntnis gesetzt habe, und er habe versprochen, dies sofort nachzuholen. Er sei eben der großartigste Mann, den man sich vorstellen könne, hatte sie noch hinzugefügt.

So kam es, dass schließlich doch keine Königin an der hufeisenförmigen Tafel im Speiseraum saß. Nur die Erinnerung an sie und an den schneidenden Tonfall, mit dem sie den höchsten Soldaten des Reiches in seine Schranken wies, war gegenwärtig. Strumosus war natürlich enttäuscht gewesen, als er hörte, sie sei wieder gegangen, doch dann war er auf einmal sehr nachdenklich geworden. Kyros bedauerte nur, sie nicht gesehen zu haben. Manchmal versäumte man doch eine Menge, wenn man in der Küche stand und arbeitete, damit andere sich vergnügen konnten.

Die Dienerinnen der Tänzerin und die Aushilfskräfte für diesen Tag sowie die Jungen, die Strumosus vom Blauen-Hof mitgebracht hatte, waren offenbar mit dem Abräumen fertig. Jetzt stellten sie sich auf, strichen sich die Tuniken glatt und rieben sich die Essensflecken aus dem Gesicht und von der Kleidung. Strumosus schritt die Reihe ab und sah sich jeden genau an.

Ein großer, gut aussehender Bursche mit sehr dunklen Augen – Kyros kannte ihn nicht – sah den Koch fest an, als der vor ihm stehen blieb, und murmelte mit einem sonderbaren Lächeln: »Lysippus ist wieder da, habt Ihr das gewusst?«

Der Mann sprach sehr leise, aber Kyros stand neben dem Koch, und obwohl er sich rasch abwandte und sich an den Platten mit dem Nachtisch zu schaffen machte, hatte er gute Ohren und bekam jedes Wort mit.

Strumosus schwieg lange, dann sagte er nur: »Ich frage dich nicht, woher du diese Weisheit hast. Auf deiner

Stirn ist ein Saucenfleck. Wisch ihn ab, bevor du wieder hinausgehst.«

Der Koch ging weiter. Kyros konnte kaum atmen. Lysippus der Calysier, Valerius' verfetteter Steuereinnehmer, war nach den Siegeskrawallen ins Exil geschickt worden. Sein Lebenswandel hatte beim einfachen Volk Angst und Abscheu erregt; mit seinem Namen hatte man ungezogenen Kindern gedroht.

Bevor er in die Verbannung ging, war er Strumosus' Arbeitgeber gewesen.

Kyros warf einen verstohlenen Blick auf den Koch, der jetzt die letzten Kellner begutachtete. Es war nur ein Gerücht, sagte er sich, für ihn mochte es neu sein, aber Strumosus hatte es womöglich längst gehört. Wie auch immer, er konnte seine Bedeutung ohnehin nicht einschätzen, und außerdem ging es ihn überhaupt nichts an. Dennoch war er erschüttert.

Strumosus war endlich mit den Kellnern zufrieden und schickte sie mit den Kannen mit Süßwein und der großen Auswahl an Nachspeisen in den Speiseraum zurück: Es gab Sesamkuchen, kandierte Früchte, Reisspeise mit Honig, Zuckermelone, Birnenkompott, Datteln und Rosinen, Mandeln und Kastanien, Trauben in Wein, riesige Platten mit Käse – aus den Bergen und aus dem Tiefland, weiß und goldgelb, weich und hart –, der ebenfalls in Honig getaucht wurde, und Strumosus' spezielles Nussbrot. Ein runder Laib mit zwei eingebackenen Silberringen wurde der Braut und dem Bräutigam gebracht – das Hochzeitsgeschenk des Küchenchefs.

Als alle Platten, Tabletts, Flaschen, Kannen und Schüsseln die Küche verlassen hatten und aus dem Speiseraum nichts zu hören war, das auf eine Katastrophe schließen ließ, holte sich Strumosus endlich einen Becher Wein und ließ sich auf einem Hocker nieder. Er lächelte nicht, aber er legte seinen Holzlöffel ab. Kyros beobachtete ihn aus dem Augenwinkel und atmete auf. Alle wussten, was es bedeutete, wenn Strumosus den Löffel aus der Hand gab. Er gestattete sich, zur Ruhe zu kommen.

»Ich denke«, sagte der Koch in den Raum hinein, »wir haben unser Bestes getan, um den Tag der Hochzeit in Frieden und Harmonie ausklingen zu lassen. Was die Nacht bringt, liegt nicht in unserer Hand.« Er zitierte irgendeinen Dichter. Das tat er oft. Strumosus fing Kyros' Blick auf und sagte leise: »Gerüchte über Lysippus wallen immer wieder auf wie kochende Milch. Solange der Kaiser die Verbannung nicht aufhebt, ist er nicht hier.«

Er wusste also, dass Kyros gelauscht hatte. Strumosus entging nicht viel. Der Koch warf einen Blick durch die überfüllte Küche. Dann hob er die Stimme. »Ihr habt an diesem Nachmittag recht ordentlich gearbeitet. Die Tänzerin da draußen sollte zufrieden sein.«

›Ich soll dir sagen: Wenn du ihr nicht auf der Stelle zu Hilfe kommst, fängt sie auf ihrem eigenen Fest zu schreien an und gibt dir die Schuld. Dir ist doch klar‹, fügte der Vogel unhörbar hinzu, *›dass ich es nicht gern habe, wenn sie mich zwingt, so mit dir zu reden. Ich finde das unnatürlich.‹*

Als ob an dieser Art der Verständigung irgendetwas natürlich wäre, dachte Crispin und bemühte sich, seine Gesprächspartner nicht zu vernachlässigen.

Er konnte Shirins Vogel genauso deutlich hören wie einst Linon – vorausgesetzt, er befand sich in der Nähe der Tänzerin. Mit wachsender Entfernung wurde Danis' innere Stimme schwächer und verstummte schließlich ganz. Allerdings konnten weder der Vogel noch Shirin seine Gedanken empfangen. Im Grunde hatte Danis recht. Es *war* unnatürlich.

Die meisten Gäste waren in Shirins Empfangsraum zurückgekehrt. Die rhodianische Tradition, nach dem Essen bei Tisch sitzen – oder bei Festmählern im alten Stil auch liegen – zu bleiben, wurde hier im Osten nicht eingehalten. Sobald der Tisch abgeräumt wurde und man beim letzten Becher gewässerten oder mit Honig gesüßten Weins angelangt war, rappelten sich die Sarantiner wieder auf, auch wenn sie manchmal nicht mehr ganz sicher auf den Beinen waren.

Crispin warf einen Blick durch den Raum und verbarg sein Grinsen hinter der flachen Hand. Shirin trug den Vogel um den Hals und stand mit dem Rücken zur Wand zwischen einer edlen Holztruhe mit Bronzebeschlägen und einer großen Ziervase. Vor ihr hatte sich der Erste Schreiber des Obersten Strategos aufgebaut. Pertennius war groß in Fahrt, redete mit weit ausholenden Armbewegungen auf sie ein und schien ihre wiederholten Versuche, sich an ihm vorbei zu drängen, um sich anderen Gästen zu widmen, nicht bemerken zu wollen.

Sie war eine welterfahrene und tüchtige Frau, entschied Crispin herzlos. Sie konnte mit ihren erwünschten oder unerwünschten Verehrern wahrhaftig selbst fertig werden. Er wandte sich wieder dem Gespräch zu, das er gerade verfolgte. Scortius und Crescens, der athletische Wagenlenker der Grünen, erörterten verschiedene Methoden, die Pferde in einer Quadriga aufzustellen. Carullus hatte seine junge Braut verlassen und hing mit einer Reihe von anderen Männern förmlich an ihren Lippen. In wenigen Tagen wurde die Rennsaison eröffnet; diese Unterhaltung machte sichtlich Appetit darauf. Crispin hatte schon vor seiner Reise nach Sarantium gehört, dass Heilige Männer und Wagenlenker bei den Sarantinern in höchstem Ansehen standen. Und seither hatte er sich davon überzeugen können, dass es stimmte – zumindest, was die Wagenlenker anging.

Nicht weit von dieser Gruppe entfernt stand Kasia mit zwei oder drei von den jüngeren Tänzern der Grünen beisammen, und Vargos drückte sich besorgt in der Nähe herum. Die Tänzer neckten sie wahrscheinlich wegen der kommenden Nacht; das war bei Hochzeiten Tradition. Allerdings waren solche Neckereien bei dieser Braut besonders unangebracht. Vielleicht sollte er selbst hinübergehen, überlegte Crispin, und ihr in angemessener Form Glück wünschen.

›*Jetzt soll ich dir sagen, du brauchst nur herzukommen, dann erwarten dich Freuden, von denen du bisher nur träumen konntest*‹, ließ sich der Vogel der Tänzerin plötzlich wieder in seinem Kopf vernehmen. Und fügte hinzu: ›*Ich hasse es, wenn sie so etwas macht.*‹

Crispin lachte laut auf und handelte sich damit neugierige Blicke von den Umstehenden ein, die der Debatte der Wagenlenker folgten. Er hustete verlegen und schaute wieder durch den Raum. Shirins Lächeln wirkte eingefroren. Über die Schulter des hageren Sekretärs mit dem fahlen Gesicht hinweg trafen sich ihre Blicke. Ihre Augen waren wie mörderische Dolche: Sie verhießen weder leibliche noch geistige Freuden irgendwelcher Art. Crispin begriff erst jetzt, dass Pertennius stockbetrunken sein musste. Das erheiterte ihn noch mehr. Leontes' Schreiber war gewöhnlich der nüchternste Mensch, den man sich vorstellen konnte.

Trotzdem, dachte er, Shirin wird schon zurechtkommen. Im Grunde war das alles sehr komisch. Er winkte der Tänzerin zu, schenkte ihr sein liebenswürdigstes Lächeln und konzentrierte sich abermals auf das Gespräch der beiden Wagenlenker.

Zwischen ihm und Zoticus' Tochter bestand ein geheimes Einvernehmen, seit er ihr von Linon erzählt und ihr gestanden hatte, dass er auch ihren Vogel hören konnte. An jenem kühlen Herbstnachmittag – seither schien eine Ewigkeit vergangen – hatte sie ihn gefragt, ob sie, nachdem er seinen Vogel freigelassen hatte, mit Danis nun in gleicher Weise verfahren müsse. Darauf hatte er keine Antwort gewusst. Dann war es eine Weile still gewesen – Crispin wusste, warum –, und schließlich hatte der Vogel unhörbar gemurmelt: ›*Wenn ich müde werde, sage ich es dir. Das ist ein Versprechen. Und wenn es soweit ist, dann bring mich zurück.*‹

Bei dem Gedanken an die Lichtung, wo ihnen Linons Seele in den Nebeln der Zwischenwelt das Leben gerettet hatte, war Crispin ein kalter Schauer über den Rücken gelaufen. Es war kein Kinderspiel, einen Vogel des Alchimisten in den Aldwood zurückzubringen, aber das hatte er weder damals noch später erwähnt.

Auch dann nicht, als ein Brief von Martinian an Shirin kam und sie Crispin aus dem Tempel holen ließ, damit er ihn lesen konnte. Zoticus hatte seinem alten Freund offenbar genaue Instruktionen erteilt. Falls er von einer Reise, die er unerwartet im Herbst angetreten hatte, bis zur Wintermitte nicht zurück sei oder eine Nachricht geschickt habe, solle Martinian davon ausgehen, dass er tot sei, und sein Erbe nach seinen Vorgaben verteilen. Die Diener wurden bedacht, einige Erbstücke gingen an namentlich benannte Personen; verschiedene einzeln aufgeführte Gegenstände und Dokumente wurden verbrannt.

Das Haus unweit von Varena hinterließ Zoticus mit allem noch vorhandenem Mobiliar seiner Tochter Shirin und stellte ihr frei, es zu bewohnen oder nach Gutdünken damit zu verfahren.

»Warum hat er das *getan*?«, hatte die junge Frau ausgerufen. Sie saß mit Crispin in ihrem Wohnzimmer, der Vogel lag auf der Truhe neben dem Feuer. »Was in Jads unglaublichem Namen soll ich denn mit einem Haus in Batiara?«

Sie war verwirrt und ratlos. Crispin wusste, dass sie ihren Vater im Leben nie gesehen hatte. Und sie war auch nicht sein einziges Kind.

»Verkauf es«, sagte er. »Martinian kann das für dich erledigen. Du findest keinen ehrlicheren Menschen auf der Welt.«

»Warum hat er es ausgerechnet *mir* hinterlassen?«, fragte sie.

Crispin zuckte nur mit den Schultern. »Ich kenne ihn nicht näher, Kind.«

»Warum halten sie ihn für tot? Wohin ist er gegangen?«

Darauf glaubte Crispin eine Antwort zu haben. Das Rätsel war nicht weiter schwierig, aber deshalb war die Lösung nicht leichter zu ertragen. Martinian hatte geschrieben, Zoticus sei ganz plötzlich noch im Spätherbst nach Sauradia aufgebrochen. Vorher hatte Crispin dem Alchimisten einen Brief geschickt und ihm in verschlüsselter Form berichtet, was sich auf der Lichtung ereignet hatte.

Zoticus hatte sicher sehr viel besser als Crispin verstanden, was das alles zu bedeuten hatte. Deshalb konnte Crispin sich genau vorstellen, wohin Shirins Vater gegangen war.

Und was geschehen war, als er sein Ziel erreichte.

Shirin hatte er davon nichts erzählt. Stattdessen hatte er seine trüben Gedanken in den Regen und die Kälte hinausgetragen. An diesem Abend hatte er in der *Spina* und später in einer ruhigeren Schenke viel Wein getrunken. Der vom Kaiser hoch geschätzte Mosaikmeister wurde überallhin von einer Leibwache begleitet, die ihn vor allem Schaden bewahrte. In dieser Welt. Es gab auch andere Welten. Der Wein wirkte nicht so, wie er sollte. Er wurde die Erinnerung an den *Zubir*, diese riesige schwarze Präsenz in seinem Leben, einfach nicht los.

Im Laufe des Winters lernte er, Shirin als Gegenentwurf zu betrachten. Immer zum Lachen bereit, flink wie ein Kolibri, mit raschem Verstand und einer Großzügigkeit, die man bei einer so berühmten Frau niemals erwartet hätte, stellte sie das Gleichgewicht wieder her. Dabei konnte sie in dieser Stadt ohne eine Leibwache, die ihre Bewunderer abwehrte, keinen Schritt vor die Tür tun.

Offenbar – und das hatte er bis heute nicht gewusst – hatte die Tänzerin mit Gisel, der jungen Königin der Antae, Bekanntschaft geschlossen. Wann sie sich kennen gelernt hatten, war ihm nicht bekannt. Ihm hatten sie jedenfalls nichts davon erzählt. Die Frauen in dieser Stadt waren … schwer zu durchschauen.

Irgendwann im Lauf des Nachmittags hatte Crispin mit Entsetzen festgestellt, dass sich im gleichen Raum mit ihm vier Frauen befanden, die ihm in letzter Zeit verwirrend nahe gekommen waren: eine Königin, eine Tänzerin, eine verheiratete Aristokratin … und eine ehemalige Sklavin, die er gerettet hatte, die heutige Braut.

Echte Zärtlichkeit habe ich nur von Kasia erfahren, dachte er. In jener stürmischen, finsteren Nacht in Sauradia, als ihn Albträume plagten. Die Erinnerung daran war ihm peinlich. Noch immer hörte er den Fensterladen gegen die Wand schlagen und sah Ilandra in seinem Traum, sah den *Zubir*, wie er zwischen sie trat und dann verschwand. Als er mit einem lauten Schrei erwachte, hatte Kasia in dem kalten Raum an seinem Bett gestanden und beruhigend auf ihn eingeredet.

Er sah zu ihr hinüber. Heute war sie mit seinem besten Freund in dieser Stadt getraut worden. Ihr Blick ruhte auf ihm, und als er es bemerkte, schlug er schnell die Augen nieder.

Dieser Blickwechsel war wie ein Echo auf ein ähnliches Zwischenspiel an diesem Nachmittag.

Als Leontes der Goldene seine Ansprache für Carullus hielt und die Hochzeitsgäste ihm jedes Wort von den Lippen ablasen wie eine göttliche Botschaft, hatte Crispin es nicht lassen können, eine andere anzusehen, deren Brautzeit noch nicht lange zurücklag.

Als *seine Siegesprämie* hatte sich Styliane im vergangenen Herbst bezeichnet, in Crispins halbdunklem Zimmer im Gasthof. Als Crispin Leontes jetzt reden hörte, kam ihm eine Erleuchtung. Er dachte an die unverblümten Worte, die offene Art des Strategos an seinem ersten Abend im Attenin-Palast. Leontes sprach bei Hofe so barsch wie ein Soldat und vor Soldaten und Bürgern so geschliffen wie ein Höfling, und es kam an, es wirkte ganz ausgezeichnet.

Während der Strategos mit einer perfekten Mischung aus Charme und aufrichtigem Wohlwollen sein bunt zusammengewürfeltes Publikum wie eine Festung eroberte, hob Styliane Daleina die Augen und richtete sie auf Crispin, als habe sie nur auf diesen Moment gewartet.

Sie zog mit einer anmutigen Bewegung kaum merklich die Schultern hoch, als wolle sie sagen: *Begreifst du es jetzt? Mit diesem Idealbild muss ich leben, ich bin nur Dekoration.* Crispin hatte den Blick der blauen Augen nur kurz ertragen, dann hatte er sich abgewandt.

Gisel, seine Königin, war nicht lange genug geblieben, um ihn überhaupt zu bemerken, geschweige denn die Farce einer intimen Beziehung weiterzuspielen. Er hatte sie im Lauf des Winters – wie befohlen – zweimal in dem kleinen Palast unweit der Mauer besucht, den man ihr zugewiesen hatte, und sie hatte ihn mit hoheitsvoller Sachlichkeit auf Abstand gehalten. Kein Wort über ihr Land, keine Spekulationen bezüglich einer Invasion. Sie hatte den Kaiser noch nicht unter vier Augen gesprochen. Auch die Kaiserin nicht. Er sah, dass sie darunter litt, hier leben zu müssen, kaum Nachricht von zu Hause zu bekommen und nichts tun, nichts bewegen zu können.

Crispin hatte vergeblich versucht, sich die Stimmung, die Atmosphäre bei einer Begegnung zwischen der Kaiserin Alixana und der jungen Königin auszumalen, die ihn im Herbst vor einem halben Jahr mit einer Geheimbotschaft beauftragt hatte.

Jetzt in Shirins Empfangsraum, an der Schwelle zum

Frühling, kehrten seine Gedanken zur Braut zurück. Er erinnerte sich gut, wie er sie im Vorraum von Morax' Gasthof zum ersten Mal gesehen hatte. *Sie werden mich morgen töten. Bringt Ihr mich von hier fort?*

Er fühlte sich nach wie vor für sie verantwortlich: Das war so, wenn man einen Menschen rettete und dabei sein Leben nicht nur verlängerte, sondern völlig umkrempelte. Als Kasia noch mit ihm und Vargos und den Dienern, die ihm die Eunuchen des Kämmerers geschickt hatten, in seinem Stadthaus lebte, hatte sie ihn immer wieder mit einem fragenden Blick angesehen, der ihn tief beunruhigte. Dann war Carullus eines Nachts in die *Spina* gekommen, wo er, Crispin, sich betrank, und hatte ihm mitgeteilt, er wolle sie heiraten.

Deshalb waren sie jetzt alle hier zusammen. Es dämmerte schon, das Fest neigte sich dem Ende zu, bald würde man die uralten, zweideutigen Lieder anstimmen, und danach wartete, mit geschlossenen Vorhängen, zur Steigerung der Begierde mit Safran bestreut, das Brautbett.

Wieder schaute er zu Shirin hinüber. Sie stand immer noch mit dem Rücken zur Wand. Crispin schmunzelte, als er sah, dass Pertennius Gesellschaft bekommen hatte. Vermutlich noch ein schmachtender Verehrer. Davon gab es unzählige in der Stadt. Man hätte ein ganzes Regiment aus Männern zusammenstellen können, die sich so heftig nach der Grünen-Tänzerin verzehrten, dass sie schlechte Verse machten, mitten in der Nacht vor ihrer Tür Musikanten aufspielen ließen, Raufereien anfingen oder bei den Chiromanten Liebestäfelchen kauften und sie über die Mauer in ihren Garten warfen. Shirin hatte Crispin einige dieser Täfelchen gezeigt: *Geister der Verstorbenen, die ihr noch auf dem Weg seid in eine andere Welt, kommt mir zu Hilfe! Schickt eine schlafvertreibende, seelenverbrennende Sehnsucht ins Bett Shirins, der Tänzerin der Grünen, auf dass ihre Gedanken in der Finsternis nur noch um mich kreisen. Aus ihrer Tür soll sie treten im Morgengrauen vor Sonnenaufgang und sich kühn und ohne Scham, von Verlangen getrieben, auf den Weg zu meinem Hause …*

Man konnte es mit der Angst zu tun bekommen, wenn man so etwas las.

Crispin hatte sie nie angerührt, und auch sie hatte, von scherzhaften Anspielungen abgesehen, keinerlei Annäherungsversuche unternommen. Er konnte nicht sagen, woran es eigentlich lag, sie waren beide ungebunden und hatten eine geheime Beziehung zur Zwischenwelt, von der sonst kein lebender Mensch mehr etwas ahnte. Dennoch hielt ihn irgendetwas davon ab, Zoticus' Tochter mit den Augen eines Liebhabers zu betrachten.

Vielleicht war es der Vogel, das Andenken an ihren Vater oder das dunkle Mysterium, an dem sie teilhatten. Vielleicht auch die Erkenntnis, dass sie die Aufdringlichkeit der Männer gründlich satt hatte: die Scharen von Möchtegern-Liebhabern auf den Straßen, die Steintäfelchen im Garten, mit denen heidnische Mächte aller Art beschworen wurden, jemandem einen Weg in ihr Bett zu bahnen.

Wobei er nicht leugnen konnte, dass er mit Vergnügen beobachtete, wie sie jetzt in ihrem eigenen Haus von Verehrern in die Enge getrieben wurde. Inzwischen war ein dritter Mann dazugestoßen. Am Ende kam es noch zu einer Prügelei.

›*Sie sagt, nachdem sie die beiden Händler und den elenden Schreiberling ins Jenseits befördert hat, bist du sofort als Nächster an der Reihe*‹, meldete der Vogel. ›*Und wenn ich dir das sage, soll ich schreien, so laut ich nur kann.*‹

»Mein lieber, lieber Rhodianer!«, ließ sich in diesem Moment von hinten eine klangvolle, geschulte Stimme vernehmen. »Wie ich höre, ist es Eurem Eingreifen zu verdanken, dass dieser Besucher unserer Stadt vor Schaden bewahrt blieb. Dafür sind wir Euch *sehr* verbunden.«

Crispin drehte sich um und sah sich dem Senatsältesten, dessen Frau und dem Bassaniden gegenüber. Plautus Bonosus war bekannt für seine kleinen Schwächen, aber an seinem Auftreten in der Öffentlichkeit gab es nichts auszusetzen. Als Staatsorgan war der Senat von lediglich symbolischer Bedeutung, aber Bonosus führte die Amtsgeschäfte ordentlich und mit Würde und galt als überaus diskret. Seine zweite Frau war hübsch und hatte einen untadeligen Ruf, sie war noch sehr jung, aber von einer Reife, einer inneren Größe, die weit über ihre Jahre hinausgingen. Crispin überlegte kurz, ob und womit sie sich wohl tröstete, wenn ihr Gemahl die Nächte mit seinen Knaben verbrachte. Dass sie sich hemmungslos der Leidenschaft hingab, war nur schwer vorstellbar. Jetzt schenkte sie den von Bewunderern umringten Wagenlenkern ein liebenswürdiges Lächeln. Die beiden verneigten sich vor ihr und dem Senator. Scortius verlor den Faden und konnte seine Ausführungen erst nach einer kurzen Pause fortsetzen.

Crispin sah, wie Pardos sich aus der Gruppe um die Wagenlenker löste und näher kam. Sein ehemaliger Lehrling hatte sich im letzten halben Jahr sehr verändert, aber damit würde er sich befassen, wenn er mit dem Jungen allein war. Als er ihn heute Morgen auf der Leiter erkannt hatte, war seine Freude jedenfalls ungetrübt gewesen.

Ungetrübte Gefühle waren selten im Netz der Intrigen, das Valerius' Stadt überzog. Schon deshalb hätte er am liebsten ständig oben auf seinem Gerüst gelebt und sich aus Gold und buntem Glas seine eigene Welt geschaffen. Aber der Wunsch war unerfüllbar, inzwischen kannte er die Stadt und sich selbst gut genug, um dies einzusehen. Man konnte vor Sarantium nicht fliehen, auch in keine Vision. Hier nahm einen die Welt gefangen und riss einen mit. So wie jetzt.

Er nickte Bonosus und seiner Frau respektvoll zu

und sagte leise: »Ich könnte mir denken, dass Ihr gute Gründe habt, den Heiler für das erlittene Unrecht zu entschädigen. Wenn unser Freund aus dem Osten« – ein höflicher Blick streifte den Bassaniden – »damit einverstanden ist, bin ich gern bereit, Euch die Sache zu treuen Händen zu übergeben.«

Der Arzt, ein vorzeitig ergrauter, ziemlich steif wirkender Mann, nickte mit dem Kopf. »Ich bin es zufrieden«, sagte er in erstaunlich gutem Sarantinisch. »Der Senator war so großzügig, mir ein Haus anzubieten, wo ich bis zum Abschluss meiner Forschungen wohnen kann. Was mit den Mördern meines Dieners geschehen soll, mögen er und andere entscheiden, die sich mit dem sarantinischen Recht besser auskennen als ich.«

Crispin nickte mit Unschuldsmiene. Der Bassanide hatte sich natürlich bestechen lassen – das Haus war nur die erste Rate. Der Junge würde von seinem Vater eine Strafe aufgebrummt bekommen, und den toten Diener würde man möglichst rasch vor den Mauern verscharren.

Auf das frische Grab würden die Leute bei Nacht ihre Zaubertäfelchen werfen. Die Rennen standen vor der Tür: Chiromanten und andere selbsternannte Vermittler zu den Mächten der Zwischenwelt erfanden bereits eifrig Verwünschungen gegen Pferde und Fahrer – und die entsprechenden Gegenmittel. So mancher Scharlatan ließ sich zuerst dafür bezahlen, dass er einem berühmten Pferd ein gebrochenes Bein anhexte, und verkaufte am nächsten Tag für dasselbe Tier einen Schutzzauber. Von der letzten Ruhestätte eines ermordeten heidnischen Bassaniden verspricht man sich wahrscheinlich noch mehr magische Kräfte als von gewöhnlichen Gräbern, dachte Crispin.

»Der Gerechtigkeit wird Genüge getan«, versprach Bonosus schlicht.

»Ich verlasse mich darauf«, erklärte der Bassanide.

Dann sah er Pardos an. »Werden wir uns wiedersehen? Ich stehe in Eurer Schuld und würde mich für Euer mutiges Eingreifen gern erkenntlich zeigen.« Ein Pedant, dachte Crispin, aber er hat Manieren. Er weiß, was er zu sagen hat.

»Das ist nicht nötig, aber ich heiße Pardos«, antwortete der junge Mann. »Ich bin leicht zu finden. Ich arbeite im Tempel, falls Crispin mich nicht umbringt, weil ich die Tessellae im falschen Winkel setze.«

»Dann solltest du sie eben im richtigen Winkel setzen«, gab Crispin zurück. Um den Mund des Senators spielte ein Lächeln.

»Ich bin Rustem von Kerakek«, sagte der Bassanide. »Ich will mich hier mit einigen Kollegen aus dem Westen treffen, um mein Wissen mit ihnen zu teilen und mich zum Wohle meiner eigenen Patienten weiterzubilden, so gut ich kann.« Er zögerte kurz, dann gestattete er sich zum ersten Mal ein Lächeln. »Ich bin im Osten viel herumgekommen. Jetzt schien es mir an der Zeit, den Westen zu bereisen.«

»Er wird in einem meiner Häuser wohnen«, sagte Plautus Bonosus. »Ich denke an das mit den beiden runden Fenstern in der Khardelos-Straße. Es ist uns natürlich eine Ehre.«

Crispin überlief es plötzlich eiskalt. Wie ein Wind fuhr es durch seine Seele: Ein kalter, feuchter Hauch aus der Zwischenwelt streifte sein sterbliches Herz.

»Rustem, Khardelos-Straße«, wiederholte er wie betäubt.

»Ihr wisst, wo das ist?«, lächelte der Senator.

»Ich … habe den Namen schon gehört.« Er schluckte.

›*Shirin, das sage ich* nicht‹, ertönte es in seinem Kopf. Er versuchte, die aufschießende Angst niederzukämpfen. Nach kurzer Stille protestierte Danis aufs Neue: ›*Du kannst unmöglich von mir erwarten, dass …*‹

»Es ist ein hübsches Haus«, sagte der Senator. »Etwas

zu klein für eine Familie, aber nicht weit von den Mauern entfernt. Das war sehr praktisch, als ich noch öfter auf Reisen war.«

Crispin nickte zerstreut. Dann hörte er: *›Ich soll dir sagen, du sollst dir ihre Hände vorstellen, jetzt, in diesem Moment, während du vor diesem verlebten Knabenjäger und seiner prüden Frau stehst. Mal dir aus, wie sie dir von hinten die Tunika hochschiebt und ihre Finger an deiner Haut hinabgleiten lässt, hinein in deine Unterwäsche. Wie sie mit leichter Hand dein nacktes Fleisch berührt, wie deine Erregung wächst. Ich soll dir sagen … Shirin! Nein!‹*

Crispin musste husten. Das Blut schoss ihm in die Wangen. Die angeblich so prüde Gemahlin des Senators beobachtete ihn mit freundlicher Anteilnahme. Crispin räusperte sich.

Der Senator, ein wahrer Meister in der Kunst der unverbindlichen Konversation, sagte gerade: »Es liegt sogar ganz nah am Eustabius-Palast – den hatte sich Saranios als Jagdschloss an den Mauern erbaut. Er liebte bekanntlich die Jagd und wollte an einem schönen Morgen nicht erst lange vom Kaiserlichen Bezirk durch die Stadt reiten müssen.«

›Jetzt sollst du dir vorstellen, wie sie dich berührt, wie sie da, wo du stehst, mit ihren Fingern über deine intimsten Stellen streicht, tiefer und immer tiefer, und die Frau vor dir sieht zu, sie kann sich nicht abwenden, ihre Lippen öffnen sich, ihre Augen werden immer größer!‹

»Was Ihr nicht sagt!«, würgte Crispin heraus. »Liebte die Jagd! Ganz recht!« Pardos sah ihn besorgt an.

›Sie … sie sagt, du spürst jetzt ihre Brustwarzen an deinem Rücken. Sie sind hart, auch sie ist erregt. Und unten … da wird sie … Shirin, das kommt nicht in Frage, das sage ich nicht mehr!‹

»Und deshalb verbrachte Saranios viele Nächte in diesem Palast«, plauderte Plautus Bonosus weiter. »Er brachte seine besten Freunde mit, hin und wieder auch ein Mädchen, als er noch jünger war, und sobald die Sonne aufging, zog er mit Speer und Bogen vor die Mauern.«

›*Jetzt berührt sie mit den Fingern dein … dein, äh, dein Geschlecht von … unten … äh, sie streichelt dich und … äh, gleitet? Sie sagt, die junge Frau des Senators starrt dich mit offenem Mund an, und dein fester, harter …* Nein!‹

Ein stummer Aufschrei, dann war der Vogel endlich still. Crispin rang um einen letzten Rest von Fassung und hoffte verzweifelt, dass niemand den Blick auf seine Leistengegend richten würde. Shirin! Du jadverfluchtes Weibstück!

»Ist Euch nicht wohl?«, fragte der Bassanide. Er war wie umgewandelt, aufmerksam, eifrig besorgt. Ein Heiler. Gleich sieht er nach unten, dachte Crispin verzweifelt. Die Gemahlin des Senators beobachtete ihn immer noch. Zum Glück hatte sie wenigstens die Lippen nicht geöffnet.

»Mir ist ein wenig … heiß, ja, nichts Ernsthaftes … bestimmt nicht. Hoffe sehr, Euch wiederzusehen«, stieß Crispin heraus und verneigte sich rasch. »Ihr müsst mich entschuldigen, äh, habe … noch etwas wegen der Hochzeit zu besprechen.«

»Was denn?«, fragte Carullus, der neben Scortius stand, und schaute auf.

Crispin würdigte ihn keiner Antwort. Er war bereits auf dem Weg zu der schlanken Frau, die, fast verdeckt von drei Männern, an der gegenüberliegenden Wand stand.

›*Sie steht jetzt auf ewig in deiner Schuld, soll ich dir sagen*‹, meldete der Vogel, als er näher trat. ›*Du bist wie einer der Helden, die einst unschuldige Frauen retteten. Und außerdem sitzt deine Tunika im unteren Teil nicht ganz korrekt.*‹

Jetzt klang sogar Danis' Stimme belustigt: diese einzigartige Stimme, die Zoticus der Alchimist allen seinen gefangenen Seelen gegeben hatte, auch diesem schüchternen jungen Mädchen, das – wie die anderen – vor langer Zeit an einem Herbstmorgen auf einer Lichtung in Sauradia geopfert worden war.

Sie lachte ihn aus.

Gewöhnlich hätte er auch selbst darüber gelacht, obwohl er sich zu Tode schämte, aber eben war noch etwas geschehen, und er wusste nicht, was er davon zu halten hatte. Energischer als beabsichtigt drängte er sich zwischen Pertennius und einem korpulenten Kaufmann – wahrscheinlich einem Gönner der Grünen – zu seiner Linken hindurch. Beide sahen ihn böse an.

»Verzeiht mir, Freunde. Entschuldige, Shirin, es gibt da ein kleines Problem. Kämst du bitte mit?« Er nahm die Tänzerin recht unsanft am Arm und lotste sie weg von der Wand und den Männern, die sich im Halbkreis vor ihr aufgebaut hatten.

»Ein Problem?«, säuselte Shirin. »Du meine Güte. Was ist geschehen ...?«

Gemeinsam durchquerten sie den Raum. Crispin sah, dass ihnen viele Blicke folgten, und konnte nur hoffen, dass seine Tunika wieder anständig fiel. Shirin schenkte ihren Gästen ihr unschuldigstes Lächeln.

Crispin konnte noch nicht wieder klar denken, und so dirigierte er sie, weil ihm nichts Besseres einfiel, durch die geöffneten Türen in den Speiseraum, wo sich noch etwa ein halbes Dutzend Gäste aufhielt, und weiter in die Küche.

Gleich hinter der Tür blieben sie stehen: zwei weißgekleidete Gestalten im Durcheinander aus schmutzigem Geschirr und müden Köchen und Kellnern in fleckiger Kleidung. Als man auf sie aufmerksam wurde, verstummten alle Gespräche.

»Ich grüße Euch!«, strahlte Shirin. Crispin hatte es die Sprache verschlagen.

»Auch wir grüßen Euch«, sagte der kleine, pummelige Mann mit dem runden Gesicht, den Crispin einst vor

Morgengrauen in einer sehr viel größeren Küche kennen gelernt hatte. In jener Nacht waren mehrere Männer ums Leben gekommen. Auf Crispin war ein Anschlag verübt worden. Strumosus hatte ein Hackmesser mit dickem Griff in der Hand gehalten und war fest entschlossen gewesen, sein Reich gegen alle Eindringlinge zu verteidigen.

Jetzt lächelte der Koch, erhob sich von seinem Hocker und trat auf sie zu. »War alles zu Eurer Zufriedenheit?«, fragte er Shirin.

»Das wisst Ihr doch«, sagte die Tänzerin. »Was müsste ich Euch bieten, damit Ihr für immer zu mir kommt?« Auch sie lächelte.

Strumosus schnitt eine Grimasse. »Ich war gerade im Begriff, Euch ein ähnliches Angebot zu machen.«

Shirin zog fragend die Augenbrauen hoch.

»Hier ist kein Platz«, sagte der Koch und wies auf die Berge von Besteck und Geschirr und die vielen Menschen, die in der Küche herumstanden. Gastgeberin und Gast folgten ihm in eine kleine Speisekammer mit vielen Schüsseln. Von dort führte eine zweite Tür nach draußen in den Innenhof. Doch im Freien war es zu kalt. Die Sonne stand tief im Westen, es wurde allmählich dunkel.

Strumosus schloss die Tür zur Küche. Schlagartig kehrte Ruhe ein. Crispin lehnte sich mit dem Rücken gegen die Wand, schloss kurz die Augen und öffnete sie wieder. Leider hatte er nicht daran gedacht, sich einen Becher Wein mitzunehmen. Immer wieder gingen ihm zwei Namen durch den Kopf.

Shirin lächelte den kleinen Meisterkoch verschämt an. »Was werden die Leute von uns denken? Wollt Ihr mir tatsächlich einen Antrag machen, während ich Euch gleichzeitig für mich zu gewinnen suche, mein Bester?«

»Es geht um eine gute Sache«, sagte der Koch. Er war ernst geworden. »Was müssten Euch die Blauen bieten, damit Ihr als Erste Tänzerin zu ihnen kämt?«

»Aha«, sagte Shirin. Ihr Lächeln erlosch. Sie sah erst Crispin an, dann wieder den Koch. Schließlich schüttelte sie den Kopf.

»Das ist nicht möglich«, murmelte sie.

»Nennt einen Preis! Astorgus ist nicht kleinlich.«

»Das habe ich gehört. Ich hoffe, er bezahlt Euch nach Euren Verdiensten.«

Der Koch zögerte, dann nannte er unumwunden eine Summe. »Ich nehme an, Ihr bekommt bei den Grünen nicht weniger.«

Shirin sah zu Boden. Crispin spürte ihre Verlegenheit. Ohne dem Koch in die Augen zu sehen, sagte sie nur: »Nein.«

Sie brauchte nicht zu erklären, was das bedeutete. Der Koch wurde rot. Schweigen trat ein. Endlich raffte sich Strumosus auf. »Nun«, sagte er, »das ist nur logisch. Die Erste Tänzerin ist … prominenter als jeder Koch. Sie steht im Licht der Öffentlichkeit. Ihr Ruhm ist von anderer Art.«

»Aber ihre Gaben sind nicht größer«, sagte Shirin und blickte auf. Dann legte sie dem kleinen Mann die Hand auf den Arm. »Für mich ist das keine Frage des Geldes. Es geht … um etwas anderes.« Sie hielt inne, biss sich auf die Unterlippe und sagte dann: »Als mir die Kaiserin ihr Parfüm schickte, machte sie ganz deutlich, dass ich es nur so lange tragen dürfe, wie ich bei den Grünen bliebe. Das war kurz nachdem Scortius uns verlassen hatte.«

Wieder wurde es still.

»Ich verstehe«, sagte Strumosus leise. »Das Gleichgewicht zwischen den Zirkusparteien? Sie ist … sie sind sehr klug, nicht wahr?«

Crispin wollte ihn verbessern, ließ es dann aber bleiben. *Sehr klug* war jedoch nicht der richtige Ausdruck. Bei weitem nicht stark genug. Dieses Manöver trug Alixanas Handschrift. Der Kaiser hatte für die Zirkusparteien nichts übrig; das wusste jeder. Scortius hatte erzählt, dass ihn das damals bei den Krawallen um ein Haar den Thron gekostet hätte. Aber die Kaiserin hatte in ihrer Jugend für die Blauen getanzt und besaß in solchen Fragen ein feineres Gespür als jeder andere im Kaiserlichen Bezirk. Wenn die Blauen den damals bedeutendsten Wagenlenker abwerben durften, dann sollten die Grünen die berühmteste Tänzerin behalten. Das hatte sie Shirin mit dem Parfüm – das niemand sonst im ganzen Reich tragen durfte – und der daran geknüpften Bedingung auf ihre Art zu verstehen gegeben.

»Ein Jammer«, sagte der kleine Koch nachdenklich, »aber es hat wohl seinen Sinn. Wenn man uns alle von oben betrachtet.«

Damit hat er nun doch den Nagel auf den Kopf getroffen, dachte Crispin.

Strumosus wechselte das Thema. »Gab es einen bestimmten Grund, warum Ihr in die Küche gekommen seid?«

»Natürlich um Euch zu beglückwünschen«, sagte Shirin schnell.

Der Koch schaute von einem zum anderen. Crispin hatte immer noch Mühe, seine Gedanken beisammenzuhalten. Strumosus lächelte ein wenig. »Ich lasse Euch für einen Moment allein. Falls Ihr übrigens tatsächlich einen Koch sucht – der Junge, der heute die Suppe gemacht hat, wird noch im Lauf dieses Jahres so weit sein, dass er selbständig arbeiten kann. Er heißt Kyros. Der mit dem Klumpfuß. Er ist noch jung, aber er ist intelligent und hat hervorragende Anlagen.«

»Ich werde es mir merken«, sagte Shirin und lächelte zurück.

Strumosus kehrte in die Küche zurück und schloss die Tür hinter sich.

Shirin sah Crispin an. »Danke«, sagte sie. »Du Dreckskerl.«

»Du hast dich bitter gerächt«, seufzte er. »Die Hälfte

deiner Gäste hält mich jetzt für einen heidnischen Fruchtbarkeitsgott mit ausgefahrener Stange.«

Sie lachte. »Das schadet gar nichts. Du jagst ohnehin zu vielen Leuten Angst ein.«

»Dir nicht«, sagte er zerstreut.

Sie wurde ernst und sah ihn an. »Was ist passiert? Du siehst schlimm aus. Habe ich wirklich …?«

Er schüttelte den Kopf. »Nicht du. Schon eher dein Vater.« Er holte tief Atem.

»Mein Vater ist tot«, sagte Shirin.

»Ich weiß. Aber vor einem halben Jahr nannte er mir zwei Personen in Sarantium, die mir vielleicht helfen könnten. Dein Name war der eine.«

Sie bekam große Augen. »Und?«

»Der zweite war der Name eines Arztes mitsamt dem Haus und der Straße, wo ich ihn finden könnte.«

»Ärzte sind immer nützlich.«

Wieder holte Crispin tief Luft. »Shirin, der Mann, den er mir vergangenen Herbst nannte, ist erst heute Morgen in Sarantium eingetroffen. Heute Nachmittag, vorhin, wurde ihm in deinem Empfangsraum ein Haus an der Straße angeboten, die auf dem Zettel deines Vaters steht.«

»Oh«, sagte die Tochter des Alchimisten.

Es wurde still. Und dann hörten sie beide eine Stimme: *›Wieso findet ihr das so beunruhigend?‹*, fragte Danis. *›Ihr müsst doch gewusst haben, dass er über gewisse Fähigkeiten verfügte.‹*

Sie hatte natürlich Recht. Sie wussten es beide. Danis selbst war der Beweis dafür. Was sie in ihrem Innern hörten, war die Stimme eines künstlichen Vogels mit der Seele einer getöteten Frau. Brauchten sie noch mehr Beweise für Zoticus' übernatürliche Kräfte? Aber wissen und *wissen* waren an der Grenze zur Zwischenwelt zwei verschiedene Dinge, und Crispin war ziemlich sicher, dass Zoticus damals auf die Frage, ob er in die Zukunft sehen könne, mit Nein geantwortet hatte. War das eine Lüge gewesen? Möglich. Warum hätte er einem aufgebrachten Mosaikmeister, den er kaum kannte, auch die ganze Wahrheit sagen sollen?

Aber warum hatte er dann ebendiesem Fremden den ersten Vogel geschenkt, den er je geschaffen hatte und der seinem Herzen am nächsten stand?

Die Toten, dachte Crispin, verlassen uns nicht.

Er sah Shirin und ihren Vogel an und musste plötzlich an seine Frau denken. Dabei fiel ihm auf, dass er seit einigen Tagen nicht mehr an Ilandra gedacht hatte. Das war noch nie vorgekommen. Reue und Verwirrung überkamen ihn, außerdem hatte er zu viel getrunken.

»Wir müssen wieder hinausgehen«, sagte Shirin. »Es ist wahrscheinlich Zeit für den Zug zum Brautbett.«

Crispin nickte. »Wahrscheinlich.«

Sie fasste ihn am Arm und öffnete die Tür zur Küche. Sie kehrten zu den anderen Gästen zurück.

Wenig später stand Crispin, umgeben von Fackeln, Musikanten und zweideutigen Liedern in der Dämmerung auf der Straße. Auch Soldaten, Schauspieler und die üblichen Mitläufer begleiteten Carullus und Kasia zu ihrem neuen Haus und veranstalteten dabei einen Heidenlärm. Alles sang und grölte und klapperte mit irgendwelchen Gegenständen. Es wurde viel gelacht. Der Lärm hatte natürlich den Zweck, alle bösen Geister zu verscheuchen, die sonst die Hochzeitsnacht hätten stören können. Crispin bemühte sich, in die allgemeine Fröhlichkeit einzustimmen, aber es gelang ihm nicht. Niemand schien es zu bemerken; die Dunkelheit brach herein, und die anderen waren laut genug. Wie mochte Kasia den Trubel wohl empfinden?

An der Haustür küsste er die Braut und den Bräutigam. Carullus hatte eine Wohnung in einer guten Gegend gemietet. Der Freund, inzwischen ein hochrangiger Offizier, drückte Crispin fest an sich, und der erwiderte die Umarmung. Ganz nüchtern waren sie beide nicht mehr. Als Crispin sich zum Abschied zu Kasia hinunterbeugte, fiel ihm etwas Neues an ihr auf, eine kaum wahrnehmbare Veränderung. Bestürzt erkannte er, was es war: ihr Duft. Dieses Parfüm war eigentlich der Kaiserin und einer gewissen Tänzerin vorbehalten.

Sie standen so dicht beieinander, dass Kasia im Dunkeln sein erschrockenes Gesicht sah. »Sie sagte, es sei ein letztes Geschenk«, flüsterte sie scheu.

Er verstand. Das passte zu Shirin. Sie wollte, dass sich Kasia für diese eine Nacht wie eine Kaiserin fühlte. Eine Woge der Zärtlichkeit für die junge Frau überschwemmte ihn. »Jad segne dich, und deine eigenen Götter mögen dich beschützen«, flüsterte er gerührt. »Du wurdest nicht aus dem Wald gerettet, um zu leiden.«

Das konnte er natürlich nicht wissen, aber er *wünschte* es sich. Sie biss sich auf die Unterlippe und schaute zu ihm auf, sagte aber nichts, sondern nickte nur stumm. Crispin trat zurück. Pardos und Vargos standen etwas abseits. Es war kalt geworden.

Bei Shirin blieb er stehen und zog die Augenbrauen hoch. »War das nicht ein gefährliches Geschenk?«, fragte er.

Sie verstand ihn sofort. »Nicht für eine Nacht«, sagte sie leise. »Im Brautgemach. Lass sie Kaiserin sein. Er soll eine Kaiserin in den Armen halten.«

Wie jeder, der dich in den Armen hält?, schoss es ihm durch den Kopf. Er sprach den Gedanken nicht aus, aber vielleicht stand er ihm ins Gesicht geschrieben, denn Shirin schaute plötzlich peinlich berührt zur Seite. Crispin stellte sich neben Pardos. Beide beobachteten das Brautpaar, das auf der Schwelle stand und die Spott- und Jubelrufe über sich ergehen ließ.

»Gehen wir«, sagte Crispin.

›*Warte!*‹, sagte der Vogel.

Er sah sich um. Shirin hatte im Kapuzenmantel im

Dunkeln gestanden, jetzt trat sie vor. Sie legte ihm die behandschuhte Hand auf den Arm und sagte flehentlich und so laut, dass alle es hören konnten: »Ich möchte dich um einen letzten Gefallen bitten. Könntest du einen lieben Freund nach Hause begleiten? Er ist nicht … in bester Verfassung und es wäre doch grausam, die Soldaten beim Feiern zu stören, nicht wahr?«

Crispin sah über ihre Schulter. Hinter ihr stand auf unsicheren Beinen, mit einem ungewohnt breiten Lachen im Gesicht und mit dem glasigen Blick einer Heiligenfigur – Pertennius von Eubulus.

»Aber gewiss doch«, sagte Crispin ruhig. Shirin lächelte. Sie hatte die Fassung rasch wiedergefunden. Sie war schließlich Tänzerin, Schauspielerin, geschult darin, ihre Gefühle zu verbergen.

›*Sie sagt, du sollst den armen Mann in seinem angeschlagenen Zustand nicht in erotische Bedrängnis bringen.*‹ Sogar der verfluchte Vogel schien sich wieder zu amüsieren. Crispin knirschte mit den Zähnen und schwieg. Carullus und Kasia verschwanden, verfolgt von einem letzten obszönen Lied von Soldaten und Musikanten, im Haus.

»Nein, nein, nein!«, sagte der Schreiber und trat etwas zu schnell hinter Shirin hervor. »Teure Frau! Mir geht es gut. Mir geht es ganz *ausgezeichnet*! Ich werde, ganz im Gegenteil … *Euch* nach Hause begleiten! Ist mir eine Ehre! Eine große Ehre …«

Vargos stand am nächsten und fing ihn auf, bevor er bei dem Versuch, sein vorzügliches Befinden zu demonstrieren, zu Boden fiel.

Crispin seufzte. Shirin hatte Recht. Man konnte den Mann tatsächlich nicht allein gehen lassen, und die Soldaten hatten ohne Ausnahme ebenso viel getrunken wie der Schreiber und verkündeten nun lauthals, zu Ehren des neuesten Chiliarchen im sarantinischen Heer noch weiter feiern zu wollen.

Er schickte Vargos mit Pardos zu sich nach Hause und

machte sich – notgedrungen langsam – mit dem Schreiber auf den Weg zu dessen Haus, das neben dem Stadtpalais des Strategos lag. Nähere Angaben brauchte er nicht: Leontes stand nicht nur in einem der Paläste im Kaiserlichen Bezirk ein ganzer Flügel zur Verfügung, er besaß auch das größte Haus in ganz Sarantium. Natürlich befand es sich nicht in der Nähe von Crispins Haus und war viel höher gelegen, sodass es fast immer bergauf ging. Das hatte Shirin natürlich genau gewusst. Heute war sie aus allen ihren Plänkeleien als Siegerin hervorgegangen. Eigentlich hätte er allen Grund gehabt, ihr böse zu sein, aber die Geste mit dem Parfüm rührte ihn noch immer.

Er hatte eine Fackel in der Hand, und als er über die Schulter schaute, sah er in ihrem Schein, dass die Tänzerin der Grünen den kurzen Weg nach Hause ganz sicher nicht ohne Begleitung würde zurücklegen müssen.

Es war kalt. Und er hatte in der Eile natürlich nicht daran gedacht, einen Mantel mitzunehmen. Schließlich wäre er fast zu spät zur Trauung gekommen.

»Verdammter Jad«, knurrte er vor sich hin.

Pertennius kicherte und wäre fast hingefallen. »Verdammt!«, stimmte er zu, dann kicherte er wieder, als wäre er von sich selbst überrascht. Crispin musste lachen; besonders biedere Männer konnten sehr komisch sein, wenn sie betrunken waren.

Er fasste den Schreiber am Ellbogen und stützte ihn. So stapften sie weiter, zwei Vettern, zwei Brüder in weißen Gewändern unter dem weißen Mond. Immer wieder sah Crispin aus dem Augenwinkel kleine Flammen am Straßenrand aufflackern und wieder verschwinden. Irrlichter, wie man sie jede Nacht in Sarantium sehen konnte. Wenn man erst eine Weile in der Stadt gelebt hatte, verlor man kein Wort mehr darüber.

Etwas später, sie gingen gerade am Tempel vorbei und bogen in die breite Straße ein, die zum Haus des Schreibers führte, tauchte vor ihnen eine prächtige Sänfte mit geschlossenen Vorhängen auf. Sie wussten beide, wo sie sich befanden und wer höchstwahrscheinlich in der Sänfte saß.

Beide Männer vermieden jeden Kommentar, nur Pertennius zog plötzlich die kalte Nachtluft tief in seine Lungen und bestand mit übertriebenem Ernst darauf, ein paar Schritte allein zu gehen, bevor er wieder stolperte und es duldete, dass Crispin ihn führte. Ein Wachmann der Stadtpräfektur kam ihnen entgegen, und sie nickten ihm feierlich zu: zwei betrunkene Männer, zu abenteuerlich später Stunde unterwegs, aber so gut gekleidet, dass sie in diesem Viertel nicht aus dem Rahmen fielen. Vor ihnen bog die Sänfte in einen Hof ein, der von Fackeln erhellt war. Diener hatten die Tore geöffnet und schlossen sie rasch wieder.

Die schmale blaue Mondsichel war jetzt über die Häuser gestiegen. Ein schwacher weißer Flammensaum huschte dicht vor einer breiten Straße quer über eine Gasse und verschwand.

»Müsst noch mit hineinkommen!«, sagte Pertennius von Eubulus, als sie an dem massiven Steinhaus und den verriegelten Toren, hinter denen die Sänfte verschwunden war, vorbei waren und sich seiner eigenen Tür näherten. »Müssen uns unterhalten. Ohne die gemeine Masse. Soldaten. Schauspieler. Ungebildetes Pack.«

»O nein«, lehnte Crispin ab und brachte sogar ein Lächeln zustande. Wenn ein Mann in diesem Zustand einen solchen Ton anschlug, hatte das etwas von schwarzem Humor. »Wir brauchen beide Schlaf, mein Freund.« Auch er spürte den Wein – und noch einiges andere. Die Unrast des Frühlings. Die Nacht. Die Hochzeit. Die Vergangenheit, die ihn eingeholt hatte. Er wollte jetzt nicht mit diesem Menschen zusammen sein. Nicht mit ihm und mit niemand anderem.

»*Doch!*«, beharrte der Schreiber. »Muss mit Euch reden. Über mein Projekt. Schreibe über die Bauwerke des Kaisers, den Tempel. Eure Arbeit. Viele Fragen! Warum ein Bison? Warum diese Frauen? An der Kuppel? Warum so viel von … von *Euch,* Rhodianer?« Für einen erschreckenden Moment sah er Crispin im Mondlicht so offen an, dass man ihn fast für nüchtern halten konnte.

Crispin war verblüfft. Das hätte er von diesem Mann zu dieser Stunde nicht erwartet. Er zögerte lange, doch dann ging er mit einem unsichtbaren Achselzucken mit Leontes' Schreiber zur Tür und trat mit ins Haus, als ein Diener ihnen öffnete. Pertennius stolperte über seine eigene Schwelle, führte ihn dann aber schweren Schrittes eine Treppe hinauf. Crispin hörte, wie unten die Tür geschlossen wurde.

Hinter ihnen huschten die Flämmchen über die nächtlichen Straßen der Stadt und verschwanden wieder, wie sie es immer taten, mit oder ohne Zeugen. Von keinem Span, keinem Funken entzündet, waren sie so unergründlich wie das mondbeschienene Meer oder die Wünsche der Menschen zwischen Geburt und Tod.

KAPITEL V

Als Gisel mit dem Strategos und seiner strahlend schönen, hochmütigen Gemahlin vor den Kaiser und die Kaiserin von Sarantium trat, begriff sie sofort, dass man sie erwartet hatte.

Das *sollte* sie natürlich nicht merken. Sie sollte glauben, Leontes habe Valerius und Alixana mit seiner spontanen Einladung an sie überrumpelt. Sie sollte sich einbilden, im Vorteil zu sein, sollte aus Selbstüberschätzung Fehler begehen. Aber sie hatte ihr ganzes Leben an einem Hof verbracht, und sosehr diese arroganten Ostländer auch auf die Antae in Batiara herabsehen mochten, zwischen ihrem Palastkomplex in Varena und dem Kaiserlichen Bezirk hier hielten sich Gemeinsamkeiten und Unterschiede ziemlich die Waage.

Während der Spielmann sein Instrument sinken ließ und der Kaiser und die kleine Gesellschaft sich ihr zuwandten, wog Gisel rasch die Alternativen ab. Sie entschied sich für einen tiefen, feierlichen Hofknicks, bei dem sie mit der Stirn den Boden berührte. Valerius – er war glattrasiert und wirkte gutmütig, aber etwas langweilig – schaute von Leontes zu Gisel. Sie erhob sich. Sein Mund verzog sich nur zögernd zu einem Begrüßungslächeln. Alixana – sie trug ein weinrotes Gewand und viel Schmuck – saß auf einem Elfenbeinstuhl mit niedriger Lehne. Ihr Lächeln war eitel Freundlichkeit.

Gerade die unbeschwerte Leichtigkeit, mit der die beiden sich die Bälle zuspielten, um sie zu täuschen, ließ Gisel plötzlich frösteln. Als hätten sich die Wände des warmen Raumes aufgelöst und den Blick auf das endlose, kalte Meer freigegeben.

Vor einem halben Jahr hatte sie einen Handwerker beauftragt, diesem Mann in ihrem Namen einen Heiratsantrag zu machen. Die Frau, die Kaiserin, war darüber im Bilde. Das hatte ihr der Handwerker erzählt. Caius Crispus sagte, die beiden hätten ihren Vorschlag bereits gekannt – eine logische Schlussfolgerung vielleicht –, bevor er noch mit ihnen gesprochen habe. Sie glaubte ihm. Was man ihr gerade vorspielte, der Kaiser in der Rolle des Überraschten, Alixana als die huldvolle Gastgeberin, hatte auch die letzten Zweifel beseitigt.

»Vergebt uns, dreifach Erhabener, die unvorhergesehene Störung«, sagte Leontes resolut. »Ich bringe Euch hohen Besuch, die Königin der Antae. Ich hielt es für längst überfällig, sie hier bei uns einzuführen. Sollte ich einen Fehler begangen haben, so nehme ich die Strafe gern auf mich.«

Seine geradlinige, offene Art stand in krassem Widerspruch zu seinem höfischen Gebaren und der geschliffenen Rede im Haus der Tänzerin. Aber er *musste* doch wissen, dass niemand hier überrascht war? Oder irrte sie sich? Gisel warf einen verstohlenen Blick auf Styliane Daleina; doch diesen Zügen war nichts zu entnehmen.

Auf einen zerstreuten Wink des Kaisers hin eilten Diener mit Sitzgelegenheiten für die beiden Damen herbei. Styliane lächelte in sich hinein, als sie den Raum durchquerte, sich einen Becher Wein reichen ließ und auf einem Stuhl Platz nahm, verriet aber nicht, was sie erheiterte.

Auch Gisel setzte sich. Nun hatte sie die Kaiserin vor

sich. Ein leises, aber sehr reales Entsetzen über ihre eigene Torheit beschlich sie. Wie hatte sie vergangenen Herbst nur unterstellen können, diese Frau – alt und kinderlos, wie sie war, musste sie doch inzwischen jeden Reiz verloren haben – lasse sich so einfach beiseite schieben?

Torheit war eigentlich gar kein Ausdruck. Alixana von Sarantium war vollkommen wie eine Perle. Wenn sich das Licht in ihrem Schmuck und in den schwarzen Augen fing, sprühte sie förmlich. Auch sie amüsierte sich, aber auf ganz andere Weise als die Gemahlin des Strategos.

Jetzt ergriff sie als Erste das Wort. »Ihr stört uns nicht, Leontes«, sagte sie ruhig. Eine leise Stimme, dunkel und süß wie Honig. »Wir fühlen uns durch den dreifachen Besuch geehrt. Ihr kommt von einer Hochzeit, wie ich sehe. Trinkt einen Becher Wein mit uns, lauscht ein wenig der Musik und erzählt uns davon!«

»Ich bitte Euch«, ergänzte Valerius II., Kaiser der halben Welt. »Betrachtet Euch als geladene, hochwillkommene Gäste!«

Die beiden waren unübertrefflich. Gisel fasste einen Entschluss.

Sie übersah den Becher, den man ihr reichte, erhob sich geschmeidig, faltete die Hände und sagte leise: »Der Kaiser und die Kaiserin sind zu gütig. Sie wollen mir schmeicheln, indem sie vorgeben, mein Besuch käme unerwartet. Doch welche Illusion zu glauben, im mächtigen Sarantium könne etwas geschehen, ohne von Euren allsehenden Augen bemerkt zu werden! Ich kann Euch nicht genug danken für Eure Gnade und Huld!«

Sie bemerkte, wie der magere, greise Kämmerer Gesius, der sich am Feuer wärmte, auf einmal sehr nachdenklich wurde. Nur fünf Gäste, prächtig gekleidete, wohlfrisierte Männer und der korpulente Spielmann mit seinem schütteren Haar, waren zugegen. Leontes schien verärgert, obwohl doch sicher *er* derjenige war, der Valerius vorgewarnt hatte. Styliane verbarg ihr Lächeln hinter ihrem Weinbecher und der beringten Hand.

Valerius und Alixana lachten laut auf. Wie aus einem Munde.

»Das kommt davon«, sagte der Kaiser und rieb sich mit einer Hand das weiche Kinn. »Jetzt stehen wir da wie ungezogene Kinder, die von ihrem Lehrer erwischt wurden. Rhodias ist älter als Sarantium, der Westen ist dem Osten weit voraus. Die Königin der Antae war Tochter eines Königs, bevor sie selbst den Thron bestieg, sie weiß natürlich, wie man bei Hofe zu taktieren pflegt.«

»Ihr seid ein schönes und kluges Kind«, sagte Alixana. »Ich hätte mir eine Tochter wie Euch gewünscht.«

Gisel stockte der Atem. Das Kompliment war ganz sicher nicht aufrichtig gemeint. Aber die Kaiserin hatte damit ganz beiläufig ihr eigenes Alter, ihre Kinderlosigkeit und Gisels Aussehen zum Thema gemacht.

Gisel überlegte fieberhaft. »Töchter sind an Königshöfen nicht sehr gefragt«, murmelte sie dann. »Meist will man mit uns nur Heiratspolitik betreiben. Und falls keine Söhne vorhanden sind, um die Thronfolge zu sichern, betrachtet man uns eher als Hindernis.« Wenn Alixana direkt zur Sache kam, konnte sie das auch. Es kribbelte ihr förmlich in den Fingern. Sie saß seit mehr als einem halben Jahr untätig in der Stadt, von der Welt abgeschieden wie ein Insekt in trakesischem Bernstein. Was sie jetzt tat, mochte sie letzten Endes das Leben kosten, aber darauf wollte sie es ankommen lassen.

Diesmal war es Gesius, der ein Lächeln nicht unterdrücken konnte. Sie spürte seinen prüfenden Blick.

»Natürlich ist uns bekannt, mit welchen Problemen Ihr in Eurer Heimat zu kämpfen habt«, sagte Valerius. »Wir überlegen sogar schon den ganzen Winter, wie man ihnen begegnen könnte.«

Darauf nicht zu reagieren, hätte ebenfalls wenig Sinn gehabt.

»Auch wir haben den Winter damit zugebracht«, gab Gisel zurück. »Vielleicht wäre es sinnvoll gewesen, gemeinsam zu überlegen? Zu diesem Zweck sind wir schließlich Eurer Einladung in diese Stadt gefolgt.«

»Tatsächlich? Was Ihr nicht sagt!«, ließ sich ein Mann in einer dunkelgrünen Robe aus geprägter Seide vernehmen. »Ich dachte, Ihr verdanktet unserer Einladung und der Kaiserlichen Jacht, die wir Euch schickten, Euer Leben, Königin der Antae.« Der Tonfall, der östliche Zungenschlag, die aristokratische Aussprache waren in dieser Umgebung kaum noch zu ertragen. Der Magister der Kaiserlichen Behörden hielt inne, dann fügte er hinzu: »Brutale Grausamkeiten sind in der Geschichte Eures Stammes schließlich keine Seltenheit.«

Das ging zu weit. Schon wieder der Osten und der besiegte Westen? Die Sarantiner als Rhodias' ruhmreiche Erben gegen die primitiven Barbaren aus den nördlichen Wäldern? Damit musste ein für allemal Schluss sein. Gisel sah den Mann fest an.

»Ganz und gar nicht«, sagte sie kalt. »Wir sind ein kriegerisches Volk, ein Volk von Eroberern. Hier in Sarantium vollzieht sich die Machtübernahme natürlich immer in geordneteren Bahnen. Es wäre völlig ausgeschlossen, dass die Thronbesteigung eines neuen Kaisers von Todesfällen begleitet würde, nicht wahr?«

Sie wusste genau, was sie sagte. Für einen Augenblick trat Stille ein. Gisel stellte fest, dass sich viele Blicke – ganz kurz nur – auf Styliane Daleina richteten, die sich hinter die Kaiserin gesetzt hatte. Sie selbst vermied es bewusst, in diese Richtung zu schauen.

Der Kämmerer hustete trocken hinter vorgehaltener Hand. Einer der sitzenden Männer warf ihm einen raschen Blick zu und gab dem Spielmann einen Wink. Der verneigte sich hastig und verließ mit seinem Instrument sichtlich erleichtert den Raum. Niemand beachtete ihn. Gisel maß den Magister der Kaiserlichen Behörden noch immer mit Blicken.

Der Kaiser sagte nachdenklich: »Die Königin hat natürlich Recht, Faustinus. Selbst bei der Thronbesteigung meines Onkels kam es zu Gewalttätigkeiten. Stylianes teurer Vater kam dabei ums Leben.«

Welcher Scharfsinn, dachte Gisel. Dieser Mann ließ sich nicht die leiseste Schwingung entgehen, die sich für seine Zwecke verwenden ließ. Das konnte sie sogar verstehen; ihr Vater war ganz ähnlich gewesen. Das gab ihr etwas Sicherheit, obwohl ihr das Herz bis zum Hals schlug. Sie war von Menschen voller List und Tücke umgeben, aber sie war auch die Tochter eines Mannes, der diese Eigenschaften besessen hatte. Womöglich war sie gar selbst vom gleichen Schlag? Der Herrscher von Sarantium konnte sie töten lassen und würde es vielleicht auch tun, aber er konnte ihr weder ihren Stolz noch ihr gesamtes Erbe nehmen. Die Situation war jedoch von einer bitteren Ironie: Sie verteidigte ihr Volk gegen den Vorwurf der mörderischen Barbarei, obwohl sie selbst einem Mordanschlag – an einem heiligen Ort – nur mit knapper Not entronnen war.

»Zeiten des Umbruchs fordern ihre Opfer«, bemerkte der Kämmerer leise. Es waren seine ersten Worte. Seine Stimme war dünn wie Papier, aber sehr klar.

»Kriegszeiten desgleichen«, gab Gisel unverblümt zurück. Sie würde *nicht* zulassen, dass aus diesem Besuch ein abendlicher Philosophenplausch wurde. Sie war mit einem ganz bestimmten Ziel nach Sarantium gekommen – nicht nur, um ihr Leben zu retten, was immer man hier über sie denken oder reden mochte. Leontes sah sie an. Er konnte seine Überraschung nicht verbergen.

»Ganz recht«, sagte Alixana und nickte langsam. »Entweder verbrennt ein Mann oder tausende und abertausende werden ein Raub der Flammen. Ein jeder muss seine Wahl treffen, nicht wahr?«

Ein Mann verbrennt. Diesmal sah Gisel doch rasch zu Styliane hinüber. Nichts. Sie kannte die Geschichte, jedermann kannte sie. Sarantinisches Feuer auf offener Straße am frühen Morgen.

Valerius schüttelte den Kopf. »Ja, Liebste, ein jeder muss seine Wahl treffen, aber ehrenwerte Menschen tun es nicht willkürlich, sondern handeln nach dem Willen des Gottes, soweit sie ihn erkennen.«

»Ganz recht, Gebieter.« Leontes' knappe Bestätigung klang nach der verführerisch weichen Stimme der Kaiserin wie ein Schwerthieb. »Ein Krieg im Namen des Heiligen Jad ist *nicht* wie andere Kriege.« Wieder ein Blick zu Gisel. »Auch die Antae haben Eroberungskriege geführt, das können sie nicht leugnen.«

Natürlich nicht. Sie hatte ja selbst darauf hingewiesen. Ihr Volk hatte die batiaranische Halbinsel erobert, Rhodias geplündert und niedergebrannt. Das machte es schwierig, Argumente gegen eine sarantinische Invasion zu finden. Und sie wollte auch nicht um Gnade flehen. Sie wollte nur eine Erkenntnis vermitteln, von der sie überzeugt war: Sarantium konnte einmarschieren – dieser hochgewachsene General mit dem Goldhaar mochte anfangs Erfolg haben –, aber er würde Batiara nicht halten können. Nicht gegen den Widerstand der Antae, nicht, wenn die Inicier an den Grenzen standen und Bassania eine zweite Front eröffnete, sobald man dort begriff, was die Wiedervereinigung der beiden Reiche bedeutete. Nein, es gab für Sarantium nur einen einzigen Weg, um Rhodias zurückzugewinnen. Und dieser Weg führte über sie, die junge Königin, deren Leben durch einen Becher mit vergiftetem Wein oder die Klinge eines Meuchelmörders jederzeit und lautlos beendet werden konnte.

Der Pfad, dem sie folgen musste, war schmal und hatte viele Windungen. Leontes, der stattliche, gottesfürchtige Soldat, der sie jetzt ansah, würde auf ein Wort seines Kaisers ihr Land bedenkenlos ins Verderben stürzen. *Im Namen des Heiligen Jad,* hatte er gesagt. Wurden die Toten davon wieder lebendig? Sie hätte diese Frage stellen können, aber es war keine Frage, die hier zählte.

Panik erfasste sie, aber sie kämpfte sie nieder und sah Valerius an, den unerschütterlich ruhigen Mann mit den weichen Zügen, dem sie sich angeboten hatte. »Warum habt Ihr nicht früher mit mir gesprochen?«, fragte sie. Es fiel ihr immer noch schwer, der Kaiserin ins Gesicht zu sehen, obwohl ihr Alixana – von allen Anwesenden – am freundlichsten begegnet war. Man durfte hier nichts für bare Münze nehmen, das sagte sie sich immer wieder vor. Es war das Einzige, woran sie sich halten konnte.

»Wir standen in Verhandlungen mit den Thronräubern«, erklärte Valerius mit brutaler Offenheit. *Auch dieser Freimut ist eine Waffe,* dachte sie.

Sie bemühte sich, ihr Unbehagen nicht zu zeigen. »Ach ja?«, antwortete sie. »Tatsächlich? Ich kann Eure … Umsicht nur bewundern.«

Valerius zuckte die Achseln. »Es lag nahe. Wir hatten Winter. Heere konnten nicht reisen, Kuriere schon. Es wäre töricht gewesen, nicht so viel wie möglich in Erfahrung zu bringen. Andererseits hätte man es den Machthabern in Batiara natürlich sofort hinterbracht, wenn wir Euch offiziell empfangen hätten. Also verzichteten wir darauf. Aber wir ließen Euch den ganzen Winter über beobachten und vor Anschlägen schützen. Ich denke, dessen seid Ihr Euch bewusst. Die Thronräuber haben ihre Spione in der Stadt – genau wie Ihr früher.«

Sie überhörte die letzte Bemerkung. »Von einem geheimen Treffen wie diesem hätten sie nichts erfahren«, wandte sie ein. Sie hatte immer noch Herzklopfen.

»Wir dachten«, sagte die Kaiserin freundlich, »Ihr würdet Euch weigern, so formlos empfangen zu werden. Ihr wart – und seid – Königin und habt Anspruch auf ein angemessenes Zeremoniell.«

Gisel schüttelte den Kopf. »Warum sollte ich auf diesem Zeremoniell bestehen, wenn dafür Menschen sterben müssen.«

»Weil wir es alle tun«, sagte Valerius. »Es ist doch das Einzige, was uns in solchen Zeiten noch bleibt, nicht wahr? Das Zeremoniell.«

Gisel sah ihn an. Er erwiderte den Blick. Sie musste plötzlich an die Chiromanten, die erschöpften Priester und den alten Alchimisten auf dem Friedhof vor den Stadtmauern denken. An ihre Rituale und Gebete, als man den Totenhügel aufschichtete.

Die Stimme des Kaisers klang immer noch milde. »Ihr solltet vielleicht wissen«, fuhr er fort, »dass uns Eudric, der sich jetzt übrigens als Regent bezeichnet, von Varena aus angeboten hat, den Lehenseid zu schwören und – das ist neu – zweimal jährlich Tributzahlungen in fester Höhe zu leisten. Außerdem hat er uns gebeten, religiöse und militärische Berater an seinen Hof zu entsenden.«

Details, jede Menge Details. Gisel schloss die Augen. *Ihr solltet vielleicht wissen.* Sie hatte natürlich nichts gewusst. Ihr Thron war eine halbe Welt entfernt, und sie hatte den ganzen Winter über darauf gewartet, hier im Palast empfangen zu werden, eine Rolle zu spielen, die ihre Flucht rechtfertigte. Eudric hatte also den Kampf gewonnen. Damit hatte sie immer gerechnet.

»Seine Bedingungen«, fuhr der Kaiser fort, »entsprachen unseren Erwartungen: Wir sollten ihn als König anerkennen und eine einzige Person beseitigen.«

Sie schlug die Augen wieder auf und sah ihn unverwandt an. Das war vertrauter Boden, hier fühlte sie sich sicherer, als man ihr vielleicht zutraute. Zu Hause hatte man Wetten darauf abgeschlossen, dass sie den Winter nicht erleben würde. Dann hatte man versucht, sie im

Heiligtum zu töten. Zwei Menschen, die sie liebte, hatten dort für sie ihr Leben gelassen.

Sie war die Tochter ihres Vaters. Gisel reckte das Kinn vor und sagte kühn: »Tatsächlich, erhabener Kaiser? Mit Sarantinischem Feuer? Oder genügt für mich auch ein Dolch in der Nacht? Ein geringer Preis für so viel strahlenden Ruhm. Ein Lehenseid! Tributzahlungen? Religiöse *und* militärische Berater? Der Große Jad sei gepriesen! Die Dichter werden überschwängliche Lobeshymnen auf Euch verfassen, die man noch in vielen Jahren singen wird. Wer könnte solchen Ehren widerstehen?«

Eisiges Schweigen trat ein. Valerius' Ausdruck veränderte sich kaum, aber Gisel brauchte nur die grauen Augen zu beobachten, um zu verstehen, wie dieser Mann alle Welt in Angst und Schrecken versetzen konnte. Es war so still, dass man das Feuer knistern hörte.

Natürlich war es Alixana, die es wagte, den Bann zu brechen. »Du bist geschlagen, mein Liebster«, sagte sie spöttisch. »Sie ist zu klug für dich. *Jetzt* verstehe ich, warum du nicht nur mich nicht verstoßen willst, um sie zu heiraten, sondern sie nicht einmal so bei Hofe empfangen willst, wie es sich gehört.«

Jemand stieß einen erstickten Laut aus. Gisel schluckte krampfhaft.

Valerius wandte sich seiner Gemahlin zu.

Er sagte nichts, aber seine Miene veränderte sich noch einmal und wurde seltsam vertraulich. Und einen Moment später war es Alixana, die leicht errötete und dann die Augen niederschlug.

»Ich verstehe«, sagte sie leise. »Ich hatte nicht bedacht ...« Sie räusperte sich und befingerte ihr Kollier. »Das war nicht ... nötig«, murmelte sie, ohne aufzusehen. »So empfindlich bin ich nicht, mein Gemahl.«

Gisel wusste nicht, wie das gemeint war. Vermutlich ahnte es auch niemand sonst. Ein sehr privater Dialog in aller Öffentlichkeit. Sie schaute wieder von einem zum anderen, und dann – ganz plötzlich – verstand sie doch. Sie war sich ganz sicher.

Es war doch nicht so, wie sie gedacht hatte.

Nicht wegen der Verhandlungen mit den Thronräubern in Varena oder wegen irgendwelcher protokollarischer Hürden hatte man sie bis zu diesem Abend auf eine Einladung in den Kaiserlichen Bezirk warten lassen, sondern weil Kaiser Valerius seine Frau vor Gisels Jugend und vor den Konsequenzen bewahren wollte, die man – rein theoretisch – daraus ziehen würde oder konnte.

Jedermann wusste, dass es eine einfachere Möglichkeit gab, das Mutterland zurückzuerobern. Sie war nicht die Einzige, die diesen Weg gesehen und einen gewissen Handwerker mit einer entsprechenden Geheimbotschaft betraut hatte. Niemand konnte sich der Einsicht entziehen, dass eine solche Ehe logisch, ja, *sinnvoll* wäre. Und doch hatte der Ehemann über den Kaiser triumphiert. Erstaunlich.

Wenn diese spontane Überlegung richtig war, dann folgte daraus, dass man sie hier und heute nur deshalb empfangen hatte, weil ... weil jetzt eine andere Entscheidung gefallen war.

Der Frühling war im Anzug. War eigentlich bereits da. Sie holte tief Atem.

»Ihr wollt unser Land überfallen«, sagte sie rundheraus. »Nicht wahr?«

Valerius von Sarantium wandte sich von seiner Frau ab und sah Gisel an. Jetzt mischten sich priesterliche Strenge und gelehrtenhafte Nachdenklichkeit in seinen Zügen. »Ja«, sagte er schlicht. »Wir werden einmarschieren. In Eurem und in des Gottes Namen. Ich darf doch auf Euer Einverständnis hoffen?«

Das war natürlich keine echte Frage. Sie wurde vor vollendete Tatsachen gestellt. Und nicht nur sie allein. Gisel hörte, *spürte* geradezu die leise Bewegung, die durch den prächtigen Raum, die sitzenden und stehenden Männer ging. Der Strategos blähte tatsächlich die Nüstern wie ein Rennpferd beim ersten Trompetenstoß. Er hatte erwartet, damit gerechnet, dass es dazu kommen würde, aber gewusst hatte er es nicht. Bis jetzt. Sie verstand. Valerius hatte erst in diesem Moment beschlossen, seine Entscheidung jetzt zu verkünden, er hatte abgewartet, wie ihr Besuch hier die Gemüter bewegen, die Stimmung beeinflussen würde. Vielleicht war der ganze Abend nur Vorbereitung auf diesen Moment gewesen, vielleicht hatte der Kaiser nur deshalb unter dem Vorwand, an der Schwelle zum Frühling einem Spielmann zu lauschen, den kleinen Kreis von Vertrauten um sich geschart, aber *keiner* der anderen hatte es gewusst, nicht einmal seine Frau. Valerius war ein Mann, der unsichtbare Fäden zog und alle zwang, nach seinem Willen zu tanzen oder zu sterben.

Sie wandte sich Alixana zu und stellte fest, dass die ruhigen schwarzen Augen schon auf sie warteten. Gisel blickte in ihre unergründlichen Tiefen und malte sich aus, was diese Augen einem Mann oder einer gewissen Art von Frau antun konnten. Und unvermittelt wurde ihr noch etwas klar: So unwahrscheinlich es auch sein mochte, sie hatte in dieser Frau eine Verbündete, einen Menschen, der wie sie nach einem Weg suchte, diese Invasion mit allen ihren Folgen zu umgehen. Aber das zählte offenbar nicht.

»Man kann den Kaiser nur beglückwünschen«, ließ sich eine dritte Frauenstimme vernehmen. Stylianes Ton war so kühl wie der Nachtwind draußen. »Seine Steuereinnehmer waren offenbar noch fleißiger, als die Gerüchte vermuten lassen. Ist es nicht ein Wunder des Gottes und seines Statthalters auf Erden, dass sich in der Schatzkammer nun doch genügend Mittel für eine Invasion gefunden haben?«

Die Stille war wie ein morsches Tuch. Styliane muss

sich sehr sicher fühlen, dachte Gisel, sonst würde sie es nicht wagen, sich in dieser Gesellschaft so zu äußern. Aber warum auch nicht? Ihr Selbstbewusstsein konnte sich schließlich auf ihre Herkunft, ihren Ehemann – und ihren Charakter gründen.

Valerius wandte sich zu ihr um, und Gisel sah erstaunt, dass er sich aufs Neue amüsierte. »Saranios sagte einmal, jeder Kaiser erhält die Unterstützung, die er verdient. Ich weiß nicht, was das über mich und meine Diener aussagt, aber es gibt verschiedene Möglichkeiten, einen Krieg zu finanzieren. Wir haben beschlossen, in diesem Jahr den Sold für das Ostheer zu streichen. Es ist sinnlos, Bassania für den Frieden zu bezahlen *und* Soldaten zu besolden, um ihn zu schützen.«

Leontes sah ihn erschrocken an und räusperte sich. »Das wurde bereits entschieden, Gebieter?« Man hatte ihn offensichtlich nicht zu Rate gezogen.

»Eine finanzpolitische Frage, Strategos. Ich möchte Euch morgen bei mir sehen, um zu erörtern, wie man die Soldaten mit Siedlungsland im Osten abfinden könnte. Wir hatten bereits mehrfach darüber gesprochen, und nun hat der Kämmerer empfohlen, den Plan in die Tat umzusetzen.«

Leontes war zu erfahren, um seine Überraschung noch deutlicher zu zeigen. »Selbstverständlich, Gebieter. Ich bin bei Sonnenaufgang hier. Es schmerzt mich nur, dass ich zum Lügner werden muss. Ich hatte bei der Hochzeit heute Nachmittag den Bräutigam befördert und in den Osten versetzt. Nun verliert er nicht nur die in Aussicht gestellte Solderhöhung, sondern sein *gesamtes* Einkommen.«

Valerius zuckte die Achseln. »Dann macht die Versetzung rückgängig. Nehmt den Mann mit Euch nach Westen. Das sollte doch eine Kleinigkeit sein.«

Leontes schüttelte den Kopf. »An sich schon. Aber ich nehme niemals jung verheiratete Männer auf einen Feldzug mit.«

»Ein lobenswerter Grundsatz, Leontes«, sagte die Kaiserin. »Aber er gilt doch sicher nicht ohne Ausnahmen.«

»Es ist schlecht für ein Heer, Erhabene.«

»Genauso schlecht wie Verstocktheit«, bemerkte seine Gemahlin hinter der Kaiserin und stellte ihren Becher ab. »Also wirklich, mein Lieber. Du hältst den Mann doch offenbar für fähig. Dann berufst du ihn eben in deinen persönlichen Stab, bezahlst ihn aus eigener Tasche wie alle anderen und versetzt ihn für ein Jahr – oder so lange, bis du es vertreten kannst, ihn nach Westen zu holen und im Kampf fallen zu lassen – als Beobachter nach Eubulus im Osten.«

Derart klare, durchdachte Aussagen von einer Frau müssen den versammelten Männern doch sauer aufstoßen, dachte Gisel und schaute in die Runde. Doch dann sah sie die Kaiserin an und revidierte ihre Meinung. Vielleicht war man dergleichen hier gewöhnt – anders als an ihrem eigenen Hof, wo jede Frau, die so entschieden auftrat, ihr Leben riskierte.

Andererseits hatte Gisel in Varena *selbst* regiert. Das konnte keine dieser Frauen von sich behaupten. Das zählte. Das war ein Unterschied. Und wie um das zu unterstreichen, ließ sich Styliane Daleina noch einmal vernehmen: »Vergebt mir meinen Vorwitz, Ihr Herren. Es ist eine alte Schwäche von mir, allzu offen zu sagen, was ich denke.« Von echter Zerknirschung war freilich nichts zu spüren.

»Eine Eigenschaft Eures Vaters«, sagte der Kaiser ruhig. »Das … muss kein Fehler sein.«

Muss nicht, dachte Gisel. Die Wirren der Vergangenheit, der Gegenwart und der Zukunft hingen wie schwere Wolkenschichten über dem Raum. Zart und zäh wie Weihrauchschwaden lösten sich einzelne Fäden aus der dichten Masse und ringelten sich nach allen Seiten.

Styliane erhob sich und sank in einen eleganten Hofknicks. »Ich danke Euch. Nun möchte ich Euch und die

Kaiserin bitten, mich zu entschuldigen. Wenn militärische und politische Fragen erörtert werden sollen, ist meines Bleibens hier nicht länger.«

Womit sie natürlich Recht hatte. Niemand widersprach ihr. Gisel überlegte, ob sie wohl Widerspruch erwartet hatte. Vielleicht von ihrem Gemahl? Wenn ja, dann wurde sie bitter enttäuscht. Leontes begleitete seine Frau zur Tür, ging aber nicht mit ihr hinaus, sondern kam wieder zurück, sah den Kaiser an und lächelte.

Gisel hatte gehört, die beiden Männer hätten sich schon gekannt, bevor der erste Valerius auf den Thron kam. Leontes musste damals noch sehr jung gewesen sein.

»Teurer Gebieter«, sagte der Strategos. Seine Stimme schwankte leicht. »Darf ich Euch bitten, allen hier Anwesenden ans Herz zu legen, dass diese Information vorerst nicht weiter verbreitet werden sollte? Ein zeitlicher Vorsprung käme mir sehr gelegen.«

»Oh, mein Bester«, sagte die Frau an der Seite des Kaisers, »Batiara hat gewiss schon *lange*, bevor dieses Kind von seinem Thron geflüchtet war, Vorbereitungen für Euren Angriff getroffen. Fragt sie, wenn Ihr mir nicht glaubt.«

Gisel überhörte das *Kind* wie das *geflüchtet*. Valerius sah sie an. Erst jetzt begriff sie, dass er immer noch auf eine Antwort auf seine Frage wartete: *Ich darf doch auf Euer Einverständnis hoffen?*

Eine Formalität, nichts weiter. Doch darauf legte er offenbar Wert. Gut zu wissen. An Höflichkeit ließe der Mann auf dem Goldenen Thron es wohl nie fehlen. Auch wenn er genau das tat, was er wollte, und mögliche Folgen für andere in Kauf nahm – oder sogar provozierte.

»Mein Einverständnis?«, wiederholte sie. »Aber gewiss doch, Majestät. Wozu wäre ich sonst nach Sarantium gekommen?« Eine glatte Lüge.

Wieder sank sie in einen tiefen Knicks, doch diesmal

wollte sie vor allem ihr Gesicht verbergen, den Ausdruck ihrer Augen. Im Geist sah sie nicht mehr diesen prächtigen, von vielen Lampen erhellten Raum im Kaiserlichen Palast vor sich, sondern den Grabhügel für die Pesttoten, und sie dachte an Bürgerkrieg und Hungersnot, die schrecklichen Nachwirkungen der Pest, und beklagte bitterlich, dass es auf Erden keinen einzigen Menschen gab, dem sie vertrauen konnte. Fast wünschte sie, in Varena geblieben und bei dem Anschlag ums Leben gekommen zu sein. Dann hätte man ihr diese Frage nicht mehr stellen können, jetzt, da sie ganz allein war in diesem fremden Land und ihre Antwort – ob Wahrheit oder Lüge – kein Gewicht, keine Bedeutung mehr hatte in dieser Welt.

»Mir ist wirklich nicht gut.« Pertennius von Eubulus setzte jedes Wort mit Bedacht.

Sie befanden sich in einem bescheidenen Raum im oberen Stockwerk des Hauses. Pertennius lag auf einem dunkelgrünen Sofa und hatte eine Hand über die Augen, die andere auf den Magen gelegt. Crispin stand an einem kleinen Fenster und schaute auf die leere Straße hinaus. Am Himmel leuchteten die Sterne, draußen heulte der Wind. Im Kamin brannte ein Feuer. Ein Schreibpult an der Wand zwischen Sofa und Fenster war bedeckt mit Dokumenten, Büchern, Schreibgerät und Papier in verschiedenen Farben und Stärken.

Unter anderem – Crispin hatte sie schon beim Eintreten bemerkt – lagen da auch seine ersten Skizzen für die Kuppel und die Wände des Großen Tempels.

Zunächst hatte er sich nicht erklären können, wie sie hierher kamen, doch dann war ihm eingefallen, dass Leontes' Schreiber auch amtlicher Chronist für Valerius' Bauprojekte war. Damit war er, eine beunruhigende Erkenntnis, auch für Crispins Arbeit zuständig.

Warum ein Bison?, hatte Pertennius wissen wollen, als er noch auf unsicheren Beinen draußen auf der Straße vor der Tür stand. *Warum so viel von … von Euch an der Kuppel?*

Beides Fragen, die einen scharfen Blick verrieten. Crispin, an sich kein Freund des staubtrockenen Schreibers, war mit ihm eingetreten und die Treppe heraufgestiegen. Weil er sich angegriffen fühlte, weil er neugierig war? Vielleicht beides. Wahrscheinlich ist es Zeitverschwendung, dachte er mit einem Blick auf die ruhende Gestalt. Pertennius sah wirklich elend aus. Wäre ihm der Mann etwas sympathischer gewesen, er hätte ihn vielleicht sogar bedauert.

»Zu viel Wein am Nachmittag kann einem schon zusetzen«, sagte er freundlich. »Besonders, wenn man sonst nicht trinkt.«

»Ich trinke nie«, sagte Pertennius. Schweigen trat ein. »Sie mag Euch«, fuhr der Schreiber fort. »Lieber als mich.«

Crispin wandte sich vom Fenster ab. Pertennius hatte die Augen geöffnet und sah ihn an. Sein Blick und sein Ton waren streng sachlich: kein Rivale, der Klage führte, sondern ein Historiker, der eine Tatsache feststellte.

Crispin ließ sich nicht täuschen. Nicht in diesem Punkt. Er schüttelte den Kopf und lehnte sich mit dem Rücken an die Wand neben dem Fenster. »Shirin? Sie mag mich, gewiss, weil ich ihren Vater kenne. Aber mehr ist da nicht.« Er war nicht einmal ganz sicher, ob das stimmte, aber im Wesentlichen wohl schon. *Male dir aus, wie sie dir von hinten die Tunika hochschiebt und ihre Finger an deiner Haut hinabgleiten lässt.* Abrupt schüttelte er abermals den Kopf, aber diesmal aus einem anderen Grund. Nach kurzem Zögern fragte er: »Soll ich Euch sagen, was ich glaube?«

Pertennius wartete. Er war ein aufmerksamer Zuhörer, der vieles in Erfahrung brachte, von Berufs wegen und weil dies seinem Wesen entsprach. Er sah wirklich nicht gut aus.

Crispin wünschte plötzlich, nicht mit ins Haus gekommen zu sein. Er wollte dieses Gespräch nicht führen. Es ärgerte ihn, dass er – nicht ohne eigene Schuld – in diese Situation geraten war. Doch dann zuckte er im Geist die Schultern und sagte: »Ich glaube, Shirin ist es leid, jedes Mal, wenn sie ihr Haus verlässt, von Männern bedrängt zu werden. Das macht einem das Leben schwer, auch wenn manche Frauen es für erstrebenswert halten.«

Pertennius nickte langsam mit schwerem Kopf und schloss die Augen, nur um sie gleich wieder aufzureißen.

»Alle Sterblichen trachten nach Ruhm«, erklärte er salbungsvoll, »ohne zu erfassen, was sich damit verbindet. Sie braucht ... einen Beschützer. Jemanden, der sie alle von ihr fernhält.«

Damit hatte er natürlich nicht Unrecht. Crispin sprach nicht aus, dass ein Schreiber und Historiker wohl kaum abschreckend genug wirkte, um diese Beschützerrolle übernehmen zu können. Stattdessen wechselte er das Thema und murmelte: »Ihr wisst, dass etliche Männer bei den Chiromanten Liebestäfelchen in Auftrag geben.«

Pertennius verzog das Gesicht. »Pfui!«, sagte er. »Das ist Magie. Wie abscheulich.«

»Und nicht einmal wirksam«, fügte Crispin hinzu.

»Woher wollt Ihr das wissen?«, fragte der Schreiber. Sein Blick war klarer geworden.

Crispin spürte plötzlich, dass er vorsichtig sein musste. »Die Priester lehren es uns, mein Freund«, sagte er. Aufs Neue verärgert, fuhr er fort: »Und außerdem, habt Ihr jemals erlebt, dass Shirin im Morgengrauen wie eine Schlafwandlerin mit offenem Haar durch die Straßen gelaufen wäre, unwiderstehlich angezogen von einer offenen Tür, hinter der irgendein Mann auf sie wartete?«

»O Jad!«, stöhnte Pertennius aus tiefster Seele. Übelkeit und Liebesglut – eine verheerende Mischung.

Crispin unterdrückte ein Lächeln und schaute wieder aus dem halb geöffneten Fenster. Die Luft wehte kühl herein. Unten auf der Straße war alles still. Er beschloss, sich zu verabschieden, und überlegte, ob er um einen Begleiter bitten sollte. Es war nicht ratsam, bei Nacht allein durch die Stadt zu gehen, und sein Haus lag ziemlich weit entfernt.

»Ihr solltet jetzt schlafen«, sagte er. »Wir können uns auch ein anderes Mal …«

»Wisst Ihr, dass man in Sauradia den Bison *verehrt*?«, fragte Pertennius übergangslos. »Es steht bei Metractes in der *Geschichte der rhodianischen Kriege.*«

Wieder beschlich Crispin ein leises Misstrauen, und er bereute es noch mehr, dieses Haus betreten zu haben. »Ich erinnere mich an Metractes«, bemerkte er. »Als Kind musste ich ganze Passagen aus seinen Werken auswendig lernen. Tödlich langweilig.«

Pertennius war entrüstet. »Wahrhaftig nicht, Rhodianer! Er ist ein vorzüglicher Geschichtsschreiber. Ich habe ihn mir zum Vorbild genommen.«

»Ich bitte um Vergebung«, sagte Crispin rasch. »Er ist, äh, auf jeden Fall sehr umfangreich.«

»Umfassend«, verbesserte Pertennius. Wieder schloss er die Augen und legte die Hand auf die Stirn. »Geht dieser Zustand irgendwann vorüber?«, fragte er kläglich.

»Im Lauf des Vormittags«, versprach Crispin. »Schlaf ist so ziemlich das Einzige, was hilft.«

»Werde ich mich übergeben müssen?«

»Das könnte durchaus sein«, sagte Crispin. »Wollt Ihr Euch ans Fenster stellen?«

»Zu weit weg. Erzählt mir von Eurem Bison.«

Crispin holte tief Luft. Pertennius hatte die Augen wieder geöffnet und sah ihn an. »Da gibt es nichts zu erzählen. Und viel zu viel. Wie soll man so etwas *erklären?* Wenn Worte genügen würden, wäre ich kein Mosaizist. Es ist wie mit dem Rehbock und den Kaninchen, den Vögeln und den Fischen, den Füchsen und dem Getreide auf den Feldern. Ich will alles auf meiner Kuppel haben. Ihr habt die Skizzen hier, Schreiber, seht Euch den Entwurf an. Jad hat nicht nur den sterblichen Menschen, sondern auch die Welt der Tiere und Pflanzen geschaffen. Diese Welt liegt zwischen den Mauern im Westen und den Mauern im Osten, bewacht von Gottes Auge und beschützt von seiner Hand.«

Alles wahr, aber nicht die ganze Wahrheit.

Pertennius machte mit zittrigen Fingern das Zeichen des Sonnenkreises. Es fiel ihm sichtlich schwer, sich wach zu halten. »Ihr habt ihn sehr groß gemacht.«

»Es sind große Tiere«, erklärte Crispin so ruhig wie möglich.

»Aha? Ihr habt also einen gesehen? Und Rhodias wird auch dort oben abgebildet? *Meine Kuppel,* habt Ihr gesagt. Ist das mit dem Glauben vereinbar? Schickt es sich für … ein Heiligtum?«

Crispin stand jetzt mit dem Rücken zum Fenster und lehnte sich gegen das Sims. Er wollte antworten und rang noch um die rechten Worte, als er bemerkte, dass er sich die Mühe sparen konnte. Der Schreiber war im weißen Gewand des Hochzeitsgastes und mit den Sandalen an den Füßen auf dem grünen Sofa eingeschlafen.

Crispin atmete erleichtert auf. Er war noch einmal davongekommen. Höchste Zeit, dieses Haus zu verlassen, ob mit oder ohne Begleitung, bevor der Schreiber erwachte und noch mehr von diesen erschreckend scharfsichtigen Fragen stellte. *Er ist harmlos,* hatte Shirin am Tag ihrer ersten Begegnung zu Crispin gesagt. Crispin war davon nicht überzeugt gewesen und war es auch jetzt noch nicht. Er trat vom Fenster weg und wandte sich zur Tür. Er würde den Diener heraufschicken; sollte der sich um seinen Herrn kümmern.

Hätte er das Gekritzel auf seiner eigenen Skizze auf dem Schreibpult nicht gesehen, er wäre tatsächlich gegangen. Doch die Versuchung war unwiderstehlich. Er hielt inne und warf rasch einen Blick zum Sofa. Pertennius schlief jetzt mit offenem Mund. Crispin beugte sich über die Skizzen.

Pertennius – es konnte niemand anderer gewesen sein – hatte Crispins Zeichnungen für die Ausgestaltung der Kuppel und der Wände mit einer Reihe von verschlüsselten Randbemerkungen in fast unleserlicher Schrift versehen. Die Notizen waren nur für ihn selbst bestimmt – kein Grund, sich anzustrengen. Erste Skizzen waren von keinem besonderen Wert.

Crispin richtete sich auf. Doch dabei fiel sein Blick auf ein Blatt Papier, das unter einer der Zeichnungen hervorschaute. Die Handschrift war die gleiche, aber so sorgfältig ausgeführt, dass sie fast als elegant zu bezeichnen war. Diesmal konnte er jedes Wort lesen.

Wie mir von einem der Beamten des Magisters der Kaiserlichen Behörden (den Namen des Mannes hier zu nennen, würde seine Gesundheit, ja sein Leben gefährden) offenbart wurde, frönt die Kaiserin nach wie vor den Lastern ihrer Jugend. Jeden Morgen lässt sie sich von ihren Hofdamen, die natürlich nach dem Grad ihrer moralischen Verworfenheit ausgewählt werden, einige von den jüngeren Exkubitoren in ihr Bad bringen. Diese Männer empfängt sie ohne jedes Schamgefühl so nackt wie damals, als sie sich mit Tieren auf der Bühne paarte, und lässt ihnen die Kleider vom Leib reißen.

Crispin schnappte nach Luft.

Er warf einen weiteren Blick auf das Sofa, dann zog er das Blatt vorsichtig etwas näher heran und las ungläubig weiter.

Dann pflegt sie mit diesen Männern den Geschlechtsverkehr. Ihre Begierde ist unersättlich. Manchmal lässt sie sich wie eine Hure von zwei Soldaten im Bad beschlafen, während ihre Frauen sich selbst berühren, sich gegenseitig liebkosen und ihre Herrin mit schmutzigen, obszönen Bemerkungen anfeuern. Wie mir der Beamte unter dem Siegel der Verschwiegenheit anvertraute, wurde ein tugendhaftes Mädchen aus Eubulus von der Kaiserin vergiftet, weil sie deren Lebenswandel als gottlos zu bezeichnen wagte. Ihre Leiche wurde nie gefunden. Die schamlose Hure, die jetzt unsere Kaiserin ist, lässt ihre heiligen Männer des Morgens vor dem Bad warten, bis die Soldaten durch eine Geheimtür im Innern gegangen sind. Dann empfängt sie, halb nackt, vom Odem der Fleischeslust umweht, die Priester. So macht sie das Morgengebet an den heiligen Jad zum Gespött.

Crispin schluckte krampfhaft. In seinen Schläfen pochte es dumpf. Wieder schaute er zu dem Schlafenden hinüber. Pertennius schnarchte jetzt. Krank sah er aus, grau und hilflos. Als Crispin merkte, dass ihm die Hände zitterten und das Blatt in seinen Fingern zu rascheln begann, ließ er es rasch fallen. Zorn erfüllte ihn, Angst und – wie dumpfer Trommelschlag im Hintergrund – aufkeimendes Entsetzen. Er fürchtete, sich übergeben zu müssen.

Eigentlich sollte er jetzt gehen. Er *wollte* weg von hier. Aber diese Schmähschrift mit ihren geschliffenen Formulierungen war wie ein Gift; sie schlug ihn so in ihren Bann, dass er – fast ohne es zu wollen – eine weitere Seite aufschlug.

Der trakesische Bauer war nicht vor einem gemeinen Mord zurückgeschreckt, um seinem ungebildeten Onkel den Thron zu verschaffen. Als er diesen Thron endlich selbst übernommen hatte – freilich nicht unter seinem bäuerlichen Namen, den hatte er abgelegt, um den Dunggeruch der Felder loszuwerden, was ihm aber nicht gelang –, begann er, seine nächtlichen Rituale, die Beschwörungen von Dämonen und bösen Geistern ganz offen zu praktizieren. Petrus von Trakesia, der Kaiser der Nacht, hörte nicht auf die eindringlichen Vorhaltungen seiner heiligen Priester, er vernichtete gnadenlos jeden, der nicht schweigen wollte, und hatte bald alle sieben Paläste des Kaiserlichen Bezirks in Orte des Bösen verwandelt, wo nach Einbruch der Dunkelheit barbarische Blutopfer dargebracht wurden. Sein Entschluss, dem Gott einen neuen Tempel von riesigen Ausmaßen zu errichten, machte den wahren Glauben vollends zum Gespött. Mit dem Bau und der Ausgestaltung dieses Heiligtums beauftragte er verworfene, gottlose Männer – darunter viele Fremde –, wusste er doch, dass seine finsteren Absichten bei ihnen nicht auf Widerspruch stoßen würden. Zahlreiche Bewohner der Stadt waren fest davon überzeugt, dass der Trakesier vor der Vollendung des Bauwerks, das außer seinen engsten Vertrauten niemand betreten durfte, Nacht für Nacht persönlich Rituale abhielt, in denen Menschen geschlachtet wurden. Es hieß, die Kaiserin pflege, besudelt mit dem Blut der unschuldigen Opfer und im Schein von Kerzen, die man Jad zum Hohn entzündet habe, für ihn zu tanzen. Danach nehme die nackte Hure vor den Augen des Kaisers und anderer Zuschauer eine noch unentzündete Kerze vom Altar, lege sich wie einst in ihrer Jugend auf der Bühne vor aller Augen nieder und …

Crispin schob die Blätter wieder zusammen. Er hatte genug. Mehr als genug. Jetzt war ihm wirklich übel. Der pathetische, stets hellhörige, ach so diskrete Schreiber des Strategos, der kaiserliche Chronist, der Buch führte über Valerius' Kriege und seine Bautätigkeit und im Kaiserlichen Bezirk durchaus angesehen war, er hatte in diesem Raum all den Schmutz, die Galle, den Hass ausgespieen, die sich in seiner Seele angesammelt hatten.

Crispin fragte sich, ob diese Machwerke für die Öffentlichkeit bestimmt waren. Wann sollten sie gelesen werden? Würde das Volk den Anschuldigungen Glauben schenken? Würden in späteren Jahren Leser, die die Verleumdeten nie gekannt hatten, diesen Schmutz am Ende gar für bare Münze nehmen? Wäre das denkbar?

Er brauchte nur, fiel ihm plötzlich ein, ein paar von diesen Blättern zusammenzuraffen und damit den Raum zu verlassen, dann würde Pertennius von Eubulus mit Schimpf und Schande in die Verbannung gejagt.

Oder womöglich hingerichtet. Damit hätte Crispin den Tod eines Menschen auf dem Gewissen. Dennoch verwarf er den Gedanken nicht sofort. Schwer atmend stand er vor dem Tisch, sah im Geist, wie der Hass die Seiten purpurn färbte, und lauschte auf das Schnarchen des Schlafenden, auf das Knistern des Feuers und auf die leisen Geräusche der nächtlichen Stadt in der Ferne.

Er erinnerte sich, wie Valerius in jener ersten Nacht unter der gewaltigen Kuppel gestanden hatte, die Artibasos geschaffen hatte. Wie einfühlsam, wie rücksichtsvoll, wie geduldig der Kaiser gewartet hatte, während Crispin sich mit der Fläche auseinander setzte, die er bearbeiten sollte.

Er erinnerte sich an Alixana in ihren Gemächern. An die goldene Rose auf dem Tisch. Die schmerzliche Vergänglichkeit alles Schönen. Nichts hatte Bestand. *Schafft mir etwas, das von Dauer ist,* hatte sie gesagt.

Jedes Mosaik strebt nach Ewigkeit. Er hatte gespürt, dass sie das verstanden hatte. Und er hatte schon in jener ersten Nacht erkannt, dass ihn diese Frau nie wieder ganz loslassen würde. Kurz darauf hatte der Mann, der jetzt mit offenem Mund auf seinem Sofa lag und schnarchte, an die Tür geklopft und ein Geschenk von Styliane Daleina gebracht.

Crispin erinnerte sich auch an den gierigen Blick, mit dem sich Pertennius in Alixanas kleinem, kostbar ausgestattetem Gemach umgesehen hatte, das nur vom Schein des Feuers erhellt wurde, an den Ausdruck in seinen Augen, als er die Kaiserin spät nachts mit offenem Haar und allem Anschein nach allein mit Crispin angetroffen hatte. Nun verstand er beides ganz anders. *Die schamlose Hure, die jetzt unsere Kaiserin ist.*

Crispin machte unvermittelt kehrt und verließ den Raum.

Rasch lief er die Treppen hinunter. Der Diener saß unter einer eisernen Wandlampe auf einem Hocker und war eingenickt. Als er die Schritte hörte, schreckte er aus dem Schlaf und sprang auf.

»Dein Herr schläft in seinen Kleidern«, sagte Crispin barsch. »Sieh nach ihm.«

Er öffnete die Haustür und trat ins Freie. Kälte und Dunkelheit machten ihm weniger Angst als das, was er soeben im Feuerschein gelesen hatte. Mitten auf der Straße blieb er stehen und sah zu den Sternen auf: so fern, so abgehoben vom Leben der Sterblichen, dass niemand sich an sie wenden konnte. Die Kälte erfrischte ihn. Er rieb sich mit beiden Händen das Gesicht, wie um es zu reinigen.

Plötzlich überkam ihn tiefes Heimweh. Nicht nach dem Haus, das er hier bewohnte, sondern nach seiner wahren Heimat am anderen Ende der Welt. Jenseits Trakesias und Sauradias, jenseits der schwarzen Wälder und der leeren Weiten. Er sehnte sich nach Varena, nach Martinian, nach seiner Mutter und nach all den Freunden, die er in den vergangenen zwei Jahren zu sehr vernachlässigt hatte. Er wollte Trost suchen in vertrauter Umgebung.

Er hätte am falschen Ort gesucht. Das wusste er, bevor er den Gedanken noch zu Ende gedacht hatte. Varena war so schlimm wie Sarantium oder noch schlimmer, es war zur Kloake geworden, vergiftet von Mord und Gewalt und schwärzestem Misstrauen im Palast: Dort hätte er nicht einmal die Möglichkeit, sich nach oben zu flüchten, unter die Kuppel des Tempels.

Man konnte dieser Welt nicht entrinnen, sich nicht vor ihr verstecken, es sei denn, man spielte den Heiligen Narren und fristete sein Leben in der Wüste oder auf einem einsamen Felsen. Und was bedeutete im großen Weltenplan – wieder atmete er in tiefen Zügen die kalte Nachtluft ein – ein verängstigter, verbitterter Schreiberling mit seiner ganzen Gehässigkeit, seiner unterdrückten Triebhaftigkeit gegen ... den Tod von Kindern? Nichts. Überhaupt nichts.

Manchmal kam man im Leben zu keinem richtigen Ergebnis, sondern stellte nur fest, dass bereits eine Entscheidung gefallen war. Er dachte nicht daran, vor der Welt zu fliehen, sich Haar und Bart wachsen zu lassen und nach Schweiß und Exkrementen stinkend in der Wüste zu sitzen, bis ihm die Sonne die Haut verbrannte. Man lebte in der Welt, suchte nach kleinen Freuden, von denen jeder seine eigene Vorstellung hatte, und fand sich damit ab, dass Jads oder Ludans Schöpfung, vielleicht auch die Schöpfung des *Zubir* oder einer anderen göttlichen Macht nicht so beschaffen waren, dass die Sterblichen in Ruhe und Frieden darin leben konnten. Es mochte andere Welten geben – auch das verkündeten manche Lehren –, bessere Welten, wo Harmonie möglich war, aber er lebte nun einmal nicht in einer von diesen Welten und dabei blieb es.

In solche Gedanken versunken, drehte Crispin sich um und sah die Straße hinunter. Sein Blick streifte die von Fackeln beleuchtete Fassade des riesigen Prachtbaus neben Pertennius' Haus und das Tor, durch das vor kurzem eine vornehme Sänfte in den Hof getragen worden war. Im Schein der Sterne sah er, dass die Eingangstür an der Vorderseite offen stand. Auf der Schwelle wartete eine Dienerin in einem warmen Mantel mit einer Kerze in der Hand.

Als die Frau sah, dass er sie bemerkt hatte, hob sie wortlos die Kerze und wies mit der anderen Hand auf die offene Tür.

Crispin hatte bereits kehrtgemacht, ohne sich dessen ganz bewusst zu sein, eine ganz und gar unwillkürliche Bewegung. Nun blieb er, dem schwachen Flämmchen und seiner zweifelhaften Offerte den Rücken zuwendend, abermals reglos auf der Straße stehen, doch jetzt war alles anders; diese geöffnete Tür hatte eine ganz neue Situation geschaffen. Zu seiner Linken erhob sich im Sternenschein die Kuppel über die schönen Stein- und Ziegelfassaden der dortigen Häuser. Die klare, ruhige Wölbung schaute geradezu verächtlich auf die zackigen, scharfen Ecken und Kanten der sterblichen Welt herab.

Dabei war sie von Menschenhand *geschaffen*. Von einem Mann namens Artibasos, einem der Wesen, die im Schnittpunkt so vieler zwischenmenschlicher Beziehungen lebten, umgeben von Frauen und Kindern, Freunden, Gönnern und Feinden, von Zornigen und Gleichgültigen, Verbitterten, Blinden und Sterbenden.

Crispin spürte, wie der Wind auffrischte, und sah im Geist, wie die zierliche Dienerin hinter ihm mit der Hand die Kerzenflamme schützte. Er malte sich aus, wie er auf sie zuging und durch die Tür trat. Sein Herz schlug wie rasend. *Ich bin dafür noch nicht bereit*, dachte er. Doch das war einerseits schlicht nicht wahr, in anderer Hinsicht würde er für das, was ihn hinter dieser Tür erwartete, *nie* bereit sein. Also ein sinnloser Gedanke. Doch während er so allein in Sarantium unter den Sternen stand, wurde ihm auch klar, dass er gar nicht anders konnte, als dieses Haus zu betreten.

Sehnsucht hatte viele Gesichter, und die Leidenschaft war eins davon. Die scharfen Kanten der Sterblichkeit. Immerhin hatte ihn das Leben an diese Tür geführt. Er drehte sich um.

Die Dienerin wartete noch immer. Das war ihre Pflicht. Er ging auf sie zu. Jetzt huschten keine übernatürlichen Flämmchen mehr über die nächtliche Straße. Keine menschliche Stimme drang an sein Ohr, kein Nachtwächter rief, kein Nachtschwärmer sang sein Lied, keine Anhänger einer Zirkuspartei torkelten einige Straßen weiter grölend aus einer Schenke. Vier Fackeln steckten in regelmäßigen Abständen in eisernen Haltern an der schön gestalteten Steinfassade des großen Hauses. Über ihm leuchteten die Sterne, im Rücken hatte er jetzt, kaum weniger weit entfernt, das Meer. Die Frau in der Tür war sehr jung, ein Mädchen noch, und als Crispin auf sie zutrat, sah er die Angst in ihren schwarzen Augen.

Sie hielt ihm die Kerze entgegen und wies wortlos noch einmal ins Innere des Hauses, auf die Treppe, die völlig im Dunkeln lag. Er holte Atem, spürte tief in sich ein drängendes Pochen und erkannte, ganz im Banne dieses Augenblicks, zumindest einen Teil dieser starken Regung wieder. Die Tollheit der Sterblichen. Finsternis, ein kleines Licht, nicht mehr als das.

Er nahm dem Mädchen die Kerze aus den kalten Fingern und stieg die Wendeltreppe hinauf.

Es gab sonst keine Beleuchtung. Sein Schatten hüpfte im Kerzenschein über die Wand, bis er den oberen Treppenabsatz erreicht hatte und sich umdrehte. Aus einer halb geöffneten Tür am Ende des Korridors fiel ein Lichtschein – orange, rot, gelb, ein zitterndes Gold. Crispin blieb lange reglos stehen, dann blies er die Kerze aus und stellte sie auf einen Tisch mit blau geäderter Marmorplatte und Füßen wie Löwenpranken. Auf dem Weg durch den Korridor dachte er an Sterne, an den kalten Wind draußen, an seine Frau, als sie starb und vorher und schließlich an eine Nacht im vergangenen Herbst, als eine andere Frau vor Tagesanbruch mit einem Dolch in der Hand in seinem Zimmer auf ihn gewartet hatte.

Jetzt kam er durch das dunkle Haus an ihre Tür, stieß sie auf und trat ein. Mehrere Lampen, ein weit heruntergebranntes Feuer, ein breites Bett. Er schloss die Tür, indem er sich mit dem Rücken dagegen lehnte. Sein Herz klopfte zum Zerspringen, sein Mund war wie ausgedörrt. Sie hatte an einem Fenster gestanden, das auf einen Innenhof hinausging. Nun drehte sie sich um.

Das goldene Haar hing ihr offen über die Schultern; ihren Schmuck hatte sie abgenommen. Sie trug ein Gewand aus schneeweißer Seide, das Nachthemd einer Braut. Bittere Ironie oder leidenschaftlicher Wunsch?

Angst und Begehren verschleierten ihm den Blick, sein Atem ging rasselnd und schnell. Er fürchtete diese Frau, hasste sie beinahe und wollte doch lieber sterben, als auf sie zu verzichten. Sie kam ihm bis in die Mitte des Raumes entgegen. Er hatte nicht gemerkt, dass er weitergegangen war. Die Zeit bewegte sich sprunghaft wie in einem Fiebertraum. Keiner von beiden sprach ein Wort. Er sah das wilde, harte Blau ihrer Augen, doch dann drehte sie sich plötzlich zur Seite, senkte den Kopf und zeigte ihm den Nacken wie ein Wolf oder ein Hund, der sich unterwarf. Und bevor er die Geste verstehen, reagieren, darauf eingehen konnte, hatte sie den Kopf schon wieder gehoben; ihre Augen sprühten und ihre Lippen eroberten die seinen wie schon einmal vor einem halben Jahr.

Dieses Mal biss sie fest zu. Crispin fluchte, spürte sein eigenes Blut auf der Zunge. Sie lachte und tat so, als wolle sie sich zurückziehen. Er fluchte wieder, die Erregung wurde übermächtig, wie im Rausch packte er sie an den langen Haaren und zerrte sie zu sich. Und diesmal schloss sie die Augen vor dem Kuss, ihre Lippen öffneten sich, an ihrer Kehle begann eine Ader zu pulsieren. Im flackernden Feuerschein leuchtete Stylianes Gesicht so weiß wie ihr Gewand, wie die Fahne der Kapitulation.

Doch die Kapitulation fand nicht statt. Crispin hatte die Liebe noch nie als Kampf erlebt. Hier prallten bei jedem Kuss, jeder Berührung, jeder Vereinigung, jedem gierigen Atemholen zwei feindliche Mächte aufeinander. Die Leidenschaft für den anderen, Zorn und die

Angst, nie wieder hinauszufinden, nie wieder die Herrschaft über sich selbst zu gewinnen, bildeten ein unentwirrbares Knäuel von Gefühlen. Sie forschte ihn spielerisch heraus, näherte sich, zog sich zurück, kam wieder, senkte noch einmal den Kopf in dieser kurzen Demutsgebärde – lang und schlank der Hals, glatt, duftend und jung die Haut in der Nacht –, und er spürte, wie sich unter Zorn und Begehren eine unvermutete Zärtlichkeit mischte, die ihn tief erschreckte. Doch dann hob sie abermals den Kopf, die Augen strahlten, der Mund war weit geöffnet, und als sie sich küssten, fuhr sie ihm mit den Fingernägeln über den Rücken. Im nächsten Moment ergriff sie blitzschnell seine Hand, drehte sich von ihm weg und biss hinein.

Er schuf Mosaiken aus Glas, Stein und Licht. Seine Hände waren sein Leben. Mit einem unartikulierten Fauchen riss er sie in die Arme und trug sie zu dem hohen Himmelbett. Einen Augenblick lang verharrte er dort, dann legte er sie nieder. Sie schaute zu ihm auf, das Licht spiegelte sich in ihren Augen und veränderte sie. Ihr Nachtgewand war an einer Schulter zerrissen. Das war sein Werk. Im Schein des Feuers trat die Wölbung ihrer Brust aus den Schatten hervor.

»Bist du sicher?«, fragte sie.

Er stutzte. *»Was?«*

Da lächelte sie, und dieses Lächeln war so hintergründig und verriet so viel über Styliane, dass er es nie vergaß. Sie murmelte, ironisch, selbstbewusst, aber so bitter wie die Asche eines längst erkalteten Feuers: »Bist du sicher, dass du keine Kaiserin oder Königin vorziehst, Rhodianer?«

Das verschlug ihm die Sprache. Er schaute auf sie nieder, und der Atem stockte ihm in der Brust, als hätte er sich an einem Angelhaken verfangen. Erst jetzt bemerkte er, dass ihm die Hände zitterten.

»Ganz sicher«, flüsterte er heiser und zog sich die

weiße Tunika über den Kopf. Sie sah ihm reglos zu, dann hob sie eine Hand und fuhr mit langem Zeigefinger langsam und leicht an seinem Körper hinab, zeichnete eine einzige, schnurgerade Linie, Illusion von Einfachheit, von Ordnung in der Welt. Er sah jedoch, wie schwer sie selbst um Fassung ringen musste, und das steigerte sein Begehren.

Ganz sicher. Es war die Wahrheit und doch auch wieder nicht, denn wo gäbe es schon Gewissheit in der Welt, in der sie lebten? Die reine, gerade Linie, die ihr Finger gezogen hatte, war *nicht* der Weg ihres Lebens. Doch darauf kommt es nicht an, ermahnte er sich. Nicht in dieser Nacht.

Er ließ alle Fragen, alle Unsicherheiten von sich abgleiten und senkte sich auf sie. Sie führte ihn mit hartem Griff in sich ein, die langen, schlanken Arme und die langen Beine umschlangen seinen Körper, ihre Hände wühlten zuerst in seinem Haar, dann fuhren sie an seinem Rücken auf und ab. Ihr Mund lag an seinem Ohr und flüsterte Koseworte, immer und immer wieder, hastig und gierig, bis ihre Atemzüge so rau und stoßweise kamen wie die seinen. Er wusste, dass er ihr Schmerzen bereitete, aber erst, als ihr Körper sich nach oben wölbte und ihn mit sich nahm, ihn hinaushob über alle scharfen Kanten, alle gebrochenen Linien, hörte er ihren heiseren Aufschrei.

Tränen glitzerten diamantengleich auf ihren Wangen, und er wusste – *wusste* –, dass sie sich im Begehren verzehrte wie eine brennende Kerze und zugleich innerlich wütete gegen diese Schwäche, die ungeheure Sehnsucht, die sie offenbart hatte. In diesem Moment war völlig offen, ob sie ihn töten oder noch einmal küssen würde. Diese Frau bot keine Zuflucht, das Zimmer war kein sicherer Hafen, aber es war ein Ziel, das er um jeden Preis hatte erreichen müssen. Er konnte sich ihm nicht versagen, diesem bitteren, drängenden, vielschichtigen Verlangen, von dem die Menschen besessen waren hier unter der vollkommenen Kuppel und unter den Sternen.

»Ich darf doch davon ausgehen, dass du keine Angst vor großen Höhen hast?«

Sie lagen nebeneinander. Eine Strähne ihres goldenen Haares fiel auf sein Gesicht und kitzelte ihn ein wenig. Eine Hand hatte sie auf seinen Schenkel gelegt. Das Gesicht war von ihm abgewandt, sie schaute zur Decke und zeigte ihm nur ihr Profil. An der Decke war ein Mosaik, er sah es erst jetzt, und es erinnerte ihn unversehens an Siroes. Er hatte es geschaffen, und als er versagte, hatte ihm diese Frau die Hände brechen lassen.

»Angst vor großen Höhen? Das würde mich bei meiner Arbeit behindern. Warum?«

»Weil du aus dem Fenster steigen musst. Er kommt vielleicht bald mit seinen Dienern nach Hause. Du kletterst die Wand hinunter und gehst quer über den Hof. Am hinteren Ende an der Straße steht ein Baum. Wenn du den besteigst, kommst du auf die Außenmauer.«

»Soll ich jetzt schon gehen?«

Jetzt wandte sie ihm das Gesicht zu. Ein leises Zucken umspielte ihren Mund. »Ich hoffe nicht«, murmelte sie. »Aber wenn wir zu lange zögern, könnte es ein überstürzter Aufbruch werden.«

»Käme er denn … hier herein«

Sie schüttelte den Kopf. »Unwahrscheinlich.«

»Menschen sterben auch aus unwahrscheinlichen Gründen.«

Sie lachte. »Das ist wahr. Und er hielte es wohl tatsächlich für seine Pflicht, dich zu töten.«

Das überraschte ihn ein wenig. Er war davon ausgegangen, dass die beiden – der Strategos und seine aristokratische Siegesprämie – in der Frage der ehelichen Treue eine stillschweigende Übereinkunft getroffen hätten. Die Dienerin, die mit ihrer Kerze gut sichtbar auf offener Straße in der Tür gestanden hatte …

Er schwieg.

»Habe ich dir etwa Angst gemacht?« Jetzt sah sie ihn an.

Crispin drehte sich so, dass auch er sie ansehen konnte. Wozu leugnen? Also nickte er. »Aber du selbst ängstigst mich, nicht dein Gemahl.« Sie hielt seinem Blick nur kurz stand, dann schlug sie unerwartet die Augen nieder. Nach einer Pause sagte er: »Wenn ich nur mehr Sympathie für dich empfände.«

»Sympathie? Welch banales Gefühl«, sagte sie allzu schnell. »Was hätte es hier zu bedeuten?«

Er schüttelte den Kopf. »Freundschaft beginnt damit, Leidenschaft vielleicht nicht unbedingt.«

Styliane sah ihn wieder an. »Du hast in mir eine bessere Freundin, als du ahnst«, sagte sie. »Das war von Anfang an so. Habe ich dich nicht davor gewarnt, dein Herz allzu sehr an die Arbeit an dieser Kuppel zu hängen?«

Sie hatte ihn gewarnt, allerdings ohne Angabe von Gründen. Er setzte zum Sprechen an, aber sie legte ihm den Finger auf die Lippen. »Keine Fragen. Vergiss es nur nicht.«

»Ein Ding der Unmöglichkeit«, sagte er. »Wie könnte ich mein Herz nicht daran hängen?«

Sie zuckte die Achseln. »Nun gut. Gegen Unmögliches bin ich natürlich machtlos.«

Sie fröstelte plötzlich. Sie lag unbekleidet in der kalten Luft, und ihre Haut war noch feucht von der Liebe. Er sah sich um, dann stand er auf, schürte das niedergebrannte Feuer und legte Holz nach. Schon bald schlugen die Flammen wieder hoch und wärmten ihn. Als er sich aufrichtete, lag sie auf den Ellbogen gestützt da und betrachtete mit unverhohlener Bewunderung seinen nackten Körper. Er wurde verlegen, und sie lächelte, als sie es bemerkte.

Er kehrte zum Bett zurück, blieb davor stehen und sah auf sie nieder. Sie ließ es ungeniert geschehen, dass er mit den Augen jede Linie, jede Kurve ihres Körpers verfolgte, den Hüftbogen, die Rundung der Brust, das fein modellierte Gesicht. Neues Verlangen regte sich in ihm, unwiderstehlich wie die Gezeiten des Meeres.

Ihr Blick huschte nach unten, und ihr Lächeln vertiefte sich. Wieder wurde ihre Stimme dunkel und heiser. »Ich hatte gehofft, dass deine Sehnsucht nach Innenhof und Baum nicht übermächtig wäre.« Sie fasste mit der Hand nach seinem Geschlecht, streichelte es kurz und zog ihn daran zum Bett und zu sich zurück.

Dieses Mal war es wie ein langsamer, kunstvoller Tanz, und schließlich löste sie ihr vor einem halben Jahr gegebenes Versprechen ein und zeigte ihm, wie Leontes mit einem Kissen umzugehen pflegte. Das vermittelte ihm eine neue Erkenntnis über sich selbst und zerstörte einige Illusionen über die gute Gesellschaft. Etwas später tat er etwas, das er bisher nur mit Ilandra getan hatte, und als ihre Hände fester in sein Haar griffen und sie wie unter Zwang, wie gegen ihren Willen einen Strom zusammenhangloser Worte stammelte, ging ihm auf, dass man um einen Menschen, um den Verlust von Liebe und Geborgenheit auch trauern konnte, ohne dass diese Trauer unentwegt auf einen niederprasselte wie ein endloses Unwetter, um einen schließlich zu vernichten. Am Leben zu sein war an und für sich noch kein Verrat.

Das hatte ihm schon einmal jemand begreiflich zu machen versucht.

Nun stieß sie einen spitzen Schrei aus und hielt den Atem an, als habe sie Schmerzen oder wolle etwas niederkämpfen. Sie nahm sein Geschlecht und führte es wieder in sich ein. Ihre Augen waren fest geschlossen, mit den Armen zog sie ihn an sich, dann vollführte sie mit ihm eine rasche Drehung und ritt auf ihm, immer wilder und fordernder. Ihr Körper glänzte im Feuerschein. Er berührte ihre Brüste und sprach einmal ihren Namen: Er wehrte sich dagegen, aber es erging ihm wie ihr, er konnte nicht anders. Dann umfasste er ihre Hüften und überließ sich ihren Bewegungen. Als er endlich ihren Aufschrei hörte, öffnete er die Augen. Ein zweites Mal spannte sich ihr Körper wie ein Bogen und krümmte sich nach hinten, bis unter der straffen Haut die Rippen sichtbar wurden. Einmal mehr liefen ihr Tränen über die Wangen, aber diesmal zog er sie langsam zu sich herab und entfernte die salzigen Tropfen mit seinen Küssen. Sie ließ es geschehen.

Als Styliane danach auf ihm lag, ihr Zittern sich auf seinen Körper übertrug und ihr Haar sie beide bedeckte, da flüsterte sie übergangslos und mit einer Zärtlichkeit, die ihm später in der Erinnerung geradezu unheimlich war: »Sie wollen in diesem Frühling dein Land überfallen. Noch weiß es niemand. Nur einigen von uns wurde es heute Abend im Palast verkündet. Das bringt manches andere in Gang. Ich will nicht sagen, dass es mir Leid tut. Eine einmal vollbrachte Tat zieht alles andere nach sich. Aber vergiss diesen Raum nicht, Rhodianer. Was immer geschieht. Was immer ich auch tue.«

In seiner Verwirrung – sein Verstand hatte die Arbeit noch nicht wieder richtig aufgenommen, und der Schreck durchfuhr ihn wie ein Messerstich – fiel ihm nichts anderes ein als die Frage: »*Rhodianer?* Nur das? Immer noch?«

Sie lag auf ihm, aber sie bewegte sich nicht. Er konnte ihren Herzschlag spüren. »Rhodianer«, wiederholte sie nach einigem Überlegen. »Ich bin, wozu man mich gemacht hat. Lass dich nicht täuschen.«

Warum hast du dann geweint?, wollte er fragen, aber er tat es nicht. Auch an jene Worte sollte er sich erinnern, an jedes einzelne, ebenso wie an ihren durchgebogenen Körper und an die bitteren Tränen angesichts ihres nackten Verlangens. Doch jetzt hörten sie in der Stille, wie unten die Eingangstür so heftig zugeschlagen wurde, dass die Wände erzitterten.

Styliane rückte ein wenig von ihm ab. Er spürte, dass sie lächelte, auf ihre wehmütig-ironische Art. »Ein guter Ehemann. Er lässt mich immer wissen, wann er nach Hause kommt.«

Crispin starrte sie erschrocken an. Sie erwiderte den Blick mit großen Augen. »Du meine Güte.« Sie amüsierte sich noch immer. »Wirklich. Glaubst du, Leontes ist darauf *versessen,* jede Nacht jemanden umzubringen? Hier muss irgendwo ein Messer sein. Willst du mit ihm um meine Ehre kämpfen?«

Es gab also doch eine Übereinkunft zwischen den beiden. In welcher Form auch immer. Er hatte offenbar gar nichts verstanden. Crispin wurde jetzt der Kopf schwer, er war müde, und er hatte Angst: *eine einmal vollbrachte Tat.* Aber jetzt blieb keine Zeit mehr, sich über die Verhältnisse klar zu werden. Unten war eine Tür zugeschlagen worden. Er stolperte aus dem Bett und schlüpfte in seine Kleider. Sie sah ihm zu und strich in aller Ruhe die Laken glatt. Ihr Haar lag über die Kissen gebreitet. Er sah, wie sie ihr zerrissenes Nachtgewand zu Boden fallen ließ, sich aber nicht weiter bemühte, es zu verstecken.

Er legte den Gürtel um, zog die Tunika zurecht, kniete nieder und band sich rasch die Sandalen. Als er wieder aufstand, sah er sie einen Augenblick lang an. Das Feuer glühte nur noch, die Kerzen waren heruntergebrannt. Ihr nackter Körper war züchtig mit den Laken bedeckt. Sie saß da, in die Kissen gelehnt, und erwiderte seinen Blick. Und Crispin begriff, dass neben allen anderen Motiven auch der Trotz eine Rolle spielte. Man vergaß allzu leicht, wie jung sie noch war.

»Mach dir nicht *selbst* etwas vor«, sagte sie. »Während du dich so sehr bemühst, alle anderen unter Kontrolle zu halten. Du bist mehr als die Summe deiner Pläne.« Er war nicht sicher, was sie damit sagen wollte.

Sie schüttelte ungeduldig den Kopf. »Es spielt alles keine Rolle. Ich bin nur ein Werkzeug.«

Er sagte spöttisch: »Letztes Mal warst du noch eine Siegesprämie. Heute also ein Werkzeug. Was sollte ich sonst noch wissen?« Doch jetzt spürte er bei ihrem Anblick einen dumpfen Schmerz, und damit hatte er ganz und gar nicht gerechnet.

Sie setzte zum Sprechen an, sagte aber nichts. Er hatte sie überrumpelt. Draußen im Korridor waren Schritte zu hören.

»Crispin«, sagte sie und wies auf das Fenster. »Bitte geh.«

Erst als er den Hof überquerte, am Springbrunnen vorbeiging und dem Olivenbaum an der Ecke zur Straße zustrebte, fiel ihm auf, dass sie ihn beim Namen genannt hatte.

Er stieg auf den Baum und trat auf die Mauerkrone hinüber. Der weiße Mond war aufgegangen, er war halb voll. Crispin setzte sich über der dunklen, leeren Straße auf die Mauer. Zoticus fiel ihm ein, die Mauer um sein Anwesen, von der aus er als kleiner Junge auf einen Baum gestiegen war. Als kleiner Junge und noch einmal als erwachsener Mann. Dann dachte er an Linon und *hörte* förmlich ihre Kommentare zu dem, was eben geschehen war. Vielleicht irrte er sich auch: Vielleicht hätte sie verstanden, dass hier sehr viel mehr im Spiel war als einfaches Begehren.

Er lachte leise und voller Wehmut. Denn auch das stimmte nicht: Begehren war niemals einfach. Er schaute zum Haus zurück. In dem Fenster, aus dem er soeben gestiegen war, zeichnete sich eine Gestalt ab. Leontes. Stylianes Schlafzimmerfenster wurde geschlossen, die Vorhänge zugezogen. Crispin wagte auf seiner Mauer kaum zu atmen.

Über den Häusern jenseits der Straße erhob sich die Kuppel. Artibasos' Kuppel, die Kuppel des Kaisers, Jads

Kuppel. Auch Crispins Kuppel? Unter ihm – nur ein Flackern im Augenwinkel – erschien wieder eines dieser unerklärlichen Flämmchen, die so charakteristisch waren für das nächtliche Sarantium, und verschwand sofort. Wie Träume waren diese Flämmchen, wie das Leben, wie die Erinnerungen der Menschen. Was, fragte sich Crispin, blieb von alledem jemals zurück?

Sie wollen in diesem Frühling dein Land überfallen.

Er ging nicht nach Hause. Der Weg war zu weit. Er sprang von der Mauer, überquerte die Straße und bog in eine lange, dunkle Gasse ein. Eine Prostituierte sprach ihn aus dem Schatten an, ihre Stimme klang wie ein Lied durch die Nacht. Er ging weiter. Die Gasse machte eine Biegung und mündete schließlich in den Platz vor den Toren zum Kaiserlichen Bezirk. Die Tempelfassade befand sich zu seiner Rechten. Auf dem Portikus war die ganze Nacht eine Wache postiert. Die Soldaten erkannten ihn, als er näher trat, nickten ihm zu und öffneten ihm eine der massiven Türen. Drinnen brannte Licht. Genug Licht, damit er arbeiten konnte.

KAPITEL VI

Dieselbe Nachtstunde, derselbe Wind. In einem anderen Teil der Stadt gingen vier Männer unter dem weißen Halbmond durch die Straßen.

Sarantium war nach Einbruch der Dunkelheit nie ganz ohne Gefahren, aber zu viert konnte man sich halbwegs sicher fühlen. Zwei der Männer hatten solide Stöcke dabei. Sie gingen schnell, denn es war kalt. Als die Straße abfiel und dann wieder anstieg, wurden sie etwas langsamer, denn sie hatten Wein getrunken, und einer zog den Fuß nach. Der älteste war klein und beleibt und hatte seinen dicken Mantel bis oben hin geschlossen, trotzdem fluchte er bei jedem Windstoß, der die Abfälle durch die dunkle Straße wehte.

Auch Frauen waren noch unterwegs. Sie drückten sich fröstelnd in die Hauseingänge, denn sie waren von Berufs wegen nur sehr leicht bekleidet. Etliche standen auch mit den obdachlosen Bettlern vor den warmen Backöfen herum.

Hier wäre einer der jüngeren Männer gern stehen geblieben, aber der Dicke im Mantel trieb ihn mit einer heiseren Verwünschung weiter. Eine Frau – eigentlich noch ein Mädchen – lief ihnen ein paar Schritte weit nach, dann hielt sie inne, wartete einen Moment und kehrte schließlich auf die warme Insel zurück. Dabei sah sie, wie eine riesige Sänfte mit acht Trägern – nicht vier oder sechs wie üblich – um die Ecke bog und den Männern auf der Straße folgte. Sie verzichtete wohlweislich darauf, diesen Aristokraten anzusprechen. Wenn solche Männer eine Frau wollten, trafen sie ihre Wahl selbst. Und es war nicht ungefährlich, wenn ein Mädchen zu einer Sänfte mit geschlossenen Vorhängen gerufen wurde. Die Reichen hatten ihre eigenen Gesetze, hier wie überall.

Von den vier Männern war keiner mehr nüchtern. Zuerst waren sie am Ende einer Hochzeitsfeier von der Gastgeberin mit Wein bewirtet worden, und danach hatte der älteste von ihnen in der lärmenden Schenke, aus der sie jetzt kamen, noch einige Karaffen mehr spendiert.

Jetzt hatten sie noch einen weiten Weg vor sich, aber das störte Kyros nicht. Strumosus war in der Schenke ungewöhnlich leutselig gewesen und hatte des Langen und Breiten über die Zubereitung von Aal und Wild und über die richtige Verbindung von Sauce und Hauptgericht gesprochen, wie sie Aspalius vor vierhundert Jahren überliefert hatte. Daraus hatten Kyros und die anderen geschlossen, dass ihr Meister mit dem Verlauf des heutigen Tages zufrieden war.

Erst beim Verlassen der Schenke hatten sie gemerkt, wie spät es schon war und wie kalt und wie weit sie bis zum Blauen-Hof noch durch die zugigen Straßen laufen mussten.

Kyros fror nicht so leicht und war ohnehin viel zu glücklich, um die Kälte zu spüren: Das erfolgreiche Festmahl, der viele Wein, die lebhafte Erinnerung an die Gastgeberin – ihren Duft, ihr Lächeln, die freundliche Anerkennung seiner Arbeit – und schließlich Strumosus' heitere, gelöste Stimmung in der Schenke ergaben eine gelungene Kombination. Für Kyros war es ein wunderbarer Tag gewesen. Schade, dass er kein Dichter war, um den heillosen Wirrwarr seiner Gefühle in Worte zu fassen.

Von vorn war lautes Gepolter zu hören. Ein halbes Dutzend junger Männer drängte sich aus der niedrigen Tür einer Schenke. Es war zu dunkel, man konnte sie nicht deutlich sehen, aber wenn es Grüne waren, konnte es gefährlich werden. Die Rennsaison stand kurz bevor, und die Spannung stieg immer weiter. Wenn sie flüchten mussten, wäre Kyros für die anderen ein Hindernis, und das wusste er. Die vier drängten sich noch dichter zusammen.

Ihre Bedenken erwiesen sich als unbegründet. Die Zechbrüder stolperten in Schlangenlinien bergab in Richtung Hafen und versuchten, ein gerade aktuelles Marschlied anzustimmen. Keine Grünen. Soldaten auf Urlaub in der Stadt. Kyros atmete erleichtert auf. Dann warf er einen Blick über die Schulter – und deshalb war er derjenige, der die Sänfte im Dunkeln entdeckte.

Er sagte nichts, sondern ging mit den anderen weiter. Lachte höflich über Rasics allzu lauten Scherz auf Kosten der betrunkenen Soldaten – einer war vor einer Ladentür stehen geblieben, um sich zu übergeben. Als sie um eine Ecke bogen und an einem längst geschlossenen Sandalengeschäft und einem Joghurtstand vorbei waren, sah Kyros sich erneut um: Die Sänfte kam hinterher. Der Abstand verringerte sich nicht. Es war eine sehr große Sänfte. Sie wurde von acht Männern getragen. Die Vorhänge waren auf beiden Seiten zugezogen.

Kyros hatte ein flaues Gefühl in der Magengrube. Sänften waren bei Nacht nichts Ungewöhnliches – wer es sich leisten konnte, benützte sie gern, besonders dann, wenn es kalt war. Aber diese Sänfte blieb ihnen allzu beharrlich auf den Fersen. Als sie ihnen quer über einen Platz, um den Brunnen in der Mitte herum und in die steile Straße auf der gegenüberliegenden Seite folgte, räusperte sich Kyros und fasste Strumosus am Arm.

»Ich glaube …«, begann er, als der Küchenchef ihn ansah, und schluckte. »Es könnte sein, dass wir verfolgt werden.«

Die drei anderen blieben stehen und schauten zurück. Sofort hielt auch die Sänfte an, die schwarz gekleideten Träger standen stumm und reglos wie die Statuen. Alle Türen, alle Geschäfte waren geschlossen. Die Straße war leer bis auf die Gruppe aus vier dicht beieinander stehenden Männern und die vornehme Sänfte mit den geschlossenen Vorhängen.

Der weiße Mond stand über der kupferbeschlagenen Kuppel einer kleinen Kapelle. Von ferne war plötzlich grölendes Gelächter zu hören. Noch ein Gasthaus, dessen Gäste nach Hause gingen. Der Lärm verklang. Wieder wurde es still.

Die drei jungen Männer hörten, wie Strumosus von Amoria einen langen Seufzer und einen leisen, aber inbrünstigen Fluch ausstieß.

»Ihr rührt euch nicht vom Fleck«, sagte er dann und ging auf die Sänfte zu.

»Verdammt«, flüsterte Rasic, weil ihm nichts Besseres einfiel. Von der Sänfte ging eine fast greifbare Bedrohung aus. Auch Kyros spürte es.

Schweigend beobachteten sie den kleinen Koch. Strumosus hatte die Sänfte erreicht. Keiner der Träger bewegte sich oder sprach ein Wort. Der Koch blieb an einer Seite vor den geschlossenen Vorhängen stehen. Er schien mit jemandem zu sprechen, aber sie hörten weder seine Stimme noch die Antwort von drinnen. Dann sah Kyros, wie sich die Vorhänge bewegten und ein Stück zurückgezogen wurden. Er hatte keine Ahnung, wer sich dahinter verbarg, ob Mann oder Frau. Die Sänfte hätte auch mehrere Personen fassen können. Er wusste nur, dass er Angst hatte.

»Verdammt«, sagte Rasic wieder.

»Verdammt«, plapperte Mergius ihm nach.

»Maul halten«, sagte Kyros ganz gegen seine Art. »Alle beide.«

Strumosus sprach jetzt wieder, dann hörte er zu. Schließlich verschränkte er die Arme vor der Brust und sagte noch etwas. Gleich darauf schloss sich der Vorhang, die Sänfte wurde gewendet, setzte sich in Bewegung und strebte dem Platz zu. Strumosus sah ihr nach, bis sie hinter dem Brunnen verschwunden war. Dann kehrte er zu den drei jungen Männern zurück. Kyros sah, dass Strumonus tief beunruhigt war, aber er wagte keine Fragen zu stellen.

Rasic waren solche Hemmungen fremd. »Wer im Namen des Gottes war das denn?«, fragte er.

Strumosus tat so, als hätte er nichts gehört, und ging einfach weiter. Die drei passten sich seinen Schritten an. Alle schwiegen jetzt, sogar Rasic. Sie erreichten ohne weitere Zwischenfälle den Blauen-Hof, wurden im Schein einer Fackel erkannt und eingelassen.

»Gute Nacht«, sagte Strumosus am Eingang zum Dormitorium zu seinen drei Begleitern und ging weiter, ohne eine Antwort abzuwarten.

Rasic und Mergius stiegen die Treppe hinauf und betraten das Gebäude, aber Kyros blieb zwischen den Säulen stehen. Er sah, dass der Koch nicht den Weg zu seiner Wohnung eingeschlagen hatte, sondern über den Hof auf die Küche zusteuerte. Gleich darauf flammten dort die Lampen auf. Er wäre gern hinübergegangen, aber er tat es nicht. Aufdrängen wollte er sich nicht. Er nahm einen letzten Zug von der kalten Nachtluft, dann folgte er den anderen ins Haus. Lange fand er keinen Schlaf. Der wunderbare Tag, die schöne Nacht waren ihm verdorben, ohne dass er gewusst hätte, wie das zugegangen war.

In der Küche schürte Strumosus mit exakten Bewegungen das Feuer, zündete die Lampen an und schenkte sich einen Becher Wein mit reichlich Wasser ein. Dann schliff er ein Messer und hackte in schnellem Rhythmus verschiedenes Gemüse. Er schlug zwei Eier auf, gab das Gemüse, Meersalz und eine ordentliche Dosis des teuren Pfeffers aus dem Osten dazu und verquirlte die Mischung in einer kleinen, angeschlagenen Schale, die er seit Jahren besaß und nur für den Eigenbedarf benützte. Auf einem Gitter über dem Kochfeuer erhitzte er eine Kasserolle, tropfte Olivenöl hinein, briet die Eierspeise und wendete sie automatisch im richtigen Moment. Dann stellte er die Kasserolle auf eine Steinplatte und holte sich einen weiß-blau gemusterten Teller von einem Regal. Nachdem er seine neueste Kreation auf den Teller befördert und mit Blüten- und Pfefferminzblättern garniert hatte, blieb er kurz davor stehen, um die Wirkung zu begutachten. *Wer für sich selbst nicht mit Liebe kocht,* pflegte er seinen Unterköchen gern zu erklären, *wird bald auch für andere nur noch nachlässig kochen.*

An sich war er nicht hungrig, aber er wurde von einer inneren Unruhe geplagt. Wenn er unruhig war, musste er kochen, und ein gelungenes Gericht nicht zu genießen, wäre in seinen Augen ein Verbrechen gegen Jads Schöpfung gewesen. Also füllte er den Becher noch einmal, setzte sich allein auf den hohen Stuhl an der Kochinsel in der Mitte, aß und trank und beobachtete, wie draußen das Licht des weißen Mondes auf den Hof fiel. Er hatte gehofft, dass Kyros noch herüberkommen würde – er wollte jetzt nicht unbedingt allein sein –, aber dafür war der Junge trotz seiner scharfen Augen noch zu schüchtern.

Strumosus zögerte, als er sah, dass sein Becher schon wieder leer war. Doch dann füllte er ihn noch einmal und gab sogar weniger Wasser dazu als zuvor. Es kam nur selten vor, dass er so viel trank, aber er hatte ja auch nicht jeden Tag eine Begegnung wie eben auf der Straße.

Man hatte ihm eine Stellung angetragen, und er hatte

abgelehnt. Er hatte heute schon zwei solche Angebote bekommen, das erste von der jungen Tänzerin, das zweite vor kurzem im Dunkeln. An sich war das kein Problem und auch keine Seltenheit. Man kannte ihn, seine Dienste waren begehrt, und manch einer hatte auch das Geld, ihn zu bezahlen. Aber er fühlte sich im Blauen-Hof sehr wohl. Es war nicht die Küche eines vornehmen Hauses, aber sie hatte einen Namen, und sie gab ihm die Gelegenheit, die Rolle der Kochkunst, der er mit solcher Leidenschaft frönte, beträchtlich aufzuwerten. Die Nachricht, auch die Grünen suchten jetzt nach einem Meisterkoch, hatte Strumosus erheitert und mit Genugtuung erfüllt.

Bei dem Angebot der Person in der feudalen Sänfte lag die Sache anders. Sie war dem Koch wohl bekannt und hatte viele Erinnerungen geweckt – auch an Vorfälle, über die er einst aus Unterwürfigkeit geschwiegen und sich dadurch mitschuldig gemacht hatte. *Die Vergangenheit begleitet uns bis in den Tod,* hatte Protonias vor langer Zeit geschrieben, *und dann werden wir zur Erinnerung für andere, bis auch sie sterben. Diese Erinnerung ist das Einzige, was von den meisten Menschen bleibt. So wollen es die Götter.*

Auch von den alten Göttern ist jetzt nicht mehr viel übrig, dachte Strumosus und schaute in seinen Becher. Und wer von seinen Zeitgenossen erinnerte sich noch an Protonias von Trakesia? Was musste ein Mensch tun, damit sein Name weiterlebte?

Seufzend sah er sich in der vertrauten Küche um. Hier war alles durchdacht, jeder Winkel wurde genützt, eine Insel der Ordnung im Chaos der Welt. *Es liegt etwas in der Luft,* ging es dem einsamen Koch im Schein seiner Lampen plötzlich durch den Sinn. Er hatte geglaubt zu wissen, was es war – und er hatte mit seiner Ansicht nicht hinter dem Berg gehalten. Alles deutete auf einen Krieg im Westen hin: Jeder denkende Mensch musste die Zeichen erkennen.

Aber manchmal bekam man die verschlossenen Türen mit Gedanken und Beobachtungen allein nicht auf. Manchmal musste man den Schlüssel im Blut suchen, in der Seele, in den Träumen.

Inzwischen war er nicht mehr so sicher, was er zu erwarten hatte. Aber wenn Lysippus der Calysier wieder in Sarantium war und mit seiner Sänfte bei Nacht die Straßen unsicher machte, dann *hatte* das etwas mit Blut und Träumen zu tun.

Zur Erinnerung für andere, bis auch sie sterben.

Er hatte keine Angst um sich selbst, obwohl ihm durchaus der Gedanke kam, dass dies berechtigt wäre.

Es war Zeit zum Schlafengehen. Aber er wollte nicht in sein Bett. So schob er schließlich Teller und Becher beiseite, legte den Kopf auf die verschränkten Arme und schlief auf seinem Stuhl, während die Lampen langsam niederbrannten und die Dunkelheit sich ausbreitete.

Dieselbe Nacht. Der Wind war so schneidend kalt, als gönne der Gott seiner Welt den Frühling nicht. Ein Mann und eine Frau saßen am Feuer und tranken Würzwein. Es war ihre Hochzeitsnacht.

Die Frau saß auf einem gepolsterten Hocker, der Mann hatte sich ihr zu Füßen auf dem Boden niedergelassen und den Kopf an ihre Hüfte gelehnt. So schauten sie in einträchtigem Schweigen in die Flammen. Die Frau war von Natur aus schweigsam, von ihm konnte man das nicht unbedingt behaupten. Sie hatten einen langen Tag hinter sich. Ihre Hand lag leicht auf seiner Schulter. Beide dachten sie an andere Flammen, andere Räume: Eine gewisse Befangenheit stand zwischen ihnen, ausgelöst durch den zweiten Raum hinter dem Durchgang mit dem Perlenvorhang – den Raum, in dem das Bett stand.

Endlich sagte er: »Dein Parfüm kommt mir ganz fremd vor. Sonst trägst du doch gar kein Parfüm?«

Sie schüttelte den Kopf, dann fiel ihr ein, dass er sie nicht sehen konnte, und sie murmelte: »Nein.« Sie zögerte. »Eigentlich gehört es Shirin. Sie hat darauf bestanden, dass ich es heute Nacht auflege.«

Das veranlasste ihn, den Kopf zu wenden und mit großen Augen zu ihr aufzuschauen. »Shirin? Dann ... ist es das Parfüm der Kaiserin?«

Kasia nickte. »Shirin wollte, dass ich mich in dieser Nacht wie eine Kaiserin fühle.« Sie rang sich ein Lächeln ab. »Ich glaube, das Risiko ist nicht allzu groß. Es sei denn, du hättest Gäste eingeladen.«

Die Gäste hatten sich schon vor längerer Zeit mit derben Scherzen an der Haustür verabschiedet und waren mit einem obszönen Soldatenlied auf den Lippen abgezogen.

Carullus, seit kurzem Chiliarch der Zweiten Calysischen Reiterlegion, lachte kurz auf und verstummte wieder.

»Ich kann mir nicht vorstellen, dass ich außer dir noch jemanden bei mir haben möchte«, sagte er ruhig und fügte hinzu: »Und eine Kaiserin bist du für mich auch ohne Alixanas Parfüm.«

Kasia verzog spöttisch das Gesicht, wie sie es zu Hause oft getan hatte. Allmählich fand sie doch wieder zurück zu der Kasia von einst. »Du bist ein Schmeichler, Soldat. Hast du mit solchen Komplimenten die Mädchen in den Schenken beeindruckt?«

Sie war eins von diesen Mädchen gewesen.

Er schüttelte den Kopf. Sein Gesicht blieb ernst, die Spannung wich nicht. »Das habe ich noch zu keiner gesagt. Ich war auch noch mit keiner verheiratet.«

Ihre Züge wurden weich, aber er starrte wieder ins Feuer und bemerkte es nicht. Sie sah auf ihn nieder. Ihr Soldat, ihr Ehemann. Ein Hüne mit schwarzem Haar, breiten Schultern, großen Händen, kräftigem Oberkörper. Und plötzlich wurde ihr mit Staunen klar, dass er

Angst vor ihr hatte, dass er ihr nicht wehtun, sie nicht kränken wollte.

In diesem Moment durchfuhr es Kasia wie ein Stich ins Herz. Das Kaminfeuer warf zuckende Schatten über die Wände. Hoch oben im Norden gab es einen Teich, zu dem sie immer gegangen war, wenn sie für sich sein wollte. *Erimitsu:* die Kluge. Zu gescheit, zu hochnäsig. Doch dann war die Pest gekommen, und im darauffolgenden Herbst hatte ihre Mutter im fallenden Laub an der Straße gestanden und zugesehen, wie man sie und die anderen Mädchen mit Stricken aneinander band und fortführte.

Die Götter des Nordens, die weiten Ebenen, über die der Wind brauste, der Sonnengott Jad oder der *Zubir* im südlichen Aldwood – irgendjemand, irgendetwas hatte sie hierher geführt, in diesen Raum. Hier konnte sie Geborgenheit finden. Vier Wände, ein Feuer. Ein Mann, der ruhig zu ihren Füßen saß. Hier war sie geschützt vor dem Wind. Endlich.

Es war ein Geschenk, ein großes Geschenk. Ihr Herz krampfte sich noch mehr zusammen. Sie schaute nach unten. Ein Geschenk. Ihre Hand krallte sich fester in seine Schulter, schickte sich an, ihm durch das Haar zu streichen.

»Aber jetzt«, sagte sie. »Jetzt bist du verheiratet. Willst du nicht zu Bett gehen mit deiner Frau?«

»O Jad!«, sagte er und stieß die Luft so heftig aus, als hätte er die ganze Zeit den Atem angehalten.

Sie musste tatsächlich lachen. Ein weiteres Geschenk.

Mardoch von der Ersten Amorianischen Infanterie war mit seinen Soldaten vom Grenzland ins nördlich gelegene Deapolis befohlen worden – keiner der Offiziere wollte sich auf eine Begründung festlegen, aber man hatte so seine Vermutungen. Nun war er ziemlich sicher, sich beim Essen in irgendeiner der vielen Kneipen, durch die sie heute Nacht gezogen waren, den Magen verdorben zu haben. Verdammtes Pech. Sein erster Urlaub in der Stadt nach sechs Monaten im Kaiserlichen Heer, und er kotzte wie ein Bassanidenhund. Die älteren Männer lachten ihn aus.

Beim ersten und zweiten Mal hatten ein paar von den anderen noch gewartet, als er sich in einem Ladeneingang übergeben musste. Doch dann hatte sich sein Magen erneut von innen nach außen gekehrt, und als er sich nun langsam und vorsichtig aufrichtete, sich den Mund abwischte und sich in diesem arschkalten Wind mit zitternden Knien an die Wand lehnte, da entdeckte er, dass die Dreckskerle ohne ihn weitergegangen waren. Er spitzte die Ohren. Weiter vorn war Gesang zu hören. Er stieß sich von der Wand ab und wankte hinterher.

Abgesehen von seinen rebellierenden Eingeweiden war er ziemlich betrunken. Den Gesang hörte er schon bald nicht mehr, und wo er war, wusste er auch nicht so genau. Er beschloss, zum Hafen zurückzukehren – das hatten sie ohnehin vorgehabt. Vielleicht fand er dort eine weitere Kneipe, den Gasthof, in dem sie abgestiegen waren, oder irgendein Mädchen. Osten war da, wo der weiße Mond stand, daran konnte er sich orientieren. Die Übelkeit hatte etwas nachgelassen – ein Geschenk des strahlenden Heladikos, des Schutzpatrons aller Soldaten.

Aber es war kalt, der abschüssige Weg erschien ihm länger als noch vor einigen Stunden, und die Gassen hatten seither offenbar neue Windungen bekommen. Es fiel ihm eigentümlich schwer, die Richtung zu halten. Immer wieder leuchteten diese unheimlichen Flämmchen auf und verschwanden wieder. Man redete nicht darüber, aber er fand sie doch sehr beunruhigend. Sie machten einem richtig Angst. Mardoch fluchte leise und schleppte sich weiter.

Als eine Sänfte neben ihm anhielt, die er weder gesehen, noch gehört hatte, und eine Aristokratenstimme sich in scharfem Ton erkundigte, ob ein Bürger der Stadt den tapferen Soldaten des Reiches vielleicht ein Stück mitnehmen könne, nahm er das Angebot mit Freuden an.

Mardoch brachte einen militärischen Gruß zustande, dann zog einer der hünenhaften Träger den Vorhang zurück, und er stieg ein. Als er sich in die schwellenden Polster fallen ließ, stiegen ihm plötzlich die eigenen übelriechenden Ausdünstungen in die Nase. Der Mann in der Sänfte war noch größer und breiter als die Träger – ein wahrer Riese. Als der Vorhang wieder zufiel, wurde es sehr dunkel. In der Luft hing ein süßlicher Geruch, irgendein Parfüm, gegen das Mardochs Magen aufs Neue aufzubegehren drohte.

»Ihr seid auf dem Weg zum Hafen, nehme ich an«, sagte der vornehme Herr.

»'türlich«, schnaubte Mardoch. »Wo findet ein armer Soldat sonst schon 'ne Hure, die er sich auch leisten kann? Bitte Euer Gnaden um Vergebung.«

»Vor den Frauen hier sollte man sich in Acht nehmen«, sagte der Mann. Er hatte eine ganz ungewöhnliche, seltsam hohe Stimme und sprach sehr deutlich.

»Das sagt einem jeder.« Mardoch zuckte die Achseln. Hier war es warm, und die Polster waren unglaublich weich. Man könnte fast einschlafen. Das Gesicht des Mannes war im Dunkeln kaum zu erkennen. Was sich einprägte, war sein massiger Körper.

»Und jeder hat Recht. Trinkt Ihr einen Schluck Wein?«

Zwei Tage später gehörte Mardoch von Sarnica beim Appell der Ersten Amorianischen in Deapolis zu den drei Männern, die als abgängig gemeldet und routinemäßig zu Fahnenflüchtigen erklärt wurden. Dergleichen kam vor, wenn junge Soldaten vom Lande zum ersten Mal den Versuchungen der großen Stadt ausgesetzt waren.

Natürlich wurden alle gewarnt, bevor man sie auf Urlaub gehen ließ. Wer nach einer Fahnenflucht wieder eingefangen wurde, konnte geblendet oder verstümmelt werden, die Entscheidung lag bei seinem Vorgesetzten. Ersttäter, die freiwillig zurückkehrten, konnten noch mit einer Auspeitschung davonkommen. Aber seit die Kriegsgerüchte nicht mehr verstummen wollten und in den Werften von Deapolis und jenseits der Meerenge hinter den kleinen bewaldeten Inseln so fieberhaft gearbeitet wurde, drohte jedem Soldaten, der nicht aus freien Stücken wiederkam, ein weitaus schlimmeres Schicksal. In Kriegszeiten stand auf Fahnenflucht der Tod.

In den nächsten ein bis zwei Tagen verdichteten sich die Gerüchte. Zuerst hieß es, dem Ostheer solle die Hälfte des Solds gestrichen werden. Dann hörte jemand, der *ganze* Sold sei dahin. Zum Ausgleich sei von Ackerland die Rede. Ackerland am Rand der Wüste? Ein Witz, über den niemand lachen konnte. Betroffen sei von diesen Maßnahmen nur, wer im Osten zurückbleibe. Alle anderen sollten in den Krieg ziehen – auf viel zu hastig zusammengenagelten Schiffen, denen sich kein Infanterist guten Gewissens anvertrauen wollte. *Deshalb* hatte man sie also nach Deapolis verlegt. Sie sollten die weite Reise nach Westen antreten, um fern der Heimat in Batiara gegen die Antae oder die Inicier zu kämpfen – diese gottlosen Barbarenstämme, die ihre Feinde über dem Feuer brieten und das Fleisch aßen, die warmes Menschenblut tranken, den Männern mit dem Messer den Bauch aufschlitzten und sie durch den Schlitz vergewaltigten, um sie dann zu kastrieren, zu häuten und an den Haaren an die Eichbäume zu hängen.

Zwei der drei abgängigen Soldaten kehrten zwei Tage später totenbleich und schlotternd vor Angst zur Kompanie zurück. Sie hatten mehrere Saufgelage hinter sich und waren ziemlich angeschlagen. Als sie ihre Hiebe bekommen hatten, versorgte sie der Feldarzt wie üblich mit Wein, der in die Wunden und in die Kehlen gegossen wurde. Mardoch von Sarnica kehrte nicht zurück und wurde auch nie gefunden. Welch ein Glückspilz, dachten einige seiner Kameraden und schauten mit bangem Herzen zu den halb fertigen Booten hinüber.

»Trinkt Ihr einen Schluck Wein?«, fragte die helle, scharfe Stimme in der warmen Dunkelheit, während die Sänfte in gleichmäßigem Rhythmus durch die Straßen schwankte.

Wie konnte man einem Soldaten nur eine so dumme Frage stellen? Natürlich wollte er Wein. Der Becher war schwer und mit Edelsteinen besetzt. Der Wein war fast schwarz, ein guter Tropfen. Der vornehme Herr wartete, bis Mardoch ausgetrunken hatte.

Als er den Becher ausstreckte, um sich nachschenken zu lassen, schüttelte der Koloss langsam den Kopf. Ein schwüler Parfümduft hing in der Sänfte. »Ich denke, das wird genügen«, sagte er. Mardoch blinzelte verwirrt. Alles war undeutlich, verschwommen, und es kam ihm vor, als liege auf seinem Schenkel eine Hand, die nicht seine eigene war.

»Hau ab, du Schwein!«, glaubte er sich sagen zu hören.

Rustem war Arzt und hatte zu lange in Ispahani gelebt, um sich über die Eisenringe in den Bettpfosten oder die anderen, raffinierteren Gerätschaften zu entrüsten, die er im Schlafzimmer des kleinen, aber feinen Gästehauses des Senators unweit der dreifachen Mauern vorfand.

Dies war also wohl der Raum, wo sich Plautus Bonosus zu vergnügen pflegte, wenn er der Liebe – und den Zwängen – seiner Familie entrinnen konnte.

Das war nicht ungewöhnlich: Überall auf der Welt frönten die Aristokraten verschiedenen Varianten der immergleichen Genüsse, wenn sie die Möglichkeit hatten, dies unter Ausschluss der Öffentlichkeit zu tun. In Kerakek gab es solche Häuser natürlich nicht. In einem Dorf wusste jeder, vom Festungskommandanten über den kleinsten Bauern, zu genau über alle anderen Bescheid.

Rustem steckte die dünnen Goldringe – er hatte erst mit einiger Verzögerung begriffen, dass sie dafür gedacht waren, über männliche Geschlechtsorgane unterschiedlicher Größe gestreift zu werden – in ihren Lederbeutel zurück, zog die Schnüre zu und verwahrte den Beutel bei den Seidenschals, den dünnen Bändern und einer Reihe von noch ausgefalleneren Utensilien in der mit Messing ausgeschlagenen Truhe, aus der er ihn genommen hatte. Die Truhe war nicht verschlossen gewesen, und er war als Gast des Senators derzeit rechtmäßiger Besitzer des Hauses. So hatte er sich ohne schlechtes Gewissen umgesehen, während er seine eigenen Habseligkeiten verstaute. Er war im Auftrag des Königs der Könige als Spion in Sarantium und musste Erfahrungen sammeln. Skrupel konnte er sich nicht leisten. Ob Shirvan der Große und seine Ratgeber sich wohl für die nächtlichen Ausschweifungen des sarantinischen Senatsältesten interessierten?

Rustem schloss die Truhe und sah nach dem Feuer. Es war fast niedergebrannt. Natürlich könnte er es selbst schüren, aber er entschied sich anders. Die Gegenstände, die er soeben in Händen gehalten und betrachtet hatte, hatten ungewohnte Empfindungen geweckt und ihn daran erinnert, wie weit er von seinen Frauen entfernt war. Trotz seiner Müdigkeit – er hatte einen langen, turbulenten Tag hinter sich, der gleich mit einem Todesfall begonnen hatte – diagnostizierte Rustem fachkundig die ersten Anzeichen sexueller Erregung bei sich selbst.

Er öffnete die Tür und rief hinunter, jemand möge sich um das Feuer kümmern. Das Haus war nicht groß. Er bekam sofort Antwort. Wenige Augenblicke später sah er mit Genugtuung, wie eine junge Dienerin – sie hatte sich als Elita vorgestellt – mit niedergeschlagenen Augen den Raum betrat. Es hätte auch der Hausverwalter sein können – der Bursche überschlug sich geradezu vor Diensteifer –, aber solche Pflichten waren wohl unter seiner Würde. Wahrscheinlich schlief er auch bereits. Es war schon spät.

Rustem setzte sich ans Fenster und wartete, während die junge Frau in der Glut herumstocherte und die Asche zusammenfegte. Als sie fertig war und sich erhoben hatte, sagte er freundlich: »Mir ist bei Nacht oft kalt, mein Kind. Es wäre mir lieber, du bliebest hier.«

Sie wurde rot, aber sie sträubte sich nicht. Das hatte er auch nicht erwartet in einem Haus wie diesem. Er war schließlich ein geehrter Gast.

Sie war eine sanfte, angenehm warme und willige, wenn auch nicht allzu erfahrene Bettgefährtin. Eigentlich war ihm das sogar lieber. Hätte er auf extravagante sinnliche Genüsse Wert gelegt, er hätte sich nach einer teuren Prostituierten erkundigt. Man war schließlich in Sarantium. Hier konnte man angeblich alles bekommen. Alles, was es gab auf der Welt. Er behandelte das Mädchen freundlich und ließ es hinterher sogar bei sich im Bett schlafen. Die Kleine hatte sicher nur einen Strohsack in einer kalten Kammer im Untergeschoss, und draußen heulte der Wind.

Bevor er in den Schlaf hinüberglitt, fiel ihm ein, dass die Dienerschaft womöglich Anweisung erhalten hatte, ein wachsames Auge auf den bassanidischen Besucher zu haben – das wäre eine einleuchtende Erklärung für die Fügsamkeit des Mädchens. Der Gedanke erheiterte und beunruhigte ihn zugleich. Aber er war zu müde, um ihn zu Ende zu führen, und schlief ein. Er träumte von seiner Tochter, dem kleinen Mädchen, das er verlieren würde, wenn ihn der König der Könige mit Ruhm überhäufte und in die Priesterkaste erhob.

Das Mädchen Elita war noch bei ihm, als mitten in der Nacht das ganze Haus aus dem Schlaf gerissen wurde, weil jemand mit lautem Geschrei an die Tür hämmerte.

Gisel legte den Weg vom Kaiserlichen Bezirk zu ihrem Stadtpalais in einer Sänfte und mit einer unerwarteten berittenen Eskorte zurück und fasste lange vor ihrer Ankunft einen Entschluss.

Mit der Zeit würde sie vielleicht sogar stolz darauf sein: Es war ihre Wahl, sie hatte die Entscheidung getroffen. Das hieß freilich nicht, dass ihr Vorhaben zwangsläufig gelingen musste. Hier und zu Hause waren bereits so viele Pläne und Intrigen gesponnen worden, dass ihre Aussichten so gut wie hoffnungslos waren. Das waren sie schon seit dem Tod ihres Vaters gewesen, seit die Antae widerwillig sein einziges überlebendes Kind zur Königin gekrönt hatten. Aber wenigstens konnte sie selbst planen und handeln und wurde nicht wie eine Nussschale auf den Wogen der Ereignisse umhergeschleudert.

Zum Beispiel hatte sie ganz genau gewusst, was sie tat, als sie den zornigen, verbitterten Handwerker mit einem Heiratsantrag an den Kaiser von Sarantium um die halbe Welt schickte. Sie erinnerte sich genau, wie sie in jener Nacht in ihrem Palast allein vor diesem Caius Crispus gestanden hatte. Wie sie ihn aufforderte, sie so lange zu betrachten, bis er sich satt gesehen habe.

Ihr könnt dem Kaiser sagen, Ihr hättet die Königin von Batiara aus nächster Nähe gesehen …

Bei dem Gedanken wurde sie rot. Heute Abend im Palast war ihr das Ausmaß ihrer Unschuld deutlich vor Augen geführt worden. Es war höchste Zeit, einen Teil dieser Unschuld zu verlieren. Sie konnte nicht einmal genau sagen, *welchen* ihrer Pläne ihr heutiger Entschluss – der immer noch von einer leisen, beschämenden Angst durchdrungen war – nun eigentlich fördern sollte. Sie wusste nur, dass sie ihn ausführen würde.

Sie hob den Vorhang ein wenig an. Das Pferd ging immer noch neben ihrer Sänfte her. Sie erkannte die Tür einer Kapelle. Jetzt war es nicht mehr weit. Gisel holte tief Atem und bemühte sich, ihre Furcht, diese primitiven Ängste, mit Humor zu bekämpfen.

Es ging einfach darum, sagte sie sich, ein neues Element ins Spiel zu bringen, etwas, das von *ihr* ausging. Vielleicht konnte sie damit ein paar Wellen schlagen. Wenn sich Ereignisse von großer Tragweite derart überstürzten, musste man nehmen, was gerade zur Hand war oder was einem in den Sinn kam. Sie hatte beschlossen, ihren Körper zur Spielfigur zu machen. Selbst mitzuspielen.

Im Grunde konnte sich keine Königin den Luxus erlauben, sich für mehr als eine Figur im großen Spiel zu halten. Der Kaiser von Sarantium hatte ihr heute Abend in dem kleinen, feudal ausgestatteten Saal in seinem Palast die letzten Illusionen geraubt, dass sich mit Konsultationen, Verhandlungen, Diplomatie oder anderen Mitteln Batiaras Schicksal noch aufhalten ließe. Die Wahrheit war unerbittlich. Es würde Krieg geben.

Und nicht allein diese Illusionen waren zerstört worden, sobald sie ihm und seiner Kaiserin in dieser überwältigenden Umgebung gegenüberstand – sobald sie *diese Kaiserin* sah. In dem prunkvollen Raum mit seinen kostbaren Gardinen, Wandbehängen und silbernen Kerzenleuchtern, mit seinen Möbeln aus Mahagoni, Sandelholz und soriyyanischem Leder, mit der goldenen Sonnenscheibe über jeder Tür und dem goldenen Baum mit einem Dutzend Edelsteinvögeln auf den Zweigen, war Gisel, von Weihrauchdüften umweht, das Gefühl nicht losgeworden, als befänden sich die hier Versammelten genau im Zentrum der sich rasend drehenden Welt. *Hier* schlug das Herz aller Dinge. Zukunftsvisionen voll brutaler Gewalt waren plötzlich aus den Flammen des Kaminfeuers emporgestiegen und in schwindelerregendem Tempo an den Wänden entlanggerast, während der Raum selbst unbewegt blieb wie die Vögel auf den goldenen Zweigen des Kaiserlichen Baumes.

Valerius wollte gegen Batiara in den Krieg ziehen.

Gisel begriff erst jetzt, dass er dies schon seit langem plante. Er war ein Mann von einsamen Entschlüssen, und sein Blick ruhte nicht nur auf den Generationen, über die er herrschte, sondern auch auf jenen, die noch gar nicht geboren waren. Das konnte sie erst sehen, seit sie ihn kennen gelernt hatte.

Sie selbst, ihre Anwesenheit in der Stadt, mochte für seine Pläne nützlich sein oder auch nicht. Sie war ein taktisches Werkzeug. Für seine Strategie spielte sie keine Rolle. Auch die Meinung aller anderen – des Strategos, des Kämmerers –, sogar Alixanas Einstellung waren hierfür ohne Belang.

Denn der Kaiser von Sarantium, ein nachdenklicher, freundlicher Mensch von großem Selbstvertrauen, hatte eine Vision: er wollte Rhodias zurückerobern und das geteilte Imperium wieder vereinen. Visionen dieser Größenordnung konnten gefährlich sein: Manchmal wurde alles dem großen Ziel unterworfen. *Er will einen Namen hinterlassen,* hatte Gisel gedacht, als sie vor ihm niederkniete, um ihr Gesicht zu verbergen, und sich äußerlich gefasst wieder erhob. *Er will damit sein Andenken bewahren.*

So waren die Männer. Auch wenn sie weise waren. Ihr Vater war keine Ausnahme gewesen. Alle hatten sie Angst, mit dem Tod vergessen zu werden. Getilgt aus dem Gedächtnis der Welt, die sich gnadenlos ohne sie weiterdrehte. Gisel erforschte ihr Herz, aber sie konnte dieses brennende Verlangen nicht entdecken. Sie wollte nicht verhasst oder verachtet sein, wenn Jad sie zu sich hinter die Sonne rief, aber sie war auch nicht von dem

Wunsch besessen, ihren Namen in Liedern und Gesängen über die Jahrhunderte zu bewahren oder Antlitz und Gestalt für alle Zeit – jedenfalls so lange, wie Stein und Glas eben hielten – in Mosaiken oder Marmorbildern konservieren zu lassen.

Sie selbst fühlte sich, wie sie wehmütig erkannte, eher vom Ideal der ewigen Ruhe angezogen. Ihr Leichnam neben dem ihres Vaters in jenem bescheidenen Heiligtum vor Varenas Mauern, die Seele in Gnaden aufgenommen bei dem Gott, zu dem die Antae sich bekehrt hatten. Würde man ihr diese Gnade gewähren? Bestand zumindest die Möglichkeit?

Vorhin im Palast hatte Gisel ganz kurz den Blick des Eunuchenkämmerers Gesius erwidert und in den wachen Augen Mitleid und Verständnis zu finden geglaubt. Ein Mann, der drei Kaiser überlebt und ihnen gedient hatte, musste wohl wissen, wie die Welt sich drehte.

Gisel dagegen war noch in dieser Drehung gefangen, sie war jung und lebendig, weit entfernt von weltentrückter Heiterkeit und Milde. Der Zorn schnürte ihr die Kehle zu. Schon die *Vorstellung*, bemitleidet zu werden, war ihr ein Gräuel. Eine Anta, eine *Königin* der Antae? Hildrics Tochter? *Mitleid?* Das weckte Mordgelüste.

Aber Mord kam unter den gegebenen Umständen heute Nacht nicht in Frage. Es gab andere Alternativen, wie etwa, ihr eigenes Blut zu vergießen. Ironie? Selbstverständlich.

Die Welt war voller Ironie.

Die Sänfte hielt an. Wieder hob sie den Vorhang, sah die Tür ihres eigenen Hauses, die brennenden Fackeln in den Wandhaltern zu beiden Seiten. Sie hörte, wie ihr Begleiter sich vom Pferd schwang, dann erschien sein Gesicht neben ihr. Sein Atem schwebte in weißen Wolken durch die kalte Nacht.

»Wir sind am Ziel, Majestät. Tut mir Leid, dass es so kalt ist. Darf ich Euch beim Aussteigen behilflich sein?«

Sie lächelte ihn an. Das Lächeln fiel ihr nicht einmal schwer. »Kommt mit herein und wärmt Euch auf, bevor Ihr in dieser Kälte zurückreitet. Ich lasse Euch eine Kanne Würzwein brauen.« Sie sah ihm fest in die Augen.

Der goldene Leontes, Oberster Strategos der sarantinischen Heerscharen, zögerte nur kurz. »Es ist mir eine große Ehre«, sagte er dann in einem Ton, der ihn fast glaubwürdig machte. Warum auch *nicht?* Immerhin war sie eine Königin.

Er half ihr aus der Sänfte. Ihr Verwalter hatte bereits die Haustür geöffnet. Der Wind fegte in scharfen Böen durch die Straße. Sie traten ein. Gisel befahl den Dienern, im Erdgeschoss und oben das Feuer zu schüren, und bestellte warmen Wein mit Gewürzen. Danach blieb ihr nichts anderes übrig, als sich mit Leontes an das große Feuer im Empfangsraum zu setzen und über Belanglosigkeiten zu plaudern. Wagenrennen und Tänzerinnen, die kleine Hochzeit im Hause der Tänzerin.

Es würde Krieg geben.

Valerius hatte es heute Abend verkündet und damit die Welt verändert.

Sie sprachen von den Spielen im Hippodrom und vom Wind – so ungewöhnlich für diese Jahreszeit, der Winter müsste doch inzwischen zu Ende sein. Leontes erzählte eine witzige Geschichte von einem Heiligen Narren, der sich vor kurzem auf einem Felsen neben einem der Landtore niedergelassen und gelobt hatte, erst wieder herunterzusteigen, wenn alle Heiden, Ketzer und Kindath aus der Heiligen Stadt vertrieben worden seien. Ein gottesfürchtiger Mann, sagte er kopfschüttelnd, aber ein Mensch, der mit der Realität nicht zu Rande kam.

Sie pflichtete ihm bei. Mit der Realität zurechtzukommen, sei von großer Wichtigkeit.

Der Wein wurde aufgetragen, auf einem Silbertablett, in silbernen Bechern. Leontes trank ihr höflich zu. Er sprach jetzt Rhodianisch. Ein Mann von untadeligen Manieren. Darauf würde er auch weiterhin Wert legen, auch wenn er ein plünderndes Heer durch ihre Heimat führte, wenn er Varena niederbrennen und die Gebeine ihres Vaters aus dem Grab scharren ließ. *Er* würde die Stadt natürlich nur ungern in Brand stecken. Aber er würde es tun, wenn es nötig war. Im Namen des Gottes.

Ihr Herz raste, aber ihre Hände waren ruhig und verrieten nichts. Sie entließ zuerst ihre Frauen und dann den Verwalter. Nur wenig später stand sie auf, stellte den Becher ab und ging – an ihr war es, die Initiative zu ergreifen – auf ihn zu. Vor seinem Stuhl blieb sie stehen, sah auf ihn hinab. Biss sich auf die Unterlippe und lächelte. Er erwiderte das Lächeln, nahm sich die Zeit, seinen Becher zu leeren, dann stand er auf. Er war ganz locker, die Situation war nicht neu für ihn. Ein goldener Mann. Sie nahm ihn bei der Hand und führte ihn die Treppe hinauf, in ihr Bett.

Er war nicht auf ihre Unschuld gefasst und tat ihr weh, aber diese Schmerzen kannten die Frauen seit Anbeginn der Zeiten, und Gisel wehrte sich nicht dagegen. Als er das Blut auf den Laken bemerkte, war er zunächst überrascht und dann sichtlich erfreut. Er fühlte sich geschmeichelt. Er hatte eine königliche Festung erobert.

Er äußerte wortreich sein Erstaunen, bedankte sich für die Ehre, die sie ihm erwiesen habe. Vielleicht war er doch mehr Höfling als Soldat. Seide über schwellenden Muskeln, tiefe Frömmigkeit hinter Feuer und Schwert. Sie lächelte nur, erwiderte nichts. Zwang sich, die Arme auszustrecken und den harten, narbenübersäten Soldatenkörper an sich zu ziehen, um den Akt zu wiederholen.

Sie wusste, was sie tat. Ungewiss war, was sie erreichen würde. Sie hatte mit ihrem Körper eine neue Figur ins Spiel gebracht. Beim zweiten Mal drückte sie das Gesicht in die Kissen und schrie sich vieles von der Seele in der dunklen Nacht.

Er hatte überlegt, ob er zu den Ställen gehen solle, aber es gab Zustände, Gemütsverfassungen, bei denen es nicht einmal half, sich zu Servator in den Mahagoniverschlag zu stellen, den ihm die Blauen für sein Pferd gebaut hatten.

Früher einmal – es war lange her und doch auch wieder nicht – hatte er nichts anderes gewollt, als mit Pferden zusammen in ihrer Welt zu leben. Inzwischen gehörte ihm, obwohl er in vieler Hinsicht immer noch ein junger Mann war, der beste Hengst der Welt, und er war der höchstdekorierte Wagenlenker in des Gottes Schöpfung. Doch heute Nacht konnten ihm alle in Erfüllung gegangenen Träume keinen Frieden schenken.

Eine bestürzende Erkenntnis.

Er war auf einer Hochzeitsfeier gewesen und hatte miterlebt, wie ein Soldat, den er kannte und schätzte, eine Frau heiratete, die seiner würdig war. Anschließend hatte er in geselliger Runde etwas zu viel getrunken. Und er hatte – zuerst bei der Zeremonie und danach beim Empfang – die Frau gesehen, die durch seine Träume spukte. Natürlich war sie mit ihrem Gemahl gekommen.

Er hatte nicht gewusst, dass Plautus Bonosus und seine zweite Frau unter den Gästen sein würden. Fast ein ganzer Tag in ihrer Nähe. Es war … schwierig.

Und nun reichte all das Glück, das ihn bisher durch sein Leben begleitet hatte, offenbar nicht aus, um aufzuwiegen, was ihn bedrückte. War er allzu gierig? Ein Nimmersatt? War es das? Ein verwöhntes Kind, das viel zu viel vom Gott und seinem Sohn verlangte?

Er hatte heute Nacht gegen einen seiner Grundsätze verstoßen, einen Grundsatz, an den er sich schon sehr lange hielt. Nachdem sich die Hochzeitsgesellschaft verlaufen hatte, war er im Dunkeln zu ihrem Haus gegangen. Er war überzeugt gewesen, dass Bonosus auswärts sei. Die derben Scherze auf der Hochzeitsfeier hatten den

Senator sicher angeregt, seinen weithin bekannten, aber sehr diskret ausgeübten Gewohnheiten nachzugehen und die Nacht in dem kleinen Haus verbringen, das er zu diesem Zweck unterhielt.

Doch das war ein Irrtum. Unbegreiflich. Scortius hatte hinter den vergitterten Fenstern im Obergeschoss von Senator Bonosus' Palast Licht gesehen. Ein Diener, der fröstelnd an der Fassade auf einer Leiter stand und die Fackeln wieder anzündete, die der Wind ausgelöscht hatte, war herabgestiegen und hatte ihm gegen ein kleines Entgelt verraten, der Herr sei tatsächlich zu Hause und führe eine vertrauliche Unterredung mit seiner Frau und seinem Sohn.

Scortius hatte sich einen Zipfel seines Mantels vor das Gesicht gehalten, bis ihn seine Schritte tief genug in die schmalen Gässchen der Innenstadt getragen hatten. Aus einem Hauseingang rief eine Frau: »Lass dich von mir wärmen, Soldat! Komm mit! In solchen Nächten soll man nicht allein liegen.«

Sie hatte Recht, Jad wusste es. Er fühlte sich wie ein Greis. Zum Teil lag das am Wind und an der Kälte: Er hatte sich bei einem seiner vielen Stürze vor Jahren den linken Arm gebrochen, und seither schmerzte der Knochen, wenn ein scharfer Wind wehte. Die beschämenden Schwächen eines alten Mannes, dachte er voller Verachtung. Er kam sich vor wie einer jener humpelnden, Krücken schwingenden Veteranen, denen man in den Soldatenschenken einen Schemel am Feuer zubilligte. Dort saßen sie dann die ganze Nacht und langweilten ahnungslose Opfer zum zehnten Mal mit einer Geschichte, die vor dreißig Jahren passiert war, damals, als der große und ruhmreiche Apius als Jads geliebter Herrscher auf Erden weilte und die Welt noch nicht so elend und verkommen war wie heute – und könnte man als alter Soldat vielleicht einen Schluck Wein bekommen, um sich die Kehle anzufeuchten?

Nicht auszuschließen, dass ich auch so werde, dachte Scortius verdrießlich. *Früher oder später sitze ich zahnlos und unrasiert in einer Nische in der Spina und fasele von dem großartigen Rennen damals zur Zeit von Valerius II., als ich ...*

Er ertappte sich, wie er sich den Arm rieb, hörte sofort damit auf und fluchte laut. Aber der Arm tat wirklich weh. Zum Glück fanden im Winter keine Wagenrennen statt, er hätte Mühe gehabt, die Quadriga durch die Wendungen zu bringen. Crescens von den Grünen hatte heute Nachmittag nicht so ausgesehen, als hätte er irgendwo Schmerzen, obwohl er im Lauf der Jahre sicher auch nicht ohne Verletzungen davongekommen war. Das konnte kein Wagenlenker von sich behaupten. Der Erste Fahrer der Grünen war für seine zweite Saison im Hippodrom ganz offensichtlich in bester Form. Zuversichtlich, sogar arrogant – so, wie es sich gehörte.

Die Grünen hatten auch einige neue Pferde aus dem Süden bekommen, ein Geschenk eines hohen Offiziers, der ein Gönner ihrer Partei war; Astorgus' Gewährsleute meinten, zwei oder drei davon seien ganz überragend. Scortius wusste, dass sie ein ganz ausgezeichnetes rechtes Außenpferd besaßen, das ihnen die Blauen bei einem Handel überlassen hatten. Er selbst hatte Astorgus dazu geraten. Man musste etwas bieten, um etwas zu bekommen. In diesem Fall war es um einen Fahrer gegangen. Aber wenn er das Pferd und Crescens richtig einschätzte, dann hatte sich der Bannerträger der Grünen den Hengst sofort für sein eigenes Gespann gesichert und war damit noch gefährlicher geworden.

Scortius machte sich deshalb keine Sorgen. Es reizte ihn sogar, wenn jemand glaubte, ihn herausfordern zu können. Es entfachte ein Feuer in ihm, ein Feuer, das nach so vielen Jahren an der Spitze immer neu geschürt werden musste. Ein gefährlicher Crescens war gut für ihn und gut für das Hippodrom. Das war leicht zu begreifen. Aber etwas bedrückte ihn an diesem Abend, etwas, das im Grunde nichts mit Pferden und auch nichts mit seinem Arm zu tun hatte.

In solchen Nächten soll man nicht allein liegen.

Natürlich nicht, aber manchmal war auch die Liebe – die käufliche in einem Hauseingang oder eine andere Form – nicht das, was man wirklich brauchte. Auf einem Tisch in seinem Haus lagen genug Briefchen von Frauen, die überglücklich gewesen wären, ihm in dieser Nacht das Alleinsein zu ersparen, auch jetzt noch, zu so später Stunde. Lange Zeit hatte er nichts anderes gewollt, aber damit war es jetzt vorbei.

Die Frau, für die er im schneidenden Wind bergauf gestapft war, führte … eine vertrauliche Unterredung mit ihrem Gemahl, hatte der Diener gesagt. Was immer darunter zu verstehen war.

Wieder fluchte er aus tiefster Seele. Warum konnte der verdammte Senatsälteste nicht ausgehen, um mit seinem neuesten Lustknaben nächtliche Spielchen zu treiben? Was in Jads Namen war nur in Bonosus gefahren?

Dies war der Moment, da er überlegte, ob er zu den Ställen gehen sollte. Er war allein (das war leichtsinnig, aber gewöhnlich nahm man keine Begleitung mit, wenn man bei Nacht über eine Mauer klettern wollte, um seine Geliebte zu besuchen), doch zum Blauen-Hof war es nicht weit. Bei den Pferden wäre es warm, er kannte und liebte ihren Geruch, ihre Geräusche, solange er denken konnte. Vielleicht wäre sogar noch jemand in der Küche, der ihn mit einem letzten Becher Wein und einem kleinen Imbiss bewirten konnte.

Aber er wollte weder Wein noch Essen. Er wollte nicht einmal die Gesellschaft seiner geliebten Pferde. Was er wollte, wurde ihm verwehrt, und dass ihm das so sehr zusetzte, beunruhigte ihn vielleicht am meisten. Es war einfach kindisch. Ein spöttisches Lächeln zuckte ihm um die Mundwinkel. Wie fühlte er sich nun, jung, alt oder beides zugleich? Eigentlich höchste Zeit, sich zu entscheiden. Er überlegte, dann traf er eine Wahl: Er wollte wieder ein Junge sein, von schlichtem Gemüt, und wenn das nicht möglich war, dann wollte er mit Thenaïs in einem Zimmer sein – nur sie und er.

Als er an einer Kapelle der Schlaflosen vorbeikam und von drinnen ihren Gesang hörte, ging vor ihm im Osten der weiße Mond auf. Er hätte eintreten und mit den heiligen Männern beten können, um ein paar Minuten vor der Kälte geschützt zu sein, aber gerade jetzt hatten auch der Gott und sein Sohn keine Antwort für ihn.

Vielleicht wäre es anders gewesen, wenn er ein besserer, frömmerer Mensch gewesen wäre, aber er war nun einmal, wie er war, und damit hatte es sich. Weiter unten an der Straße flackerte ein blaues Flämmchen auf – eine Mahnung, dass die Zwischenwelt stets unter den Menschen gegenwärtig war, ganz besonders in dieser Stadt –, und in diesem Moment traf er eine überraschende Entscheidung.

Es gab noch eine andere Mauer, die er ersteigen konnte.

Wenn er ohnehin wach und auf den Beinen war, dann ließ sich seine Unruhe vielleicht sinnvoll nützen. Er gestattete sich kein Zögern. Sobald ihm der Gedanke kam, machte er kehrt und bog in eine Gasse ein, die schräg von der Straße wegführte.

Er schlug einen flotten Schritt an und hielt sich in den Schatten. Als vor ihm eine Gruppe betrunken grölender Soldaten aus einer Schenke stolperte, verharrte er reglos in einem Hauseingang. Kurz darauf beobachtete er, wie am anderen Ende der Straße eine große Sänfte aus der Dunkelheit auftauchte und in die gleiche, steil zum Hafen hin abfallende Gasse einbog wie die Soldaten. Er überlegte kurz, dann zuckte er die Achseln. Jede Nacht lieferte Stoff für Geschichten. Menschen wurden geboren oder starben, wurden von der Liebe oder vom Schmerz ereilt.

Er ging in die entgegengesetzte Richtung bergauf und rieb sich in regelmäßigen Abständen den Arm. Endlich hatte er wieder die Straße und das Gebäude erreicht, wo am Nachmittag und Abend die Hochzeitsfeier stattgefunden hatte.

Die Grünen hatten ihrer besten Tänzerin ein stattliches, gepflegtes Haus in einer ausgezeichneten Gegend zur Verfügung gestellt. Es hatte einen breiten Portikus und ein geräumiges Solar mit Balkon zur Straße hinaus. Scortius kannte das Haus von Besuchen bei früheren Bewohnern – er war sogar schon im oberen Stockwerk gewesen. Manche Leute legten das Schlafzimmer nach vorn und nützten das Solar, um von dort das Treiben auf der Straße zu beobachten. Manchmal war auch der Wohnraum vorn und der Schlafraum ging hinten auf den Innenhof hinaus.

Ohne weitere Anhaltspunkte entschied er instinktiv, dass Shirin von den Grünen nicht zu jenen Menschen gehörte, die gern auf die Straße schauten. Dafür stand sie an zu vielen Tagen und Nächten im Jahr auf der Bühne und sah auf die Menschen hinab. Sicher schlief sie nach hinten hinaus. Leider standen die Häuser so dicht beieinander, dass es von vorn keinen Zugang zu den Innenhöfen gab.

Er schaute die leere Straße auf und ab. Die Fackeln an den Hauswänden flackerten im Wind. Einige waren schon erloschen. Seufzend blickte er nach oben. Er hatte so etwas oft genug getan. Lautlos trat er ans Ende des Portikus, stieg auf die Steinbrüstung, fasste mit beiden Händen die Dachkante und zog sich mit einer einzigen fließenden Bewegung auf das Dach über den Säulen.

Wer so viele Jahre lang vier Pferde vor einem Streitwagen zu bändigen hatte, entwickelte Bärenkräfte im Oberkörper und in den Beinen.

Und holte sich Verletzungen. Scortius hielt kurz inne

und fluchte leise über den Schmerz in seinem Arm. Allmählich wurde er für solche Eskapaden wirklich zu alt.

Vom Dach des Portikus zum Balkon vor dem Solar gelangte man mit einem kurzen, senkrechten Sprung und einem festen Griff um das Balkongeländer, dann zog man sich langsam hoch, bis man mit einem Knie Halt fand. Die Sache wäre einfacher gewesen, wenn Shirin ihr Schlafzimmer tatsächlich nach vorn gelegt hätte. Aber ein Blick ins Innere bestätigte seine Vermutung: alles dunkel, einige Bänke, ein Wandbehang über einer Anrichte. Ein Empfangsraum.

Mit einem neuerlichen Fluch stieg er auf die schmale Brüstung. Das Dach darüber war wie überall in dieser Gegend flach und hatte keine Einfassung, damit der Regen ablaufen konnte. Hier fand man nur schwer einen sicheren Griff. Auch das kannte er von anderen Häusern, anderen Abenteuern. Wenn man mit den Händen abrutschte, gab es kein Halten mehr. Und es ging tief hinunter. Er malte sich aus, wie ihn am Morgen ein Diener oder Sklave mit gebrochenem Genick auf der Straße fände. Was er da tat, war sträflicher Leichtsinn, doch mit einem Mal fand er es unbeschreiblich komisch.

Warum war Thenaïs nicht allein gewesen? Sie hatte ihn enttäuscht. Nur deshalb war er jetzt dabei, im kalten Wind auf das Dach einer anderen Frau zu steigen.

Unten auf der Straße waren Schritte zu hören. Er erstarrte, beide Füße auf der Balkonbrüstung, eine Hand an der Ecksäule, um das Gleichgewicht zu halten. Erst als die Schritte verklungen waren, ließ er die Säule los und wagte den nächsten Sprung. Beide Hände kamen flach auf das Dach zu liegen – nur so war es zu bewerkstelligen –, und er zog ächzend den Körper hinterher. Ein Manöver, das eine Menge Kraft kostete.

Er blieb eine Weile auf dem Rücken liegen, vermied es bewusst, sich den Arm zu reiben, und schaute hinauf zu den Sternen und zum weißen Mond. Der Wind wehte.

Jad hatte die Männer als törichte Wesen erschaffen, stellte er fest. Die Frauen waren im Großen und Ganzen klüger. Sie schliefen bei Nacht. Oder führten vertrauliche Unterredungen mit ihren Männern. Was immer darunter zu verstehen war.

Diesmal lachte er tatsächlich über sich selbst, aber nur leise, dann stand er auf, ging auf Zehenspitzen an den Rand des Daches und schaute in den Innenhof hinab. Ein kleiner Springbrunnen umgeben von Steinbänken und kahlen Bäumen, der allerdings jetzt, am Ende des Winters, noch nicht in Betrieb war. Am Himmel leuchteten der weiße Mond und die Sterne. Eine stürmische Nacht, aber klar wie Kristall. Plötzlich fühlte er sich glücklich. Und sehr lebendig.

Er wusste genau, wo ihr Schlafzimmer war, der schmale Balkon befand sich genau unter ihm. Er warf noch einen Blick auf den fahlen Mond. Die Kindath hielten ihn für eine Schwester des Gottes. Eine ketzerische Vorstellung, aber manchmal konnte er sie – insgeheim – verstehen. Er schaute zum Dachrand hinüber. Der Abstieg würde leichter werden. Er legte sich auf den Bauch, schwang die Beine über die Kante und ließ sich mit ausgestreckten Armen so weit wie möglich hinunter. Er landete, lautlos wie ein Liebhaber oder ein Dieb, mitten auf dem Balkon, richtete sich auf, trat auf leisen Sohlen näher und spähte durch die beiden Glastüren in das Frauengemach. Seltsamerweise war eine Tür trotz der Kälte nur angelehnt. Ein Blick auf das Bett. Es war leer.

»Ein Pfeil zielt genau auf Euer Herz. Rührt Euch nicht von der Stelle. Mein Diener wird Euch mit Vergnügen töten, wenn Ihr nicht sofort Euren Namen nennt«, drohte Shirin von den Grünen.

Er hielt es für ratsam, nicht weiterzugehen.

Er hatte keine Ahnung, woran sie gemerkt hatte, dass er da war, und wie sie noch Zeit gefunden hatte, einen Beschützer zu rufen. Reichlich spät stellte er sich außerdem die Frage, wieso er angenommen hatte, dass sie allein schlief.

Nennt Euren Namen, hatte sie befohlen. Aber er hatte seinen Stolz.

»Ich bin Heladikos, der Sohn des Jad«, sagte er feierlich. »Der Wagen meines Vaters ist hier. Wollt Ihr mit mir fahren?«

Einen Augenblick war es still.

Dann sagte Shirin mit völlig veränderter Stimme: »Du meine Güte! Ihr?«

Sie entließ ihren Beschützer mit ein paar leisen Worten. Als er gegangen war, öffnete sie selbst die Tür zum Balkon. Scortius verneigte sich und betrat ihr Schlafgemach. Jemand klopfte leise an die innere Tür. Shirin öffnete sie nur einen Spalt. Im Korridor stand eine Dienerin mit einer brennenden Kerze. Shirin nahm sie ihr ab und schloss die Tür wieder. Dann schritt sie durch den Raum und zündete eigenhändig Kerzen und Lampen an.

Scortius sah, dass das Bett benützt war. Sie hatte also schon geschlafen; aber jetzt war sie voll angekleidet. Falls sie ein Nachtgewand trug, wurde es von einem dunkelgrünen, bis obenhin zugeknöpften Mantel völlig verdeckt. Das kurz geschnittene schwarze Haar reichte ihr nur bis auf die Schultern. Das hatte Maßstäbe gesetzt: Shirin von den Grünen war modisches Vorbild für Sarantiums Frauen. Ihre bloßen Füße mit dem hohen Spann berührten kaum den Boden. Wenn er sie ansah, geriet sein Blut in Wallung. Sie war eine ungemein reizvolle Frau. Er öffnete seinen Mantel und ließ ihn hinter sich zu Boden fallen. Allmählich wurde ihm wieder warm und er erlangte halbwegs die Fassung zurück. Mit solchen Stelldicheins hatte er Erfahrung. Als sie alle Kerzen angezündet hatte, drehte sie sich zu ihm um.

»Thenaïs war demnach mit ihrem Mann zusammen?«

Diese großen Augen, dieses unschuldige Lächeln.

Er schluckte hart. Öffnete den Mund. Schloss ihn wieder. Wartete, während sie sich, immer noch lächelnd, vor dem abgedeckten Feuer auf einem Polsterschemel niederließ.

»Setzt Euch doch, Wagenlenker«, murmelte sie. Sie saß sehr aufrecht, ihre Haltung war von unwiderstehlicher Grazie. »Eine meiner Frauen bringt gleich den Wein.«

Völlig verwirrt und zugleich tief erleichtert sank er auf den Stuhl, auf den sie zeigte.

Die Schwierigkeit war, dass er ein so unglaublich attraktiver Mann war. Als er seinen Mantel abwarf und in seinem weißen Hochzeitsgewand vor ihr stand, schien er ewig jung zu sein, gefeit gegen alle die Schmerzen, Zweifel oder Schwächen der gewöhnlichen Sterblichen.

Sie hatte allein geschlafen, natürlich weil sie es so wollte. Jad wusste, dass es genug Männer gab, die ihr gern auf ihre Weise die Nacht versüßt hätten, wenn sie nur darum gebeten oder es zumindest zugelassen hätte. Aber Shirin hatte die Erfahrung gemacht, dass der größte Luxus ihres Ranges, das wahre Privileg darin bestand, nichts zuzulassen, was sie nicht wollte, und nur dort zu bitten, wo sie wirklich danach verlangte.

Irgendwann würde die Vernunft ihr raten, sich einen Beschützer zu nehmen, vielleicht sogar einen Ehemann aus Offizierskreisen, einen reichen Händler oder jemanden aus dem Kaiserlichen Bezirk. Die Kaiserin war der lebende Beweis dafür, dass so etwas möglich war. Aber das hatte noch Zeit. Noch war sie jung und stand auf dem Gipfel ihres Ruhmes als Schauspielerin, noch brauchte sie keinen Vormund.

Und sie war auch jetzt nicht ohne Schutz, nicht allein deshalb, weil sie berühmt war. So gab es zum Beispiel jemanden, der sie warnte, wenn nach Einbruch der Dunkelheit in ihr Zimmer eingebrochen werden sollte.

›Ich sehe ja ein, dass du ihn nicht töten lassen konntest, aber

warum sitzt der Mann jetzt so gemütlich hier und wartet auf seinen Wein? Kannst du mir das bitte erklären?‹

›*Danis, Danis. Ist er nicht hinreißend?*‹, fragte sie lautlos, obwohl sie die Antwort des Vogels im Voraus kannte.

›*O ja. Ich bin überwältigt. Er braucht dich nur noch einmal anzulächeln, dann nimmst du ihn mit in dein Bett. So hattest du dir das doch vorgestellt?‹*

Scortius von Soriyya lächelte verlegen.

»Wie, äh, wie kommt Ihr darauf, dass ich … äh …«

»Wie ich auf Thenaïs komme?«, half sie ihm. »Oh, als Frau spürt man so etwas, mein Lieber. Ich habe heute Nachmittag beobachtet, wie Ihr sie angesehen habt. Sie ist entzückend, das muss ich zugeben.«

»Hm, nein! Ich meine, äh, ist es nicht so, dass … Frauen oft Geschichten sehen, wo gar keine sind?« Sein Lächeln wurde zuversichtlicher. »Ich würde eher sagen, *Ihr* seid entzückend.«

›*Siehst du? Das dachte ich mir!*‹, zeterte Danis. ›*Du* weißt *doch, wie dieser Mann ist! Rühr dich nicht von der Stelle. Und lächle ja nicht zurück!‹*

Shirin lächelte. Dann senkte sie verschämt die Lider und betrachtete die Hände in ihrem Schoß. »Ihr seid zu gütig, Wagenlenker.«

Wieder kratzte es an der Tür. Um das Inkognito ihres Gastes zu wahren – und zu verhindern, dass sein nächtlicher Besuch einen Sturm von Gerüchten auslöste –, rief Shirin ihre Dienerin Pharisa nicht herein, sondern erhob sich und nahm ihr das Tablett ab. Sie stellte es auf ein Tischchen und schenkte zwei Becher ein, obwohl sie in Jads Namen jetzt mitten in der Nacht wahrhaftig keinen Wein mehr brauchte. Sie war vor Aufregung ganz kribbelig. Die ganze Stadt – vom Palast über die Kapellen bis zu den Hafenkneipen – wäre sprachlos, wenn sie von dieser Zusammenkunft zwischen dem Ersten Fahrer der Blauen und der Ersten Tänzerin der Grünen erführe. Und der Mann war …

›*Mehr Wasser in deinen Becher!*‹, fauchte Danis.

›*Halt den Schnabel. Ich habe reichlich Wasser dazugetan.*‹

Der Vogel war gekränkt. ›*Ich weiß nicht, warum ich dich überhaupt gewarnt habe, als ich auf dem Dach Geräusche hörte. Ich hätte warten sollen, bis er dich nackt im Bett gefunden hätte. Das hätte ihm viel Mühe erspart.*‹

›*Wir wussten doch nicht, wer es war*‹, gab Shirin zu bedenken.

»Woran habt Ihr, äh, gemerkt, dass ich hier war?«, fragte Scortius, als sie ihm seinen Becher reichte, und nahm einen tiefen Schluck.

»Es hörte sich an, als landeten vier Pferde auf dem Dach, Heladikos«, lachte sie. Das war nicht wahr, aber die Wahrheit ging ihn und niemanden sonst etwas an. Die Wahrheit war ein Vogel, den ihr Vater ihr geschickt hatte, ein Vogel mit einer Seele, der niemals schlief und übernatürlich gut hörte, ein Geschenk aus der Zwischenwelt, wo die Geister wohnten.

›*Lass diese Scherze*‹, schalt Danis. ›*Du ermunterst ihn nur! Du weißt doch, was man sich von diesem Mann erzählt.*‹

›*Natürlich weiß ich das*‹, murmelte Shirin im Geist. ›*Sollen wir ihn auf die Probe stellen, meine Liebe? Er ist berühmt für seine Diskretion.*‹

Wann und wie würde er wohl die ersten Annäherungsversuche unternehmen? Sie nahm ihm gegenüber wieder Platz und schenkte ihm ein belustigtes, unbefangenes Lächeln, das ihre innere Erregung so gründlich verbarg wie der Vogel seine Seele. In solcher Stimmung war sie nicht oft, wahrhaftig nicht.

»Ihr könnt sicher sein«, sagte Scortius von den Blauen, ohne seinen Platz zu verlassen, »dass dieser Besuch zwar … ungewöhnlich sein mag, aber absolut ehrenwerte Absichten verfolgt. Ihr seid vor meinen unbeherrschten Leidenschaften vollkommen sicher.« Sein berühmtes Lächeln blitzte auf, er stellte mit leichter Hand den Becher ab. »Ich bin nur hier, um Euch ein Angebot zu unterbreiten, Shirin, als Mittelsmann mit einem geschäftlichen Vorschlag.«

Sie schluckte hart und legte nachdenklich den Kopf schief. »Ihr, äh, beherrscht also das nicht zu Beherrschende?«, murmelte sie. Schlagfertigkeit konnte auch ein Schutz sein.

Wieder lachte er unbeschwert. »Das lernt man«, sagte er, »wenn man vier Pferde vor einem schwankenden Wagen zu bändigen hat.«

›*Wovon redet der Mann?*‹, wollte Danis wissen.

›*Still. Vielleicht fasse ich das ja als Beleidigung auf.*‹

»Ja«, sagte sie kühl und richtete sich hoch auf, während sie ihren Weinbecher sorgfältig gerade hielt. »Gewiss doch. Fahrt fort.« Sie senkte die Stimme und schlug einen neuen Ton an. Ob er es wohl bemerkte?

Der Wechsel im Tonfall war nicht zu überhören. Sie war Schauspielerin: Sie konnte vieles nur mit dem Klang ihrer Stimme und mit ihrer Haltung ausdrücken. Und beides hatte sie soeben verändert. Wieder fragte er sich, warum er so selbstverständlich davon ausgegangen war, dass sie allein wäre. Was mochte das über sie und über seine Einstellung zu ihr aussagen? Zumindest respektierte er den Stolz dieser Frau … sie war unabhängig, traf ihre Wahl selbst.

Nun, *diese* Entscheidung musste sie wirklich allein treffen, wie immer sie auch ausfallen mochte. Denn was er ihr zu sagen hatte, verlangte eine Entscheidung von ihr. Und dann sagte er es, langsam und sehr deutlich: »Astorgus, unser Faktionarius, hat laut und ziemlich ausführlich darüber nachgedacht, womit er Euch wohl bewegen könnte, die Partei zu wechseln.«

Sie veränderte einmal mehr ihre Haltung. Diesmal schoss sie in die Höhe wie eine gereizte Schlange. Dann stellte sie ihren Becher ab und durchbohrte ihn mit einem eisigen Blick.

»Und *deshalb* dringt Ihr mitten in der Nacht in mein Schlafgemach ein?«

Inzwischen war er von seinem Einfall selbst nicht mehr gänzlich überzeugt.

Doch er verteidigte sich: »Immerhin sollte man einen Vorschlag wie diesen nicht unbedingt in aller Öffentlichkeit machen …«

»Ein Brief? Ein Besuch am Nachmittag? Ein Wort unter vier Augen beim heutigen Empfang?«

Er sah zu ihr auf, bemerkte ihren kalten Zorn und schwieg, obwohl ihn ihr Temperament innerlich nicht ungerührt ließ. Wieder regte sich Verlangen in ihm und so, wie er geartet war, glaubte er auch den Grund ihrer Empörung zu verstehen.

Sie funkelte ihn wütend an und sagte: »Die letzte Möglichkeit hat übrigens Strumosus heute gewählt.«

»Das wusste ich nicht«, sagte er.

»Versteht sich«, gab sie bissig zurück.

»Habt Ihr angenommen?«, fragte er etwas zu lebhaft.

So billig sollte er nicht davonkommen. »Warum seid Ihr hier?«

Scortius sah sie an und erkannte, dass sie unter dem dunkelgrünen Seidenmantel nackt war. Er räusperte sich.

»Warum tun wir, was wir tun?«, gab er zurück. Frage gegen Frage gegen Frage. »Lässt sich das jemals ganz verstehen?«

Eigentlich hatte er das gar nicht sagen wollen. Ihre Miene veränderte sich. Er fügte hinzu: »Ich fand keine Ruhe, konnte nicht schlafen. Wollte auch nicht nach Hause und in mein Bett. Auf den Straßen war es kalt. Ich sah betrunkene Soldaten, eine Prostituierte, eine schwarze Sänfte, die mir aus irgendeinem Grund unheimlich war. Als der Mond aufging, beschloss ich, hierher zu kommen … Ich wollte einfach … etwas erreichen, solange ich noch wach war.« Er sah sie an. »Es tut mir Leid.«

»Ihr wolltet etwas erreichen«, wiederholte sie trocken, aber er sah, wie ihr Zorn verflog. »Wieso habt Ihr angenommen, ich sei allein?«

Vor dieser Frage hatte er gebangt.

»Ich weiß es nicht«, gestand er. »Eben habe ich mich das noch selbst gefragt. Vermutlich, weil man … keinen Mann mit Eurem Namen in Verbindung bringt. Und weil ich nie gehört hatte, dass Ihr Euch …« Er verstummte.

Und sah den Schatten eines Lächelns um ihre Mundwinkel spielen. »Dass ich mich zu Männern hingezogen fühle?«

Er schüttelte hastig den Kopf. »Das nicht. Hm … dass Ihr mit Euren Nächten leichtsinnig umgeht.«

Sie nickte. Es wurde still. Jetzt hätte er dringend einen Schluck Wein gebraucht, aber das ging sie nun wirklich nichts an.

»Ich habe Strumosus erklärt, ich könne die Partei nicht wechseln«, sagte sie ruhig.

»Ihr könnt nicht?«

Sie nickte. »Die Kaiserin hat mir das sehr deutlich zu verstehen gegeben.«

Sobald das ausgesprochen war, verstand es sich eigentlich von selbst. Er hätte es wissen müssen und wenn nicht er, dann wenigstens Astorgus. Natürlich wollte man bei Hofe das Gleichgewicht zwischen den Parteien erhalten. Und diese Tänzerin trug Alixanas eigenes Parfüm.

Sie bewegte sich nicht und sagte kein Wort. Er schaute sich um, während er überlegte, betrachtete die Wandbehänge, die soliden Möbel, die Alabastervase mit den Blumen, den kleinen künstlichen Vogel auf dem Tisch, das zerwühlte Bett, das ihn so unruhig machte. Als er wieder aufsah, stand sie immer noch vor ihm.

Er erhob sich ebenfalls. »Jetzt komme ich mir unter anderem wie ein Narr vor. Ich hätte das begreifen müssen, bevor ich Eure Nachtruhe störte.« Er hob hilflos die Hände. »Der Kaiserliche Bezirk lässt uns nicht zusammenkommen. Es tut mir aufrichtig Leid, Euch so überfallen zu haben. Ich werde jetzt gehen.«

Wieder veränderte sich ihr Mienenspiel. Aus Belustigung wurde Wehmut und schließlich etwas Neues. »Nein«, sagte Shirin von den Grünen, »Ihr werdet nicht gehen. Ihr habt mich aus dem Schlaf gerissen, und dafür müsst Ihr bezahlen.«

Scortius setzte zum Sprechen an und schloss den Mund wieder. Als sie näher trat, seinen Kopf in beide Hände nahm und ihn küsste, öffnete er ihn ein zweites Mal.

»Auch die Befehlsgewalt des Hofes hat ihre Grenzen. Und sollten im Geiste noch zwei andere Menschen bei uns liegen«, murmelte sie und zog ihn zum Bett, »dann wäre das nicht das erste Mal in den Beziehungen zwischen Männern und Frauen.«

Sein Mund war plötzlich ganz trocken vor Erregung. Sie fasste ihn an den Händen und legte seine Arme um ihren Körper. Sie war schlank und fest und unglaublich begehrenswert. Er fühlte sich nicht mehr wie ein alter Mann. Er fühlte sich wie ein junger Wagenlenker aus dem tiefen Süden, dem die Herrlichkeiten der großen Stadt noch fremd waren und der in manchen Gemächern bei Kerzenschein mehr Zärtlichkeit fand, als er erwartet hätte. Sein Herz schlug wie rasend.

»Das gilt vielleicht für Euch«, brachte er mühsam heraus.

»Mag sein«, sagte sie leise, ohne nähere Erklärung. Dann ließ sie sich rücklings auf das Bett fallen und zog ihn mit sich, hinein in den unverkennbaren Duft eines Parfüms, das nur zwei Frauen auf der Welt tragen durften.

›Vielen Dank. Wenigstens warst du so anständig, mir den Schweigebefehl zu geben, bevor du …‹

›Oh, Danis, bitte. Bitte. Sei nicht so hart zu mir.‹

›Ha. War er denn so behutsam?‹

Shirins innere Stimme klang träge. *›Zeitweise.‹*

Der Vogel schnappte empört nach Luft. *›Was du nicht sagst.‹*

›Aber ich nicht‹, fuhr die Tänzerin nach kurzem Schweigen fort.

›Das will ich gar nicht wissen! Du benimmst dich wie …‹

›Danis, sei nicht so hart. Ich bin keine Jungfrau mehr und habe lange gewartet.‹

›Sieh dir nur an, wie er schläft. In deinem Bett. So völlig unbeschwert und sorglos.‹

›Auch er hat seine Sorgen, glaub mir. Wer hätte sie nicht? Oh, Danis, ich kann mich gar nicht satt sehen. Ist er nicht ein wunderbarer Mann?‹

Der Vogel, ein Mädchen, das an einem Herbstmorgen in einem sauradischen Wald getötet worden war, schwieg lange, dann seufzte er: *›Ja, das ist er.‹*

Wieder wurde es still. Draußen wehte der Wind. Die dunkle Nacht ging ihrem Ende entgegen. Der Mann lag tatsächlich mit zerzaustem Haar auf dem Rücken und schlief.

›War mein Vater auch so?‹, fragte Shirin plötzlich.

›Was meinst du mit so*?‹*

›So wunderbar?‹

›Ach so.‹ Wieder wurde es still, drinnen wie draußen. Die Kerzen waren ausgebrannt, auch im Zimmer war es dunkel. Dann sagte der Vogel: *›Ja. Ja, er war wunderbar, meine Liebe. Und jetzt geh schlafen, Shirin. Du musst morgen tanzen.‹*

›Danke, Danis.‹ Die Frau im Bett seufzte leise. Der Mann schlief weiter. *›Ich weiß. Du hast Recht.‹*

Die Tänzerin schlief, als er erwachte. Er hatte sich angewöhnt, noch im Dunkeln aufzustehen: Bis zum Morgengrauen in fremden Betten herumzuliegen, war nicht ratsam. Und obwohl hier keine unmittelbare Gefahr bestand, kein Liebhaber, kein Ehemann zu fürchten waren, wäre es ausnehmend peinlich gewesen, geradezu eine öffentliche Demütigung, wenn jemand gesehen hätte, wie er am frühen Morgen das Haus von Shirin von den Grünen verließ.

Er betrachtete die Frau an seiner Seite und lächelte. Dann erhob er sich, zog sich rasch an und warf einen letzten Blick durch den stillen Raum. Als er zum Bett schaute, war sie wach und sah ihn an. Hatte sie einen so leichten Schlaf? Er konnte sich nicht erklären, was sie geweckt hatte. Und er wusste noch immer nicht, woran sie gemerkt hatte, dass er auf dem Dach war.

»Bist du ein Dieb in der Nacht?«, murmelte sie schlaftrunken. »Einer, der sich nimmt, was er haben will, und sich dann davonstiehlt?«

Er schüttelte den Kopf. »Nur ein dankbarer Mann.«

Sie lächelte. »Du kannst Astorgus sagen, du hättest alles Menschenmögliche getan, um mich zu überreden.«

Er lachte auf, aber leise. »Du meinst, zu mehr bin ich nicht im Stande?«

Sie ließ ihr perlendes Lachen hören. Es klang sehr glücklich. »Geh«, sagte sie, »bevor ich dich zurückrufe, um dich beim Wort zu nehmen.«

»Gute Nacht«, sagte er. »Jad beschütze dich.«

»Gleichfalls. Auf dem Sand und anderswo.«

Er trat auf den Balkon hinaus, schloss die Türen hinter sich und stieg auf die Brüstung. Erreichte mit einem Sprung das Dach und schwang sich hinauf. Jetzt tat ihm der Arm überhaupt nicht mehr weh. Auch den kalten Wind spürte er nicht mehr. Der weiße Mond stand tief im Westen, aber die Nacht war noch lang, der Gott musste noch viele Schlachten unter der Welt schlagen, bis der Morgen kam. Am Himmel leuchteten die Sterne, keine Wolke war zu sehen. Shirins Haus stand in einem hoch gelegenen Viertel der riesigen Stadt. Vom Dach aus sah er ganz Sarantium mit seinen Kuppeln, Palästen und Türmen unter sich liegen, hier und da eine Fackel an einer Fassade, Gruppen von Holzhäusern wie durcheinander geworfene Bauklötze, Plätze, Statuen, ein rötlicher Lichtschein über der Glashütte, vielleicht auch über einer Bäckerei, steil nach unten führende Gassen und hinter alledem der Hafen und – schwarz und tief und gewaltig, vom Wind gepeitscht und auf die Ewigkeit verweisend – das Meer.

Erfüllt von einer unverwechselbaren Lebensfreude, die er aus seiner Jugend kannte, aber schon lange nicht mehr gespürt hatte, schritt Scortius zur anderen Dachseite, schwang sich von dort auf den vorderen Balkon und ließ sich lautlos auf den Portikus hinab. Bevor er auf die Straße trat, zog er sich mit einem Lächeln einen Zipfel seines Mantels vor das Gesicht.

»*Verdammt!*«, hörte er eine Stimme. »Dieser Schurke! Seht euch das an! Er kommt von ihrem Balkon!«

Diese Hochstimmung konnte gefährlich sein. Man wurde leicht unvorsichtig. Scortius drehte sich rasch um, sah ein halbes Dutzend schemenhafter Gestalten und rannte in die entgegengesetzte Richtung. Er lief nicht gern davon, aber in dieser Situation hatte er keine andere Möglichkeit. Er fühlte sich stark, und er war ein guter Läufer. Er war sicher, jeden Raufbold abhängen zu können.

Wahrscheinlich wäre ihm das auch gelungen, wäre nicht eine zweite, gleich große Gruppe von der anderen Seite gekommen. Scortius warf sich zur Seite, sah blitzende Dolche, einen Holzstab und dann, allen Verboten zum Trotz, ein Schwert.

Sie hatten für sie singen wollen. Laut Plan sollten sie sich auf der Straße vor dem Portikus sammeln, über dem sie ihr Schlafzimmer vermuteten, um ihrem ruhmreichen Namen ein Ständchen zu bringen. Sie hatten sogar Instrumente dabei.

Der Plan stammte jedoch von Cleander – er war ihr Anführer –, und als sich herausstellte, dass ihn sein Vater wegen des Missgeschicks mit dem bassanidischen Diener unter Hausarrest gestellt hatte, hatten die jungen Parteigänger der Grünen kein Ziel mehr. Schließlich landeten sie verärgert in ihrem Stammlokal, wo sie sich betranken und über Pferde und Prostituierte redeten.

Doch ein junger Mann aus gutem Hause, der nur einen Funken Selbstachtung besaß, ließ sich nicht so einfach zu Hause einsperren, schon gar nicht in einer Frühlingsnacht in der letzten Woche vor Beginn der Wagenrennen. Als Cleander in der Tür stand, kam er einigen, die ihn besser kannten, ein wenig schuldbewusst vor, aber als sie ihn mit lautem Jubel begrüßten, grinste er über das ganze Gesicht. Immerhin hatte er heute einen Mann getötet. Das machte Eindruck, keine Frage. Cleander stürzte zwei Gläser mit unvermischtem Wein hinunter und gab sachkundig seine Meinung über eine gewisse Frau zum Besten, die nicht weit vom Hause seines Vaters wohnte. Da sie für die meisten seiner Freunde zu teuer war, konnte auch keiner seine Beobachtungen widerlegen.

Dann erinnerte er daran, dass sie Shirins unsterblichen Ruhm hatten besingen wollen. Die späte Stunde sei kein Grund, sich von diesem Vorhaben abhalten zu lassen, versicherte er. Sie würde sich *geehrt* fühlen. Schließlich wollten sie nicht in ihr Haus eindringen, sondern ihre Huldigung von der Straße aus darbringen. Zum Schluss beschrieb er noch, was sie am Nachmittag getragen hatte, als sie ihn – persönlich – bei ihrem Empfang begrüßte.

Jemand wies auf die Nachbarn der Tänzerin und die Wachen des Stadtpräfekten hin, aber über solche Bedenken waren die anderen erhaben. Der Feigling wurde ausgelacht und niedergeschrien.

Ein Trupp von zehn bis zwölf jungen Männern verließ die Schenke (ein paar kamen unterwegs abhanden). Sie waren unterschiedlich gekleidet, einer trug ein Saiteninstrument, zwei hielten Flöten in der Hand. So stolperten sie im kalten Wind die Straßen hinauf. Falls ein Offizier der Stadtwache in der Nähe war, so vermied er es wohlweislich, sich zu zeigen. Die Anhänger der Zirkusparteien waren in der Woche vor Rennbeginn bekanntlich unberechenbar. Der Winter ging dem Ende entgegen, im Hippodrom begann die Saison. Der Frühling machte die Jugend unruhig, das war überall so.

Und dies war eine Frühlingsnacht, auch wenn man nicht viel davon spürte.

Als die jungen Leute Shirins Straße erreichten, teilten sie sich in zwei Gruppen und postierten sich zu beiden Seiten des breiten Portikus. Sollte Shirin während des Ständchens wie eine Vision auf dem Balkon vor dem Solar erscheinen, so wäre sie auf diese Weise für alle gut sichtbar. Der Saitenspieler fluchte, weil ihm die Finger vor Kälte steif waren. Die anderen räusperten sich, spuckten aus und murmelten nervös den Text des Liedes vor sich hin, das Cleander ausgesucht hatte. In diesem Moment sah einer von ihnen einen Mann von dem bewussten Balkon auf den Portikus herabklettern.

Eine Ungeheuerlichkeit, kaum noch zu überbieten. Dieser Mensch hatte Shirins Ruf besudelt, ihre Ehre verletzt. Wie konnte sich ein *Fremder* erdreisten, mitten in der Nacht aus ihrem Schlafzimmer zu kommen?

Als die feige Memme ihren Aufschrei hörte, gab sie Fersengeld.

Der Schurke hatte keine Waffe und kam nicht weit. Marcellus' Stab sauste auf seine Schulter nieder, als er die Gruppe umgehen und nach Süden entwischen wollte. Der flinke, drahtige Darius stieß ihm sein Messer in die Seite und riss die Klinge nach oben, und als der Dreckskerl Darius mit einem Fausthieb flach legte, versetzte ihm einer von den Zwillingen einen Tritt in dieselbe Seite. Darius stöhnte. Dann kam Cleander mit gezückter Klinge angelaufen. Nur er war verwegen genug, ein Schwert zu tragen, er hatte heute bereits einen Menschen getötet, und er war der Einzige, der Shirin wirklich kannte.

Die anderen wichen zurück. Der Mann lag jetzt am Boden und hielt sich die blutende Seite. Darius drehte sich auf den Bauch und kroch auf allen vieren davon. Alle wurden von einer tiefen Scheu ergriffen und verstummten vor der Größe dieses Augenblicks. Alle schauten auf das Schwert. Nirgendwo brannten noch Fackeln an den Häusern; der Wind hatte sie ausgeblasen. Von der Nachtwache war nichts zu hören oder zu sehen. Sterne, Wind und am Horizont der weiße Mond.

»Ich töte ungern einen Mann, ohne zu wissen, wer er ist«, erklärte Cleander gewichtig. Alle waren beeindruckt.

»Ich bin Heladikos, der Sohn des Jad«, sagte der Dreckskerl auf der Straße und musste sich – es war unglaublich – sichtlich beherrschen, um nicht laut zu lachen. Er blutete. Auf dem Pflaster hatte sich eine schwarze Pfütze gebildet. »Alle Menschen müssen sterben. Stich zu, Kleiner. Zwei an einem Tag? Einen bassanidischen Diener und einen Gottessohn? Das macht dich fast schon zum Helden.« Er hatte es geschafft, sein Gesicht noch im Fallen hinter seinem Mantel zu verbergen.

Jemand keuchte auf. Cleander zuckte erschrocken zusammen.

»Woher zum Teufel weißt du …?«

Cleander trat näher und kniete nieder. Setzte dem Verletzten das Schwert auf die Brust und riss den Mantel beiseite. Der Mann auf dem Boden regte sich nicht. Cleander sah ihn kurz an – dann fiel ihm der Mantel aus den Fingern, als wäre er glühend heiß. Es war dunkel. Die anderen konnten nicht sehen, was er sah.

Aber sie hörten, was Cleander flüsterte, als der Mantel wieder auf das Gesicht des Verletzten fiel.

»Oh, verdammt!«, sagte der einzige Sohn des Senatsältesten Plautus Bonosus von Sarantium. Er stand auf. »Oh, nein. Verdammt, verdammt, verdammt! Oh, du heiliger Jad!«

»Mein mächtiger Vater!«, strahlte der Mann am Boden.

Daraufhin wurde es natürlich still. Jemand hüstelte verlegen.

»Heißt das jetzt, wir singen nicht?«, quengelte Declanus.

»Verzieht euch. Alle miteinander!«, zischte Cleander heiser über die Schulter. »Los! Verschwindet! Mein verdammter Vater bringt mich um!«

»Wer ist der Mann?«, fragte Marcellus scharf.

»Du weißt es nicht, und du *willst* es auch nicht wissen. Hier ist nichts geschehen. Geht nach Hause, geht *irgendwohin*, sonst sind wir alle tot! Heiliger Jad!«

»Was zum …«

»Los!«

In einem Fenster im ersten Schock wurde Licht angemacht. Eine Frauenstimme rief nach der Wache. Die Jungen ergriffen die Flucht.

Jad sei Dank, der Junge war nicht dumm, und er war auch nicht sinnlos betrunken. Er hatte Scortius' Gesicht rasch wieder zugedeckt, nachdem sich ihre Blicke im Dunkeln getroffen hatten. Von den anderen wusste keiner, wen sie überfallen hatten – so viel war sicher.

Damit bestand noch eine Hoffnung, aus der Sache herauszukommen.

Falls er überlebte. Man hatte ihm ein Messer in die linke Seite gestoßen und die Klinge nach oben gerissen, dann hatte man ihm mit einem Tritt in dieselbe Seite mehrere Rippen gebrochen. Er wusste, wie sich gebrochene Rippen anfühlten. Es war nicht das erste Mal.

Es tat ziemlich weh. Das Atmen fiel ihm nicht ganz

leicht, um es vorsichtig auszudrücken. Als er sich an die Seite fasste, lief ihm das Blut über die Finger. Der Junge hatte mit dem Messer nicht nur zugestoßen, sondern es auch noch nach oben gerissen.

Aber jetzt gingen sie weg. Jad sei Dank. Nur einer blieb zurück. Aus einem Fenster wurde nach der Wache gerufen.

»Heiliger Jad«, flüsterte Bonosus' Sohn. »Scortius. Ich schwöre Euch … wir hatten keine Ahnung …«

»Das weiß ich. Ihr dachtet … ihr bringt bloß einen Unbekannten um.« Seine Erheiterung war unverantwortlich, aber die Situation war zu absurd. Sollte er so sterben?

»Nein. Das ist nicht wahr! Ich meine …«

Ironische Bemerkungen waren hier wohl fehl am Platz.

»Hilf mir beim Aufstehen, bevor jemand kommt.«

»Könnt Ihr … könnt Ihr gehen?«

»Natürlich kann ich gehen.« Auch wenn es wahrscheinlich nicht stimmte.

»Ich bringe Euch zum Haus meines Vaters«, sagte der Junge. Der Kleine hatte Mut. Der Wagenlenker konnte sich vorstellen, was Cleander erwartete, wenn er mit einem Verwundeten vor der Tür stand.

Eine vertrauliche Unterredung mit seiner Frau und seinem Sohn.

Blitzartig kam ihm die Erleuchtung. *Deshalb* waren sie heute Abend alle zu Hause geblieben. Doch bei der nächsten Erkenntnis wurde er unvermittelt ernst.

»Nicht zu *eurem* Haus. Heiliger Jad, nein!«

Er wollte *nicht* mitten in der Nacht verletzt vor Thenaïs' Tür stehen, nachdem er aus dem Schlafgemach Shirins von den Grünen gestiegen und Anhängern ihrer Partei in die Hände gefallen war. Schon bei der Vorstellung, wie sie ihn ansähe, wenn sie das hörte, zuckte er zusammen. Wobei er nicht ihre Empörung fürchtete, sondern ihre Kälte, diese gleichgültige Ironie, mit der sie ihm anfangs begegnet war.

»Aber Ihr braucht einen Arzt. Ihr blutet. Und mein Vater kann dafür sorgen, dass …«

»Nicht zu eurem Haus.«

»Wohin dann? Ach ja! Zum Blauen-Hof! Wir können …«

Keine schlechte Idee, aber …

»Nützt nichts. Unser Arzt war heute auf der Hochzeit und ist sicher sinnlos betrunken. Außerdem, zu viele Leute. Es *muss* geheim bleiben. Wegen … der Dame. Jetzt sei still und lass mich …«

»Wartet! Ich weiß. Der Bassanide!«, rief Cleander.

Das war nun tatsächlich eine Lösung.

Und so kam es, dass die beiden nach einem wahren Schmerzensmarsch quer durch die Stadt vor dem kleinen Haus nahe der dreifachen Mauern standen, in dem Bonosus seinen persönlichen Neigungen zu frönen pflegte. Unterwegs war ihnen wieder die große schwarze Sänfte begegnet. Sie hatte angehalten, und Scortius hatte gespürt, wie jemand sie von innen beobachtete, jemand, der keinerlei Anstalten machte, ihnen zu helfen. Auf einmal fröstelte er, ohne zu wissen, warum.

Als sie ihr Ziel erreichten, hatte Scortius ziemlich viel Blut verloren. Bei jedem Schritt mit dem linken Fuß schienen sich die gebrochenen Rippen weiter nach innen zu bohren. Er litt Höllenqualen, aber er erlaubte dem Jungen nicht, in der Schenke Hilfe zu holen. Niemand sollte erfahren, was geschehen war. Das letzte Stück des Weges musste Cleander ihn fast tragen. Der Junge war völlig verängstigt und zu Tode erschöpft, aber er gab nicht auf.

»Dank dir, Kleiner«, stieß Scortius hervor, als sich nach langem Klopfen die Tür öffnete. Der Hausverwalter stand im Nachthemd vor ihnen, er hielt eine Kerze in der Hand, das graue Haar stand ihm fast senkrecht vom

Kopf ab. »Gut gemacht. Nun sprich mit deinem Vater. *Mit niemandem sonst!*«

Hoffentlich hatte er sich klar genug ausgedrückt. Hinter dem Verwalter tauchte jetzt der Bassanide auf. Scortius hob die Hand – Entschuldigung und Gruß zugleich. Wäre Plautus Bonosus heute Nacht an Stelle des Heilers aus dem Osten in diesem Haus gewesen, dachte er noch, dann wäre das alles nicht passiert. Und dann verlor er endlich das Bewusstsein.

Sie liegt wach in ihrem Zimmer mit der goldenen Rose, die vor langer Zeit für sie geschaffen wurde. Heute wird er zu ihr kommen, das weiß sie. Sie sieht die Rose an und denkt über ihre Zerbrechlichkeit nach, als sich die Tür öffnet, die vertrauten Schritte sich nähern, die Stimme ertönt, die stets in ihrem Herzen ist.

»Ich weiß, du bist böse auf mich.«

Sie schüttelt den Kopf. »Nicht böse, mein Gemahl. Ich habe nur ein wenig Angst vor dem, was kommt.«

Er lässt sich in einem Sessel am Feuer nieder. Sie schenkt Wein für ihn ein, gießt Wasser dazu, bringt ihm den Becher. Er nimmt ihre Hand und küsst die Innenfläche. Er wirkt ruhig und gelöst, aber sie kennt ihn besser als jeder andere und weiß die Zeichen seiner Erregung zu deuten.

»Es hat sich doch gelohnt«, sagt sie, »die Königin die ganze Zeit über beobachten zu lassen.«

Er nickt. »Ein kluges Kind, nicht wahr? Wusste genau, dass wir nicht überrascht waren.«

»Das habe ich bemerkt. Was meinst du: Wird sie Schwierigkeiten machen?«

Er blickt auf und lächelt. »Wahrscheinlich.«

Was natürlich bedeutet, dass es eigentlich keine Rolle spielt. Er weiß, was er will und was er von anderen erwartet. Niemand wird alle Einzelheiten erfahren, nicht einmal seine Königin. Gewiss nicht Leontes, der das Eroberungsheer anführen soll. Sie fragt sich plötzlich, wie viele Soldaten ihr Gemahl wohl entsenden wird. Ein Verdacht schießt ihr durch den Kopf. Sie verwirft ihn, doch er schleicht sich von Neuem ein: Valerius ist wirklich mit allen Wassern gewaschen, er traut nicht einmal seinen engsten Freunden.

Sie verrät nicht, dass sie aus eigenen Quellen von der Absicht des Strategos erfahren hatte, Gisel heute mit in den Palast zu bringen. Und sicherlich weiß ihr Gemahl, dass sie Leontes und seine Frau schon seit einiger Zeit beobachten lässt. Aber das gehört zu den Dingen, über die sie nicht sprechen. Sie sind Partner, aber auf eine ganz besondere Weise.

Jedenfalls meistens.

Die Zeichen der Zeit sind schon seit längerem zu erkennen – niemand kann behaupten, er sei vollkommen überrascht worden –, doch jetzt hat der Kaiser ohne Vorwarnung, ohne sich mit jemandem zu beraten, seine Absicht kundgetan, noch in diesem Frühling in den Krieg zu ziehen. Fast seine gesamte Regierungszeit wurde von Kriegen begleitet, im Osten, im Norden, im Südosten und in der fernen Majriti-Wüste. Aber dieser Krieg ist etwas anderes. Hier geht es um Batiara. Um Rhodias. Um das Herz des Reiches jenseits des weiten Meeres, das sich erst abgespalten hatte und dann verloren ging.

»Du bist dir ganz sicher?«, fragt sie.

Er schüttelt den Kopf. »Über die Folgen? Natürlich nicht. Kein Sterblicher kann in die Zukunft schauen«, sagt ihr Gemahl leise. Er hält immer noch ihre Hand. »Mit dieser Ungewissheit müssen wir leben.« Er sieht sie an. »Du bist mir doch böse. Weil ich dich nicht eingeweiht habe.«

Wieder schüttelt sie den Kopf. »Wie könnte ich denn?«, fragt sie und meint es ehrlich. »Es war immer dein Wunsch, und ich habe immer gesagt, es sei nicht möglich. Du siehst es anders, und du bist klüger als wir alle.«

Er hebt den Kopf, die grauen Augen blicken freundlich. »Auch ich mache Fehler, Liebste. Dies könnte ein Fehler sein. Aber ich muss es versuchen, und die Gelegenheit ist günstig. Bassania wird dafür bezahlt, dass es stillhält, im Westen herrscht das Chaos, und wir haben die junge Königin hier bei uns. Es ist nur allzu … logisch.«

So arbeitet sein Verstand. Jedenfalls zum Teil.

Zum Teil. Sie holt Atem und fragt leise: »Wäre es dir auch so wichtig, wenn wir einen Sohn hätten?«

Das Herz schlägt ihr bis zum Hals. Das geschieht inzwischen nur noch selten. Sie beobachtet ihn. Sieht, wie er überrascht zusammenzuckt, sieht auch, was dann folgt: wie sich sein Verstand das Problem vornimmt und sich damit auseinandersetzt, anstatt davor zurückzuscheuen.

Nach langer Pause sagt er: »Mit dieser Frage hatte ich nicht gerechnet.«

»Ich weiß«, antwortet sie. »Sie ging mir durch den Sinn, während ich hier auf dich wartete.« Das stimmt nicht ganz. Sie denkt schon seit langem darüber nach.

»Du meinst«, sagt er, »in diesem Fall wäre uns das Risiko …?«

Sie nickt. »Wenn du einen Erben hättest. Jemandem, dem du dies alles hinterlassen könntest.« Sie verzichtet darauf, die Worte mit einer Geste zu begleiten. Es geht um mehr, als eine Geste ausdrücken könnte. *Dies alles*. Ein Imperium. Das Erbe von Jahrhunderten.

Er seufzt. Lässt ihre Hand noch immer nicht los. Sagt leise, den Blick ins Feuer gerichtet: »Mag sein, Liebste. Wer weiß?«

Ein Eingeständnis. Das ist viel für ihn. Keine Söhne, niemand, der nach ihm kommt, den Thron übernimmt, am Jahrestag ihres Todes die Kerzen entzündet. Es nagt schon seit langem an ihr.

Seine Stimme ist immer noch ruhig. »Es gibt ein paar Dinge, die ich mir immer gewünscht habe. Ich möchte Rhodias zurückerobern, den neuen Tempel mit seiner

Kuppel fertig stellen und … und vielleicht ein Andenken an uns beide hinterlassen.«

»Drei Wünsche«, sagt sie. Etwas Besseres, Klügeres fällt ihr nicht ein. Wenn sie nicht Acht gibt, fängt sie noch zu weinen an. Und eine Kaiserin darf nicht weinen.

»Drei Wünsche«, wiederholt er. »Bevor das Ende kommt, und es wird kommen.«

Leg ab die Krone, befiehlt angeblich eine Stimme, wenn das Ende für einen von Jads heiligen Gesalbten kommt. *Der Herr aller Herrscher erwartet dich.*

Niemand weiß, ob das wahr ist, ob diese Worte jemals wirklich gesprochen, wirklich gehört wurden. Die Welt des Gottes ist so beschaffen, dass die Menschen darin leben wie in dichtem Nebel, in trügerischem Licht und nie Gewissheit darüber haben, was kommt.

»Noch etwas Wein?«, fragt sie.

Er sieht sie an, nickt mit dem Kopf, lässt ihre Hand los. Sie nimmt seinen Becher, füllt ihn, bringt ihn zurück. Ein Becher aus Silber, mit Gold verziert und ringsum mit Rubinen besetzt.

»Es tut mir Leid«, sagt er. »Es tut mir Leid, Liebste.«

Er weiß nicht einmal genau, warum er das sagt, es ist nur ein Gefühl, das ihn überfällt, etwas in ihrem Gesicht, etwas, das wie ein Vogel in der Luft dieses erlesenen Raumes schwebt: ein Vogel, der nicht singt, ein verzauberter, ein unsichtbarer Vogel, der aber dennoch gegenwärtig ist in der Welt.

Nicht weit von diesem Palast, wo kein Vogel singt, steht ein Mann so hoch oben, wie sonst nur die Vögel fliegen. Er steht auf einem Gerüst unter einer Kuppel und arbeitet. Außen ist die Kuppel mit Kupfer beschlagen und glänzt im Licht des Mondes und der Sterne. Das Innere gehört ihm.

Im Tempel brennt Licht; das ist immer so, der Kaiser hat es befohlen. Der Mosaikmeister ist heute sein eigener

Lehrling, er hat den Kalk für den Untergrund selbst gemischt und die Leiter hinaufgetragen. Eine kleine Menge nur, er will keine große Fläche bearbeiten. Eigentlich macht er gar nicht viel. Nur das Antlitz seiner Frau, die vor fast zwei Jahren gestorben ist.

Niemand sieht ihm zu. Am Eingang stehen wie immer die Gardisten, obwohl es kalt ist, und der kleine Architekt mit der zerknitterten Tunika und dem Runzelgesicht schläft irgendwo in diesem riesigen Raum voller Licht und Schatten, aber Crispin kann ungestört arbeiten. Er ist so allein, wie es ein Mann in Sarantium nur sein kann.

Falls ihm doch jemand zusähe und wüsste, was er da macht, so müsste dieser Jemand wirklich etwas von seinem Handwerk (und von Handwerkern überhaupt) verstehen, um den Mosaikleger nicht für hart und gefühlskalt zu halten. Zu leicht könnte man den Eindruck haben, die Frau, die er mit solcher Seelenruhe abbildet, sei ihm im Leben gleichgültig gewesen. Seine Augen sind klar, seine Hände zittern nicht, sorgfältig wählt er die Steine von den Platten aus, die neben ihm stehen. Nüchtern und sachlich ist sein Blick: Er setzt sich mit technischen Fragen, mit Glas und Stein auseinander, nichts sonst.

Nichts sonst? Manchmal kann das Herz nicht sprechen, aber eine feste Hand, ein klares Auge können jenen, die nach uns kommen, ein Fenster öffnen. Vielleicht blickt eines Tages, wenn alle längst tot sind, die heute Nacht in Sarantium wachen oder schlafen, ein Mensch zu dieser Kuppel auf und erkennt, dass die Frau schön war und innig geliebt wurde von dem Unbekannten, der sie über den Tempel setzte, den trakesischen Göttern gleich, von denen es heißt, sie hätten ihre sterblichen Geliebten an den Himmel gesetzt – als Sterne.

Irgendwann kam der Morgen. Es kommt immer ein Morgen. Und immer hat das Licht seinen Preis, der bezahlt werden muss mit den Niederlagen der Nacht.